【紀元前3万5千年頃のヨーロッパ】

The Plains of Passage

平原の旅

ジーン・アウル 作　金原瑞人／小林みき 訳

上

集英社

エイラ―地上の旅人　8

平原の旅　上

ジーン・M・アウル作　金原瑞人／小林みき

装丁◎坂川事務所
装画・挿画◎宇野亜喜良

第三部までのあらすじ

時は今から三万五千年前頃、氷河期のおわり。大地震で両親をなくし、孤児となったクロマニオンの少女エイラは、ケーブ・ベアをトーテムとするネアンデルタールの一族に拾われ、育てられる。しかし、エイラが成長し、身体的な特徴や個性が顕著になるにつれて、一族の中で反感や嫌悪が大きくなっていく。なかでも、族長の息子ブラウドのエイラに対する差別と暴力は激しく、エイラの後ろだてとなっていたイーザとクレブも他界して、エイラは孤立する。心ならぬいきさつながら授かった最愛の息子ダルクに後ろ髪を引かれながらも、エイラは一族を離れ、自分と同じ種族を求めて、あてどない旅に出る。

野生馬が群れる谷で、子馬のウィニーとケーブ・ライオンの子ベビーにめぐりあったエイラは、洞穴で共に暮らし、孤独の寂しさをまぎらわせながら狩りのパートナーとして彼らを育てあげる。そのころ、生まれ故郷を遠く離れ、あてどない旅を続けるふたりの男たちがいた。クロマニオンの血をひくゼランドニーの一族の兄弟、ジョンダラーとソノーランだった。彼らは大鹿を深追いして、ケーブ・ライオンの怒りをかい、襲われてしまう。エイラが駆けつけたときはすでに遅く、弟は死に、兄は瀕死の重傷を負っていた。生まれて初めて目にする異人の姿に眼をみはりながらも、エイラは弟を葬り、兄を洞穴に連れ帰る。命を救われた介抱するうちに、エイラは、その男、ジョンダラーの逞しい美しさに心を奪われてしまう。

ジョンダラーもまた、エイラの神秘的な才能と美貌に魅了され、ふたりの間にたちまち恋が芽生える。やがて、ジョンダラーの傷が癒えるころには言葉の壁も越え、愛を深めあったふたりは小さな旅に出る。

道すがら、マンモスを狩るマムトイの一族と出会ったふたりは、彼らの居住地、ライオン簇に客人として招かれる。食用としてしか見ていなかった馬を手なずけ自由に操るエイラの姿に、人々は驚異の目をみはり警戒するが、その類まれな才能が、一族の将来に役立つことを見抜いた長たちは、ふたりを簇にひきとめようとする。

エイラは、一族のもとでひっそり生きる風貌の異なる子供、ライダグの姿を見て、衝撃を覚える。彼は、氏族との交わりによって生まれたわが子、ダルクに生きうつしだった。エイラの口から、洞穴の氏族のもとで育った生い立ちを明かされ、人々は激しく動揺する。エイラを育てた一族は彼らにとって、「平頭」と呼ばれ、人間以下として蔑まれる存在だったからだ。なかには、エイラにあからさまな敵意を向ける者もあらわれ、エイラは深く傷つく。いわれなき差別に身を震わせるエイラだったが、ジョンダラーとともに、バイソン狩りで才能を発揮するに及んで、人々の見方も変わってくる。

子供の命を救った薬師としての力と愛。投槍器を使う狩りの方法を伝授したこと。さらにフリントを使って簡便に火をおこす術を教えたことなどが敬意をもって讃えられ、やがて、エイラは、マムトイの一族に正式に迎えいれられることになる。

そのことを一番喜んだのは、一族の彫り師、ラネクだった。彼は、エイラをひと目見たときから、激しく恋慕の思いを募らせていた。芸術家としての情熱を秘めた褐色の肌のラネクに、エイラが少なからず惹かれていることを察したジョンダラーは、激しい嫉妬を隠せず、苦悩のまま心を閉ざすようになる。そして、エイラとジョンダラーの間の溝は日が経つごとに深くまってゆく。育てられた一族の文化によって生じた誤解もあり、エイラはラネクの強い求愛を断ることができずに一夜を共にしてしまう。ジョンダラーは、一族のもとにエイラを残し、立ち去ることがエイラのためなのか、と思いつめるまでになる。

そんなある日、エイラは狩りの途中で、狼の子、ウルフと出会う。ウルフを連れて帰るためにエイラは帰りが遅くなるが、そのエイラの身を案じていたジョンダラーは、ついに鬱積していた感情を爆発させる。激しい口論のあげく、ジョンダラーは身のまわりの品を持って、エイラとともにしていた炉辺を離れ、一族の人々の前で、離別をあからさまに見せつけてしまう。

エイラの傷ついた心の隙間を見透かしたように、ラネクは自分のつれあいになることを迫り、ジョンダラーに見放されたと思い込んだエイラは、迷いながらもそれを受け入れてしまう。〈春のまつり〉において、一同の前で縁結びを言い交わす儀式が行われ、ふたりは祝福を受け、ジョンダラーは悲嘆にくれる。

やがて、マムトイ族が一堂に会する〈夏のつどい〉のために、一族は旅立つ。その集会でも、馬と狼をひきつれたエイラの姿は注目の的になるが、そのうちエイラの生い立ちが人々に伝わり、「平頭」の子、ライダグを連れていることもてつだって、激しい反発が広がり騒動がまきおこる。しかしライオン簇の人々は、ひとり残らず、エイラの味方となって立ち、エイラを守りきる。

〈夏のつどい〉の場から五十名が選ばれ、一行は壮大なマンモス狩りに出発する。マンモスの群れを氷の谷に追い込み、逃がさないようにするために、エイラの火おこしの技術で松明を使う作戦が功を奏し、狩りは大成功に終わる。しかしその喜びもつかの間、エイラのもとに、ライダグの病が急変した知らせが届く。ウィニーにまたがったエイラは必死にライダグのもとへ急ぐが、エイラの到着を待っていたかのように、ライダグは息をひきとる。〈夏のつどい〉の場では、「平頭」の血を引く子の埋葬は許されなかったが、エイラは集会の人々と決然と戦い、氏族としての儀式で、ライダグを手厚く葬るのだった。

いよいよラネクとの「縁結び」が行われる日、ジョンダラーはついに決断し、エイラに別れを告げることもなく、忽然と姿を消す。それを知ったエイラは、自分の想いがジョンダラーにあることに気づき、必死に追いかける。そして、ジョンダラーに変わらぬ愛を告げ、これまでのわだかまりをぬぐいさったふたりは再び激しく結ばれるのだった。傷ついて取り乱すラネクにエイラは深く詫びて縁談を解消し、なごり惜しいマムトイの人々にも別れを告げる。遥か遠いジョンダラーの故郷をめざして、エイラとジョンダラーは再び馬上の人になるのだった。

主な登場人物

エイラ　大地震で両親を亡くし、
　　　　［ケーブ・ベアの一族］に育てられる。
　　　　自分と同じ種族を見つける旅の途中で
　　　　ジョンダラーと出会い、愛し合うようになる。
ウィニー　エイラと行動を共にする馬。
レーサー　エイラと行動を共にする馬。ウィニーの子ども。
ウルフ　エイラと行動を共にする狼。
ベビー　エイラに育てられたケーブ・ライオン。

ケーブ・ベアの一族

クレブ　モグール（まじない師）。
ブルン　前族長。
イーザ　薬師《くすし》。エイラの義母。
ブラウド　族長。ブルンのつれあいの息子。
ダルク　エイラの息子。

ゼランドニー族

ジョンダラー　道具師。旅の途中でエイラと出会い、
　　　　　　愛し合うようになる。

マムトイ族／ライオン簇《むら》

マムート　老呪法師《じゅほうし》。
タルート　簇長《むらおさ》。
ネジー　タルートのつれあい。
ライダグ　タルートの炉辺の子。
トゥリー　女長《おんなおさ》。タルートの妹。

マムトイ族／ハヤブサ簇

ルタン　簇長。
サリー　女長。

シャラムドイ族

［シャムドイ族］（陸に居を構える）

ドランド　族長。
ロシャリオ　ドランドのつれあい。
ジェタミオ　ソノーランのつれあい。難産で死亡。
ソノーラン　ジョンダラーの弟。ジェタミオとつれあい、
　　　　　シャラムドイ族となった。
　　　　　ケーブ・ライオンに襲われ死亡。
セレニオ　ジョンダラーが留まっていた間、居を共にする。
ダルヴァロ　セレニオの息子。

［ラムドイ族］（川に居を構える）

カルロノ　族長。
マルケノ　カルロノの炉辺の息子。
ソリー　マルケノのつれあい。マムトイ族の出身。

ゼランドニ　ゼランドニー族において女神に仕える者。
大ゼランドニ　ゼランドニの中でも最高位の者。
　　　　　現在のゼランドニー族の大ゼランドニは、
　　　　　かつてはゾレナという名であった女。

「ス・アームナイ族」、「ス・アームナ」などの
名称の最初に付される「ス・」は敬称。

平原の旅　上

最後にもどってくるレノーアへ。
彼女の名前は、この本に登場しています。
そして彼女とともに未来を見つめるマイケルへ。
そしてダスティン・ジョイスとウェンディへ。
みんなに愛をこめて。

1

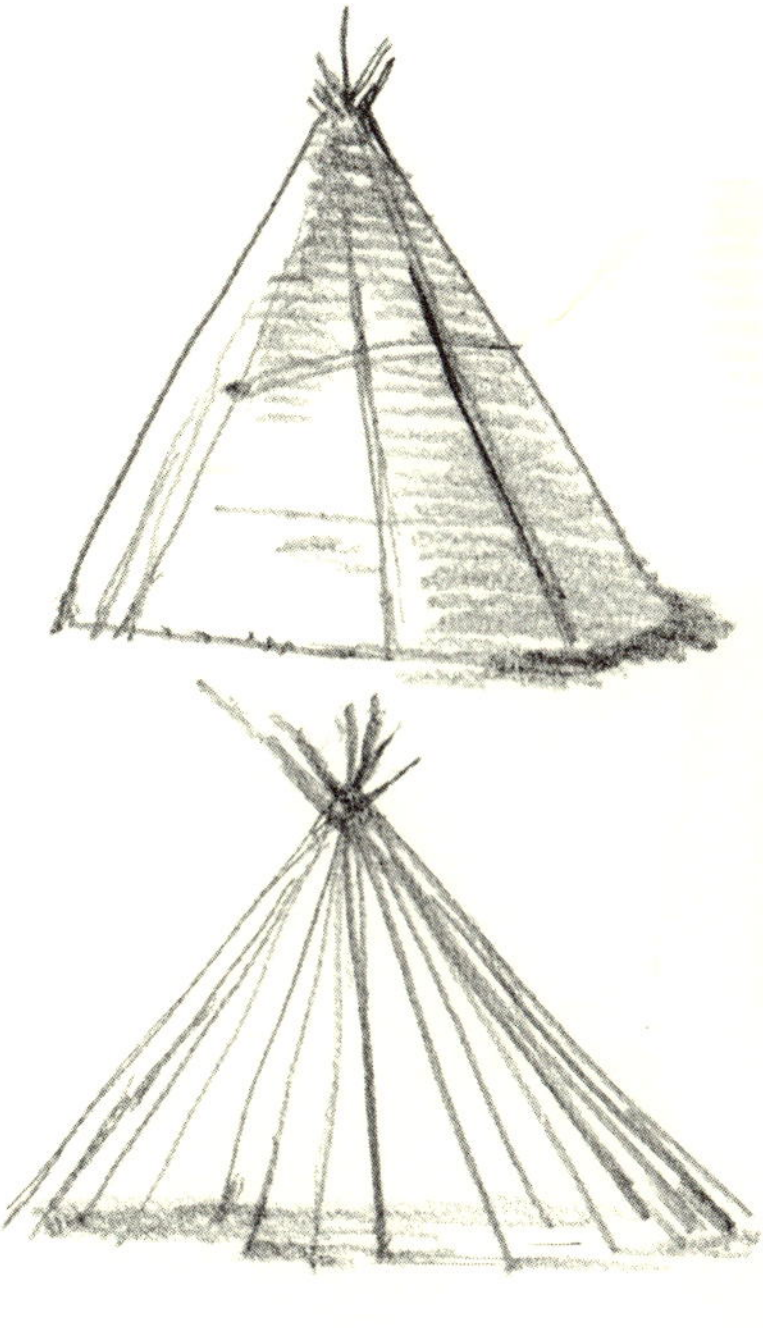

エイラは砂埃にけむる視界の中で影が動くのを見て、ウルフかしら、と思った。ウルフはさっきも前を走りまわっていた。

エイラはジョンダラーに向かって困ったように顔をしかめ、ふきつける砂に目を細めながらウルフの姿をさがした。

「ジョンダラー！　見て！」エイラは前を指さして言った。

左手のほう、乾いた風に舞う砂塵《さじん》の向こうに目をこらすと、円錐形のテントの影がいくつかぼんやりと見えた。

ウルフは人影に忍び寄っていった。砂埃にかすむ数人の姿がしだいに見えてきた。槍をまっすぐこちらに向けている。

「川岸に着いたらしいが、どうやら、ほかにもここで野営をしたい人間たちがいるらしいな」ジョンダラーはそう言いながら、手綱を引いて自分の馬を止めた。

エイラも自分の馬に止まるように合図をしたが、合図といっても腿の筋肉に少し力を入れただけだった。それは反射的な動きで、エイラ自身、馬を操っているという意識はなかった。

ウルフが喉の奥で威嚇するようにうなって、守りから攻撃の姿勢に移った。飛びかかるつもりだ！　そう思ったエイラは口笛を吹いた。その鋭く、よく通る音色は鳥の鳴き声に似ていたが、どんな鳥の鳴き声とも違っていた。ウルフは人影にこっそり近づくのをやめ、馬にまたがったエイラのもとへ駆けもどった。

「ウルフ、ここにいなさい！」エイラは片手で制しながら言った。ウルフを干し草色の馬のそばに従わせ、エイラとジョンダラーは馬にまたがったまままゆっくりと、自分たちとテントのあいだに立つ人影に近づいた。

吹きすさぶ風に踊る細かい黄土のせいで、ふたりには槍を持った人々の姿がぼやけてよく見えなかった。エイラは片足を上げて馬から降りた。ウルフの横に膝をつき、片腕をウルフの背に、もう片方の腕を腹にまわした。なだめ、もし必要なら抑えておくためだ。ウルフは喉の奥でうなり、全身の筋肉を緊張させた。いつでも飛びかかれる姿勢だ。エイラはジョンダラーを見上げた。砂のヴェールが背の高いジョンダラーの肩と長い金髪をおおい、ジョンダラーの乗っている鹿毛《かげ》の馬の毛並みも、どこにでもある黄土色に変えてしまっていた。エイラとエイラの馬のウィニーも同じだ。まだ夏の初めだったが、北の広大な氷河から吹く強風に、その南一帯に広がるステップはもう乾き始めていた。

エイラの腕の下で、ウルフがぴくりと体を動かした。見ると槍を持った人々の後ろからまた別の人間が現れた。マムートが大切な儀式のときにするような出で立ちだ。オーロックスの角をさした仮面をつけ、謎めいた絵柄や飾りのついたものを着ている。

マムートは杖を激しく振りかざしながら叫んだ。「立ち去れ、悪霊ども! この場所から去れ!」

仮面の下の声は女のもののようだったが、確かではない。しかし、言葉はマムトイ語だった。マムートが再び杖を振りながら走ってきたので、エイラはウルフを抑えた。マムートは歌をうたいながら踊りだした。杖を振り、高く跳び上がりながら足早に近づいたかと思うと、また後ろに下がる。エイラたちを威嚇し、追い払おうとしているらしいが、怖がっているのは馬だけだ。

エイラはウルフが攻撃しようと構えているのに驚いた。オオカミが人間を脅すことはほとんどない。しかし、今までに見たオオカミの行動を思い出し、納得した。エイラはひとりで狩りの練習をしていた時期に、よくオオカミを見かけた。オオカミは情愛が深く、自分の群れに忠実だ。しかし、よそ者が縄張りに入ってくれば、とたんに追い払おうとする。また、自分の群れのものを守るために、ほかの群れのオオカミを殺すこともある。

生まれたばかりのときにエイラに拾われ、マムトイ族の土盧《つちいおり》に連れてこられたウルフにとって、ライオン簇《むら》が自分の群れだった。ライオン簇以外の人間はよそ者のオオカミと同じなのだ。幼い頃、ウルフは知らない人が訪ねてくるとうなった。今いるところは自分の縄張りではない、ということは、おそらく他の群れの縄張りにいるわけで、初めて見る人間に身構えるのも当然だろう。それも相手は槍を持ち、敵意をむきだしにしている。しかし、なぜこの簇の人間たちは槍を構えているのだろう?

エイラにはその歌がどこか懐かしく思えたが、理由がわかった。歌の言葉がマムートたちだけに理解できる神聖な古い言葉だったからだ。エイラはそのすべてを理解できるわけではなかった。それは老マムートに教わり始めてすぐに、ライオン簇を離れたからだ。それでも、このマムートが大声でうたっている歌の意味が、さっき叫んだ言葉とほぼ同じなのはわかった。ただ歌のほうには、いくらかなだめるような調子があった。どこからともなくやってきたオオカミと馬人間の霊に対し、立ち去ってくれ、われわれを放っておいてくれ、霊界に帰ってくれとうたっている。

この簇の人々に理解できないゼランドニー語で、エイラはジョンダラーにマムートが何を言っているのか教えた。

「おれたちを霊だと思っているのか？　やっぱり！」ジョンダラーは言った。「そんなところだろうと思った。怖がっているから槍で脅しているんだな。エイラ、この先もだれかに会うたびに、こういうことになるかもしれない。おれたちはもう慣れたが、ふつうの人にとっては馬やオオカミは食糧か毛皮でしかないからな」

「夏の集会で会ったマムトイ族の人たちも、最初はあわてていたもの。馬やウルフと生活するのになかなか馴染まなかったけれど、最後には慣れたわ」エイラは言った。

「おれたちが初めて会ったとき、谷の洞穴で目をあけたらエイラがいて、ウィニーがレーサーを出産するのを手伝っていた。おれは自分がライオンに殺されて、霊界に来たのかと思ったよ。どうやら、おれも降りたほうがよさそうだ。おれも人間で、レーサーにくっついている馬人間の霊じゃないことを教えてやろう」

ジョンダラーは馬から降りたが、手製の端綱《はづな》につけた綱は握ったままだった。レーサーは頭をのけぞらせ、近づいてくるマムートから逃げようとした。マムートはまだ杖を振りながら大声でうたっている。ウィニーは膝をついたエイラの後ろにいた。頭を下げ、エイラの体に触れている。エイラは引綱も端綱もなしでウィニーを操る。ただ脚に力を入れるか、体を動かすだけで思うように走らせるのだった。

霊たちが耳慣れない言葉を話し、ジョンダラーが馬から降りたのを見て、マムートはさらに声を張り上げてうたった。霊たちよ、お願いだから立ち去ってくれ、儀式も行うし、贈り物も捧げるから、と。「わたしたちのことを話したほうがいいと思う」エイラは言った。「このマムートはかなり動揺しているもの」

ジョンダラーはレーサーの首のすぐそばで綱を握り直した。レーサーはおびえて、後ろ足で立とうとした。マムートの杖も歌も、まったく役に立たなかった。ウィニーまで怖がりだしそうだった。ウィニーは興奮しやすい息子のレーサーと違い、いつもは平静だった。

「われわれは霊ではありません」ジョンダラーは、マムートが息つぎをしたところで大声で言った。「遠くから来た者です。旅の途中の者です。そして、この女は」――ジョンダラーはエイラのほうを指した――「マムトイ族です。マンモスの炉辺の者です」

人々は、まさか、という表情で顔を見合わせた。マムートは歌と踊りはやめたが、ときどき杖を振りながら、エイラたちを観察した。この霊たちはわれわれをだまそうとしているのだ。しかし、少なくとも、われわれに理解できる言葉をしゃべっている。そのうちようやくマムートが口を開いた。

「そんなことは、とても信じられない。われわれをだまそうとしているのではないという証拠がどこにある？　この女はマンモスの炉辺の者だと言ったが、その印はどこにある？　顔にいれずみがないではないか」

エイラは返事をした。「この男は、わたしがマムートだと言ったのではありません。わたしがマンモスの炉辺の者だと言ったのです。わたしはライオン簇の老マムートから教えを受けました。でも、わたしは簇を離れてしまったので、すべてを学んではいません」

マムートはつれの男女と相談し、またエイラたちのほうを向いた。「その男」マムートはジョンダラーのほうを向いてうなずいた。「その男は確かに旅人だ。うまく話すが、ほかの部族のなまりが混じっている。おまえはマムトイ族だというが、おまえの話し方には、マムトイ族らしからぬところがある」

ジョンダラーは固唾《かたず》をのんで見守った。エイラの話し方には確かに変わったところがある。エイラには発音しづらい音がいくつかあって、その音を発音するときは独特の妙な発音になる。しかし、言いたい意味はちゃんと伝わるし、耳障りなわけではない――むしろジョンダラーには快いくらいだ――それでも、エイラの発音が違うことは明らかだった。別の言語のなまりが残っているというわけではない。それ以上に何かが違うのだ。確かに、簡単にいえば、なまっている。といっても、それは、ほとんどの人が聞いたことのない、話し言葉とさえ思えないなまりなのだ。エイラが話す言葉には、喉音をよく使う、音数の限られた、難解な言語のなまりが混じっていた。それは幼いみなしごのエイラを引き取って育てた人々の言語だった。

「わたしはマムトイ族の子として生まれたのではありません」エイラはウルフを抱きかかえたまま言った。ウルフはうなるのをやめていた。「わたしはマンモスの炉辺に養子として引き取られたのです。老マムートの手で」

人々は驚きの声をあげ、マムートと男女はさっきと同じように小声で話し合った。

「もしおまえが霊界から来たのでないなら、なぜオオカミを操り、馬の背にまたがることができるのか?」マムートは単刀直入に質問した。

「そう難しいことではありません。動物が幼い頃に始めればいいのです」エイラは言った。

「たやすい、とでも言うのか。何かほかに秘密があるに違いない」だまされるものかと、マムートは思った。このマムートもマンモスの炉辺の出身だったのだ。

「この女がオオカミの子を土廬に連れ帰ったとき、自分もそこにいました」ジョンダラーが説明を始めた。「そのオオカミはまだ幼く、乳離れをしていなかったので、すぐに死ぬだろうと思っていました。しかし、この女は細かく切った肉やスープを与え、真夜中も起きて赤ん坊の世話でもするように面倒をみてやりました。オオカミの子が命拾いをし、大きくなり始めると、だれもが驚きました。が、それは始まりにすぎませんでした。その後、この女はオオカミの子にしつけを始めたのです——土廬の中で小便や糞をしてはいけない、子どもからいじめられてもかみついてはいけない、と。自分もその場に居合わせなかったら、オオカミがこんなに覚え、こんなに理解できるなんて信じなかったと思います。おっしゃる通り、幼い頃に始めるだけではだめです。この女はオオカミを人間の子のように育ててきました。このオオカミの母親になりました。だから、このオオカミはこの女の言うことをきくんです」

「では、馬のほうは？」マムートの横に立っている男がたずねた。今まで元気のよい馬と、それを操る背の高いジョンダラーをずっと観察していたのだ。

「馬も同じです。幼いうちに引き取って世話をすれば、いろいろ教えることができます。時間と忍耐がいりますが、ちゃんと覚えてくれます」

人々は槍を下げ、興味深げに耳を傾けていた。霊がふつうに言葉を話すとは。もちろん、動物の世話をするなどというのは、霊がしそうな不思議な話だ——が、そんなことはとても信じられない。

すると、女のほうが口を開いた。「動物の母親になれるかどうかは知りませんが、マンモスの炉辺がよそ者を養子にし、マムトイ族に加えるなど、絶対にないことです。マンモスの炉辺はふつうの炉辺ではありません。女神に仕える者たちに捧げられた場所です。そこにいるのは自ら望んでマンモスの炉辺に身を捧げた者、もしくは選ばれた者。わたしの親戚にもライオン族の者がいます。老マムートはかなりの高齢、おそらくは最長老でしょう。その老人がだれかを養子にするでしょうか？　ルティーがそれを許すとも思えません。あなたがたの話はとても信じられない。信じられるはずがありません」

エイラはその女の話し方が、というよりは、話すときのしぐさがなんとなく気になった。背筋や両肩をこわばらせ、不安そうに顔をしかめている。何かよくないことをもくろんでいるみたいだ。エイラは気がついた。この女はうっかり間違えたのではない。わざと嘘を混ぜて、こっそり質問に罠をしかけたのだ。しかし生い立ちの異なるエイラは、それをすぐに見破った。

エイラを育てた人々は、一般に平頭と呼ばれていたが、自分たちでは氏族と名乗っていた。氏族は深い内容のことも正確に相手に伝えることができるが、言葉以外の要素に大きく依存している。だから氏族は言葉を持っていないと考えられていた。言語能力は低く、そのため、人間以下、言葉を持たない動物であると見下されることが多かった。しかし氏族は複雑なことを身ぶりで表現することができたのだ。

氏族の言葉は少なく、発音も独特だった。エイラにとってゼランドニー語やマムトイ語に発音しづらい音があるのと同じように、ジョンダラーにも氏族の発音は真似しにくかった。氏族が口にする単語はその多くが強調のためか、人や物を示すために用いられた。態度や姿勢や表情で示される微妙な意味は、言葉中心の人々の声の調子や抑揚と同じ働きをして、氏族の言葉に深みと多様さを与えていた。しかしそのせいで、真実と反することを表現するのはほとんど不可能だった。つまり、嘘をつけないのだ。

エイラは氏族の身ぶりによる表現方法を学ぶうちに、微妙な動作や表情を読み取り、理解することもできるようになった。それは相手を完全に理解するのに必要なことだった。ジョンダラーから言葉のやりとりを学び直し、さらにマムトイ語が上手に話せるようになってきたとき、エイラは気がついた。自分が、会話をしている相手のかすかな表情や動作にふと表れる気持ちを読み取っていることに。もちろん、言葉を話す人々は、身ぶりが言語の一部だなどとは思ってもいなかった。

　エイラは自分が言葉以上のものを理解していることを知ったが、そのせいで最初は少し混乱して憂鬱になった。というのも、人の口から出る言葉が必ずしも、その人の身ぶりが示すことと一致していなかったし、エイラは嘘というものを知らなかったからだ。エイラが真実を隠す方法として知っていたのは、黙っていることくらいだった。

　そんなエイラもそのうち、小さな嘘には礼儀とみなされるものが多いことを知った。しかし、ユーモア――通常、あることを言いながら別のことを意味することで成立する――を理解したとき初めて、言葉で気持ちを伝え合う人々の言語の本質や、それを用いる人々のことがわかった。その後、相手の無意識の身ぶりを読み取ることができるおかげで、エイラはますます言葉を覚えるとともに、思ってもいなかった能力が身についた。相手の本心を、ほとんど反射的に読み取れるのだ。それはエイラにとってはありがたいことだった。自分は黙っている以外に嘘をつけないが、だれかが嘘をついているときにはいつもそれがわかった。

「わたしがライオン簇にいたとき、そこにルティーという名前の人はいませんでした」エイラは率直に話すことにした。「女長《おんなおさ》はトゥリーで、その兄のタルートが簇長《むらおさ》でした」

　女がかすかにうなずくのを見て、エイラは続けた。

「確かに、ふつうはだれかがマンモスの炉辺に捧げられることはあっても、養子にされることはありません。わたしを最初に受け入れてくれたのはタルートとネジーでした。タルートは土廬を広げて、冬のあいだ馬がいるための場所も作ってくれました。でも、老マムートの言葉にはだれもが驚きました。儀式の最中に、わたしを養子にすると言ったのです。老マムートは、わたしはマンモスの炉辺の人間だと、そうなる運命だったのだと言いました」

「もしおまえがこの馬たちをライオン簇に連れていったのだとすれば、老マムートがそう言ったのもうなずける」男が言った。

女は不満そうな顔で男を見て、小声でひと言、ふた言口にした。それから三人はまた話し合った。男は、このどこからともなくやって来た者たちはおそらく人間で、霊がだましに来たのではない——仮に霊であっても、悪霊ではない——という結論を出したが、よそ者ふたりの言葉をそのまま受け取ってはいなかった。連れている動物たちの不思議な行動についての背の高い男の説明は単純すぎるが、おもしろいと思った。馬とオオカミにも興味をそそられた。女のほうは、エイラとジョンダラーがあまりにもすらすらしゃべりすぎる、愛想がよすぎる、何か隠していることがあるに違いない、と思った。このふたりは信用できない、関わりたくない、と思ったのだ。

マムートがエイラとジョンダラーを人間と認めることにしたのは、男や女とは別の観点からだった。非現実的なことを理解できるマムートにとって、この動物たちの奇妙な行動に説明をつけるのは簡単だった。こう考えたのだ。この金髪の女は力ある動物の〈招き手〉に違いない、老マムートも、この女の不思議な力を知っていたのだろう、おそらくこの背の高い男にも同じ力があるに違いない。あとで、われわれが夏の集会に行ったとき、ライオン簇の者たちと話をしてみたらおもしろいかもしれない。ほかのマムートたちの意見も聞けるはずだ。マムートにとっては魔法を信じるほうがたやすかった。動物を飼いならすなど、信じがたい非常識な話だったのだ。

三人の意見は一致しなかった。女はこのよそ者たちに平穏を乱された、と不愉快に思っていた。本当は、怖かったのかもしれない。女は超自然的な力を持っているとしか思えない者と関わりたくはなかったが、その意見は却下された。男が口を開いた。

「ここは川が合流する場所で、野営に適した場所だ。狩りの獲物も多い。大きなシカの群れがこちらに向かっている。あと数日でこの場所まで来るはずだ。このあたりで野営をし、狩りに参加してくれるのはいっこうにかまわない」

「ご親切にありがとうございます」ジョンダラーが言った。「われわれも一晩このそばで野営をしようと思っていますが、朝には出発します」

男の申し出は控え目なもので、ジョンダラーが弟と徒歩で旅をしていたときに出会った人々から受けた歓迎とはかなり違っていた。女神の名のもとに正式に挨拶をされた場合には、単なるもてなし以上の意味がある。旅人を仲間に招きいれ、しばらく生活をともにする、ということを示している。この男の抑えた歓迎の言葉には、エイラとジョンダラーに対する不信感が見えた。しかし、とりあえず、槍で脅されることはなくなった。

「では、ムトの名において、せめてわれわれと夕食をいっしょに。また、朝食もいっしょに」簇長の申し出は寛大なものだったが、できればもっと歓待したいつもりなのが、ジョンダラーにはわかった。

「母なる大地の女神の名において、ぜひ、われわれもテントを張った後、夕食をごいっしょさせていただきます」ジョンダラーは申し出を受けた。「ですが、明日は朝早く発ちます」

「そんなに急いでどこへ?」

マムトイ族特有の率直さに驚かされたのは、これが初めてではない。ジョンダラーはこれまでずいぶん長くマムトイ族と暮らしてきたが、ほかの場所でこの率直さに会うと、よけいに驚かされる。簇長の質問は、ジョンダラーの部族では失礼だと思われるに違いない。とりわけ無礼というわけではないが、未熟な証拠とみなされる。分別のある大人ならもう少し工夫して遠回しな聞き方をするのに、と思われるかもしれない。

しかし、ジョンダラーにはわかっていた。率直で直接的であることはマムトイ族のあいだでは礼儀にかなったことで、率直さに欠ける者のほうが疑わしいのだ。といっても、マムトイ族のふるまいは見かけほど率直というわけではない。そこには微妙な表現がある。直接的といってもその表現方法は様々だし、その受け取られ方も様々だし、言外にほのめかされていることもある。それでも、この簇長のあからさまな好奇心は、マムトイ族のあいだで当然のものだった。

「故郷に帰るところなのです」ジョンダラーは言った。「この女もいっしょに連れて帰ります」

「一日や二日ここにいても、たいした違いはないだろう」

「故郷ははるか西にあります。故郷を離れてからもう……」ジョンダラーは間をおいて考えた。「四年になります。帰るのに一年はかかるでしょう。それも早くて、です。途中で何ヶ所か危険な場所を——川や氷河を——渡らなくてはなりません。季節がずれると、たいへんなのです」

「西？　南に向かって旅をしているのだと思っていた」

「そうです。ベラン海と母なる大河を目指しています。川に沿って上流に向かうつもりなのです」

「わたしのいとこが何年か前に西に交易に行った。いとこの話だと、交易をした人間の中に川のそばで暮らす者たちがいて、その川を偉大なる母と呼んでいたらしい」男が言った。「いとこは母なる大河のことだろうと言っていた。いとこの一行はここから西に向かって旅をした。どのくらい上流まで遡《さかのぼ》るかにもよるが、大氷河の南を通るルートもある。そうすれば西に伸びる山脈の北側を通らなくてもいい。そのほうが旅の日程はずっと短くなると思う」

「タルートからもそのルートを教わりましたが、同じ河のことを指しているのかどうか確かではありません。もし違ったら、目指す大河を探すのに余計な時間がかかるでしょう。自分は前に南のルートを通ってきたので、そっちならよく知っています。それに、川べりに住む人々に親戚がいるんです。弟のつれあいはシャラムドイ族で、自分もシャラムドイ族といっしょに生活をしていました。もう一度シャラムドイ族に会いたいんです。もう二度と会えないかもしれないので」

「われわれは川べりに住む人々と交易をしているが……一年か二年前に、マムトイ族の女が嫁いだ部族のもとで、別の部族の者が暮らしていると聞いたことがある。そう言えば兄弟ふたりだと言っていた。シャラムドイ族の婚礼の慣習は変わっている。確か、その女とつれあいはもう一組の男女と縁組をすると言っていた――養子縁組のようなものだろう。マムトイ族の親戚で来たい者があれば招待するという知らせをもらった。何人かが行って、ひとりかふたりが帰ってきた」

「それは弟のソノーランの婚礼です」ジョンダラーが言った。これが自分の話の裏づけになるならうれしかったが、弟の名前を口にすると今でも胸が痛んだ。「それは弟の〈縁結びの儀〉でした。弟はジェタミオをつれあいにし、マルケノとソリーと縁組をしました。おれに最初にマムトイ語を教えてくれたのはソリーです」

「ソリーはわたしの遠縁のいとこだ。きみはソリーの縁組の相手の兄なのか?」簇長は妹のほうを向いた。「サリー、この男はわれわれの親戚だ。歓迎してやらなくては」簇長は返事を待たずに言った。「わたしはルタン、ハヤブサ簇の長《おさ》だ。母なる女神ムトの名において、ふたりを歓迎する」

女長はあきらめた。同じ歓迎の気持ちを表さなければ、簇長の兄を困らせることになる。しかたなく、女長は自分自身の考えを挨拶にこめることにした。「わたしはサリー、ハヤブサ簇の女長です。女神の名において、あなたがたをこの場所に歓迎します。夏のあいだ、わたしたちはハネガヤ簇となります」

これはジョンダラーが以前受けた、心のこもった歓迎の言葉ではなかった。明らかに、控え目で限定つきだ。女長はジョンダラーを歓迎するのは「この場所」で、ここだけでと言っているのだ。ここは一時的な居住地にすぎない。夏の狩りの季節のあいだは、どこに野営をしてもハネガヤ簇と名乗るのだろう。マムトイ族は冬のあいだは定住するが、この簇もほかの簇と同じように、半地下の大きな土廬をひとつかふたつ、あるいは小さめの土廬をいくつか、定住の住居として持っていて、それをハヤブサ簇と呼んでいた。女長はジョンダラーをハヤブサ簇で歓迎するとは言わなかった。

「ゼランドニー族のジョンダラーです。母なる大地の女神の名において、ゼランドニー語でドニの名において、ご挨拶いたします」

「余分な寝床がいくつか、マムートのテントにありますが」サリーは続けた。「どうしたらいいのでしょうね……動物のほうは」

「もしよろしければ」ジョンダラーは礼儀正しく言った。「簇に泊まらせていただくよりも、近くにテントを張らせていただけませんか？　お心遣いに感謝しますが、馬は草地に草を食べにいきます。いつものテントでないと、もどってこないかもしれません。簇に入っていくのは不安かもしれませんし」

「きっとそうでしょう」サリーは胸をなでおろした。サリーのほうも馬のことが不安だった。

エイラは自分も挨拶をしたほうがいいと思った。ウルフはさっきほど体を緊張させていないようなので、ためしにウルフを抱えていた腕の力をゆるめてみた。いつまでもしゃがみこんでウルフを抑えているわけにもいかない。立ち上がると、ウルフが飛びつこうとしたが、エイラは手で制して座らせた。

簇長は両手を差し出すことも、近寄ることもなく、エイラに歓迎の言葉を述べた。エイラも言葉を返した。「わたしはマムトイ族のエイラです」そしてつけ加えた。「マンモスの炉辺の者です。ムトの名において、ご挨拶いたします」

サリーも歓迎の言葉を言ったが、ジョンダラーのときと同じように「この場所に」と答えた。エイラも丁寧に礼を言った。もっと親しみをこめてくれてもいいのに、と思ったが、仕方がないとも思った。動物が進んで人間と旅をするなど、考えただけで恐ろしいのだろう。ふつうの人は受け入れてくれない。けれど、タルートはこの不思議な新発見を受け入れてくれた。それを思い出し、エイラはふとさみしくなった。愛するライオン簇の人々とはもう会えないのだ。

エイラはジョンダラーのほうを見た。「ウルフはもうさっきほど警戒していないわ。でも、わたしのことを心配していると思う。この簇にいるあいだ、何か方法を考えておとなしくさせておかなくちゃ。あとでまただれかに会うときのためにも」エイラはゼランドニー語で言った。このマムトイ族の簇で思ったことを自由にしゃべってはいけない気がしたのだ。しゃべれたらいいのに、と思ってはいたが。「たとえば、ジョンダラーがレーサー用に作った手綱みたいなものを使ってはどうかしら？　わたしの荷かごの中に余っている綱や革ひもがたくさんあるでしょう。さっきみたいに知らない人の後をつけまわったりしないようにウルフに教えなくちゃ。あと、わたしが指示した場所にじっとしていることも」

ウルフは、槍を向けるのは脅している証拠だ、と理解したに違いない。エイラにはウルフを責める気持ちはほとんどなかった。ウルフは風変わりな群れの人間や馬を守ろうとがんばっただけだ。ウルフの立場に立てばよくわかる。だが、それは正しいことをしたということではない。旅の途中で人に会うたびに、ほかの群れのオオカミに出くわしたみたいな行動をとらせるわけにはいかない。おとなしくすることを教えよう。知らない人に会ったときも、うなったりしないように。そう考えながら、エイラは思った。オオカミが女の言うことをきくなんて信じる人がいる？　馬が人間を背中にまたがらせてくれると信じる人がいる？

「エイラはウルフといっしょにそこにいてくれ。綱をとってくる」ジョンダラーが言った。レーサーはもう落ち着いていたが、ジョンダラーはレーサーにつけた引綱を握ったまま、ウィニーの荷かごの中から綱をさがした。この簇の人たちの敵意はいくぶんやわらぎ、よそ者に対する警戒心もゆるんだようだ。こちらを見ている様子から、恐怖心は好奇心に変わったようにも見えた。

ウィニーも落ち着いていた。ジョンダラーはウィニーを掻いて、軽くたたいてやった。そして、優しい言葉をかけながら荷かごの中をさがした。ジョンダラーはこのたくましい雌馬に好意以上のものを感じていた。レーサーの快活なところも大好きだったが、ウィニーの穏やかで我慢強い性質にも感心していた。ウィニーが落ち着いていると、それは若いレーサーにも影響した。ジョンダラーはレーサーの引綱を、母馬ウィニーの荷かごの革ひもにくくりつけた。ジョンダラーはよく、エイラが端綱も手綱もなしでウィニーを操るように自分もレーサーを操れたらいいのに、と思っていた。ところが、レーサーに乗っているうちに次第に、馬の皮膚が驚くほど敏感なことがわかってきた。最近ではずいぶんうまくレーサーを乗りこなせるようになり、脚を動かしたり、体を動かしたりして操れるようになってきた。

エイラはウルフといっしょにウィニーの反対側にまわった。ジョンダラーはエイラに綱をわたすと、小声で言った。「ここで一夜を過ごす必要はないよ。まだ日暮れまで時間はある。別の場所をさがそう。この川沿いか、別の川のそばがいい」

「いい機会だと思うの。ウルフが人に、とくに知らない人に慣れるのに。それに、あまり友好的な人々ではないけれど、わたしはあの人たちの簇を訪ねるのはいやじゃないわ。マムトイ族の人々ならわたしの部族よ。わたしが会う最後のマムトイ族になるかもしれないし。夏の集会には行くつもりかしら？　もしかしたら、ライオン簇に伝言を届けてもらえるかもしれない」

エイラとジョンダラーがテントを張ったのは、ハネガヤ簇から少し離れたところ、大きな支流の少し上《かみ》だった。ふたりは馬から荷を下ろし、草地に放してやった。エイラは一瞬不安になった。ウィニーとレーサーは砂埃にかすむ視界の向こうへ姿を消し、テントからどんどん離れていってしまったからだ。

エイラとジョンダラーは大きな川の右岸を旅してきたが、川から少し離れたルートを進んでいた。川はほぼ南に向かって流れていたが、左右に大きく蛇行して流れながら平原に深い溝を刻んでいた。川の流れる谷間より、高いところにあるステップを進むほうが、直線に近いルートをとれた。しかしステップは開けているため、容赦なく風が吹きつけ、日射しも雨もきつい。

「これがタルートの言っていた川？」エイラは巻いてあった寝袋をほどきながら言った。

ジョンダラーは片方の荷かごに手を入れ、大きくて平たい、マンモスの牙の破片を取り出した。これにはいろいろな印が刻んである。ジョンダラーは、それから濁った空を見上げた。太陽の光が乱反射して目が痛くなるほどまぶしい。見通しの悪い景色に目をやった。今は午後の遅い時間だ、それくらいしかわからない。

「わからない」ジョンダラーは地図をしまった。「なんの目印も見えない。それに、おれは自分の足で歩いて距離を測ることに慣れているんだ。レーサーは進むのがおれよりずっと早い」

「本当にまる一年もかかるの？　ジョンダラーの故郷に帰るのに」エイラはたずねた。

「確かなことは言えないな。途中で何に出会うか、どんな問題にぶつかるか、どのくらい休憩するかにもよる。もし来年の今頃までに故郷にたどり着けたら、幸運だと思っていい。まだベラン海にも着いていないんだ。母なる大河はベラン海に流れこんでいる。大河を河口からずっと遡って、その水源の氷河まで行って、そこからさらに進む」ジョンダラーが言った。信じられないほど濃く鮮やかな青色の目が、不安に曇った。例によって眉間には皺が寄っている。

「いくつか大きな川を渡ることになるが、いちばん気がかりなのは氷河だ。氷河を渡るのは氷がかたく凍っているときでないといけない。つまり、春が来る前に氷河にたどり着かないとだめだ。ところが、いつ春が来るか、まったく予想がつかない。強い南風が氷河の一帯に吹いてきたら、どんなに厚い氷も一日で溶けだす。そしたら、表面の雪も氷も溶けて、腐った木みたいにもろくなる。大きな裂け目ができて、その上に積もっている雪が陥没する。雪解け水が小川みたいに、ときには大きな川みたいに氷の上を流れて、ときには深い穴へとそそぎこむ。そうなったらとても危険だ。しかも、そういうことが突然起こる。今は夏だから、冬はまだまだ先に思えるかもしれないが、これから進む道は、エイラが思っているよりはるかに長い」

エイラはうなずいた。旅がどれだけ長くなるか、旅の終わりに何が待っているか、考えてもしかたない。訪れる毎日のことを考え、次の日、次の次の日のことくらいを考えていればいい。ジョンダラーの部族のことについては心配しないほうがいい。マムトイ族と同じように、ジョンダラーの部族の人たちも自分を受け入れてくれるだろうか、なんて心配もしないほうがいい。

「風がやめばいいのに」

「おれも砂をかむのにはあきたよ」ジョンダラーが言った。「さあ、隣人を訪ねてみよう。砂よりはましなものがあるかもしれない」

ふたりはウルフも連れてハネガヤ簇にもどったが、エイラはウルフをそばから離さなかった。ふたりは火のまわりに集まっているグループに加わった。火の上には串に刺した大きな肉の塊があった。会話は最初はずまなかったが、まもなく、好奇の目で見ていた人も心からの興味を示すようになり、怖がって遠巻きにしていた人もさかんに話をするようになった。氷河周辺のステップを居住地とする部族の数は少なく、この簇の人々もよその人間と会うことがほとんどなかった。この日、不意の客をむかえた興奮で、これからしばらくハヤブサ簇内の会話は活発になり、話題がつきることはないはずだ。エイラは何人かと親しくなったが、とくに、女の赤ん坊を抱いた若い母親と仲良くなった。赤ん坊はやっと支えなしで座れるようになったところで、大きな声で笑ってまわりを楽しませていたが、だれよりもウルフがうれしそうだった。

若い母親は、ウルフが自分の赤ん坊にやたらと興味を示しているのを最初とても不安がっていた。しかし、ウルフがたまらずに赤ん坊をペロペロなめだすと、赤ん坊が喜んで笑い、また、赤ん坊に毛をつかまれて引っぱられてもウルフがおとなしくしているのを見て、だれもが驚いた。

ほかの子どもたちもウルフに触りたがり、そのうちにウルフと遊びだした。エイラはこう説明した。このオオカミはライオン簇の子どもたちといっしょに大きくなったので、また子どもたちと遊びたかったのでしょう、と。ウルフはいつでも幼い子どもや体の弱い人にはとくに優しかった。赤ん坊が思わずぎゅっと力を入れてつかんでしまうときと、年長の子どもがわざと尾や耳を引っぱるときの違いがわかるようだった。ウルフは赤ん坊には我慢したが、年長の子どもたちには、うなったり、傷にならない程度にかみついて、その気になれば痛い目にあわせるぞ、と警告した。

ジョンダラーが、夏の集会を後にしてきたばかりです、と言った。すると、ルタンが、自分たちは土盧の修理をしていて、出発するのが遅れてしまった、でなければ、今頃集会にいるはずだったと言った。ルタンはジョンダラーに旅のことやレーサーのことをたずねた。まわりではたくさんの人が耳を傾けていた。みな、エイラには質問しにくい様子で、エイラも自分からはあまり話さなかった。そんな中、マムートはエイラとふたりだけで選ばれし者のみが知ることについて話したいようだったが、エイラはみんなといっしょにいるほうがよかった。女長でさえもエイラとジョンダラーが自分たちのテントに引き上げる頃には、緊張がとれ、親しくなっていた。そこでエイラは女長に、夏の集会に着いたら、ライオン簇の人々にくれぐれもよろしくお伝えください、とたのんだ。

その日の夜、エイラは寝袋に入っても目をあけたまま考えていた。いつものようにためらわなくてよかった。あまり歓迎してくれていない簇にも、加わってみてよかった。この簇の人たちは、初めてのものや知らないものに対する恐怖が消えると、だれもが興味を持って、いろいろ知りたがったもの。わたしも学んだ。変わった仲間といっしょに旅をしていると、途中で出会う人からとんでもない扱いを受けることもある。この先どうなるのかはわからない。でも、想像していたよりはるかに大変みたい、それは間違いなさそう。

2

ジョンダラーは翌朝早く発ちたかったが、エイラはハネガヤ族《むら》にもどって、知り合いになった人々にもう一度会ってから出発したかった。気がせくジョンダラーのそばで、エイラは時間をかけて人々と別れの挨拶を交わした。やっと出発したのは正午近くだった。

ゆるやかな丘陵地には開けた草地が続き、はるか遠くまで見渡せた。ふたりは夏の集会をあとにしてからずっとこのような草原を旅してきたが、じょじょに高度が上がっていった。高い場所に水源を持つ流れの速い支流は、蛇行しながら流れる本流よりも勢いがいい。支流は黄土の地盤を深く切り裂いて流れ、両岸は切り立った崖になっている。ジョンダラーは南に向かうつもりだったが、支流を渡るのにいい場所をさがしているうちに、西へ、さらに北西へと向かわざるをえなくなった。

予定のルートをはずれるにつれて、ジョンダラーはしだいにいらいらし、落ち着かなくなってきた。心の中で迷っていたのだ。自分が遠回りの南ルートを選び、人からすすめられた——何人にもすすめられた

――北西のルートをとらなかったのは間違いだったんだろうか。なんだかこの川までおれたちを北西のルートに向かわせようとしているみたいだ。確かにおれは北西のルートのことを知らないが、もしそのほうが近道なら、そっちから行くべきかもしれない。もし、春が来る前に確実に、はるか西の氷河の台地に着けるなら、母なる大河の水源地に着けるなら、北西のルートから行ってもいいのかもしれない。

その場合、シャラムドイ族に会える最後の機会を逃すことになるが、それはそんなに重要なことなのか？　正直、心からシャラムドイ族の人たちに会いたい。ずっとそれを楽しみにしていた。わからなくなってきた。南のルートを選んだ本当の理由は、慣れている、したがって、安全な道を通ってエイラとともに故郷に帰るためか？　それとも、家族同様のシャラムドイ族に会いたいからか？　もし間違った選択をしていたらどういう結果になるのだろう。

エイラの言葉でジョンダラーは現実に引きもどされた。「ジョンダラー、ここなら渡れるわ。向こう岸がのぼりやすそうよ」

川が湾曲していた。ふたりは止まり、周囲の様子を確かめた。激しい流れは湾曲部の外側を大きくえぐり、そこには高く、切り立った崖ができる。ふたりがいるのはその崖の上だった。しかし、湾曲部の内側にあたる対岸は川底からなだらかに上に向かっていた。茶褐色のかたい土のせまい岸があり、その後ろは低木の茂みだった。

「ウィニーとレーサーは、この崖を下りられるかな？」

「たぶん。いちばん深いところはこっち側、湾曲の外側でしょ。川がどのくらい深いかわからないし、ウィニーとレーサーが泳がなくちゃいけないかどうかもわからない。わたしたちも降りて泳いだほうがいいと思う」エイラはそう言ってから、ジョンダラーが不満そうなのに気がついた。「でも、もしあまり深くないなら、乗ったまま渡ればいいわ。着ているものを濡らすのはいやだけど、わざわざ脱いで泳ぐのもいやだし」

ふたりは馬をせかして険しい崖を進んだ。馬はひづめをすべらせながら砂岩の斜面をずるずると下り、そのまま水しぶきを上げて急流に飛びこみ、下《しも》に流された。川はエイラが思っていたより深く、馬は一瞬あわてたが、すぐに川の様子を判断し、流れに負けないよう傾斜のゆるやかな対岸をめざして泳ぎだした。馬が湾曲部の内側のなだらかな岸に上がったところで、エイラはウルフをさがした。見ると、ウルフはまだ崖の上で情けない鳴き声をあげながら、おろおろ走りまわっている。

「怖くて飛びこめないんだ」ジョンダラーが言った。

「おいで、ウルフ！　おいで！」エイラは叫んだ。「泳げるでしょ」だが、ウルフは悲しそうな鳴き声をあげ、尾を後ろ足のあいだにはさんだ。

「どうしたんだ？　川なら前にも渡ったことがあっただろう」ジョンダラーが言った。またこれで時間がとられる。今日のうちにもっと先まで進みたいのに、何もかもが共謀して足を引っぱっているようだ。

まず出発がおくれ、行きたくない北や西に遠回りをさせられ、今度はウルフが川を渡ろうとしない。そのうえ、ここで休んで、水につかってしまった荷かごの中身を確かめなくてはならない。もっとも、荷かごはきつく編んであって、かなりの防水性はある。さらにジョンダラーのいらいらをつのらせたのは、自分もびしょ濡れで、しかも日が傾いてきていることだった。風も冷たくなってきたので、着替えて、濡れたものを乾かさなくてはならない。夏の日中はじゅうぶん暖かいが、夜風は音を立てて氷河の冷たい息吹を運んでくる。巨大な氷河は、北の大地を山ほど厚い氷でおおって押しつぶす。その影響は地上の至るところで感じられるが、氷河周辺の冷たいステップが最も影響を受けていた。

もっと早い時間なら、濡れたものを着たまま旅を続けても平気だった。進むうちに風と太陽で乾くからだ。ジョンダラーはとにかく南に向かおうと思った。少しでも先に進むために……もし動く気力さえあれば。

「こんなに流れの速い川には慣れていないから、川岸まで下りていくこともできないのよ。それに、川に飛びこんだこともないし」エイラが言った。

「どうする？」

「もし、飛びこみなさいって言ってもだめなら、わたしが自分で連れてくる」

「おれたちが先に進んだら、ウルフも飛びこんでついてくる。今日のうちに少しでも先に進むつもりなら、待ってはいられない」

エイラの、不信と怒りの表情を見て、ジョンダラーはまずいことを言ってしまったと思った。「怖がっているからって、置いてきぼりにされたい？　ウルフが川に飛びこもうとしないのは、今までにやったことがないからよ。それをどうしろって言うの？」

「おれが言いたいのは……ウルフはもともとオオカミだ。オオカミならいつだって川を渡る。ウルフは飛びこむきっかけが欲しいだけだ。後を追ってこなかったら、迎えにいってやろう。あそこに置き去りにしようと言ってるわけじゃない」

「あなたが迎えにいくことはないわ。これから、わたしが行ってくるから」エイラはそう言うとジョンダラーに背中を向け、ウィニーを川に向かわせた。

ウルフはまだクンクン鳴きながら、馬のひづめが乱した地面をかぎまわり、対岸のふたりと二頭の馬を見ている。エイラはまた大声でウルフに呼びかけながら、ウィニーとともに急流に入っていった。川幅の半分くらいまで行ったところで、ウィニーが足をとられてよろけた。ウィニーは高くいななき、しっかりした足場をさがした。

「ウルフ！　おいで、ウルフ！　ただの水よ。おいで、ウルフ、ウルフ、飛びこむの！」エイラは大声で呼んだ。怖がっているウルフをはげまし、渦巻く流れに飛びこませようとした。エイラはウィニーの背から降りて、泳いで崖に向かうことにした。そのとき、ウルフがやっと勇気をふりしぼって飛びこんだ。水しぶきが上がり、ウルフがエイラに向かって泳ぎだした。「そうよ！　がんばって、ウルフ！」

ウィニーは足場をさがしてもがきながら、岸に引き返そうとしている。エイラは片手でウルフを抱えたまま、ウィニーのほうに手を伸ばした。そのときにはもうジョンダラーも川に入り、胸までつかりながらウィニーを助け、エイラに手を差し出していた。みんないっしょに岸までたどり着いた。

「急がなくちゃ。今日のうちに少しでも先に進まないと」エイラはまだ目に怒りを浮かべたまま、ウィニーにまたがろうとした。

「いや」ジョンダラーはエイラを止めた。「まず、その濡れたものを着替えてからだ。ウィニーとレーサーもふいてやったほうがいい。できたら、ウルフも。今日はじゅうぶん進んだ。今夜はここで野営しよう。おれは四年間かけてここまで来た。帰るのに四年かかってもいい。エイラと無事に着けるならな」

エイラはジョンダラーを見上げた。吸いこまれそうな青い瞳に浮かんだ心遣いと愛情に、エイラの怒りは跡形もなく消えた。エイラは、身をかがめたジョンダラーに抱きついた。あの、信じられないほどの感動がよみがえってくる。初めてジョンダラーに口づけをされ、キスを教えてもらったときの感動が。エイラは、自分がジョンダラーと旅をし、ジョンダラーの故郷に向かっていることが言葉にできないほどうれしかった。どう言えばいいのかわからないほどジョンダラーを愛していた。あの長い冬を乗り越えた今、その想いはよけいにつのっていた。あの冬のあいだ、ジョンダラーは気持ちがさめて、自分を捨てて行ってしまうと思っていたのだから。

一方、ジョンダラーはエイラが急流にもどっていくのを見て全身が凍りつくほどの恐怖を覚えたのだった。ジョンダラーは、エイラを引き寄せ、抱きしめた。信じられないくらい、愛していた。エイラに会うまで、ここまでだれかを愛せるとは思ってもいなかった。一度エイラを失いかけたことがあった。エイラは、いつも笑っているような目の、褐色の肌の男といっしょに残るつもりなのだと思ったときのことだ。ジョンダラーは、ふたたびエイラを失うかもしれないと考えるだけで耐えられなかった。

二頭の馬と一匹のオオカミを連れ、動物を飼いならせるなどだれも思いもしない世界で、ジョンダラーは自分の愛する女とふたりきり、広大な冷たい草原に立っていた。まわりにはあまたの、様々な動物がいるが、人間はほとんどいない。ジョンダラーはこの壮大な大陸を渡る旅に思いをはせた。しかし、エイラがつらい目にあうかもしれない、そう思うだけで恐怖に襲われ、息が詰まりそうになる。そんなときは、ただいつまでもエイラを抱きしめていたかった。

ジョンダラーはエイラの体の温もりを感じた。エイラのくちびるも、口づけに応えている。ジョンダラーの気持ちが高まってきた。だが、待て。エイラはびしょ濡れで震えている。着替えをさせ、火をおこしてやらないと。この岸は野営にうってつけの場所だ。休むには少し早いかもしれない。しかし今、着ているものを乾かしておけば、明日の朝は早く出発できる。

「ウルフ！　放しなさい！」エイラは叫びながら、革でくるんだ荷物をかまっているウルフに駆け寄った。「革には触っちゃいけないって、教えたでしょ」エイラが荷物を取り上げようとすると、ウルフはおもしろがって革にかみつき、頭を前後に振りながらうなった。エイラは手を放した。遊んでいる場合じゃない。「放しなさい！」エイラは厳しい口調で言い、片手を下にのばして、ウルフの鼻面をたたく真似をした。エイラの声としぐさに、ウルフは尾を垂らした。みじめな様子でエイラの足下に荷物を落とし、こびるようにクンクン鳴いた。

「これで二度目よ」エイラはウルフがかじっていたほかのものもいっしょに拾いながら言った。「だめだってわかってるのに、革をいじりたくてしかたがないのよ」

ジョンダラーも来て拾うのを手伝った。「どうする？　ウルフはエイラがしかれば放すけど、エイラがそこにいなければしかれないし、しじゅう見張っているわけにもいかないだろう……。おや、これは？　こんなもの、あったっけ？」ジョンダラーが不思議そうに手にとったのは、柔らかい皮にていねいにくるんで、しっかりひもをかけた包みだった。

少し赤面しながら、エイラはあわててそれをジョンダラーの手から取り上げた。「これ……ただの……ちょっとした……ライオン簇から持ってきたの」エイラはそう言いながら自分の荷かごに包みをしまいこんだ。

ジョンダラーは首をかしげた。ふたりとも旅の荷物は最小限におさえ、必需品以外はほとんど持っていない。その包みは大きくはないが、小さくもなかった。それを入れる場所があるなら、ほかにもっと必要なものを持ったらよさそうなものだ。いったい何を持っているのだろう？

「ウルフ！　やめなさい！」

ジョンダラーはエイラがウルフを追いかけるのを見て、思わずほほ笑んだ。ウルフはわざといたずらをしているようだ。エイラをからかってわざと追いかけさせて遊んでいるらしい。ジョンダラーはエイラの休息用の靴を見つけた。柔らかい革が足の踵《かかと》から甲までおおうモカシンで、テントを張ったあとにときどき履くものだ。とくに地面が凍っていたり、濡れていたり、冷たかったりして、旅用の頑丈な靴を干したり、乾かしたりするときに履いていた。

「もうっ、どうしたらいいの！」エイラはぷんぷん怒りながら、ジョンダラーのほうに向かってきた。エイラはウルフから取り返したばかりのものを抱えて、いたずらっ子をにらんだ。ウルフはそっとエイラについてきた。反省したような顔で、悲しそうにクンクン鳴きながら、怒ったエイラを見ている。しかし、その表情の下に、いたずらをあきらめるつもりはない様子がうかがえた。ウルフはエイラに愛されていることを知っている。エイラが気を許したとたん、うれしくなり、体をよじってキャンキャン鳴いて、また遊びたがるのだった。

ウルフはあともう少しで大人のオオカミの体格、というところだったが、実際にはまだまだ子どもだった。ウルフは時期はずれの冬に、つれあいをなくした母オオカミから生まれた。ウルフの毛はありふれた色、黄みがかった灰色だ。白、赤、茶、黒の毛が混じって、そんな色になるのだが、おかげで自然界の茂み、草、地面、岩、雪などの景色に溶けこんで姿を隠すことができる。しかし、ウルフの母親は真っ黒だった。

母親オオカミは色がめずらしいせいで、群れの頭《かしら》を始め、ほかの雌から容赦なくいじめられ、最下位の地位を与えられ、しまいには群れから追い出されてしまった。母親ははぐれ者となり、一シーズンを群れと群れの縄張りのあいだで生き延び、別のはぐれ者の雄オオカミと出会った。その雄は年老いて仲間についていくことができなくなり、群れを離れた。二匹はしばらくいっしょに過ごした。狩りに関しては母親オオカミのほうが体力はあったが、雄のほうは経験が豊かだった。二匹は小さいながらも自分たちの縄張りを作り、それを守った。そして、二匹が協力して確保した食糧のせいか、心優しい雄がいつもそばにいてくれたせいか、それとも、母親オオカミが遺伝的にそういう体質だったのか、母親はさかりの時期ではないのにさかりがついた。しかし、年老いたつれあいの雄も気をそそられ、ほかの雄と争うこともなく、喜んでさかりのついた雌にこたえた。

だが、悲しいことに、雄の年老いた体は氷河周辺のステップの厳しい冬に耐えることができず、寒い季節がやってくるとすぐに息絶えた。黒い母親オオカミは打ちひしがれた。たったひとりで子どもを産まなくてはならない——しかも、冬だ。自然は、標準から大きくはずれた動物に対して、かならずしも優しくない。そして季節は容赦なくめぐる。草が枯れ、茶色の地面がのぞく雪景色の中で狩りをしても、黒い体では、用心深い獲物にすぐに見つかってしまう。しかも冬で獲物の数は少ない。つれあいも、優しいおばも、おじも、いとこも兄姉もいない。授乳期の母親と産まれたばかりの子どもたちは食糧もなく、めんどうも見てもらえない。母親は弱っていき、生まれた子どもたちもつぎつぎに死に、たった一匹だけが残った。

エイラはオオカミのことをよく知っていた。狩りを始めたときから観察していたからだ。しかし投石器でしとめたオコジョを盗もうとした黒いオオカミが、飢えた授乳期の雌だとは知るはずもなかった。オオカミが子どもを産む季節ではなかったからだ。エイラは獲物を取り返そうとしたとき、思いがけず雌オオカミの攻撃を受け、身を守るためにそのオオカミを殺した。その後で、雌オオカミの状況から、はぐれ者だったのがわかった。群れから追い出されたオオカミにエイラは不思議な親近感を覚え、オオカミの子どもをさがすことにした。その子たちを育ててくれる親類はいないはずだった。エイラは母親オオカミの来た道をたどり、巣穴を見つけた。中に這いこんでみると、子どものオオカミが一匹だけ生き残っていた。

まだ乳離れせず、目もちゃんと開いていなかった。エイラはその子オオカミをライオン簇に連れ帰った。

エイラが小さいオオカミの子を見せると、簇のだれもが驚いた。しかし、この女は以前、言うことをきく馬を連れてきた。みんなもう、馬にも、動物と仲良くできるエイラにも慣れていたので、オオカミのことも、エイラがオオカミをどうするつもりなのかも、好奇の目で見ていた。エイラがオオカミを育て、訓練することができるということは、多くの人間にとって驚きだった。ジョンダラーは今でもウルフの賢さに驚くことがあった。人間ではないかと思えるくらい賢かった。

「ウルフはエイラと遊んでいるつもりなんだ」ジョンダラーは言った。

エイラはウルフを見て、思わず笑ってしまった。するとウルフは頭を上げて、尾で地面を打ち始めた。待ちきれないのだ。「そのとおりだと思うけど、だからって、なんにでもかみつかれるのは困るわ」エイラはそう言いながら、ずたずたにされた休息用の靴を見た。「これはウルフにやろうかしら。もうぼろぼろになってしまったし、これがあればしばらくほかのものには興味を示さないでしょう」エイラが靴をほうり投げると、ウルフは跳んで宙でくわえた。ジョンダラーの目には、ウルフがにやりと笑ったように見えた。

「荷物をまとめたほうがいい」ジョンダラーは前の日に、あまり南に進めなかったことを思い出した。

エイラは、東の空に顔を出し始めた太陽のまぶしさに、目を細めてあたりを見渡した。ウィニーとレーサーは野原で草を食んでいる。川の湾曲部の内側にある岸の茂みの向こうだ。エイラは鋭く口笛を吹いた。ウルフを呼ぶときの口笛と似ているが、少し違う。干し草色のウィニーが頭をおこし、低くいななくと、エイラのほうに向かって駆けてきた。若いレーサーも後をついてきた。

ふたりがテントをたたみ、馬に荷物を積み、出発しようというときだった。ジョンダラーがテント用の柱を片方のかごに、槍をもう片方のかごに入れ直して両方の重さを同じにしたい、と言いだした。エイラはウィニーにもたれて待った。この姿勢はいつもの、お互いにとって心地いい姿勢だった。こうして触れ合う習慣は、豊かだが寂しい谷で、エイラの友だちがこの若い馬しかいなかったときから続いていた。

ウィニーの母親を殺してしまったのもエイラだった。その頃、エイラは狩りを始めて何年もたっていたが、道具は投石器だけだった。エイラは自己流で、その隠しやすい狩りの道具の使い方を覚えた。しかし、氏族のタブーを破ったせめてものつぐないとして、狩るのは主に捕食動物だけにしていた。捕食動物は人間と獲物の奪い合いをすることがあり、ときには人間のとった獲物を盗むからだ。しかし、エイラは初めて食肉となる大型動物を殺した。それがウィニーの母馬だ。エイラが動物をしとめるのに槍を使ったのも、そのときが初めてだった。

氏族のあいだでは、もしエイラが男の子で、槍で狩りをすることが認められていたなら、それが最初の獲物とみなされたはずだ。一方、女であるエイラが槍を使えば、生きていることを許されなかったはずだ。しかし、エイラは自分が生き延びるためにその馬を殺した。もちろん、わざと授乳中の雌馬を選んで、落とし穴にはめたのではなかった。エイラは子馬に気がついたとき、かわいそうに思った。母馬がいなければ死んでしまうのはわかっていたが、子馬を育てようなどとは思ってもみなかった。思いつく理由もない。だれもそんなことをしたことがなかったのだから。

ところが、ハイエナがおびえた子馬の後を追うのを見て、オガの赤ん坊を引きずっていこうとしたハイエナのことを思い出した。エイラはハイエナがだいきらいだった。それはたぶん、オガの赤ん坊を助けるためにハイエナを殺したときに、自分の秘密がばれ、つらい経験をすることになったからだ。ハイエナも、自然界のほかの捕食動物や清掃動物と同じで、とりわけ悪意を持っているわけではなかったが、エイラにとって、ハイエナは残酷で、野蛮で、邪悪なものの代表になった。そのときも、エイラは以前ハイエナを殺したときと同じで、思わず体が動いていた。投石器からすさまじい速さで放たれた石は、いつものように致命的だった。エイラは一匹殺してあとは追い払い、無力な子馬を救った。そしてこのときは、つらい経験のかわりに、孤独をなぐさめてくれる仲間を手に入れた。その喜びは、驚くほどの信頼関係にまで育っていった。

エイラのウルフに対する気持ちは、陽気で明るい子どもに対する愛情と似ていたが、ウィニーに対する気持ちは、それとは違っていた。ウィニーはエイラが寂しいときいつもそばにいてくれた。ウィニーとエイラは、まったく異なる生き物同士として、可能なかぎり、いちばん近い関係だった。お互いをよく知り、理解し、信頼していた。この干し草色の馬は、ただの役に立つ動物の仲間、ペット、心から愛する子ども、というだけではなかった。ウィニーは何年ものあいだ、エイラにとってたったひとりの仲間であり、友人だった。

しかしエイラが初めてウィニーの背中にまたがり、風のように駆けたとき、それはごく自然なことで、理由を説明するのはむずかしかった。そのときエイラはただただ楽しかったので、またウィニーにまたがった。最初のうちエイラは意識してウィニーを操るつもりはなかったが、心の通じ合う仲間としていっしょに走るたびに、お互いの考えていることがわかるようになった。

ジョンダラーの支度を待つあいだ、エイラはウルフが休息用の靴をかじって遊んでいるのを見ながら、この迷惑な癖をやめさせる方法はないものかしら、と思った。エイラの目は自然に、野営をした岸にある草木をながめていた。川の急な湾曲部で、この岸はその左右を対岸の険しい崖にはさまれ、毎年水浸しになった。しかし、そのおかげで肥沃な黒土の地面には、豊富な種類の低木、薬草、小ぶりな木々までが育ち、その後ろは豊かな草地だった。エイラはいつもまわりにある植物を観察していた。第二の天性ともいえる観察力で、あらゆる植物に気がついた。そして本能といえるほど深くしみこんだ知識で、目にした植物の名前と特性を思い出した。

クマコケモモがある。ツツジ科の常緑の小低木で、葉は小さくて深緑の革のようだ。薄紅色を帯びた白色の丸い小花がたくさん咲いている。赤い実がたわわになる前ぶれだ。クマコケモモの実は酸っぱく、少し渋いが、ほかの食材といっしょに料理をするとおいしい。しかし、食糧となるだけではない。クマコケモモの汁は、排尿時の痛みを緩和するのに、とくに尿に血が混じるときに効くのだ。

そのそばには、ホースラディッシュの白い小花が、茎の上で花束のようにこんもりと咲いていた。茎についた葉は細くて小さいが、下のほうを見ると、地面からは細長く、先のとがった、深緑のつやつやした葉が生えていた。ホースラディッシュの根は太くて長く、つんとした香りがあって、ぴりっと辛い。肉料理に少し使うと肉の味を引き立てる。しかし、エイラの気を引いたのは、その薬効だった。ホースラディッシュの根には食欲増進効果、利尿作用があり、関節痛の外用薬としても使える。エイラは少し集めていこうか、とも思ったが、そんな時間の余裕はなさそうなので、思い直した。

ところが、アンテロープセージを見つけると、エイラはためらうことなく、先のとがった掘り棒を手に取った。アンテロープセージの根は、月経のあいだ毎朝飲む薬草茶の材料のひとつだ。エイラは月経のとき以外は別の薬草を数種類使ったが、とくに、ほかの植物に寄生して、ときには枯らしてしまうオウレンをよく使った。ずっと前にイーザからこの魔法の植物のことを教わった。オウレンは、女のトーテムの霊の力を強くして、男のトーテムの霊に負けないようにしてくれる。すると、女の腹には赤ん坊ができない。イーザはいつもエイラに、このことをだれにも教えないように、とくに、男には教えないように、と言っていた。

　エイラは、本当に霊が赤ん坊を作るのだろうか、と思った。赤ん坊にはそれよりも男が関係しているように思えたが、魔法の植物はとにかくよく効いた。この特別な薬草茶を飲んでいるあいだは、男がそばにいてもいなくても、赤ん坊はできなかった。もし一ヶ所に落ち着いているのなら、別にできてもかまわない。しかし、ジョンダラーはエイラにはっきりと言った。この先長い旅が待ち受けているのだから、途中で身ごもるのは危険だ、と。

　アンテロープセージの根を引き抜いて、土を振り払いながら、エイラはハート型の葉と、長くて黄色い管状の花の植物に気がついた。セネガだ。流産を防ぐのに効く。イーザがこれを採ってきてくれたときのことが思い出され、胸が痛んだ。エイラは立ち上がり、集めたばかりの根を専用のかごに入れにいった。かごはウィニーの背に積んだ荷かごのひとつの上部にくくりつけてある。見ると、ウィニーはカラスムギの上のほうだけを選んでかじっていた。カラスムギの実は料理するとおいしいのよね、わたしも好き。そう思いながら、エイラは無意識のうちに、薬効についての情報もさぐっていた。カラスムギの花と茎は消化を助ける。

　ウィニーの糞が落ちていた。そのまわりをハエが飛びまわっている。季節によっては虫にひどく悩まされることがある。エイラは虫除け効果のある植物をさがすことにした。この先どんな場所を旅することになるか、想像もつかないからだ。

　周辺の植物をざっと見まわしたエイラは、とげのある低木に気がついた。ヨモギの一種だ。苦い味、ショウノウのように強い香りがする。虫除けにはならないが、ほかの用途がある。そのそばにはゲンノショウコがあった。ゲラニウムの一種だ。葉のまわりはぎざぎざで、花びらが五枚の薄紅色の花が実を結ぶと、ツルの嘴《くちばし》に似た実がなる。葉を干して粉にしたものは、血を止め、傷口をふさぐ作用がある。薬草茶にして飲めば、口内炎に効く。根は下痢止めで、腹の調子を整える。味は苦くて刺激的だが、子どもや年寄りでも飲める。

振り返ってジョンダラーのほうをちらりと見ると、またウルフがエイラの靴をかんでいた。突然、エイラは頭の中でいろいろな薬草のことを考えるのをやめ、今見たばかりの植物のことだけを考えた。どうしてあれが気になったのかしら？　何かだいじなことがあったような。そして、ピンときた。エイラは急いで掘り棒を手に取り、地面をかき始めた。ショウノウのように強力なにおいのする、苦いヨモギの根元を掘り、それから、においがきつくて渋いが、比較的無害なゲンノショウコを掘った。

ジョンダラーはレーサーの背にまたがり、すっかり用意のできた様子でエイラのほうを見た。「エイラ、植物を集めている場合じゃないぞ。出発だ。どうしても今、必要なのかい？」

「そうなの」エイラは言った。「すぐだから」辛味のある、長くて太いホースラディッシュを掘り、また次の植物に取りかかる。「思いついたのよ。あの子をわたしたちの荷物に近づかせないようにする方法を」エイラは、ずたずたになった休息用の靴をかじって遊んでいるウルフを指さした。「『ウルフ除け』を作るの」

ふたりは野営した場所から南東に向かい、昨日まで沿って歩いていた川にもどることにした。風に舞っていた砂埃は夜のうちに落ち着いていた。澄み切った空気の中、無限の空の下、昨日までぼやけていたはるかな地平線がはっきりと見えていた。まわりには何もない。東西南北、端から端まで見渡す限り、草が大きくうねっている。三百六十度、広漠とした草原だ。河川のそばに点在する木々は、圧倒的な草原の迫力を際立たせるだけだった。青々とした草原の広がりは人間の想像を超えていた。

巨大な氷河の厚みは三キロメートルから八キロメートルもあり、地球の両極をおおっていた。北の大地も氷河に広くおおわれ、その途方もない重さで大陸の岩の表層は押しつぶされ、基岩までもが大きな圧力を受けていた。氷河の南側はステップだった――冷たく、乾いた草原が大陸の西の沿岸から東の沿岸まで広がっている。氷河沿いの地帯はすべて広大な平原だった。低地の谷から風にさらされる高地まで、すべてが草地だ。山、川、湖、海など、草や木を育てる水分をもたらすもの以外に、氷河期の北地を代表する草地をおかすものはない。

エイラとジョンダラーは平らだった土地がしだいに下《くだ》っていくのを感じた。まだだいぶ先だが、大きな川のある谷に向かっているらしい。まもなくふたりは背の高い草の茂みに入りこんだ。高さが二メートル半もある茂みの中では、エイラがウィニーの背の上で首を伸ばしても、羽根のような穂と風に揺れる小さな花の中に、ジョンダラーの頭と肩がやっと見えるくらいだ。小さな花は、青緑の細い茎の上でかすかに赤みがかった金色に光った。ジョンダラーの鹿毛《かげ》の馬もときどきちらりと見えたが、そこにレーサーがいる、と知っているからわかるだけのことだった。エイラは馬のおかげで高いところから見られてよかったと思った。もし歩いていたら、深い森の中を、風に揺れる緑の草の森の中を歩いている気がしただろう。

背の高い草は、踏みこめば簡単に道をあけたが、前方は茎越しにわずかしか見えない。通り過ぎると草はすぐに閉じ、ふたりのあとはほとんど残らない。見えるのは手の届く範囲だけで、まるで自分を取り囲む小さな空間とともに移動しているようだった。頼れるのは、頭上の澄んだ青空をいつもどおりに渡るまぶしい太陽と、絶え間なく吹く風に身をかがめて風向きを教えてくれる草だけ。そのおかげで進むべき方向がわかり、はぐれずにすんだ。

エイラは進みながら、吹きすさぶ風の音と、耳元のカの羽音を聞いていた。草の密集する茂みの中は暑く、息苦しい。草が揺れていても、風はほとんど感じられなかった。ハエがうるさく飛ぶ音がして、新しい糞のにおいがする。たった今レーサーが落としたものだろう。レーサーがだいぶ先を歩いていたとしても、エイラにはそこを通ったのはレーサーだとわかっただろう。レーサーのにおいは、ウィニーのにおいや自分自身のにおいと同じように、はっきりとかぎ分けられた。あたりには豊かな腐植土のにおいと、新芽を出したばかりの植物のにおいがたちこめていた。エイラはにおいを良い、悪いで分類しなかった。目や耳を使うときと同じように鼻を使い、持っている知識に基づいてにおいの世界を観察し、分析した。

しばらくしても、景色は同じまま、どこまでも長い緑の茎ばかり。馬は同じ歩みで進み、上からは強烈な直射日光。エイラは眠気に襲われた。起きてはいたが、意識が少し薄れてきた。つねに周りを囲っている、節のある細長い茎がぼやけて、見えなくなり、そのかわりに、ほかの植物が気になりだした。草以外のものもたくさん生えている。いつものように、エイラは頭の中で分類を始めたが、意識してはいなかった。ただ、こうやって周囲を観察するのが習性になっているのだ。

あそこ、あの少し開けたところ――何か動物が転げまわったあとに違いない――にあるのは、アカザ。ネジーはアカザと呼んでいたけれど、一族の洞穴のそばにあったシロザと似ている。少しつもうかしら、でも、わざわざめんどう。あの植物、花が黄色くて、葉っぱが茎をくるんでいるのはキャベツ。今晩のおかずにいいかも。しかしエイラはそれもつまずに通り過ぎた。あの青紫の花、葉っぱが小さいやつ。あれはレンゲソウ。さやがたくさんついている。もう食べ頃かしら？　たぶんまだ。先にある、あの大きな白い花。丸くて、真ん中のほうが薄紅色のはニンジン。レーサーが少し葉っぱを踏みつぶしたみたいね。掘り棒を出したほうがよさそうだけど、向こうにもまだたくさんあるみたい。後にしよう。すごく暑いし。エイラは自分の汗に濡れた髪の上を飛んでいたハエのつがいを追い払った。ウルフをしばらく見ていない。どこにいるんだろう？

振り返ってウルフをさがすと、ウィニーのすぐ後からついてきていた。地面のにおいをかいでいたウルフが立ち止まった。そして頭を上げて何か別のにおいをかいだかと思うと、エイラの左手の草むらに消えた。羽に斑点のある大きな青いトンボが、厚い草のカーテンを抜けてきたウルフにじゃまされ、少し位置を変えてまた羽をふるわせた。まるで空中の縄ばりを守っているかのようだ。少しして、けたたましい鳴き声とはばたきが聞こえたかと思うと、突然、大きなノガンが飛び立った。エイラは投石器に手を伸ばした。額のあたりに巻きつけてある。そこならすぐに手に取れるし、髪の毛が顔にかかるのを防いでくれる。

ところが、巨大なノガンは——重さが約十キロもあるステップでいちばん重い鳥だが——重さのわりに飛ぶのが速い。エイラが小袋から石をひとつ出したときには、もう届かないところにいた。先端が茶色い、白い翼のまだらの鳥はみるみる速度を上げ、頭を前に、両脚を後ろに伸ばして飛び去った。ウルフがなんのにおいをかぎつけたのかわかればよかったのに。あの鳥をしとめられたら、わたしたちふたりもウルフも素敵な夕食を食べられて、しかもたくさん余るくらいだったのに。

「間に合わなかったな。残念」ジョンダラーが言った。

ジョンダラーも小型の槍と投槍器《とうそうき》を荷かごにしまうところだった。エイラはうなずきながら、革の投石器をまた額に巻きつけた。「ブレシーに棒投げを教わっておけばよかったわ。あっちのほうが早いもの。マンモス狩りに行く途中、水鳥がたくさんいる沼地のそばで止まったとき、ブレシーは信じられないくらい素早かったの。それに、一度に二羽以上しとめられることもあるし」

「ブレシーはうまかったが、たぶん、何年も練習したんだろう。エイラが投石器を練習したのと同じくらい。ああいう技はちょっとやそっとで身につくものじゃないからな」

「でも、もし草がこんなに茂っていなかったら、わたしだってウルフが何を追っているのか見えて、余裕で投石器を使えたかもしれないわ。たぶんハタネズミだろうと思っていたから」

「目を大きく開けて見ていないとな。ウルフが何かを威嚇しているときは」

「目は開けていたわ。気がつかなかっただけ！」エイラはそう言うと、空を見上げて太陽の位置を確かめ、背筋を伸ばして草むらの向こうを見ようとした。「でも、ジョンダラーの言うとおり。今晩のために新鮮な肉を手に入れることを考えたほうがよさそうね。食材になる植物をいろいろ見つけたの。少し止まってつもうと思ったんだけど、あちこちにあるみたい。とるならもっと後で、新鮮なのを集めるわ。この太陽の暑さで萎《しお》れたのじゃなくてね。まだ、ハネガヤ簇でもらったバイソンの肉を焼いたのが残っているけど、あと一食分だけ。この時期に非常用の乾燥肉を食べる理由もないわ。まわりにたくさん新鮮な食べ物があるんだから。あとどのくらいしたら休憩？」

「そろそろ川が近そうだ——少し冷えてきただろう？　それに、これだけ高い草はふつう水辺の低地に生えているものだ。川に着いたら、下流に向かって野営できる場所をさがそう」ジョンダラーはそう言ってまた進みだした。

　高い草の茂みは川辺までとぎれることなく続いていたが、湿った川岸近くになると、木が交じるようになってきた。エイラとジョンダラーは馬を止めて水を飲ませ、自分たちも馬から降りて喉の渇きをいやすことにした。目の詰んだ小さい編みかごで川の水をすくって飲んだ。ウルフもすぐに草むらから走り出て、音を立てながら水を飲んだ。そして、ぺたんと座りこんで、エイラを見つめた。舌を出して、大きくあえいでいる。

エイラはほほ笑んだ。「ウルフも暑いのね。ずっと探検していたみたいだから。発見したものを全部教えてほしいな。この深い茂みの中で、わたしたちよりもっといろいろ見ているんだもの」

「この草むらを抜けてから、テントを張ろう。おれは見晴らしがいいのに慣れているから、ここは息苦しい感じがする。これじゃ、先に何があるのかまったくわからない。まわりをつねに把握していたいんだ」

ジョンダラーはレーサーに手を伸ばすと、ぴんと立ったたてがみのすぐ下に手をかけ、力強く地面をけった。片足を大きく上げ、両腕で体を支え、たくましいレーサーの背中に軽々とまたがった。ジョンダラーは手綱を引いて、レーサーを柔らかい川岸からかたい地面に移動させ、それから下流に向かった。

どこまでも広がるステップは決して、単調ではなかった。ただの優雅に揺れているだけの草の原ではない。背の高い草は水分の多い地域だけに生えていたが、そこには多種多様なほかの植物もあった。一メートル五十センチ以上ある草が多いが、四メートル近いもの――大きな球根から育つヒメアブラススキ（ウシクサ）や、ハネガヤや、ふさふさのウシノケグサなど――もあり、色とりどりの草の原には種々の花をつけた広葉の薬草類もある。たとえば、シオンやフキタンポポ。多弁の黄色い花をつけるオオグルマに大きな白いロート状の花をつけるダチュラ。ホドイモやニンジンやカブやキャベツ。ホースラディッシュにカラシに小タマネギ。アイリスにユリにキンポウゲ。スグリにイチゴ。キイチゴにクロイチゴ。

降雨量の少ない半乾燥地域では、五十センチ以下の背の低い草が発達した。この地域の草の地上に出ている部分は全体のごくわずかで、体のほとんどは地中にあるが、とくに干ばつの時期にさかんに新芽を伸ばす。このような草はヨモギやセージのような低木と共生していた。

中間の高さの草は、低い草には寒すぎ、高い草には乾燥しすぎる地域に広がっていた。平均的な高さの草の育つ、適度に水分のある草原もまた、色とりどりだった。花をつけるたくさんの植物の育つ草地にはカラスムギやオオムギが、そして斜面や台地には小さなヒメアブラススキもあった。同じイネ科の植物でもスパルティナ属は土地が湿った場所に育ち、ハネガヤのようなスティパ属は寒く、砂利の多いやせた土地に育った。ワタスゲを含むスゲ属の植物も――スゲの茎はかたく、茎の節の部分から葉が出る――主にツンドラや湿った場所にたくさん生えていた。湿地には背の高いアシ、ガマ、イグサがはびこっていた。

川のそばのほうが涼しかった。夕方、エイラは迷っていた。先を急いで窒息しそうな草の茂みの向こうを見たかったが、その一方で、立ち止まり、途中で見かけた植物を夕食のために集めたかった。迷っているうちにリズムができてきて、「そう、止まろう」、「いいえ、だめ」が頭の中でくり返された。

そのうちに、リズムは言葉の意味をかき消し、音のない激しい響きになり、エイラは不安でいっぱいになった。耳にはっきりとは聞こえない深く大きな音は、気になってしょうがなかった。不安をさらにつのらせたのは、まわりにせまる高い草の茂みだった。見えることは見えるが、先まで見通しがきかない。エイラはずっと先のほうまで、遠くの景色が見えることに慣れていた。せめて、目の前にある草のカーテンの向こうを見たかった。進み続けるにつれ、その思いはますます強くなった。まるで何かが向こうから近づいてくるような、音のない響きの源に引きつけられていくような感じだった。

見ると、地面にところどころ、踏みつけられたばかりのようなあとがある。エイラは顔をしかめた。鼻をつく、強い、ジャコウのようなにおいがする。どこからにおってくるのだろう。ウルフが喉の奥で低くうなるのが聞こえた。

「ジョンダラー！」エイラは叫んだ。ジョンダラーは馬を止めて、片手を上げ、エイラに止まるように合図している。前のほうに何かがいる。突然、すさまじい鳴き声が、空気を切り裂いた。

3

「ウルフ！　ここにいなさい！」エイラは命令した。ウルフは好奇心にかられてじりじり前に進んでいる。エイラはウィニーの背中からすべり降り、ジョンダラーのもとへ移動した。ジョンダラーも馬から降り、警戒しながら、まばらになってきた草の茂みをかき分けて進んだ。前方では何かがかん高く鳴き、地響きがしている。ジョンダラーが止まったところで、エイラも追いついた。ふたりは最後の高い茂みをかき分けて見た。エイラは片膝をついてウルフをおさえていたが、空き地に見えた光景から目を離せなかった。

興奮したマンモスの群れがうろうろ歩きまわっている――マンモスが草を食べてしまったせいで、高い草の草地のはずれに空き地ができていた。大きなマンモス一頭は毎日三百キロ近いえさを必要とする。群れなら、かなり広い草地一帯をまたたくまに裸にしてしまう。この群れには、あらゆる年齢の、あらゆる大きさのマンモスがいた。生まれて数週間に満たないマンモスもいた。ということは、主に親類関係にあ

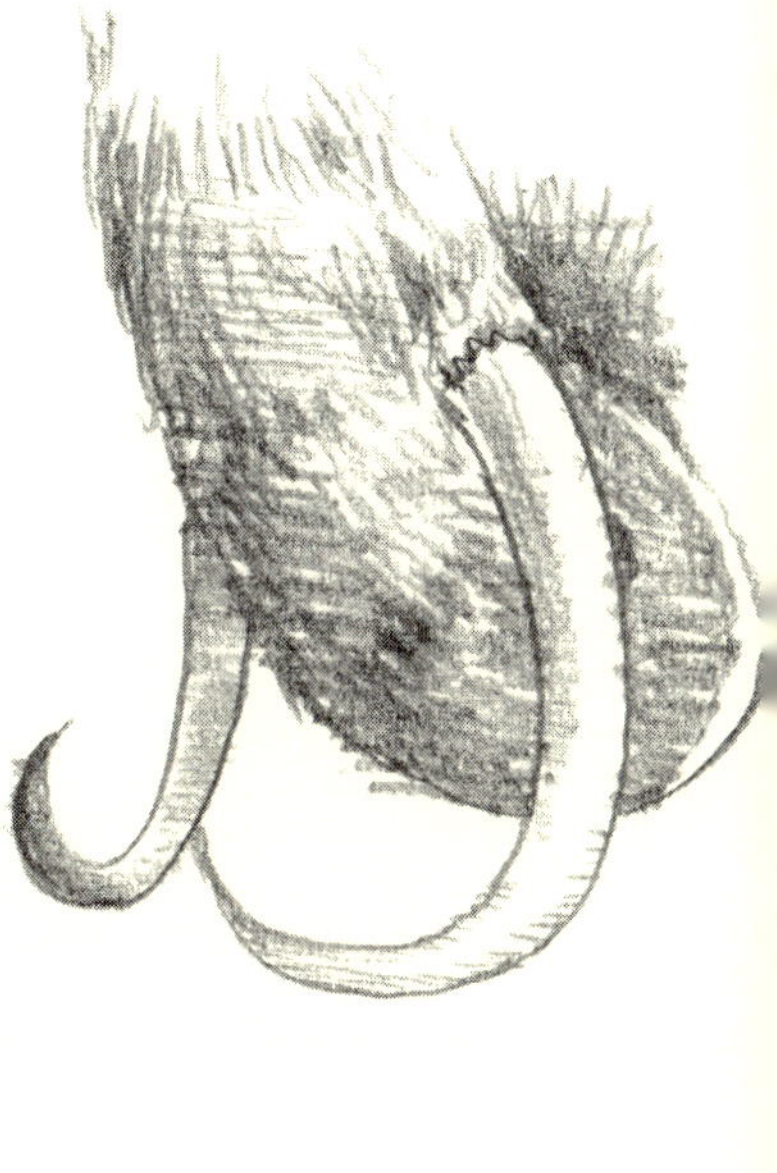

る雌の群れらしい。ふつう、母、娘、姉妹、おば、子どもから成る大家族だ。リーダーには利口で賢い年長の雌がなる。リーダーは、体の大きさですぐにわかった。

ざっと見渡すと、マンモスは全体的に赤茶色に見えた。しかし、よく見ると、様々な色合いがあった。赤に近いもの、茶に近いもの、黄色や金色がかったのもいるし、遠目にはほとんど真っ黒に見えるものもいる。マンモスは全身が二層の毛におおわれている。太い鼻や体の割に小さい耳から、先に黒い房のついた短くて太い尾や、丸太のような脚、平べったい足先まで毛むくじゃらだ。毛が二層になっているせいで、それぞれのマンモスの色合いが微妙に違ってくる。

下毛は保温効果があり、絹のように柔らかい。濃い下毛のほとんどは夏の初めに生え変わるが、来年の分がもう生え始めていた。下毛の色は、風除け効果のある、かたいが軽い長毛の色よりもうすい。そのためにマンモス全体の色合いにめりはりができる。色の濃い長毛は長いものは一メートルもあり、わき腹にそってカーテンのようにさがっているが、腹部と喉袋――喉と胸のあいだに垂れている皮のたるみ――の部分にはとくに厚く生えている。マンモスが凍った地面に寝そべるときのクッション代わりになるのだ。

エイラはうっとりして、双子の子どもマンモスをながめた。美しいあかがね色の毛皮に、長い粗毛の黒が風合いをそえている。双子は、歩きまわる母親マンモスの太い脚と黄土色の毛のカーテンの向こうから、こちらをのぞいている。リーダーの雌マンモスの焦げ茶色の毛には、灰色が混じっている。エイラは、いつも群れについてまわる白い鳥たちに気がついた。鳥が毛むくじゃらの頭の上に止まっても、踏みつぶされそうになって飛び立っても、マンモスは気にしていないか、気がついていなかった。鳥たちは、大きなマンモスの足下から飛び立つ昆虫をえさにしているのだ。

ウルフはくんくん鳴いて、このおもしろい動物たちをもっと近くで見たがったが、エイラは放してくれなかった。ジョンダラーはウィニーの荷かごからウルフ用の綱を取り出した。灰色のリーダーマンモスがふり向き、長いことこちらを見つめ――エイラもジョンダラーも長い牙の片方が折れているのに気がついた――また視線をもどした。群れでとんでもないことが起きていたのだ。

雌と行動をともにするのは、ごく幼い雄だけだ。雄はふつう、生殖能力が備わる十二歳頃、生まれた群れを離れる。だが、この群れには若い独身の雄マンモスや、それより年長の雄マンモスも数頭いた。この雄たちは栗色の雌に引きつけられていた。栗色の雌はさかりがついていて、それが騒動の原因だった。エイラとジョンダラーはそれを耳にしたのだ。さかりのついた雌、妊娠が可能な発情期の雌は、すべての雄をひきつける。ときには、雌が望んでいる以上に。

栗色の雌はちょうど、後をつけまわっていた二十代の若い三頭の雄を引き離し、群れにもどったところだった。雄たちはあきらめたが、それは一時的で、身を寄せ合う群れから離れたところに立っていた。栗色の雌は、興奮した雌たちのあいだで体を休めていた。二歳の子マンモスが、雄の注目の的になっている栗色の雌に駆け寄った。子マンモスは長い鼻で優しくむかえられ、前脚のあいだにあるふたつの乳房の片方を見つけて吸い始めた。雌は鼻を伸ばして草をむしった。一日中雄たちに追われ、しつこくせまられていたので、自分の子に乳を与える余裕も、食事をとる余裕もほとんどなかった。このときもあまりゆっくり食べてはいられなかった。

中型の大人の雄が群れに近づき、鼻でほかの雌たちに触り始めた。尾から後ろ脚のあいだへと、においをかぎ、なめ、さかりのついた雌かどうか見ている。マンモスは一生成長し続けるため、このマンモスの体の大きさを見れば、先ほどまで雌の後を追いかけまわしていた三頭の雄よりも年長だということがわかる。おそらく、三十代だろう。この雄が近づいていくと、栗色の雌はあわてて逃げだした。雄はほかの雌には目もくれず、その雌を追い始めた。エイラはびっくりした。雄の股のあいだから巨大な性器がさがってきて、どんどん膨れ、長いS字型に伸びたのだ。

ジョンダラーは、となりで息をのむ音を聞き、エイラを見つめた。エイラもジョンダラーを見た。ふたりとも、驚いていた。これから何が起こるんだろう、という表情でしばらく見つめ合った。どちらもマンモス狩りの経験はあったが、こんなに近くで大きなマンモスを観察したことはほとんどなかった。まして交尾など一度も見たことがない。ジョンダラーはエイラを見つめながら、自分の下腹部が脈打ちだすのを感じた。エイラも興奮していた。顔が紅潮して、口は少し開き、呼吸が速くなっている。目は大きく見開き、好奇心で光っている。二頭の巨大なマンモスがまさに今、母なる大地の女神をあがめようとしている。女神が自らの子どもたちすべてに望むがままに。エイラとジョンダラーはあわてて視線をもどした。

ところが、栗色の雌は大きな雄に追いつかれまいと、大きな弧を描いて走り、また群れの中にもどってしまった。しかし、状況はたいして変わらなかった。ほかの雄がすぐにまた追いかけてきて雌を捕まえ、なんとかのしかかった。雌はその気がなく、雄の体の下から逃げたが、後ろ脚に精液をかけられた。ときおり、子どもが母親の後をついていこうとした。しかし、雌がさらに何度も追いかけられて逃げまわっているうちに、子どもはほかの雌といっしょにいることにした。ジョンダラーは不思議だった。どうして雌は自分に興味を持っている雄たちをあんなに必死に避けようとするのだろう。女神は雌のマンモスたちにも敬意を表してほしいと思っていないのか？

まるで双方が「もうやめて食事をしよう」と申し合わせたように、しばらく静かになった。どのマンモスも高い草の茂みの中をゆっくり南に移動しながら、鼻を使ってリズミカルに草をむしっている。しつこい雄たちからしばらく、久々に解放された栗色の雌は、頭を低く垂れ、疲れきった様子で草を食べた。

マンモスは日中ほとんど、そして、夜も、食べてばかりいる。たとえかたく、栄養価の低いものであっても――主に冬の話だが、牙で木の皮をはいで食べることもある――マンモスは体を維持するために莫大な量の繊維質の食物を必要とする。毎日摂る三百キロ近い繊維食糧は十二時間以内に体外に排出されるが、一日の食事の中で、たとえ少量でも、栄養価の高い広葉多肉植物を摂ることが必要だ。またときどき、ヤナギやカバやハンノキなどの葉も選んで食べる。これらの葉はかたい草やスゲより栄養価は高いが、多量に摂るとマンモスにとっては有毒だ。

巨大なマンモスたちが少し遠くに移動したので、エイラはウルフに綱をつけた。ウルフはエイラたち以上にマンモスに興味を示していたからだ。ウルフはもっとそばに近づきたがったが、エイラは群れのじゃまをしたり、怒らせたりしたくなかった。リーダーの雌はエイラたちに見物する許可をくれたが、それは一定の距離をおくという条件つきで、という感じがした。エイラとジョンダラーは、自分たちと同じようにおびえながらも興奮している馬を引き、草の茂みの中からまわりこんで群れを追った。ずいぶん長いこと見ていたが、エイラもジョンダラーもまだ立ち去る気がしなかった。あのマンモスの群れには、まだ何かを期待させる雰囲気が漂っている。何かが起こりそうだ。おそらくそれは、ふたりが見ることを許可された、もしくは招待された交尾の場面が、まだ終わっていないというだけのことだったかもしれないが、それよりもっと何かがありそうだった。

ゆっくりと群れの後をつけながら、ふたりはマンモスをじっくり観察した。しかし、ふたりは違う観点から見ていた。エイラは幼い頃から狩りをしていたので、動物を観察する機会は多かったが、獲物はたいていずっと小さかった。マンモスはふつうひとりでは狩らない。組織され、役割分担が整った大きな集団で狩る。エイラは以前、実際にマンモスにもっと近寄ったことがあった。マムトイ族といっしょに狩りにいったときだ。しかし、狩りをしているあいだ、マンモスをよく見て観察する時間はほとんどなかったし、これほどそばで見られる機会がまたあるとも思っていなかった。しかも今回は、雄と雌がいっしょにいる。

エイラはマンモスの特徴ある体型については知っていたが、今回はもっといろいろなことがわかった。マンモスの頭は大きく、上の部分が盛り上がっていて――中に大きな空洞があり、呼吸をするたびに、刺すように冷たい冬の空気が温められる――頭皮の下には大きな脂肪の塊、そして頭のてっぺんにはよく目立つ、黒い剛毛の房がある。首は短く、首筋が大きくへこんでいる。その下の両肩甲骨《けんこうこつ》のあいだにふたつめの厚い脂肪の塊がある。そこから背中にかけては急勾配で、狭い骨盤、上品ともいえる尻に続く。エイラはマンモスの肉を切り分けたり、食べたりした経験から知っていた。背中の脂肪と、三センチほどのかたい皮膚の下で全身をおおっている十センチ弱の厚さの脂肪層は、質が違う。背中の脂肪のほうがあっさりしておいしい。

マンモスは体の割には脚が短く、食べ物をとりやすい体型だった。マンモスは主に草を食べ、高い木についた緑の葉は食べない。温暖な場所で、木の芽などを食べて暮らしているゾウ類とは違う。ステップに木はほとんどない。しかしゾウと同じように、マンモスの頭も地面から高い位置にあり、大きくて重い。とくに長い牙は重いので、馬やシカのように長い首で支えて直接食べ物や水に口をつけることができない。鼻が長く進化して、その問題は解決した。鼻を使って食べ物や水を口に運べるようになったのだ。

マンモスの柔毛におおわれたしなやかな鼻は強靱だ。木を引き抜いたり、冬には、重い氷の塊を持ち上げ、それを地面にたたきつけてくだき、飲み水にしたりすることもできる。また、とても器用で、一枚の葉を選んで引きちぎることもできる。さらに、草をむしるのに驚くほど適している。鼻の先は上下がそれぞれ突出している。上の指のような突出部は細かい動きができ、下の広く平たい突出部は手によく似ているが、骨はなく、指のように分かれてもいない。

ジョンダラーは、マンモスの鼻の器用さと強さに感心していた。下の頑丈な突出部で密に生えた草の束をつかみ、上の突出部で、まわりの草を引き寄せてその束に加える。次に上の突出部を親指のように束に巻きつけ、柔毛におおわれた長い鼻で、地面から草を根こそぎ引き抜く。それから軽く土を振り落として、草の束をまるごと口の中に押しこむ。マンモスはそれを噛みながら、また次に取りかかった。

ステップを長距離にわたって移動する群れが立ち去ったあとは無惨としかいいようがない。少なくとも表面的にはそう見える。草はすべて根こそぎ引き抜かれ、木々は皮をはがれている。しかしこの迷惑行為は、ステップにとっても、ほかの動物にとってもありがたいことなのだ。木のような高い草や小ぶりな木々が取り除かれると、そこに栄養価の高い広葉植物や新たな草が育つ。ステップに暮らすほかの生き物の中には、そういった植物を食糧として必要としているものがいる。

エイラは急に寒気がし、体の奥のほうが不思議な感覚に震えた。見ると、マンモスたちは食べるのをやめていた。何頭かが頭を上げ、顔を南に向けた。毛におおわれた耳を広げ、頭を前後に揺らしている。ジョンダラーは、さきほどまで雄に追われていた栗色の雌の変化に気がついた。疲れた様子はなくなり、何かを待ち望んでいるような感じだ。突然、栗色の雌が喉を震わせて、低く、大きく吠えた。エイラはその声が頭の中に響き渡るのを感じ、そして鳥肌が立った。雌の吠え声に対する返事が、遠くで低く鳴り響く雷鳴のように、南西から聞こえたのだ。

「ジョンダラー」エイラは言った。「見て、あそこ！」

ジョンダラーはエイラが指さすほうを見た。こちらに向かって何かが走ってくる。つむじ風に巻き上げられたような砂埃の中、草の茂みの上に見えるのは、大きくふくれた頭と肩だけだ。それは、淡いあずき色のマンモスだった。牙は目を見張るほど立派で、上向きに弧を描いている。上あごの両側から太い牙が下向きに突きだし、途中で上向きにカーブしながら内側にまるまっている。だんだん細くなり、先端はさくれている。もし折れることがなければ、二本の牙の先端が交差して大きな円を描くだろう。

厚い毛皮におおわれた氷河期のマンモスはどちらかといえば小型で、体高が三メートル半を超えることはほとんどない。しかし、牙は異常に大きく成長する。ゾウ類の中でこれほど見事な牙はほかにない。雄のマンモスが七十歳になる頃には、大きくカーブした牙の長さは五メートルに達し、重さは一本で百二十キロになる。

鼻をつく強いジャコウのようなにおいがし、しばらくしてあずき色の雄マンモスが姿を見せると、雌たちのあいだに興奮の波が広がった。雌たちは、空き地に着いたあずき色の雄に駆け寄ると、尿をいきおいよくかけて自分たちのにおいをつけ、かん高い鳴き声をあげ、トランペットのように吠え、足を踏み鳴らして歓迎した。雌は雄を囲み、頭を向けたり、尻を向けたり、長い鼻で触ろうとしたりした。雌たちは雄に引きつけられ、圧倒されていた。一方、ほかの雄たちは群れのすみに退いていた。

あずき色のマンモスがエイラとジョンダラーのそばに来た。ふたりは雄をまじまじと見て、同じように圧倒された。雄は大きくふくらんだ頭を高く上げ、自慢の牙を余すところなく見せつけていた。その立派な牙は、小さくてまっすぐな雌の牙と比べ、太さも長さもはるかに勝り、比較的大きな雄の見事な牙さえ貧弱に見せた。ぴんと張った、厚い毛におおわれた小さい耳も、頭の上に立つ黒い剛毛も、淡いあずき色の毛皮も、風になびく長い毛も、すべてが、もともとの巨体をさらに大きく見せている。いちばん大きな雄より六十センチも背が高く、体重は雌の二倍。エイラとジョンダラーが今までに見た中で最も巨大な動物だ。厳しい季節を何度も乗り越え、四十五年以上も生きてきた雄は今が頂点だった。優れた最盛期のマンモス、最高のマンモスといっていい。

しかし、体の大きさという外見的な特性だけでほかの雄たちが尻ごみしているわけではなかった。エイラは、あずき色の雄の両方のこめかみが大きくふくれ、目と耳のあいだから頬にかけて、豊かなあずき色の毛が黒い液体で汚れているのに気がついた。そのジャコウのようなにおいのねばねばした液体は、どんどん流れ出てくる。そして、この雄はつねによだれを垂らし、ときおり酸っぱそうな強烈なにおいの尿をまき散らした。尿は脚にも陰部にもかかり、そこに緑色のうす膜ができている。エイラは、病気なのかしら、と思った。

だが、一時的にふくれた腺も、ほかの兆候も、病気とは関係なかった。マンモスは、雌だけが発情期を迎えるのではない。成熟した雄にも毎年さかりがつき、性的に雌を求める時期が来る。雄のマンモスは十二歳頃に生殖年齢に達するが、発情期を迎えるのは三十歳近くになってからで、しかもその期間はせいぜい一週間かそこらだ。それが四十歳台後半になり全盛期になると、調子がよければ、毎年三、四ヶ月発情する。生殖年齢に達すればどの雄も発情期の雌と交尾をすることができるが、発情期の雄のほうがはるかに成功率が高い。

あずき色の大きな雄は見た目に素晴らしいだけではなかった。さかりの真っ最中で、だからやって来たのだった。栗色の雌の呼ぶ声に答えて、その発情期の雌と交尾をしにきたのだった。

雄のマンモスは距離が近ければ、においでさかりのついている雌がわかる。それはほとんどの四本足の動物に共通している。しかし、マンモスの行動範囲は広いため、交尾期であることをお互いに知らせる別の方法が生み出された。雌が発情しているとき、または雄が発情しているときは、鳴き声の調子が低くなるのだ。低音は、高音とは違い、遠くまで消えずに届く。発情期だけに発せられる低く鳴り響く声は、広大な平原を何キロも渡る。

エイラとジョンダラーにも、さかりのついた栗色の雌の低い吠え声は聞こえた。しかし、あずき色の雄の声はあまりに低く、ほとんど聞き取れなかった。マンモスは通常でも遠くにいる仲間と呼び合うときは、人間にはほとんど聞こえない低い鳴き声、吠え声を使う。しかし、発情したあずき色の雄の声は非常に大きく、極端に低いうなり声だった。そして、発情期の雌の声はもっと大きい。人間でもまれに低い音波を知覚できる人がいるが、実際に発せられるマンモスの低音のほとんどは低すぎて、人間の聴覚の範囲を超えている。

栗色の雌にはねつけられた若い雄たちも、そのにおいと、響き渡る低い呼び声にひかれてやってきた。その声は人間には聞こえなくても、マンモスには聞こえる。だが、雌は年長の、優れた雄の子どもを身ごもりたかった。雌が求めているのは、長年生きているということによって、健康で、生存本能があることを証明している雄、ひと目で強い生殖力があるとわかる雄、つまり、発情期の雄だった。栗色の雌は実際に頭でそう考えていたわけではなかったが、体でそれを知っていた。

ついにその雄がやってきた。栗色の雌は受け入れる態勢ができていた。雌は一歩ごとに長い毛をうねらせながら、立派なあずき色の雄に駆け寄った。喉を低く鳴らし、毛におおわれた小さな耳を揺らしている。滝のように放尿したかと思うと、鼻を雄の長いS字型の性器に伸ばしてにおいをかぎ、雄の尿をなめた。うなり声を轟《とどろ》かせながら、雌は後ろ向きになり、頭を高く上げ、後ずさりで雄の体の下に入っていった。

巨大な雄は鼻を雌の背中にのせ、さすって相手を落ち着かせた。その巨大な性器は地面に届きそうだ。

雄は後ろ足で立つと、二本の前脚を前に伸ばして雌の背中にのしかかった。雄は雌の二倍もあり、相手を押しつぶしてしまいそうだったが、雄は体重のほとんどを後ろ脚にかけていた。S字にくねる、驚くほど自在な性器の先端はかぎ状になっている。雄はその部分で低い位置にある雌の陰部をさぐり、上向きに深く挿入した。雄が口をあけてうなり声をあげた。

その低い声はジョンダラーの耳には、はるか遠くの響きにしか聞こえなかったが、体が鼓動に震えるような気がした。エイラには雄のうなり声がもう少し大きく聞こえた。体がぶるぶるっと大きく震えたかと思うと、その震動が全身を走り抜けた。栗色の雌とあずき色の雄は長いあいだそのままの姿勢だった。雄の全身をおおう豊かな赤い毛皮が、体の激しい緊張で小刻みに震えていた。雄は雌の背中から降り、液体をほとばしらせながら性器を引き抜いた。雌は前に進むと、低く震えるうなり声を長々と上げた。その声に、エイラの背筋を冷たい戦慄が走り、鳥肌が立った。

すべての雌が栗色の雌に駆け寄ってきた。トランペットのような鳴き声やうなり声を上げ、長い鼻で雌の口や湿った陰部に触り、激しく興奮しながら糞や尿をした。あずき色の雄はこの大騒ぎにも気がつかない様子で、立ったまま頭を垂れて休んでいる。やっと騒ぎがおさまり、みな離れて草を食みにいった。栗色の雌の子どもだけがそばに残った。雌はふたたび低くうなると、頭をあずき色の雄の肩にこすりつけた。

ほかの雄たちは、大きなあずき色の雄がそばにいるあいだは、けっして群れに近づかなかった。栗色の雌にはまだ未練があったが、発情期の雄は、雌にとって抗《あらが》いようのない魅力があるだけでなく、ほかの雄よりはるかに力が強い。発情期の雄は非常に攻撃的で、自分より体の大きい雄にも、相手が同じように発情期でなければ、向かっていく。ここにいる雄たちは、あずき色の雄が激しやすいのがわかっていて、尻ごみをしていた。この雄に挑むのは同じく発情している雄くらいだろう。それも、同じくらい体が大きければの話だ。二頭の雄が同じ雌に興味を持ち、そばで出くわしたら、二頭は間違いなく戦いを始める。その結果、大けがをしたり、死に至ることもある。

それを知っているのか、雄たちはお互い出くわさないように、つまり、戦いを避けるよう努めていた。発情期の雄の低い鳴き声と鼻をつく尿の跡は、相手を求めている雌に自分の存在を知らせるだけでなく、ほかの雄にも自分の居場所を知らせているのだ。雌の六、七ヶ月の発情期のあいだ、同じ時期に発情する雄はたった三、四頭しかいないが、その中で、栗色の雌をめぐって大きなあずき色の雄に挑むものはいないようだった。あずき色の雄は、発情期であるかないかにかかわらず、その一帯に支配力を持っていて、ほかのマンモスはつねにその居場所がわかっていた。

ずっと見続けているうちにエイラは気がついた。栗色の雌とあずき色の雄は、草を食べ始めても近くにいる。一時、雌が一メートルほど離れて、みずみずしい薬草をむしりにいった。すると、まだ生殖機能が備わったばかりの若い雄が近づいていった。しかし、雌はつれあいのもとに駆けもどり、あずき色の雄はうなり声をあげながらその若い雄に突進していった。鼻をつく強烈なにおいと、響き渡る独特の低いうなり声に、若い雄は圧倒された。あわてて逃げ、恐縮したように頭を垂れ、それ以上近づかなかった。やっとのことで栗色の雌は、あずき色の雄のそばにいるかぎり、追いまわされることなく休み、食事ができるようになった。

エイラとジョンダラーは、なかなかその場を去る気になれなかった。もう終わったことはわかっていたし、ジョンダラーは、先を急がなければ、とまたあせり始めていたが、ふたりともマンモスの交尾の現場に居合わせたことに心が震え、誇らしい気持ちになっていた。見させてもらっただけでなく、自分たちもその一部になった気がした。まるで、感動的で大切な儀式に参加したような気がしていた。エイラは自分も群れに走っていって、マンモスたちに触れ、ありがとう、と言いながらともに喜びたいくらいだった。

もう立ち去ろうというときに、エイラは、通ってきた道で見た食用植物がそばにもたくさんあるのを見つけ、少し集めることにした。掘り棒で根を掘り、鋭くはないが頑丈な専用ナイフで茎や葉を切った。ジョンダラーもそばに来て手伝った。といっても、どれを採ったらいいのか、エイラに教わりながらだった。

エイラは今でも驚くことがある。ライオン簇《むら》で暮らしていたあいだ、エイラはマムトイ族の作業のしかたや習慣を学んだが、それは氏族のやり方とは違っていた。しかしライオン簇でも、エイラはふつうディーギーやネジーと、または大勢でいっしょに作業をしていたので、氏族の男なら女の仕事だと思うようなことをジョンダラーが進んでしてくれることを忘れていた。だが、エイラの谷でふたりで暮らし始めたときから、ジョンダラーはエイラがすることをすべて進んで手伝ってくれた。必要な作業をエイラがひとりでこなそうとすると、ジョンダラーは驚いた。ふたりきりで生活するうちに、エイラは再び、ジョンダラーのそういう面に気づかされた。

ようやく出発すると、ふたりはしばらく無言で馬を進めた。エイラはずっとさっきのマンモスのことを考えていた。どうしても頭から離れなかった。また、マムトイ族のことも考えていた。マムトイ族の人々は孤独だったエイラに、住む場所と、家族を与えてくれた。彼らはいろいろな種類の動物を狩るのに、自分たちのことをマンモス・ハンターと呼び、狩りの最中もマンモスに対する特別の敬意を忘れなかった。マンモス狩りはマムトイ族の人々に、生きていくために不可欠なもの——肉、脂肪、皮、糸やひもになる毛、道具や彫刻の材料になる象牙、住居や燃料にもなる骨――をもたらすだけではない。マンモス狩りはマムトイ族にとって深い精神的意味を持っていた。

マムトイ族から離れつつある今、エイラはそれまで以上に自分はマムトイ族だと思うようになっていた。あのマンモスの群れに出会ったのも偶然ではないような気がする。きっと何か理由があるに違いない。もしかしたら、ムト、つまり母なる大地の女神が、あるいはエイラのトーテムが、何かを伝えようとしていたのかもしれない。エイラは最近、偉大なるケーブ・ライオンの霊のことを考えていることがよくあった。それはクレブがエイラに与えたトーテムだ。エイラは思った。わたしはもう氏族ではないけれど、偉大なるケーブ・ライオンの霊は今でもわたしを守ってくれているのかしら？　氏族のトーテムの霊は、わたしとジョンダラーとの新しい生活の中に居場所を見つけられるかしら？

ようやく高い草の茂みがまばらになってきた。ふたりは川に近づいて野営できる場所をさがした。ジョンダラーは太陽が西に沈みだしたのを見て、これから狩りをするのは無理だと思った。マンモスを見ていたことを後悔してはいなかったが、肉を手に入れるために狩りはしたかった。今晩の食事のためだけでなく、この先数日のために肉を手に入れたかった。携行している非常用の乾燥食糧は、本当に必要なときまでとっておきたかったからだ。今となっては、明朝に狩りをする時間をとるしかない。

川辺に肥沃な低地のある谷の様子が変わってきて、植物もそれに合わせて変わってきた。急流で岸が高くなっているところでは、草の種類が変わり、ジョンダラーにとってうれしいことに、丈が低くなった。馬の下腹をかするくらいの高さだ。行く手が見えているほうがありがたい。峠で地面が平らになっているところまで来ると、あたりの景色が懐かしく思えてきた。ふたりともその場所に来たことはなかったが、ライオン族のまわりの景色に似ていた。川沿いの崖は高く、浸食されてできた雨裂《うれつ》が何本も川にそそいでいた。

少し高いところに登ると、ジョンダラーは川の流れが左に、つまり東に向かっていることに気がついた。とうとう、南に向かってゆるやかに蛇行しながら生命を育むこの川に別れを告げるときが来た。西に折れて大陸を渡るときが来た。ジョンダラーは馬を止め、タルートが象牙の板に刻んだ地図を見た。顔を上げると、エイラも馬から降り、水際に立って対岸を見つめている。ジョンダラーには、エイラが困っているか、悲しんでいるように見えた。

ジョンダラーは片脚を上げて馬から降り、川原にいるエイラのそばに行った。エイラが何を見つめているのかがわかった。対岸の段丘の中ほどにこんもり盛り上がっているものがあった。まわりには草がびっしり生えている。一見、川原の斜面の一部に思えるが、アーチ型の入り口に、重いマンモスの皮の幕がかかっているのを見れば、それが何なのかわかる。ライオン簇の人々が家と呼んでいたものと同じ土盧《つちいおり》だ。エイラとジョンダラーもこの冬は土盧で生活していた。

エイラは懐かしい住居を見ているうちに、ライオン簇の土盧の中の様子をありありと思い出した。広々とした半地下の住居は頑丈で、長年使えるように作られていた。床は川岸の細かい黄土層を掘って作るため、半地下になった。壁と、川沿いの泥でかためた草葺きの丸屋根は、合わせて重さが一トン以上にもなる何本ものマンモスの骨の柱がしっかり支えていた。天井はシカの角を交差させてひもでくくり、骨の柱と丸屋根のあいだにはアシや草を詰めてあった。半地下の住居の内まわりには一段高くなった部分があり、そこは寝台として使われた。貯蔵庫は凍土層を掘って作られていた。入り口には、大きく湾曲したマンモスの二本の牙を、太いほうを地面に差し、先端が向き合うように飾った。土盧は間に合わせの建物ではなく、耐久性のある住居だった。屋根の下の空間は広く、いくつもの大家族がともに暮らせた。エイラは、この土盧を作った人々はまたもどってくるつもりに違いない、と思った。ライオン族の人々が毎年冬になるともどってくるように。

「きっと夏の集会に行ってるのね」エイラは言った。「でも、どの簇の家かしら?」

「たぶん、ハネガヤ簇のだろう」ジョンダラーが言った。

「たぶんね」エイラはそう言うと、口をつぐんで、勢いよく流れる川を見つめた。「とてもさびしいの」エイラはしばらくして言った。「ライオン簇を離れたときは、もう二度とみんなには会えないなんて思っていなかった。実は、夏の集会に行くための荷作りをしたとき、いくつか置いてきたものがあるの。もうもどらないってわかっていたら、持ってきたのに」

「旅に出たことを、後悔してるのかい?」ジョンダラーは心配すると、いつも眉間に皺が寄る。「前に言ったとおり、エイラが望むなら、おれも残ってマムトイ族になるつもりだった。エイラがマムトイ族と家族になって、幸せなことも知っていた。まだ間に合う。今からでも引き返せる」

「ううん。別れるのは悲しかったけど、後悔はしていない。ジョンダラーといっしょにいたい。初めからそう思ってたもの。それに、ジョンダラーが故郷に帰りたいことも知ってる。だって、わたしと初めて会ったときから帰りたがっていたもの。ここの生活に慣れても、本当に幸せにはなれないでしょ。つねに、自分の部族、家族、生まれたときから知っている人たちに会いたいと思うでしょ。わたしはどうでもいいの。自分がどこで生まれたか知らないんだもの。氏族がわたしの部族だったんだもの」

エイラは思いをめぐらせた。ジョンダラーが見つめていると、エイラの顔にふとほほ笑みが浮かび、表情が和らいだ。「イーザは喜んだでしょうね。わたしがジョンダラーといっしょに行く、って知ったら。イーザはきっとジョンダラーのことを気に入ったと思う。わたしがブルンの一族を離れるずっと前に、イーザが、わたしは氏族じゃないって教えてくれたの。でも、わたしは氏族と暮らしたこと以外、何も、だれも覚えてなかった。イーザが母で、わたしの知っているたったひとりの母だった。でも、イーザはわたしが氏族から出ていくことを望んだ。わたしのことを心配していて、亡くなる前にこう言ったわ。『自分と同じ種族を見つけなさい。自分のつれあいを見つけなさい』氏族の男ではなく、自分と同じ種族の男を、わたしが愛せるだれか、わたしを愛してくれるだれかを見つけなさい、って。でも、わたしはずっとあの谷でひとりきりだったから、そんな人に出会えるなんて思ってなかった。そこに、ジョンダラーが来たの。イーザの言うとおりよ。別れはつらかったけど、わたしは自分の種族をさがさなくちゃいけなかった。ダルクのこと以外では、ブラウドに感謝したいくらい。追い出してくれてありがとう、って。もし氏族のもとを離れなかったら、自分を愛してくれる男の人と会えなかったもの。こんなに好きになれる男の人と会えなかったもの」

「おれたちは似てるのかもしれない。おれも自分が愛せる人に出会えるなんて思ってなかった。もちろん、ゼランドニー族のたくさんの女と知り合ったし、旅の途中でもたくさん女に会った。ソノーランはだれとでもすぐ友だちになった。知らない人とでもそうだった。おかげで助かった」ジョンダラーは目を閉じた。ふとつらい思い出に襲われたのだ。深い悲しみが顔に浮かんだ。心の痛みはまだ深かった。ジョンダラーが弟のことを話すたびに、エイラにはそれがわかった。

　エイラはジョンダラーを見た。並はずれて背が高く、たくましい。まっすぐで長い金髪は首の後ろで革ひもで束ねてある。整った美しい顔。夏の集会でのジョンダラーを見た後では、ジョンダラーが弟の協力なしでは人と、とくに女の人と友だちになれないなどとはとても信じられなかった。それは目のせいだと、エイラは思った。ジョンダラーの体格や整った顔以上に、目が、驚くほど生き生きとした表情豊かな目が、このとても内気な男の内面を映しているように思えるのだ。その目がジョンダラーに磁石のような魅力を与え、どうしようもなく人を引きつけるのだった。

まさに今エイラを見ている目がそうだった。優しさと欲望が満ちた目だ。その目に見つめられるだけで、体が反応してしまう。エイラは栗色のマンモスのことを思い出した。ほかの雄はすべて拒否し、大きなあずき色の雄が来るのを待ちつづけ、そのときが来たら、飛びだしていった。でも、期待を長引かせる歓びもある。

エイラはジョンダラーを見つめ、自分の体の中をジョンダラーでいっぱいにするのが大好きだった。初めて会ったときから、ほかに比べる人もいなかったけれど、ジョンダラーを美しいと思っていた。その後で、ほかの女たちもジョンダラーを見てうっとりしていることに気がついた。みんなジョンダラーをだれより素敵で、たまらなく魅力的だと思っていた。エイラは、ジョンダラーがそれを言われると恥ずかしがることも知った。ジョンダラーのすばらしい外見は、少なくとも本人にとっては長所ではなく短所だった。外見が人より優れているのは自分とは無関係で、そんなことに達成感は得られなかった。この美点は女神の贈り物で、努力の結果得られたものではなかった。

しかし、母なる大地の女神が与えたのは外見だけではなかった。活発で深い思考力も与えた。それは外界の現象に敏感に反応し正しく理解する知性や、生まれながらの手先の器用さという形で現れた。ジョンダラーが生まれたときの母親のつれあいは、その方面で最高の職人と認められていたが、その男から訓練を受けることで、優れた石工《せっこう》となった。ジョンダラーは旅の途中でも、ほかの石工から技術を学んで、自分の腕を磨いた。

だが、エイラがジョンダラーを美しいと思うのは、並外れて魅力的なせいだけではなかった。エイラにとってジョンダラーは初めて、自分と似ていると思えた人だった。ジョンダラーは異人の男で、氏族の男ではなかった。初めてジョンダラーがエイラの谷にやってきたとき、エイラはその顔をまじまじと見た。それは面と向かってではなく、ジョンダラーが眠っているときだった。エイラにとって自分とよく似た顔を見るのは驚きだった。それまで長いあいだ、エイラは大勢の中でたったひとりの異形だった。厚く盛り上がった眉弓《びきゅう》も、斜めに後退した額も、骨ばった大きな鼻もなかった。顔が突き出していなくて、頤《おとがい》があった。

　ジョンダラーの顔はエイラの顔と似て、額が垂直で、なめらかで、眉弓も盛り上がっていなかった。鼻も歯も比較的小さく、口の下のほうの骨は突き出し、エイラと同じように頤があった。ジョンダラーの顔を見たことで、エイラは、どうして自分がまわりの氏族に、顔が平たいとか、額が出ている、と思われていたのかわかった。以前、静かな水面に自分の顔を映して見たときは、みんなの言うとおりだと思った。氏族の中で長身だったエイラよりジョンダラーのほうが背が高く、その後エイラのことを美しいと言う人もいたが、エイラは心の奥では今でも自分は大きくて醜いと思っていた。

　しかしジョンダラーは男で、骨太でがっしりしていた。その点、エイラにはジョンダラーが自分より氏族に似ているように思えた。氏族のもとで成長し、氏族の判断基準ですべてを推し量っていたエイラは、異人とは違い、氏族の顔立ちはかなりいいと思っていた。ジョンダラーは自分と同じような顔で、しかも自分より氏族に似ているのだから、美男子というしかない。

　ジョンダラーがほほ笑むと、眉間から皺が消えた。「うれしいよ、イーザはおれを認めてくれただろう、って思ってくれて。イーザに会いたかったな。それと、エイラの一族のみんなにも。だが、いちばん最初はエイラに会わなくちゃいけなかっただろうな。でないと、氏族も人間だってことがわからなかったかもしれないし、『会いたい』なんて思わなかったかもしれない。エイラの話を聞いていると、氏族っていうのはみんないい人たちみたいだな。いつか、会ってみたい」

「たいていの人はいい人よ。地震のあとで幼いわたしを引き取ってくれたの。ブラウドに氏族から追い出されて、ひとりになると、一族を持たないエイラになったけど、その後、ライオン簇がわたしを受け入れて、居場所を与えて、マムトイ族のエイラにしてくれたし」

「マムトイ族とゼランドニー族は似ているところが多いからな。エイラはおれの部族を好きになると思うし、おれの部族もエイラのことを好きになると思う」

「いつも自信を持ってそう言えるわけじゃないでしょ。覚えてるもの。ジョンダラーが、自分の部族はわたしを受け入れないかもしれない、って心配していたときのこと。わたしは氏族のもとで育ったし、ダルクのこともあるからって」

ジョンダラーの顔がさっと赤くなった。

「ジョンダラーの部族はわたしの子どもを畜人《ちくじん》と呼ぶかもしれない。霊が混じり合って生まれた子ども、半分動物の子ども、と呼ぶかもしれない――ジョンダラーだって、昔はそう呼んだもの――そして、その子どもを産んだのはわたしだから、わたしはもっと忌まわしい者だと思われるかもしれない」

「エイラ、夏の集会を発つ前に、おれに約束してくれって言っただろう。何でも正直に話すこと、問題を自分ひとりで抱えこまないこと、って。正直に言おう。おれも最初は心配した。エイラにいっしょに来てほしいけど、おれの部族には生い立ちを語ってほしくないと思っていた。子どもの頃のことも隠して、嘘を言ってほしかった。おれは嘘が大嫌いだし――エイラは嘘のつき方なんて知らないのにな。エイラがおれの部族に拒否されるかもしれない、と心配してたんだ。拒否されたらどんな気持ちになるかわかるから、傷つけたくなかった。それに、自分のことも心配だった。エイラを連れてきた自分も拒否されるんじゃないか、って。そんな経験は二度としたくなかった。けど、エイラなしで生きるなんて、考えただけでも耐えられなかった。どうしたらいいかわからなくなったんだ」

エイラは、ジョンダラーが迷い苦しんでいるのを見て、自分も困惑して絶望したことを思い出した。マムトイ族との暮らしは幸せだったが、エイラもジョンダラーのことで、悲しいくらい不幸だったのだ。

「今はわかる。そして、それがわかるまでに、あやうくエイラを失いかけた」ジョンダラーは続けた。

「おれにとってエイラ以上にだいじなものなんかない。エイラには正直でいてほしい。自分の気持ちのままに話し、行動してほしい。おれはエイラのそういうところが好きなんだから。それに今は、ほとんどの人に歓迎してもらえるって信じてる。これまでもそうだった。おれはライオン族やマムトイ族から大切なことを学んだ。いつもみんなが同じように考えているわけじゃないけど、考えは変わることがある。味方してくれる人もいる。ときには、いちばん味方になりそうにないと思っていた人が。そして、畜人と呼ばれている子どもを愛し、育てる、気持ちの優しい人もいる」

「夏の集会にいた人たちの、ライダグの扱いはひどかった。きちんとしたお葬式をしたがらない人もいたんだから」エイラの声には怒りがにじんでいた。しかし、その怒りの裏には涙までこぼしそうな悲しみがあることを、ジョンダラーは知っていた。

「おれもひどいと思った。考えを変えられない人もいる。目を開いて、目の前にあるものを見ようとしない人もいる。おれも長い時間がかかった。ゼランドニー族がエイラを受け入れるという約束はできないけど、だめだったらほかの場所をさがそう。確かにおれは帰りたい。部族のもとに帰って、家族や友だちに会いたい。母にソノーランのことを話してやりたいし、大ゼランドニにソノーランの霊をさがしてくれるようたのみたい。ソノーランはまだ次の世界への道を見つけていないかもしれないからな。おれは故郷に自分たちの居場所があることを願っているけど、もし居場所がなくても、それはもうたいして重要なことじゃない。それがもうひとつ、おれが学んだことだ。だから、エイラが望むならいっしょにライオン族に残ってもいい、って言ったんだ。本心から、そう言ったんだ」

ジョンダラーは両手をエイラの肩にしっかりと置き、迷いのない目でエイラを見つめた。ちゃんと理解してほしかったのだ。エイラは、ジョンダラーが強い信念を持ち、自分を愛してくれているのはわかったが、旅に出たのは間違いだったのかも、と思わされた。

「もしジョンダラーの部族の人たちに受け入れてもらえなかったら、わたしたちどこに行くの？」

ジョンダラーはエイラを見てほほ笑んだ。「どこか別の場所をさがせばいい。もしそうなったらな。けど、その必要はないと思う。言っただろ、ゼランドニー族はマムトイ族と似てるところが多いって。みんなおれと同じように、エイラを愛してくれるさ。おれはもう心配なんてしてない。なんで心配してたんだろう、って不思議なくらいだ」

エイラもジョンダラーを見てほほ笑んだ。ゼランドニー族に受け入れてもらえる、とジョンダラーがこれほど強く信じているのがうれしかった。エイラは自分もその自信を分けてもらいたいくらいだった。ジョンダラーは忘れていた、ことによると気づいていなかったのかもしれないが、今でも強くエイラの印象に残っていることがあった。それは、エイラの生い立ちと息子のことを知ったときの、ジョンダラーの最初の反応だった。ジョンダラーは思わず後ずさり、嫌悪の目でエイラを見下ろした。エイラはその目を決して忘れられないと思った。まるで汚く、いやしいハイエナを見るような目だった。

ふたりはふたたび進みだしたが、エイラはまだ考え続けていた。この旅の終わりに何が待っているのだろう？　確かに、人は変わる。ジョンダラーもすっかり変わった。ジョンダラーの中に嫌悪感などひとかけらも残っていないことも知っている。でも、ジョンダラーを育ててくれた人たちは？　ジョンダラーが即座に嫌悪をあらわにしたのは、育ててくれた人たちからそう教わったからだ。ジョンダラーの部族も、かつてのジョンダラーと同じように感じるに決まっている。エイラはジョンダラーとずっとともにいたかったし、故郷に連れていってもらえるのもうれしかったが、ゼランドニー族に会うことは必ずしも楽しみではなかった。

4

ふたりは川を離れないようにしながら進み続けた。ジョンダラーは、この川の流れが東に曲がっていることはほぼ間違いない、と思ったが、蛇行をくり返す川の大きな湾曲部でしかないのかもしれない、という不安もあった。もし川の流れる方向が変わろうとしているなら、ここで川とは別れ――たどりやすく安全なルートと別れて――平原を突っ切ったほうがいい。ジョンダラーは自分たちが正しい場所にいるのかどうか確かめたかった。

今夜、野営ができそうな場所はいくつかあったが、ジョンダラーは何度も地図を見ながら、タルートが教えてくれた野営地をさがした。道しるべさえ見つかれば、今いる場所を確認できる。その野営地は定期的に使われている。たぶん、この近くにある。ジョンダラーは自分の予想が正しいことを願った。しかし、地図に刻まれているのはおおまかな道筋や道しるべだけで、お世辞にも正確とはいえなかった。この地図は、口頭での説明の覚え書きとして象牙の板に簡単に描いてもらったもので、ルートを正確に示すものではなかった。

川岸が高くなったり低くなったりをくり返すようになったので、ふたりは、川から少し離れたところを進むことになるが、見晴らしのよい高台に向かうことにした。眼下を流れる川のそばに、干上がって沼地になった三日月湖があった。平原を流れる川はかならず蛇行するが、三日月湖はもともと、川の大きな湾曲部だ。湾曲部は川が進路を変えた際に切り離され、水が堰《せ》きとめられて小さな湖になる。三日月湖は水源を持たないので、しだいに干上がっていく。この三日月湖は今は沼になり、アシやガマがはびこり、水際の深みは水を好む湿地植物で埋めつくされていた。そのうち、この緑の沼は、今生息している植物を肥料とする植物が生え、青々とした草地になるだろう。

ジョンダラーは一頭のヘラジカを見つけ、槍に手を伸ばそうとした。ヘラジカは三日月湖のほとりの茂みから突然姿を現し、沼に入っていこうとしている。しかし、投槍器《とうそうき》を使ったとしても届きそうになかった。それに、沼からこの獲物を引き上げるのは大変だ。エイラも、大きく垂れ下がった鼻と、まだ袋角の状態の手のひらのような大きな枝角を持つ、のろまそうな動物が沼に入っていくのを見ていた。ヘラジカは長い脚を高く上げ、平たい足の裏で水面をたたくようにして沼に入っていく。平たいせいで、足が泥の底に沈まないですむ。わき腹が水にふれると、頭を水に突っこみ、口いっぱいにウキグサとミズタデをくわえて頭を上げた。草からは水が滴っている。すぐそばのアシの中に巣を作っている水鳥たちは、ヘラジカを無視している。

沼の向こうの急斜面は雨裂《うれつ》のおかげで水はけがよく、アカザ、イラクサなどの草や、けば立ったネズミの耳のような葉と白い小さな花をつけるハコベにとって格好の場所となっていた。エイラは投石器を額からはずし、小袋から丸石をいくつか出して準備をした。エイラがいた谷のずっと奥にも同じような場所があり、そこでよく、ステップにいるとても大きいジリスを見つけて狩りをした。一匹か二匹でじゅうぶん一食になった。

険しい地形の先は開けた草原で、ジリスの好きな場所だった。ジリスは近くの草地で集めた栄養たっぷりの種子を安全な場所に隠してから冬眠に入る。春が来るとそれを食べて体力を回復し、ちょうど新しい植物が生え始める頃に子を産む。たんぱく質が豊富な草は、冬になる前に子が大きく育つのにも欠かせない。しかし、エイラたちが近くを通っているあいだ、ジリスは姿を現そうとしなかった。ウルフもできないのか、単に気が進まないだけなのか、ジリスを追い立てなかった。

ふたりが南に進み続けていくと、東のはるかかなたまで広がる大平原の下に、大きな花崗岩《かこうがん》の岩棚が盛り上がって丘陵地を作っていた。遠い昔、今ふたりが旅しているこの土地は山脈だったが、長い年月のうちに風化してしまった。残ったかたい岩盤は、地層を捻《ね》じ曲げて新しい山々を作ろうとするすさまじい圧力に抗《あらが》い、また、これより柔らかい地層なら揺すって崩してしまう内側からの力にも抗った。この太古の塊状岩の上には新たな岩が形成されたが、もともとの山の一部が今でも堆積岩から突き出して、露出していた。

マンモスがステップで暮らしていた時代、植物も動物たちと同じだった。つまり、量的に豊富であっただけでなく、種類も驚くほど豊富で、また、思いもよらない種類どうしが共存していた。その後の草地では、気候や温度によって、かぎられた種類の植物が一帯に広く分布することになるが、太古のステップはそうではなかった。その逆で、多様な植物が複雑なモザイク画のように生息していたのだ。その中には、いろいろな種類の草、実をつける薬草、低木もあった。

水に恵まれた谷、高地の草地、丘の頂上、高台のわずかな窪みなど、それぞれがそれぞれの植物の群落を持っていたが、隣り合う群落にはまったく異なった植物が育っていた。南の斜面には温暖な気候を好む植物が生えていたが、同じ丘の北の斜面にはそれとはまったく違う、寒さに強い亜寒帯性の植物が生えていた。

エイラとジョンダラーが旅している険しい高地の土はやせていて、草は細く短かった。風の浸食による雨裂はさらに深くなり、かつて春に氾濫した支流の上《かみ》の谷では、川床が干上がって植物も育たず、しだいに砂丘に変わっていった。

後の時代には高い山岳地帯にしか見られなくなるのだが、低地を流れる川から近いこの荒涼とした地域では、ハタネズミやナキウサギが忙しそうに草を集めていた。乾燥させて貯蔵するためだ。ハタネズミやナキウサギは冬眠をしない。岩の窪みや風の当たらない岩陰の雪だまりの下にトンネルや巣を作り、貯蔵した干し草で食べつなぐ。ウルフはその小さな動物たちを見つけ出して後を追ったが、エイラは投石器を出すまでもないと思った。あれでは小さすぎて、数匹しとめたところで人間の食べ物にはならない。

北極地方の薬草は、沼地の多い北の湿地帯でよく繁殖する。しかし、春の雪解け水の恩恵を受けたのだろう。意外にも、露出した岩肌や風にさらされた丘の上に、寒さに強い高山性低木とともに生えていた。黄色い小花をつける北極地方のキジムシロは、風から身を守るため、ナキウサギが好むような穴や窪みに生えていた。一方、雨風にさらされる場所には紫や薄紅色の花をつけるコケナデシコが、クッションのように広がって生えていた。葉状の茎でこんもりとした小山を作り、冷たく乾いた風から身を守っている。そばにはチョウノスケソウが、山腹にあるのと同じようにこの険しい低地の岩肌や丘にへばりついている。小さな葉をつける常緑の低い枝にひとつの黄色い花をつけ、何年もかけて大きく広がり、しまいには絨毯のようになる。

エイラはかすかな香りに気づいた。薄紅色のムシトリナデシコだ。ちょうど花を開き始めたに違いない。日暮れが近い、ということだ。エイラは西に沈み始めた太陽を見て、自分の鼻が正しかったことを確認した。べとべとしたムシトリナデシコの花は夜開き、虫――ガやハエ――に休む場所を提供し、その代わりに花粉をまき散らしてもらう。ムシトリナデシコには薬効も栄養もほとんどないが、花はとてもいいにおいがする。エイラは一瞬、少し摘みたくなった。しかし、もう日がだいぶ傾いてきている。時間がもったいない。早く野営の場所を見つけないと。とくに、今晩の食事は暗くなる前に作りたい。

青紫のオキナグサの花があった。うぶ毛におおわれた大きな葉っぱの上に、まっすぐ、美しく咲いている。薬効が頭に浮かんだ――乾燥すると頭痛や月経痛に効く――が、エイラはその有用性だけでなく、美しいところも好きだった。エイラの目が高山性シオンにとまった。絹のような毛におおわれた座葉から、花びらが細くて長い、黄色と紫の花が咲いている。一瞬の摘みたいという気持ちが、とたんに大きくふくらんだ。ほかの花もいっしょに少し摘みたい。とにかくきれいだから。でも、どこに入れておこう？　結局しおれてしまうだけじゃないの。

ジョンダラーは不安になってきた。目標の野営地を見逃してしまったかもしれない。それか、ルートを思ったよりはずれてしまったのかもしれない。しかたなく、今すぐに野営できる場所をさがし、目標の野営地は明日さがすことに決めた。明日は狩りもしなくてはならない。たぶん、一日むだになる。一日でも惜しいというのに。ジョンダラーは考えこんだ。南に向かったのが間違いだったのか、また不安になり、不吉な結果を思い描いたりしていたため、注意力が散漫になっていた。右手の丘で何か物音がしたが、獲物をしとめたハイエナの群れみたいだ、ということしかわからなかった。

ハイエナは残り物をあさることが多く、空腹時には腐りきった肉でも満足するが、骨も砕く頑丈な歯を持った大型のハイエナは優れたハンターでもある。このハイエナの群れは、生まれて約一年の子バイソンをしとめていた。このバイソンは、体はほとんど大人並みだが、中身はまだ子どもだった。捕食動物に対する経験不足から不運な目にあってしまったのだ。まわりにはほかにも数頭のバイソンがいた。すでに一頭殺されたので、もう絶対に安全だ。一頭がハイエナの群れを見つめていた。ハイエナは新鮮な血のにおいに戸惑ったように、大声でわめいていた。

マンモスや馬は、同類種の中ではとくに大きいほうではないが、バイソンはウシ類の中では大型だ。今ふたりの目の前にいるバイソンは体高が二メートル以上あり、わき腹はいくらか華奢《きゃしゃ》だが、胸と肩はがっしりしている。ひづめは小さく、乾いたかたい地面を走るのに適している。バイソンは泥に足をとられる恐れのある沼地は避けて通る。大きな頭は長くてごつい黒い角に守られている。大きく上向きに弧を描く角は、二メートル近くある。焦げ茶色の毛皮はとくに胸と肩を厚くおおっている。バイソンは冷たい風の中を突き進むことが多いので、体の前のほうの毛は八十センチもあるが、短い尾も毛でおおわれている。

多種多様な草食動物はみな草を食べるが、同じ草を食べているわけではない。それぞれ消化能力も習性も違い、微妙に異なる適応をしていた。馬やマンモスが食べる繊維量の多い茎は、バイソンやそのほかの反芻《はんすう》動物には適さない。反芻動物が必要とするのはたんぱく質の多い葉や、草でも葉鞘《ようしょう》の部分だ。バイソンが好むのは乾燥した土地に生える、栄養価の高い、丈の低い草だ。ステップで、それ以上丈の高い草の生えている地域に入っていくのは、新芽をさがすときだけだった。それはたいてい春、つまり、大地のいたるところに新しい草や薬草が豊富にある時期だった――バイソンにとって春は唯一、骨や角が成長する季節でもあった。氷河周辺の草原の長く、湿った、緑あふれる春は、バイソンやほかの動物たちにとっても成長のための長い季節で、そのおかげであの立派な体格ができあがるのだった。

鬱々《うつうつ》と考えこんでいたジョンダラーは、丘の上で目にした光景に反応するのにしばらく時間がかかった。ハイエナにならってバイソンをしとめようと、槍と投槍器に手を伸ばしたときには、エイラがすでに状況を見て、ジョンダラーとは違う行動に出ていた。

「しっ、しっ！　どきなさい！　汚いわね、どっかに行きなさい！　ここから消えて！」エイラは大きな声で叫びながら、ウィニーをハイエナの群れに向かって走らせ、投石器で石を飛ばした。ウルフはエイラのとなりでうれしそうだ。うなったり、けたたましく鳴いたりしながら、群れを追い立てている。

苦しそうな鳴き声が聞こえた。明らかにエイラの石が命中したのだが、エイラは力を加減して、急所は避けていた。その気になれば、致命傷を負わせることもできた。ハイエナを殺したことがないわけではなかったが、それが目的ではない。

「エイラ、何をしてるんだ?」ジョンダラーがエイラのほうに馬で向かうと、エイラはハイエナが殺したバイソンのほうにもどろうとしていた。

「あの汚い、けがらわしいハイエナを追い払ってるのよ」エイラは言ったが、それは見ればわかる。

「だけど、どうして?」

「獲物のバイソンをちょっと分けてもらおうと思って」

「おれはまわりにいるバイソンを一頭、しとめようとしてたんだけど」

「一頭丸ごとはいらないわ。干し肉を作るわけじゃないもの。それに、このバイソンは若くて柔らかいわよ。まわりにいるのはほとんどがかたそうな、年寄りの雄でしょ」エイラはウィニーからひらりと降り、奪った獲物からウルフを追い払った。

ジョンダラーは、エイラの勢いに退いた大きなバイソンたちをよく見てみた。そして、地面に倒れている子バイソンに目を移した。「確かに。これは雄の群れだ。この子バイソンはたぶん、母親の群れを離れて、この雄の群れに入ったばかりだ。まだまだ勉強不足だったんだろうな」

「あまり時間がたってないみたい」エイラは観察してから言った。「ハイエナたちも、喉元と内臓しか食いちぎってないわ。あと、わき腹を少しだけ。いるだけもらって、あとは残してやりましょ。これで、わざわざ生きている一頭を狩る必要がなくなったわ。バイソンは足が速いから、逃げられてしまったかもしれないし。さっき、下の川のそばに野営地みたいなところが見えたの。それがさがしている野営地なら、まだ時間があるわ。今晩は、集めた食材とこの肉で何かおいしいものを作るわね」

ジョンダラーにはエイラが言ったことの意味がぜんぶ飲みこめていなかったが、エイラはもうバイソンを腹からわき腹に向かって皮を裂き始めている。まさにあっという間の出来事だった。しかしこれで、狩りをしたり、野営地をさがしたりするために一日むだにしなくてすんだ。

「エイラ、すごいな!」ジョンダラーは笑顔でレーサーから降りた。象牙の柄のついた、よく切れるフリント(燧石《すいせき》)のナイフを、腰の革ベルトにつけたかたい生皮のさやから引き抜くと、手伝いにいった。

バイソンを解体して必要な肉をとるのだ。「エイラのこういうところが好きなんだ。いつもすごい思いつきで驚かせてくれる。舌ももらおう。肝臓を先にとられたのは残念だけど、ま、あいつらの獲物だからな」

「ハイエナの獲物だもの、遠慮することないわ。ただ腐った肉はいただけないけど。わたし、ハイエナにはずいぶん痛い目にあわされたの。仕返しよ。本当に嫌な動物なんだから。大きらい!」

「エイラは本当にハイエナがきらいなんだな。ほかの動物のことをそんなふうに言うのは、聞いたことがない。クズリだって悪く言わないだろう。クズリもときどき腐った死体をあさるし、もっと凶暴で、もっとくさいじゃないか」

ハイエナの群れは、ごちそうになるはずだったバイソンを遠巻きにし、歯をむき出してうなっていた。エイラはまた石を何個か飛ばした。一匹がキャンッと鳴いた。すると、ほかのハイエナがけたたましく笑った。その声にエイラはぞっとした。ハイエナたちがまた石に立ち向かおうと決心したときには、ふたりはもう欲しい部分を切り取ったあとだった。

ふたりは馬に乗り、エイラが先に立って、雨裂づたいに川のほうへ下りていった。バイソンの死体の残りは置いてきた。うなり続けていたハイエナたちは、すぐにもどってきてまた肉を食いちぎりだした。

エイラが見たものは野営地そのものではなかったが、野営地の方向を示すケルン（道しるべなどとしてピラミッド状に積み上げた石塚）だった。高く積み上げられた石の内部には、乾燥した非常食、いろいろな道具、火おこし用の錐《きり》と木板と火口《ほくち》、毛がところどころ抜けたかたそうな毛皮があった。こんな毛皮でも寒さはしのげるが、新しいものと交換する必要があった。ケルンの上のほうには、重石《おもし》でしっかり固定した、マンモスの牙先があった。先端の向いているほうを見ると、大きな丸石があった。川の中ほどにいくぶん沈んでいるが、石の上には赤い色で平たい菱形が書かれ、右側のV字の先は二度なぞってある。それは下流を指していた。

ふたりはケルンの中身をすべて元どおりにもどすと、川に沿って進んだ。するとふたつ目のケルンがあり、その牙先は川岸の奥にある静かな空き地を指していた。周囲にはカバやハンノキ、マツも少しある。三つ目のケルンが見えた。近寄ってみると、そばに小さな泉があり、きれいな水が湧いていた。このケルンの中にも非常食と道具、それと皮の大きな防水布があった。この布もかたかったが、テントか雨除けの屋根には使えそうだ。ケルンの後ろには石で囲った浅い穴があり、中には黒い炭があった。さらにそのそばには、倒木や流木が山積みになっている。

「ここを知らないと損だな」ジョンダラーが言った。「ここの備品を使う必要がなくてよかった。だけど、もしこの付近で暮らしていて、この備品を使わざるをえなくなったら、この場所を知っていてよかったと思うだろうな」

「いい考えよね」エイラは、この場所に野営地を設けることにした人の先見の知恵に感心した。

ふたりは手早く馬から荷かごを下ろし、端綱《はづな》もはずした。馬につけていた皮ひもや重い綱を巻いてまとめると、馬を放してやった。ふたりはレーサーの姿にほほ笑んだ。レーサーはすぐに草の上に寝そべり、仰向けで転がりだした。かゆいところをかきたくてたまらなかったらしい。

「わたしも暑くて、肌がかゆい気がする」エイラはそう言いながら、靴の上のほうの柔らかい革のまわりに巻きつけたひもをゆるめ、けるようにして脱いだ。ナイフのさやと小袋をつけたベルトをゆるめ、飾りのついた小袋を下げた象牙のビーズの首飾りをはずすと、チュニックとズボン（足首から股まである二本の革の筒の上部に穴をあけ、ひもを通して腰の帯に結びつけたもの）も脱いだ。そして、川に向かって走りだした。ウルフも跳びはねながらついてきた。「いっしょに来る？」

「あとで。薪をとってきてからにするよ。泥や木の皮を寝床に持ちこまないように」

エイラはすぐにもどってきた。夜用のチュニックとズボンに着替えたが、ベルトと首飾りはまた同じものをつけた。ジョンダラーが荷を解いてくれていたので、エイラもいっしょに野営の準備をした。ふたりにはもう決まった手順があり、相談する必要はほとんどなかった。テントはふたりで作る。長円形の敷き布を広げ、細い木の柱を何本か地面にしっかり突き刺し、その上に皮を数枚はぎ合わせて形を整えた天幕をかける。円錐形のテントは側面が丸みをおび、てっぺんが少し空いていた。ほとんどないことだが、中で火をおこすことになった場合に煙を外に出すためだ。また、この煙抜きの穴の内側にはふたが縫いつけてあり、天候の悪いときはふさぐことができた。

天幕の裾には綱がつけてあり、地面に打ちこんだ杭にしばりつけるようになっていた。強風の場合には、敷き布と上にかけた天幕を余分な綱でしばり合わせればよく、また、入り口の垂れ幕もひもでしっかり閉じることができた。天幕はもう一枚あった。もっとしっかりした、二重壁のテントを作るためだったが、今までのところその出番はほとんどなかった。

ふたりは長円形の敷き布の長いほうに沿って寝袋を広げた。まわりのスペースには荷かごやほかの持ち物がなんとか置けた。ウルフには、天気が悪ければ、寝袋の足下に居場所があった。ふたりの寝袋は最初二枚あって別べつだったが、すぐに二枚をつなぎ合わせていっしょに眠れるようにした。テントができあがると、ジョンダラーは薪を集めにいった。使う分を補充しておくためだ。そして、エイラは食事の支度を始めた。

エイラは、もちろん、ケルンの中にある道具を使って火をおこす方法を知っていた。長い棒を手のひらのあいだにはさんで、木の板の上にこすりつけてまわせばいい。板に小さな火がおこれば、吹いて大きくする。しかし、エイラは自分だけの火おこし道具を持っていた。ひとりで谷で生活していたときに発見したものだ。いつもはフリントの道具を作るのに石槌《いしづち》を使っていたが、あるとき、小川のそばに落ちていた石の中からたまたま黄鉄鉱を手に取って使った。エイラは火をおこす機会が多かったので、黄鉄鉱とフリントを打ち合わせたとき、脚を火傷するくらいの火花が続けて散ったのを見てひらめいた。

最初は何度も失敗したが、やがて黄鉄鉱を使って火をおこすのに最適な方法を見つけた。今ではだれよりも早く火をおこすことができた。棒と板を使って、必死に火をおこす人が想像できないくらいの早さだった。初めてそれを見たとき、ジョンダラーは自分の目が信じられなかった。また、タルートがエイラを養子にしようと言った際、ライオン簇《むら》の人々に認めてもらえたのも、それでみんなを驚かせたからだった。ライオン簇の人々はエイラが魔法を使って火をおこしたと思ったのだ。

エイラにもそれは魔法に思えたが、魔法は自分ではなく黄鉄鉱にあると信じていた。谷をいよいよ去る前、エイラとジョンダラーはできるだけたくさんの、金色に輝く黄鉄鉱を集めた。ほかの場所にもあるかどうかわからなかったからだ。ふたりはライオン簇やほかのマムトイ族にもいくつか分け与えたが、まだたくさん残っていた。ジョンダラーは自分の部族にも分けてやりたかった。火を早くおこすことができれば、いろいろな場合にとても役立つ。

エイラは石を並べた輪の中に、よく乾いた木の皮を削ったものとヤナギランの綿毛を、小さな山にして置いた。これが火口になる。この隣には、たきつけ用に小枝や細枝を山にして置いた。それに薪用に集めた木の山の中から、乾いた枝や倒木も用意した。エイラは火口の上に身をかがめると、黄鉄鉱を構えた。経験からいちばんうまく火が散る角度だ。そして、魔法の黄色い石の、使いこんで溝になっている真ん中の部分に、フリントを打ちつけた。大きく、明るく、長続きする火花が散って火口の上に落ち、細い煙が立った。エイラはすぐにそれを両手でかこんで、息を吹きかけた。小さな火が赤く燃え、太陽のように黄色い火花が散った。もう一度吹くと小さな炎が上がった。エイラは小枝や細枝を足し、うまく燃えだすと倒木の薪も加えた。

ジョンダラーがもどってくるまでに、エイラは、干上がった川底から集めてきた丸石をいくつか焚き火に放りこんでいた。熱して料理に使う。バイソンの肉の大きな塊も、あぶり焼きにしていた。表面の脂がジュージュー音を立てている。エイラは、ガマの根とホドイモを洗い、刻んだ。ホドイモは、表面はこげ茶色だが中は白く、でん粉質の多い根菜だ。刻んだら両方とも、目をきつく編んだ耐水性のかごに入れるつもりだった。かごには水が半分入っていて、その中で脂肪の多い舌肉が待っている。ほかにまるごとのニンジンもひとつかみ入れてあった。ジョンダラーは抱えてきた薪を下ろした。

「うまそうだなあ！」ジョンダラーは言った。「何を作ってるんだ？」

「バイソンをあぶっているんだけど、これはほとんど、持っていくの。旅の途中で火をおこさなくても食べられるようにね。今夜と明日の朝は、舌肉と野菜のスープ。ハネガヤ簇でもらってきたのも少しあるから」

エイラは焚き火の中から棒切れで熱した石をさがし、葉のついた小枝で灰を払った。それから、もう一本棒切れをとり、二本を火ばしのように使ってその石を持ち上げ、水と舌肉の入ったかごにほうりこんだ。ジュッという音がして蒸気があがり、石の熱が水に伝わる。エイラは続けて残りの石をいくつかかごに入れ、切った野菜も加えてふたをした。

「そのスープ、あと何が入ってるんだ？」

エイラはくすっと笑ってしまった。ジョンダラーはいつも何を料理しているかくわしく知りたがる。薬草茶に何を使ったかもたずねる。エイラは驚きながらも、これもまたジョンダラーの小さな美点のひとつだと思った。氏族の男は、女の知識に対して、これほど興味を示すことはない。たとえ興味があっても、ないふりをしていた。

「根やイモのほかに入っているのは、ガマの上のほうの青い部分と、この青いタマネギの球根と葉っぱと花と、アザミの茎をむいて薄切りにしたものと、レンゲソウの豆。セージとタイムも少し入れたところ。香りづけにね。あと、フキタンポポも加えようかな、と思っているの。少し塩気があるから。もしベラン海の近くまで行くなら、もっと塩が手に入るわよね。氏族のところで暮らしていたときは、いつも塩が手元にあったのよ」エイラは言った。「今朝見つけたホースラディッシュも少しすりつぶそうかしら。バイソンのあぶり焼きにつけるのに。このあいだの夏の集会で教わったの。ホースラディッシュは辛いから、つけすぎちゃだめだけど、肉の味を引き立てるの。ジョンダラーも好きだと思う」

「その葉っぱは？」ジョンダラーは、エイラが説明しなかった葉の束を指さした。ジョンダラーはエイラが何を使い、食べ物についてどう考えているのか興味があった。エイラの料理はとてもおいしかったが、変わっていた。独特の味つけや香りづけがしてあって、それはジョンダラーが小さい頃から親しんでいる味とは違っていた。

「これはアカザ。焼いた肉を包んで保存しておくの。冷める頃にいい香りが移ってるわ」エイラは少し黙った。何か考えているようだった。「肉に木の灰を少しかけておこうかしら。灰も少し塩気があるから。あと、肉のよく焼けたところを少しスープに入れようかな。色づけと風味づけに。舌肉とあぶり焼きが入ったら、濃くておいしいスープになるわよ。明日の朝は手持ちの穀物を少し足したらよさそう。舌肉も少し残ると思うけど、後のために乾いた葉に包んで、わたしの肉用の保存袋に入れておくわ。すでにわたしたち用の生肉と、ウルフ用の生肉も入っているけど、まだ余裕があるから。このまま夜涼しければ、しばらくもつでしょう」

「うまそうだな。待ちきれない」ジョンダラーが期待に顔を輝かせた。待ちきれないのはそれだけじゃなさそう、とエイラは思った。

「ところで、余っているかごで、使っていいものがあるかい?」

「あるけど、どうして?」

「もどってきたら教えるよ」ジョンダラーは意味ありげに笑った。

エイラはあぶっている肉を裏返し、かごの中の石を出して、熱いのを入れた。スープが煮えるあいだに、エイラは集めてきた薬草をより分けた。「ウルフ除け」の薬草を選び、自分用に集めたものはわきにどけた。まず、夕食用にホースラディッシュを少量のスープにひたしてすりつぶした。それから、残りのホースラディッシュをすりつぶし、今朝集めてきた、刺激があり、強烈なにおいのする薬草もすりつぶし、思いきりまずそうな調合をした。辛いホースラディッシュがいちばん効果がありそうだったが、ヨモギの強いショウノウのようなにおいもかなり効きそうだ。

ところが、エイラはわきによけた植物のことが気になっていた。これを見つけられてよかった。朝の薬草茶に必要な薬草が、旅の終わりまでもたないのがわかっていたからだ。赤ん坊ができないように、途中でもっと見つけなくちゃ。とくに、これだけジョンダラーとずっといっしょにいるんだから。エイラは、そう考えて、笑ってしまった。

ぜったい、それで赤ん坊ができるのよ。みんなは、霊がどうのこうの、と言うけれど、それは違う。だからこそ男は性器を赤ん坊が出てくるところに入れたがるし、女もそうしてもらいたがる。だからこそ、女神は歓びの賜物を作った。命という贈り物も、女神からのもの。女神は自らの子どもたちに、新しい生命を生み出すことを楽しんでもらいたいと思ったはず。とくに、出産は大変だから。もし女神が赤ん坊を作る営みを歓びという贈り物にしてくれなかったら、女は子どもを産みたがらないかもしれない。赤ん坊は素晴らしいものだけど、持ってみて初めてその素晴らしさがわかる。エイラは妊娠について、密かに自分なりの異端的な考えを持っていた。最初に思いついたのはかなり前だったが、ライオン簇の長老の師、マムートから、母なる大地の女神であるムトについての教えを受けた冬にこの考えを膨らませた。

でも、ブラウドは歓びではなかった。ブラウドに強要されたときはすごくいやだった。でも、今ならわかる。あれでダルクができた。だれもわたしに赤ん坊ができるなんて思っていなかった。みんな、わたしのケーブ・ライオンのトーテムは強すぎて、どの男のトーテムの霊も勝てない、と思っていた。だれもが驚いた。だけど、赤ん坊ができたのは、ブラウドがわたしに強要するようになってからだ。ダルクにはブラウドに似ているところもある。ブラウドのせいで、わたしはダルクを身ごもったに違いない。わたしのトーテムは、わたしがどんなに自分の子を欲しがっているか知っていた――たぶん、女神も知っていた。たぶん、そう考えるしかない。マムートは言っていた。歓びが女神からの贈り物だとわたしたちが思うのは、歓びがそれだけ強く、とても抗いがたいものだからだ。そして歓びは女より、男にとってはるかに抗いがたいものなのだ、と。

あの栗色のマンモスも同じだった。すべての雄に求められたけれど、断り続けた。あの大きな雄がやって来るのを待っていた。女と男は違うのかもしれない。だからブラウドはわたしをほうっておけなかったのかしら? ブラウドはわたしを憎んでいたけれど、女神の歓びの賜物のほうが憎しみよりも強力だったのかしら?

たぶん、そう。でも、ブラウドが歓びのためだけにそうしたとは思えない。ブラウドは自分のつれあいから歓びが得られた。ほかの女でもよかった。きっと、ブラウドはわたしがどんなにあれが嫌いか知っていて、そのためになおさら歓びを得られたのだろう。ブラウドがわたしに身ごもらせたのかもしれない――そうでなければ、わたしがどんなに赤ん坊を欲しがっているか、ケーブ・ライオンのトーテム自身が知っていて、自ら負けたのかもしれない――でも、ブラウドはわたしの中に性器を入れただけ。女神の歓びの賜物は与えられなかった。それができるのはジョンダラーだけ。

きっと、女神の賜物には歓び以上のものがある。もし女神が自分の子に歓びの賜物を与えたいと思っているなら、どうして女神はあそこを、赤ん坊が生まれてくるところをその場所にしたの？　歓びの場所はほかの場所でもいいはずなのに。わたしの歓びの場所はジョンダラーの歓びの場所とは少し違う。ジョンダラーの歓びはわたしの中に入ったときだけど、わたしの歓びは別だ。ジョンダラーがそこに触って歓びをくれるとき、どこもかしこも、外も中も、体中が、気持ちよくてたまらなくなる。そして、ジョンダラーに入ってきてほしくなる。わたしは、歓びの場所は中じゃないほうがいい。わたしがすごく敏感なとき、ジョンダラーはすごく優しくしてくれる。そうでないと、すごく痛いから。でも、出産はやさしくはない。もし女の歓びの場所が中だったら、出産はもっともっとたいへんになると思う。今のままでも、じゅうぶんたいへんなのに。

どうしてジョンダラーはいつもどうしたらいいかちゃんとわかるんだろう？　どうしたら歓びを与えられるか、わたしが自分で知るより先に知っていた。たぶん、あの大きな雄マンモスも、どうしたら栗色の雌に歓びを与えられるか知っていた。栗色の雌があの低く深い声をあげたのは、雄マンモスから歓びをもらったから。だから、群れの仲間じゅうが喜んだ。そんなことを考えているうちに、エイラは興奮して、体がほてってきた。ジョンダラーが向かった木立ちのほうを見て、いつもどってくるのだろう、と思った。

でも、赤ん坊は歓びを分かち合うたびにできるわけじゃない。たぶん、霊も必要なんだ。それが氏族の男のトーテムの霊であれ、女神が男からとって女に与える男の霊の精髄であれ、赤ん坊ができるのは、男が性器を女の中に入れて精髄を出したときだ。そうやって女神は女に子どもを与える。霊ではなく、女神の歓びの賜物のおかげだ。でも、どの男の精髄によってか、いつ新しい生命ができるのかは、女神が決める。

女神が決めるとしたら、どうしてイーザの薬を飲むと女は身ごもらないのだろう？　たぶん、あの薬は男の精髄か霊を、女のと混ぜさせないようにするのだろう。イーザはその薬がどうして効くのか知らなかったけど、ほとんどの場合効いているようだ。

ジョンダラーと歓びを分かち合って赤ん坊ができたらいいのに。すごく赤ん坊が欲しい。ジョンダラーの一部でもある子が。精髄でも霊でもいい。でも、ジョンダラーの言うとおり。まだ待ったほうがいい。ダルクの出産はとてもたいへんだった。もしイーザがいなかったら、わたしはどうしただろう？　出産のときには、どうすべきか知っている人々にまわりにいてほしい。

イーザに教わった薬草茶を毎朝飲もう。何も言わずに。イーザの言うとおりだ。赤ん坊が男の性器によってできるという話もあまりしないほうがいい。わたしがそのことを口にしたとき、ジョンダラーはすごく心配して、歓びをやめなくちゃいけないな、と言った。わたしは、まだ赤ん坊を作れないとしても、せめて、ジョンダラーとの歓びは続けたい。

あのマンモスたちみたいに。あの大きな雄マンモスがしていたのはそれよね？　栗色のマンモスの中に赤ん坊を作ったのかしら？　群れといっしょに二頭の歓びを見られて、とてもうれしかった。残って見ていて、本当によかった。栗色の雌がほかのぜんぶの雄から逃げているときは、どうして、と思っていたけど、あの雌はほかの雄にはまったく興味がなかった。自分のつれあいは自分で選びたかった。追ってくる相手ならだれでもいいとは思っていなかった。栗色の雌はあの大きなあずき色の雄を待っていた。だから、あずき色の雄が来たらすぐに、それがその相手だとわかった。待ちきれなくて、走っていった。もうじゅうぶんすぎるくらい待っていたから。わたしにはその気持ちがわかる。

ウルフが軽やかに駆けながら空き地にもどってきた。自慢げに腐りかけた骨をエイラに見せた。ウルフは骨をエイラの足下に落とすと、期待いっぱいの目で見上げた。「うわっ！　腐ってる、くさい！　どこから持ってきたの、ウルフ？　だれかが残飯を埋めた場所を見つけたんでしょ。ウルフは腐ったものが大好きなんだから。そう、いい機会だわ。ウルフがどんなに辛くて苦いものが好きか見せてちょうだい」エイラは骨を拾い上げ、さっき調合したものをウルフの戦利品にふりまいた。そして、それを空き地の真ん中に放り投げた。

ウルフは一目散にあとを追った。しかし、拾う前に、クンクンにおいをかいだ。まだ大好きな、腐ったいいにおいがするけれど、なんとなく、変なにおいがする。結局、口にくわえたが、すぐに離し、息を荒くして、鼻を鳴らしながら頭を振りだした。そのあわてようがおかしくて、エイラは思わず大声で笑ってしまった。ウルフはもう一度骨のにおいをかぐと、また後ずさって鼻息を荒くした。それから、なんともいやそうな顔で、泉のほうへ走っていった。

「それ好きじゃないのね、ウルフ？　よかった！　そう思ったの」エイラは笑いが体の中から湧き上がってくるのを感じながら、ウルフを見ていた。水をなめてもあまり役に立たないようだ。ウルフは前足をあげて頬のあたりをこすった。鼻づらをふいているつもりだ。そうすればいやな味が消えると思っているらしい。ウルフはまだ苦しそうに息をして、頭を振りながら、森の中に走っていった。

ジョンダラーは途中でウルフとすれ違った。空き地にもどると、エイラが目に涙を浮かべながら大笑いしていた。「何がそんなにおかしいんだ？」

「見せてあげたかったわ」エイラはまだ声を上げて笑っている。「かわいそうなウルフ。腐った骨を拾って、あんなに自慢げだったのに。その骨にちょっといたずらしてみたのよ。ウルフったら、今、なんとか口をきれいにしようとしていたの。ジョンダラーがホースラディッシュとショウノウのにおいをがまんできるなら、ウルフにわたしたちの持ち物を触らせない方法が見つかったみたい」エイラは木の椀を差し出した。薬草を調合するのに使ったものだ。「ほら。『ウルフ除け』!」

「それは、よかった」ジョンダラーもほほ笑んだ。しかし、ジョンダラーの目いっぱいに浮かんだ笑みは、「ウルフ除け」のせいではなかった。エイラはやっとジョンダラーが両手を後ろに隠していることに気づいた。

「後ろに何を持ってるの?」エイラは突然気になりだした。

「薪をさがしにいったら、たまたまこれを見つけたんだ。エイラがいい子にしていると約束するなら、少し分けてあげてもいいかな」

「これって?」

ジョンダラーは山盛りのかごを前に出した。「大粒の、みずみずしい、キイチゴ!」

エイラの目が輝いた。「わたし、キイチゴ大好き」

「おれが知らないと思ってた? お礼は何かな?」ジョンダラーは瞳をきらきらさせて言った。

エイラはジョンダラーを見上げ、すぐそばまで行って、ほほ笑んだ。瞳にまであふれた満面の美しい笑顔で、ジョンダラーに愛と、感謝と、突然の贈り物をもらった喜びを伝えた。

「そうか、お礼はこれか」ジョンダラーは自分が息を止めていたことに気づいて、大きく息を吐いた。

「ああ、女神よ。笑っているエイラはきれいだ。エイラはいつもきれいだけど、とくに笑ったときがすばらしい」

突然、ジョンダラーにエイラのすべてが見えた。どの特徴も、はっきりと見えた。太陽の光をとらえて輝く、濃いブロンドの長い髪は、じゃまにならないよう革ひもで束ねてある。しかし、髪には自然のウェーブがかかり、革ひもからこぼれた後れ毛がよく日焼けした顔のまわりで踊っている。額から目にかかっている髪もあった。ジョンダラーは手を伸ばして、それをかき上げたくなったが、がまんした。

背が高く、身長が約百九十五センチあるジョンダラーとエイラはよくつり合っていた。エイラはたくましい筋肉の持ち主だったが、そのなめらかでしなやかな筋肉が長い腕と脚にはっきりと見てとれた。エイラはジョンダラーが出会った中でいちばんたくましい女だった。ジョンダラーが知るほとんどの男に負けないくらいたくましい。エイラを育てた氏族は、身長に比して体重の軽いエイラの生みの種族より、遺伝的にかなりがっしりしている。エイラは氏族のもとで暮らしていたときはそれほどたくましいと思われていなかったが、生まれ持った力よりはるかに大きな力をじょじょにつけていった。それはただ、まわりに合わせて生きるためだった。それに加え、何年も狩人として獲物を観察し、足跡をさがし、跡を追ってきた体の動きは軽やかで、信じられないほどなめらかだった。

エイラの袖なしの革のチュニックはベルト付きで、裾は皮のズボンの上に出していた。それはゆったりしていたが、豊かに張った胸を隠してはいなかった。豊かな胸は重そうに見えがちだが、エイラの場合は違った。また、腰のラインは女性らしく、ゆるやかな曲線を描きながら、丸みのある引きしまった尻につながっていた。ズボンの下のほうの締めひもはほどいてあり、足には何もはいていない。首には、きれいな刺繡や飾りのついた革の小袋を下げていた。底にツルの羽根のついたこの袋は、神秘的な中身でふくらんでいた。

ベルトから下げてあるナイフのさやは、かたい生皮で作ったものだった。獣の皮を洗って毛を落としたものだが、なめしてはいない。好きな形を作って乾かせば、そのままの形でかたまるが、長く水に浸せば、また柔らかくなる。エイラは投石器をベルトの右側にはさみこみ、そのとなりの小袋には石をいくつも入れていた。左側には少し変わった、袋のようなものをはさんでいた。それは古くてすり切れていたが、カワウソ一匹分の皮から作られていた。脚も尾も頭も残したまま処理してあった。喉を裂いて、そこから内臓を抜き、裂いた部分にひもを通してきつくしばってある。平たくした頭がふたになっている。これはエイラの薬袋《やくたい》で、氏族を離れるときに持ってきたもの、イーザからもらったものだった。

エイラの顔の作りはゼランドニー族の女とは違う、とジョンダラーは思っていた。あまり見慣れない顔だが、美しいことは間違いない。エイラの大きな目は青みがかった灰色――質のいいフリントの色だ、とジョンダラーは思っていた――両目は離れぎみで、髪の毛より一段階か二段階くらい暗い色のまつ毛に縁どられていた。眉毛はそれより少し明るく、髪とまつ毛のあいだぐらいの色だ。顔はハート型で、高い頬骨の部分が少し張り出し、あごのラインはすっきりとして、あご先はとがっていた。鼻はすっと細い。ふっくらした唇は両端が上がり気味で、笑うとその両端が引っぱられて開き、歯がのぞく。笑うと目も輝き、その笑顔だけでエイラが本当にうれしいのがわかった。

かつて、その笑顔と笑い声のせいで異端とみなされていたエイラは、笑わないようにしていた。しかし、ジョンダラーはエイラの笑顔が大好きだった。ジョンダラーが笑ったり、冗談を言ったり、ふざけたりすると、エイラは喜び、それでなくても魅力的な顔が不思議に変化して、さらに美しくなった。ジョンダラーは突然、エイラの美しさとエイラへの愛に圧倒され、もう一度、エイラを返してくれてありがとう、と女神に感謝した。

「何が欲しい？　キイチゴのお返しに。なんでも言ってみて」

「エイラが欲しい」突然の欲望に、ジョンダラーの声がかすれた。ジョンダラーはかごを下ろすと、いきなりエイラを抱きしめ、激しくキスをした。「愛してる。二度と離さない」ジョンダラーはかすれ声でささやきながら、またキスをした。

目がくらむほどの興奮が体を駆け抜け、エイラも情熱的にこたえた。「わたしも、愛している。わたしもジョンダラーが欲しい。でも、その前に肉を火からはずしてもいい？　焦げたらこまるでしょ。わたしたちがしてる……忙しくしてるあいだに」

ジョンダラーはきょとんとして、一瞬エイラを見つめた。それから、表情をやわらげて、エイラをぎゅっと抱きしめると、少し離れて、わざと情けない顔でほほ笑んだ。「そんなにせかしたつもりはないんだけどな。エイラを本当に好きだから、ときどき自分を抑えられなくなるんだ。後でもいいよ」

エイラにはまだ、ジョンダラーの情熱にこたえた気持ちの高ぶりが残っていて、今、自分がここでやめられるのかどうかわからなかった。よけいなことを言って雰囲気を台無しにしたことを後悔した。「だいじょうぶ、肉はあのままでいいわ」

ジョンダラーが笑った。「エイラみたいな女には会ったことがないよ」ジョンダラーは首を振りながらほほ笑んだ。「自分がどんなにすごいか知ってるかい？　おれが欲しいって言うときはいつも、エイラは用意ができている。いつだって。その気があってもなくても、いいって言ってくれる。それだけじゃない。すぐにここで、って言ってくれる。おれが求めると、何をしていてもすべてを放り出してくれる」

「だって、ジョンダラーがわたしを欲しいと思うときが、わたしがジョンダラーを欲しいと思うときなんだもの」

「そこが変わってるんだ。ふつう女は、もっと甘い言葉をささやいてほしがる。そして、何かしている途中だったら、ふつうはじゃまされたくないと思う」

「わたしのまわりにいた女たちは、男が合図を送ったらどんなときでも用意ができていたわ。ジョンダラーもさっき合図をくれたでしょ。キスして、わたしが欲しいって言った」

「こんなこと言うと後で後悔するかもしれないけど、断っていいんだ」ジョンダラーの眉間に皺が寄っていた。懸命に説明しようとしているせいだ。「いいかい？　おれに合わせていつも受け入れてくれなくていいんだ。もう氏族と暮らしているわけじゃないんだから」

「もう、わかっていないんだから」エイラは首を振りながら、ジョンダラーと同じように一生懸命に説明した。「無理にそうしているんじゃないの。ジョンダラーが合図をくれるときは、わたしも用意ができているの。たぶんそれは、氏族の女がいつもそういうふうにふるまっていたから。たぶんそれは、ジョンダラーがわたしに、歓びを分かち合うことの素晴らしさを教えてくれた人だから。たぶんそれは、わたしがジョンダラーを大好きだから。でも、ジョンダラーが合図をくれたとき、わたし、そう考えたわけじゃないの。心で感じたの。合図をもらって、キスで欲しい、って言われて、わたしもジョンダラーが欲しくなったの」

ジョンダラーはまたほほ笑んでいる。今度はほっとして、うれしいからだった。「エイラはおれをその気にさせる。エイラを見ているだけでそうなる」ジョンダラーが身をかがめると、エイラも両手を伸ばして、自分を強く抱きしめる相手にしがみついた。

ジョンダラーは激しい欲望を抑えていたが、ふと、自分は今でもこんなに強くエイラを求めることができるんだ、という別の喜びが頭をよぎった。今まで関係した女の中には一度経験しただけであきてしまった女もいたが、エイラとはいつも新鮮に感じられた。エイラの引きしまったたくましい体が押しつけられ、首のまわりにはエイラの両腕が絡みついている。ジョンダラーは両手をすべらせ、エイラの胸を両側から包みながら、もっと身をかがめてその首筋にキスをした。

エイラは両腕をジョンダラーの首からはずして、ベルトをゆるめると、ついている道具ごと下に落とした。ジョンダラーはエイラのチュニックの下に手を入れ、チュニックをたくし上げながら、ふたつのまるみと、その上でかたく立った乳首をさがした。ジョンダラーは、その敏感な乳首をとりまく濃い薄紅色の乳輪が見えるまで、チュニックをまくり上げた。その温もりを手のひらいっぱいに感じながら、舌で乳首に触れ、口にくわえて吸った。

燃える興奮の糸が体の深い場所に走り、小さな歓びのあえぎ声がエイラの唇からもれた。自分がこれほど即座に応じられることが信じられなかった。あの栗色のマンモスのように、もう一日中待っていて、もう一瞬も待てない気がした。ふと、あの大きいあずき色の雄の姿が、長くくねる性器が頭をよぎった。ジョンダラーが手を放すと、エイラは自分のチュニックの首元を持って、するりと頭から脱いだ。

ジョンダラーはエイラの体を見て息をのみ、そのなめらかな肌を愛撫し、豊かなふたつの胸に手を伸ばした。かたい乳首の片方をまさぐり、つまみ、なでながら、もう片方の乳首を吸い、くわえ、かんだ。エイラは不意に甘美な興奮を覚え、目を閉じてそれに身をゆだねた。ジョンダラーが歓びをかき立てる愛撫をやめても、エイラは目を閉じたままだったが、すぐに、唇にキスをされるのを感じた。エイラは口を開けて、優しく進入してくる舌を受け入れた。ジョンダラーの首に両腕をまわすと、革のチュニックの襞《ひだ》が、まだ敏感な乳首にあたった。

エイラのなめらかな背中に移ったジョンダラーの手に、エイラのひきしまった筋肉の動きが伝わってきた。その敏感な反応に、ジョンダラーの欲望はさらに燃え上がり、かたく勃起した部分がはちきれそうだった。

「ああ、エイラ！」ジョンダラーがささやいた。「欲しくてたまらない」

「わたしは用意ができているわ」

「先に、これを脱がせてくれ」ジョンダラーはベルトをゆるめると、チュニックを背中からまくって、頭から脱いだ。エイラは大きく盛り上がった部分を見て、愛撫し、それからジョンダラーの引きひもをほどきはじめた。ジョンダラーも、エイラの引きひもをゆるめた。ふたりともズボンを脱ぎ、手を伸ばし、ぴったりと寄り添って立ったまま、ゆっくり、長く、官能的なキスをした。ジョンダラーは素早く空き地を見渡し、場所をさがした。しかし、エイラは両手と両膝をつき、首を曲げてジョンダラーを振り返り、いたずらっ子のようにほほ笑んだ。

「ジョンダラーの毛皮は黄色で、あずき色じゃないけど、わたしはジョンダラーを選ぶわ」

ジョンダラーもほほ笑み返して、エイラの後ろで膝をついた。「エイラの毛は栗色じゃない、濃い干し草色だけど、その奥には、花びらがたくさんついた赤い花みたいなものがある。けど、おれにはそれに触れる毛のついた長い鼻がない。別のものを使わせてもらうよ」

ジョンダラーはエイラを少し前に押し、尻を開いて湿った陰部をさがすと、かがんで、温かくしょっぱい部分をなめた。舌をさらにもぐらせ、襞のあいだに埋もれた、かたい核をさがした。エイラはあえぎながら、ジョンダラーを受け入れやすい姿勢になった。ジョンダラーのほうは舌先をとがらせ、唇を押しつけ、さらに奥にさし入れ、魅惑的な陰部をなめ、さぐった。ジョンダラーはいつもそこをなめるのが好きだった。

エイラは興奮の波の上にいた。体を駆け抜ける熱い鼓動以外、何も感じられない。いつも以上に敏感だった。ジョンダラーが触れ、キスをするすべての場所に火がつき、エイラの中の深いあの場所、燃えたぎる欲望でうずく究極の場所をさらに燃え上がらせた。エイラの耳には自分の速い呼吸、自分の歓びの声も聞こえなかった。だが、ジョンダラーの耳には聞こえていた。

ジョンダラーはエイラの後ろで上半身を起こし、さらに近づき、もう待てないほどに張りきった男性器で深みをさがした。先が入ると、エイラは腰を後ろに揺り動かし、ジョンダラーのすべてを受け入れようとした。ジョンダラーは、思いがけない温かい歓迎に声を上げ、エイラの腰をつかんで、少しだけ離れた。片手を伸ばして、小さくかたい歓びの核をさがすと、エイラが押しつける動きに合わせてその部分をなでた。ジョンダラーは今にも達しそうだった。もう一度少しだけ離れ、エイラの用意ができているのを感じながら、もっと速く、激しく愛撫し、そして奥まで挿入した。エイラが解き放たれた声をあげ、ジョンダラーの声もそれに重なった。

エイラは全身を投げ出し、顔を草に押しつけて横たわった。全身でジョンダラーの心地よい体重を受けとめ、背中の左側にジョンダラーの息遣いを感じた。目を開いたが、動くつもりはなく、一本の草のまわりを這うアリを見つめた。ジョンダラーが体を動かし、ごろりと横になった。片腕はエイラの腰を抱いたままだ。

「ジョンダラーみたいな男の人がいるなんて、信じられない。知っている？　自分がどんなにすごいか？」エイラが言った。

「それ、どこかで聞いたことがあるぞ。おれがエイラに言ったんじゃなかったかな」

「でも、本当にそうなの。どうしてわたしのこと、そんなによくわかってるの？　わたし、自分を見失いそうになる。ジョンダラーがいろいろしてくれるのを感じるだけで」

「エイラは用意ができていたみたいだったから」

「そうよ。いつも最高。だけど、今回は、わからない。でも、たぶん、あのマンモスたちのせい。ずっと考えてたの。栗色の雌マンモスのこと、それと、あのみごとな、大きな雄マンモスのことを——それから、ジョンダラーのことを——今日一日中」

「そうか、じゃあ、またいつかマンモスごっこをしよう」ジョンダラーは満面の笑みを浮かべて、仰向けに転がった。


エイラは上半身を起こして座った。「いいわよ。でも、今は、暗くなる前に川で遊んでくる」——エイラはかがんでジョンダラーにキスをした。ジョンダラーの唇は自分の味がした——「その前に、今日の夕食を見てこなくちゃ」


エイラは走って焚き火のほうに行き、バイソンの肉をもう一度裏返すと、かごに入れてあった石を取り出し、消えかけているがまだ熱い火の中から別の石を二、三個出してかごに入れ、火に薪を数本くべ、それから、川まで走っていった。飛びこむと冷たかったが平気だった。冷たい水には慣れている。ジョンダラーも、大きくて柔らかいシカ皮を手に、エイラの後を追った。シカ皮を下に置くと、エイラより用心深く川に入り、大きく深呼吸をしてから水にもぐった。顔を出し、目にかかった髪をかき上げた。

「冷たい！」ジョンダラーが言った。


エイラがジョンダラーのそばに来て、いたずらっ子のように笑いながら水をかけた。ジョンダラーもお返しをし、にぎやかな水かけっこが始まった。エイラはジョンダラーに向かって最後に一度、思いきり水をかけると、川から元気よく上がり、柔らかいシカ皮をつかんで、体をふき始めた。そして、川から上がってきたジョンダラーにシカ皮を手渡すと、急いで野営地にもどり、手早く服を着た。ジョンダラーが川から歩いてもどると、エイラはスープをめいめいの椀によそった。

5

夏の太陽が、今日最後の光の筋を木々の枝のあいだに散らしながら、西の山の端の向こうに落ちていった。エイラは満ち足りた笑顔をジョンダラーに向けると、椀に手を入れて、熟したキイチゴの最後のひとつをとり、口にほうりこんだ。それから立って後片づけと、荷造りにとりかかった。そうしておけば、明日の朝すぐに出発できる。

ふたりの椀に残った食べ残しをウルフに与え、乾燥してひび割れた穀物――お別れのときにネジーがくれたコムギ、オオムギ、アカザの種――をまだ温かいスープに入れ、焚き火の縁に置いた。あぶり焼きにしたバイソンの肉と舌肉の残りは、保存用の生皮の袋に詰めた。そして、そのかたい皮でできた大きな袋の口を折ると、じょうぶなひもでしばり、背の高い三脚の真ん中から吊るす。これなら夜行性の動物も手が届かない。

先細の三脚の柱は三本ともそれぞれ、高くて細い、まっすぐな木をそのまま使っている。枝を打ち、皮をはいである。エイラはこの柱を専用の入れ物に入れ、ウィニーの背に積んだふたつの荷かごに立てて運んでいた。ジョンダラーも同じように、それより短いテントの柱を運んでいた。三脚用の長い柱は橇《そり》を作るときにも使う。橇には重い荷物やかさばる荷物をのせて馬に引かせた。ふたりがこの長い木の柱を持ってきたのは、広いステップでは柱を作るのに適した木が見つけにくいからだった。川の近くでさえ、雑木の茂みがあるくらいだ。

夕闇が濃くなってきたので、ジョンダラーは火に薪をくべた。そして、地図の描かれた象牙の板を手にとり、火明かりにかざしてじっと見た。エイラは仕事を終えてとなりに座ったが、ジョンダラーは何か気がかりなことがあるようだった。心配そうな表情は、この数日間、エイラが何度も目にしたものだった。エイラはしばらくジョンダラーを見ていたが、ふと、火の中に石をいくつかほうりこんだ。湯を沸かして、いつも夜に飲む薬草茶を入れようと思ったのだ。しかし、ふだん使っている、香りはいいが効能はない草の代わりに、カワウソの皮の薬袋《やくたい》からいくつかの包みを取り出した。鎮静効果のあるものがいい。ナツシロギクとかオダマキの根とかを、クルマバソウの薬草茶に加えてみよう。そんなことを考えながらもエイラは、ジョンダラーの悩みがわかればいいのに、と思っていた。ききたかったが、迷っていた。そして、結局こうした。

「ねえ、この前の冬のこと、覚えている？　ジョンダラーがわたしの気持ちに自信がなくて、わたしもジョンダラーの気持ちに自信がなかったときのこと」

ジョンダラーは考えこんでいたため、エイラの質問を理解するのにしばらくかかった。「もちろん、覚えてる。だけど、今はおれがどんなにエイラを愛しているか、少しも疑ってないだろ？　おれもエイラがどんなにおれを愛してくれているか、疑ってない」

「そうね、わたしも同じよ。でも、いろいろなものに誤解はつきものよ。ジョンダラーのわたしへの愛とか、わたしのジョンダラーへの愛とかだけじゃなくて。わたし、この前の冬みたいなことはもう二度といやなの。ふたりで話し合わなかっただけで、また何か問題が起こるなんて耐えられない。夏の集会を発つ前に約束したわよね。何か困ったことがあったら、話してくれる、って。ねえ、何か困っていることがあるんでしょ。なんなのか教えて」

「なんでもない。エイラが心配することじゃない」

「でも、それはジョンダラーが心配しなくちゃいけないことなんでしょ？ もしジョンダラーが何か心配なら、わたしも知るべきだと思わない？」エイラは小さい茶漉《こ》しをふたつ取り出した。アシの葉を細く裂いて細かい網状に編んだもので、枝編み細工の入れ物にしまってあった。その入れ物の中にはいろいろな椀や調理器具が入っていた。エイラは口をつぐんでしばらく考え、乾燥したナツシロギクとクルマバソウの葉を選ぶと、ジョンダラーのカミツレ茶に加えた。自分の茶漉しにはカミツレだけ入れた。「ジョンダラーが困ることなら、きっとわたしも困る。わたしたち、いっしょに旅をしているんじゃないの？」

「そうだ。けど、決めたのはおれだし、エイラによけいな心配をかけたくない」ジョンダラーはそう言いながら立ち、水の入った袋をとりにいった。水袋は火から少し離れたところに立てたテントの入り口のそばの柱にぶら下げてある。ジョンダラーは料理用の小さい椀に水を入れ、熱い石を何個か入れた。

「よけいな心配かどうかわからないけど、わたしはもうとっくにジョンダラーのことが心配。理由を教えて」エイラは茶漉しをめいめいの椀に入れ、沸騰した湯をその上からそそぎ、しばらくそのままにしておいた。

ジョンダラーは地図を描いた象牙を手にとって、じっと見つめた。この先に何があるのか、正しい決断をしたのかどうか、この地図が教えてくれたらいいのに。弟とふたりで旅をしていたときは、たいして気にしなかった。ふたりで旅をしている、冒険をしているのだから、何が起きてもそれは冒険の一部だった。当時は、また故郷にもどるかどうかもわからなかったし、もどりたいかどうかもわからなかった。ジョンダラーが愛することを禁じられた女ははるか遠い道を選び、ジョンダラーがつれあいにしそうになった女は……ジョンダラーが求める女ではなかった。しかし、この旅は違う。今回は命より愛している女といっしょに旅をしている。自分が故郷に帰りたいだけでなく、エイラも連れて帰りたい。それも、無事に。途中で危険な目にあうかもしれない、と考えれば考えるほど、もっと悪い事態が思い浮かぶ。しかし、その漠然とした不安は簡単に説明できるものではなかった。

「ただ、この旅がどのくらいかかるか心配しているだけなんだ。冬が終わる前に氷河に着いていないとまずい」ジョンダラーは言った。

「それは前にも聞いたわ。でも、どうして？　それまでに着けなかったら、どうなるの？」

「春になったら氷が溶けだす。そうしたら、横断するのは危険だ」

「危険なら、やめましょう。でも、もし氷河を横断できなかったら、そのときはどうすればいいの？」エイラは、ジョンダラーが考えるのを避けている方法について考えさせようとした。「ほかに故郷に帰るルートはないの？」

「わからない。横断しようと思っているのは、小さな氷河の台地だ。大山脈の北の高地にある。その北にも開けた土地があるけど、まだだれもそのルートから行ったことがない。おれたちの予定のルートをもっとはずれることになるし、それに、寒い。聞いた話だと、北のルートには北極からの氷がせまっていて、そのあたりでは氷河が南まで張り出しているらしいんだ。北は大きな氷河、南は高い山々にはさまれて、どこよりも寒い。決して暖かくならない。夏でも、そうらしい」ジョンダラーは言った。

「でも、横断しようとしている氷河の上だって寒いんでしょ?」

「もちろん、氷河の上も寒い。けど、こっちのほうが近道だし、それに、ダラナーの洞窟にも二、三日で行ける」ジョンダラーは地図を下に置き、エイラが手渡した熱い薬草茶の椀を受け取ると、しばらく、湯気の立つ薬草茶を見つめた。「確かに、高地の氷河をまわりこむ北のルートを試してもいい。必要ならしかたないだろう。だけど、おれは気が進まない。なにより、あそこは平頭の土地だ」それがジョンダラーの説明だった。

「じゃあ、氏族の人たちが、わたしたちの渡ろうとしている氷河の北に住んでいるってこと?」エイラは自分の椀から茶漉しを取り出そうとしていたが、その手が止まった。怖いような、うれしいような、不思議な気持ちだった。

「悪かった。氏族の人たち、って言うべきだった。しかし、北のルートの一族は、エイラの知っている一族と同じ部族じゃない。北の一族はここからずっと遠い場所に住んでいる。信じられないくらい遠い。ぜんぜん違う一族だ」

「でも、氏族よ」エイラは、熱く、香りのいい薬草茶をすすった。「言葉も生活習慣も少し違うかもしれないけど、氏族の人たちはみんな同じ記憶を持っているの。とくに遠い昔の記憶を。氏族会でも、霊界に話しかけるための古い身ぶり言語はみんな知っていたから、お互いにその言葉で話したのよ」エイラは言った。

「だけど、氏族は、自分たちの領域におれたちが入るのをいやがる」ジョンダラーは言った。「それはもう思い知らされたよ。おれとソノーランが間違って川岸の、氏族の領域側に入ってしまったときに」

「確かにそうね。氏族は異人が近くにいるのを嫌うわ。それはそうと、氷河に着いても氷河を渡れない、しかもまわっていくこともできない、そうなったらどうするの？」エイラは最初の問題にもどった。「待つの？　氷河を無事に渡れるようになるまで」

「うん。そうすべきだと思う。しかし、次の冬まで約一年だ」

「でも、一年待てば、ちゃんと渡れるの？　待つ場所はあるの？」

「まあ、なんとか。いっしょに寝泊りさせてくれる人たちならいる。ロサドゥナイ族はいつも快く迎えてくれる。けど、おれは故郷に帰りたいんだ」その声がとても切なそうだったので、エイラにはそれがジョンダラーにとってどんなに大切なことかわかった。「おれはエイラといっしょに落ち着きたいんだ」

「わたしも落ち着きたい。だから、なんとかして、まだ氷河を渡るのが安全なうちに、そこまでたどり着けるようにがんばらなくちゃ。でも、もし着くのが遅すぎても、故郷に帰れないわけじゃないわ。少し待つことになるだけ。それでも、わたしたちはずっといっしょだもの」

「そうだな」ジョンダラーはうなずいたが、うれしそうではなかった。「もし着くのが遅すぎても、そうまずいことにはならないと思うけど、まるまる一年も待ちたくない」ジョンダラーはさらに顔をしかめた。「もしかしたら、ほかのルートから行けば、冬が終わる前に氷河に着けるかもしれない。今からでも間に合う」

「まだ別のルートがあるの？」

「うん。タルートが教えてくれたんだけど、今、おれたちが向かっている山脈の北側からまわって行けるらしい。それにハネガヤ簇《むら》のルタンも、そのルートがここから北西にあるって言ってた。そのルートから行くべきじゃないかって、ずっと考えてた。だけど、おれはシャラムドイ族にもう一度会いたいんだ。もし今回会わなかったら、二度と会えないと思う。そのシャラムドイ族の居住地は山脈の南側、母なる大河沿いなんだ」ジョンダラーは説明した。

エイラは考えながらうなずいた。やっと、わかったわ。「シャラムドイ族って、ジョンダラーがしばらくいっしょに暮らした人たちね。ジョンダラーの弟はシャラムドイ族の女をつれあいにしたのよね?」

「うん、シャラムドイはおれにとって家族みたいなものなんだ」

「それなら、とうぜん南から行って、最後にもう一度会いにいかなくちゃ。ジョンダラーが愛している人たちなんだもの。それで氷河に着くのが遅れたら、次の冬が来るのを待って渡りましょう。たとえ故郷に帰るのが一年のびても、その価値はあると思わない? もう一度もうひとつの家族に会えるんだもの。ジョンダラーが故郷に帰りたいと思う理由のひとつは、お母さんに弟のことを知らせたいからでしょう。だとしたら、シャラムドイ族の人たちも弟がどうなったか知りたいと思うわ。弟にとっても家族なんだから」

ジョンダラーは眉間に皺を寄せていたが、すぐに明るい表情になった。「エイラの言うとおりだ。シャラムドイ族もソノーランがどうなったか知りたいと思う。おれは自分が正しい決断をしたのかどうかばかり心配していて、それを忘れていた」ジョンダラーはほっとしてほほ笑んだ。

ジョンダラーは焼け焦げた薪の上で踊る炎を見つめた。炎は短い命ながら、楽しそうに飛びはねて、まわりの暗闇をはねのけている。ジョンダラーは薬草茶をすすりつつ、先の長い旅についてまだ考えていた。しかし、それほど心配ではなくなっていた。ジョンダラーはエイラのほうを見た。「話し合えてよかった。たぶんおれはまだ、そばにだれかがいてくれて、その人と話を……話し合いをすることに慣れてないんだ。それに、きっと間に合うと思う。でなければ、最初からこのルートを行くことに決めなかっただろう。時間はかかるけど、少なくともおれはこのルートを知っている。北のルートは知らない」

「ジョンダラーの決断は正しいと思うわ。わたしもできるなら、もし死の呪いを受けていなかったら、ブルンの一族を訪ねたいもの」エイラの声は小さくて、ほとんど聞きとれないくらいだった。「できるなら、たったひとつだけ、もう一度ダルクに会いにいきたい」そのさびしくむなしい響きに、ジョンダラーはエイラが大きな喪失感を抱いていることがわかった。

「ダルクをさがしてみたい？」

「ええ、もちろん。でも、できない。そんなことをしたら、みんなに迷惑をかけるだけ。わたしは死の呪いを受けた。わたしを見ても、ブルンの一族のみんなは悪霊だと思うでしょう。一族にとって、わたしは死んだ者。何をしても、何を言っても、わたしが生きているのを理解させることはできないわ」エイラの目は遠くを見ているようだったが、見ているのは自分の心の中にあるひとつの記憶だった。

「それに、ダルクは別れたときのままの赤ん坊じゃないもの。もうそろそろ大人の男よ。わたしは氏族の女にしては大人の女になるのが遅かったから、ダルクもほかの男の子より成長が遅いかもしれない。でも、そのうちにウラがブルンの一族のもとにやってくるでしょう――ううん、今はブラウドの一族だけど」エイラは顔をしかめた。「今年は夏に氏族会があるから、この秋、ウラは自分の一族と離れて、ブルンとエブラといっしょの生活を始めるわ。そしてウラもダルクも年頃になったら、ウラはダルクのつれあいになるの」エイラは少し黙ってから続けた。「わたしもその場にいてウラを迎えたいけど、ウラを怖がらせて、ダルクのことを不幸だって思わせてしまうかもしれない。ダルクの奇妙な母親の霊は、自分の居場所であるほかの世界にとどまろうとしていない、ってね」

「エイラ、本気でそう思ってるのか？　よし、さがしにいこう、エイラがそうしたいなら」ジョンダラーが言った。

「さがしたくても、どこをさがしたらいいのかわからないもの。ブルンの一族の新しい洞穴の場所も知らないし、氏族会がどこであるのかも知らない。わたしはダルクに会ってはいけないの。もうわたしの子ではないから。ウバにあずけたの。もうウバの息子なのよ」エイラはジョンダラーを見上げた。その目からは涙がこぼれそうだった。「ライダグが死んだとき、ダルクには二度と会えないって覚悟したわ。ライダグを、わたしがブルンの一族のもとを離れるときに持ってきたダルクのおくるみにくるんで埋葬したとき、心の中でダルクもいっしょに葬ったの。ダルクには二度と会えない。わたしはダルクにとって死んだ者。だから、ダルクもわたしにとって死んだ者にしておくのがいちばんいい」

涙が頬を濡らしていたが、エイラはかまわないようだった。涙がこぼれていることさえ気づいていないようだ。「わたしは本当に幸運よ。ネジーのことを考えてみて。ネジーにとってライダグは息子のようなものだった。ネジーは自分が産んだのではないのに、ライダグの世話をした。でも、いつかライダグを失うことを知っていた。ライダグが長く生きても、ふつうの生活はできないことがわかっていた。息子を失くした母親は、ほかの世界にいるその子を想像するしかないけど、わたしはこの世界にいるダルクを想像できる。いつも無事で、いつも幸運で、いつも幸せなダルクを。たぶん、ダルクはウラといっしょに暮らして、自分の炉辺で子どもをたくさんもうけて……たとえ会えなくても想像できる」エイラはしゃくり上げながら話していたが、とうとう堰《せき》を切ったように泣きだした。

ジョンダラーはエイラを抱きしめた。ライダグのことを考えると、ジョンダラーも悲しくなった。ライダグのことは、だれもどうしようもなかった。エイラもできるだけのことをしたのは、だれもが知っていた。ライダグは体の弱い子どもだった。ずっとそうだったとネジーは言っていた。しかし、エイラは、ライダグがほかのだれからも与えられなかったものを与えた。エイラがやってきて、ライダグをはじめほかのライオン簇の人々に氏族の身ぶり言語を教え始めてから、ライダグはそれまでなかったほど幸せそうだった。その短い生涯で初めて、ライダグは自分の愛する人々と言葉を交わすことができたのだ。自分が必要としていることや望んでいることをわかってもらい、また、自分の気持ちを相手に伝えることができた。とりわけ、産みの母親がライダグを産むと同時に死んで以来ずっと自分の世話をしてくれたネジーに、ライダグはようやく、愛している、と伝えることができた。

ライオン簇の人々は驚いたが、やがて理解するようになった。少しは知恵があるが言語を持たない動物にすぎないと思われていたライダグが、別の言語を持った別の人間だ、ということを。いったんそれがわかると、人々は、ライダグを知性のある人間として受け入れるようになった。それはジョンダラーにとっても驚きだった。エイラは、ジョンダラーからあらためて口で話すことを習うようになってから、そのことを説明しようとしてはいた。そしてジョンダラーもほかの人々といっしょに身ぶり言語を習い、この太古の人種の少年の控え目なユーモアのセンスや深い洞察力に感心するようになった。

ジョンダラーは自分の愛する女が嗚咽《おえつ》しながら悲しみを解き放つあいだ、ずっと抱きしめていた。ジョンダラーは知っていた。エイラが、半氏族の子が死んだ悲しみを心の奥に閉じこめていたことを。ネジーが養子としたその子に、エイラは何度も自分自身の息子を重ね、同時にその息子のことも嘆いていたのだ。

しかし、ライダグやダルクのことだけではなかった。エイラが嘆いていたのは、自分が失ったものすべてだった。幼い頃から知っている、愛する氏族の人々を失ったこと、氏族そのものを失ったことが悲しかった。ブルンの一族はエイラの家族だった。イーザとクレブがエイラを育て、守ってくれた。エイラは氏族の中ではほかの人と違っていたにもかかわらず、ときどき、自分を氏族のひとりだと考えることがあった。エイラがジョンダラーと旅立つことにしたのは、ジョンダラーを愛し、いっしょにいたいと思ったからだったが、ふたりで話していると、この人の故郷はなんて遠いんだろう、と思うことがある。行くだけで、一年、もしかしたら二年かかるかもしれない。それが何を意味するか、エイラはようやくはっきりと理解した。もう二度ともどれない、ということなのだ。

エイラが捨てようとしているのは、自分に新しい居場所をくれたマムトイ族との生活だけではない。自分の一族や、一族に託した自分の息子に、もしかしたらまた会えるかもしれない、というかすかな望みも捨てようとしているのだ。エイラは長いこと悲しみの中で暮らしてきたので、過去の悲しみは少し薄れてきていた。しかし、ライダグが死んだのはエイラとジョンダラーが夏の集会を発つ直前だった。その死はまだ新しく、悲しみはまだ生々しかった。ライダグが死んだ痛みで、ほかに失ったものに対する痛みまで思い出してしまった。そしてこれから、失ったものとの距離はさらに広がっていく。それを思うと、過去を取りもどしたいという気持ちも絶たなくてはならないことがわかってきた。

エイラにはもともと幼少の思い出がなかった。実の母親も、自分がどの部族で、どこで生まれたのかも知らなかった。かすかな記憶――というより感覚に近いもの――があるほかは、エイラは地震の前のことや氏族の前にいっしょに暮らしていた人々のことをまったく覚えていなかった。しかし、エイラは氏族から追放された。ブラウドに死の呪いをかけられた。氏族にとってエイラは死んだ者だったが、今になってエイラははっきりわかった。氏族から追い出されたときに、自分の人生の一部も失ったのだ。その瞬間から、自分が何者かを知る手立てをなくした。幼い頃の友だちに会うこともできなくなった。だれも、ジョンダラーでさえ、今のエイラを作った背景を知る人はいないのだ。

エイラは自分の過去を失ったことを受け入れた。今では、頭と心の中に残る過去があるだけだ。エイラは、それが悲しかった。そして、この旅の終わりに何があるのだろう、と思った。何が待っていようと、ジョンダラーの部族がどのような人々であろうと、自分にはほかに何もない。あるのは記憶……そして、未来だけだった。

森の中の空き地は真っ暗だった。ものの輪郭も影も、闇につつまれてまったく見えない。ただ、焚き火のおきが名残惜しそうにほの赤く燃え、星が輝いているだけだ。かすかな風が生い茂った木々のあいだから吹いているくらいだったので、ふたりは寝袋をテントの外に出した。エイラは星空の下、横になって星座を見つめ、夜の声を聞いていた。風が木々をそよがせ、川が流れ、コオロギが高い声で鳴き、ウシガエルがしゃがれた声で鳴いていた。ときどき水面で何かが跳ねる大きな音がして、フクロウがホーホーと不気味な声で鳴いた。遠くのほうで、ライオンが低くうなり、マンモスが大声をあげた。

ウルフは、ほかのオオカミの遠吠えに興奮して震え、どこかへ走っていってしまった。しばらくして、エイラの耳に、またオオカミの鳴き声と、もっと近くでそれにこたえる遠吠えが聞こえた。エイラはウルフがもどってくるのを待っていた。ウルフのせわしい息づかいが聞こえ——走ってきたに違いない——自分の足にすり寄ってきたのを感じ、ほっとした。

少しうとうとしかけたところで、エイラは突然ぱっと目を覚ました。そのまま身動きはせず、緊張して様子をうかがいながら、目が覚めた原因をつきとめようとした。最初に聞こえたのは低いうなり声だった。それは音というよりは、寝袋の足下の温かい場所から響いてくる感じだった。それから、かすかに鼻を鳴らす音が聞こえた。何かがこの野営地にいる。

「ジョンダラー?」エイラは小声で言った。

「肉のにおいに引き寄せられて何かが来たみたいだな。クマかもしれないが、たぶんクズリかハイエナだろう」ジョンダラーが答えた。聞き取れないほどの小声だ。

「どうする? 相手が何だとしても、肉をとられたくないわ」

「まだだいじょうぶ。そいつが何だろうと、肉には届かない。様子を見よう」

ところが、何がうろつきまわっているのか知ったウルフは、待つつもりはなかった。テントが張られるといつも、ウルフはそれを自分の縄張りとみなし、それを守るのが自分の責任だと考えた。エイラにはウルフが出ていくのがわかった。その直後、ウルフがうなった。こたえたのは声色のまったく異なるうなり声、上のほうから聞こえた気がした。エイラは上半身を起こし、投石器を手にとった。しかし、ジョンダラーはもう立ち上がって、投槍器《とうそうき》に長い槍を構えていた。

「クマだ!」ジョンダラーが言った。「後ろ足で立っているみたいだが、よく見えない」

動く音が、足を引きずる音がした。焚き火と、肉を吊るした三脚のあいだあたりだ。それから、ウルフとクマがにらみ合い、警戒し合ってうなる声が聞こえた。突然、反対側でウィニーがいないた。続けて、もっと大きな声で、レーサーが不安の声を上げた。暗闇でまた動きがあり、エイラの耳に興奮気味の低いうなり声が聞こえた。ウルフが攻撃しようとしているのだ。

「ウルフ!」エイラは叫んだ。ウルフを危険な目に合わせたくなかった。

突然、激しいうなり声の中、吠え声が響き、かん高い悲鳴が上がった。大きな影が焚き火の中に転げこみ、そのまわりを明るい火花が散った。エイラの耳元で、ヒュンッと空を切る音が聞こえた。大きなものが倒れる鈍い音に続いて吠え声が、それから、何かが木々の中に飛びこんで逃げていく音が聞こえた。エイラは口笛を吹いた。ウルフがついていっては困るからだ。

エイラは膝をついてもどってきたウルフを抱きしめた。ほっとした。ジョンダラーはまた火をおこした。火明かりに、逃げた獣が残した血の跡が見えた。

「槍があのクマに当たったことは間違いない」ジョンダラーは言った。「けど、どこに当たったかはわからない。朝になったら跡をつけてみよう。けがを負ったクマは危険だけど、次にだれがこの野営地を使うかわからないからな」

エイラも血の跡を調べにきた。「かなり血を流してるから、そんなに遠くまで行ってないかも。でも、ウルフのことが心配だったの。相手は大きかったから、ウルフがやられてもおかしくなかったわ」

「ウルフもちょっとやりすぎだ。ウルフのせいで代わりにだれかがクマに襲われていたかもしれない。しかし、勇敢は勇敢だった。あんなに機敏にエイラを守ろうとするなんてすごい。だれかが本当にエイラを傷つけようとしたら、どうするんだろう」

「さあね。それはそうと、ウィニーもレーサーもクマを怖がっていたわ。様子を見てくる」

ジョンダラーもいっしょに行った。二頭の馬は火のそばに寄っていた。ウィニーは、人間がおこした火は安全だということをとっくに知っていた。レーサーも、自分の母馬と同じように、経験からそれがわかり始めていた。二頭とも信頼しているふたりの人間から優しい言葉をかけられ、なでられると安心したようだった。しかし、エイラのほうは不安で、なかなか寝つけないだろうと思った。そこで、鎮静効果のある薬草茶を入れることにして、テントの中にカワウソの薬袋をとりにいった。

石を熱するあいだ、エイラはすりきれた毛皮の袋の表面をなでながら、イーザにこれをもらったときのことを思い出し、また氏族との生活を、とりわけ最後の日のことを思い出した。どうしてクレブは洞穴の中にもどらなくてはならなかったのかしら？　もっと長生きできたかもしれないのに。もちろん、年はとるし、体も弱くなった。でも、クレブは、あの前夜の最後の儀式で、グーブを新しいモグールにしたときも弱々しくはなかった。回復して、以前と同じ大モグールだった。グーブは、クレブのように力あるモグールには決してなれないだろう。

ジョンダラーはエイラがむずかしい顔で考えこんでいることに気がついた。死んだライダグと、二度と会うことのない自分の息子のことをまだ考えているのだろうと思ったが、どんな言葉をかけたらいいかわからなかった。力になりたかったが、でしゃばりたくはなかった。ふたりはいっしょに火のそばに座り、薬草茶をすすった。すると、エイラがたまたま空を見上げ、息をのんだ。

「見て、ジョンダラー」エイラが言った。「空が、空が赤い、火事みたい。でも、ずっと高いし、ずっと遠い。あれは、何？」

「冷たい炎だ！」ジョンダラーが言った。「おれたちはそう呼んでる。空がこういうふうに赤いことがあるんだ。北の空の炎と呼ぶこともある」

ふたりが明るい空をしばらくながめていると、星がいくつか弧を描いて、風に揺れる巨大な薄布をよぎった。「白い筋が見える」エイラが言った。「それも動いてる。煙の筋みたい。それか、白いさざ波みたい。ほかの色もあるわ」

「星の煙。そう呼ぶ人もいるし、白ければ星の雲と呼ぶ人もいる。いろいろな名前があるんだ。たいていの人は、聞けばなんのことを言ってるかわかる」

「どうして今までこんな空の光を見たことがなかったのかしら？」エイラは心から感動して見つめていたが、なんとなく恐ろしくもあった。

「南のほうに住んでいたから見えなかったんだろう。北の空の炎とも呼ばれているくらいだからな。おれも何度も見たわけじゃないし、こんなにはっきり、こんなに赤いのは初めてだ。けど、北に旅した人たちが言っていた。北に行けば行くほど、よく見られるらしい」

「でも、北って言っても、行けるのは氷河の壁まででしょ」

「舟なら氷河の向こうまで行ける。おれが生まれた場所から西へ、季節にもよるけど、何日か行くと、陸が切れて大海原になる。この海はすごく塩からくて、決して凍らない。大きな氷の塊が浮いていることもあるそうだ。噂だと、舟で氷河の壁の向こうに旅した人がいたらしい。海に住む動物を狩りにいったってことだ」

「舟って、マムトイ族が川を渡るのに使っていた椀舟みたいなやつ?」

「似てると思うけど、もっと大きくて頑丈だ。おれも見たことはなかったから、最初はそんな話、本気にしていなかったんだ。シャラムドイ族に会って、彼らの作った舟を見せてもらうまではな。シャラムドイの居住地のそばの、母なる大河沿いには、たくさん木が生えている。どれも大きい。シャラムドイはその木で舟を作る。エイラも楽しみにしているといい。きっと、目を疑うよ。川を渡るだけじゃなく、舟で旅もするんだ。上流にも下流にも行ける」

　エイラはジョンダラーの熱の入った話しぶりに気づいた。心からシャラムドイ族に再会するのを楽しみにしているらしい。もう悩みは解決したし。しかし、エイラはジョンダラーのもうひとつの親族であるシャラムドイ族に会うことは考えていなかった。空の不思議な光のせいで不安になっていたが、その理由ははっきりわからなかった。この不安の意味を知りたいと思ったが、今感じている恐怖は地上の自然災害がもたらすものとは違う。エイラは大地の変化が、とくに地震が怖かった。かたいはずの地面が揺れるということも怖かったが、地震のたびに、いつもエイラの人生が大きく変わり、ゆがんだからだった。

地震のせいで自分の部族と引き離され、それまで知っていたすべてのものとはまったく違う子ども時代を送ることになった。また、地震のせいで氏族から追放されることになった。というか、少なくともブラウドはその言い訳を見つけた。はるか南東で火山が爆発し、粉のような灰を降らせたのも、エイラがマムトイ族を離れる前兆のようだった。もちろん、そう決めたのはエイラで、だれかに決めさせられたわけではなかった。しかし、北の空の現象が何を意味するのか、それが前触れかどうなのかさえ、エイラにはわからなかった。

「クレブならこういう空は何かの前触れだって言うわ。クレブはすべての氏族の中でいちばん力のあるモグールだったから、こういう空を見たらその意味がわかるまで、黙って考えこむでしょう。きっと、マムートもこれは前触れだと言うと思うわ。ジョンダラーはどう思う？　これは何かの前触れ？　たぶん、何か……よくないことの？」

「おれは……わからない」ジョンダラーは自分の部族の考えを話すのをためらった。北の空が赤く輝くとき、それは警告だとみなされることが多い。しかし、つねにそうとはかぎらない。ただ何か大事なことが起こるという前触れのときもある。「おれは女神に仕える者じゃないからな。何かいいことの前触れかもしれない」

「でも、冷たい炎は何かを強く暗示しているんでしょ？」

「ふつうはそうだ。少なくともそう思っている人が多い」

エイラはオダマキの根とヨモギを少量、自分のカミツレ茶に加え、いつもより鎮静効果の強い薬草茶を作った。しかし、野営地にクマが現れ、不思議な色に燃える空を見たあとでは不安でたまらなかった。薬草茶を飲んだものの、眠りが自分を遠ざけているように思えた。眠ろうとしていろいろな姿勢をとってみた。横向きになったり、仰向けになったり、また反対の横向きになったり、うつぶせになったりもしたが、寝返りばかりうってはジョンダラーに迷惑な気がした。その後ようやく眠りにおちたが、それも生々しい夢に妨げられた。

怒声が沈黙を打ち砕いた。見物人たちは恐怖に飛びのいた。巨大なケーブ・ベアが檻《おり》の扉に手をかけ、地面に押し倒した。狂ったクマが檻から出た！　ブラウドがクマの両肩に乗っている。ほかのふたりの男がクマの毛にしがみついている。突然、ひとりの男が化け物のようなクマの手につかまれた。しかし、その苦しみの悲鳴はすぐに途切れた。クマが手に力をこめ、男の背中をへし折ったのだ。モグールたちは遺体を拾い上げ、深刻な顔つきで洞穴の中に運んだ。クマの毛皮を着たクレブが、その先頭に立ち、足を引きずって歩いている。

エイラはひびのいった椀の中で揺れる白い液体を見つめた。それは血のように赤く、濃くなっていった。そこへ、ゆっくりと、白く輝くさざ波が立ち始めた。エイラはひどく不安になった。何かを間違えてしまった。器に液体が残ってはいけないはずだ。エイラは椀を口元に運び、飲み干した。

目の前の景色が変わった。白い光がエイラの体の中にあった。自分の体がどんどん大きくなり、高い場所から、一列に連なる星を見ている。星々は小さくまたたく光に変わり、どこまでも続く細い洞穴の中へ入っていった。最後の赤い光が大きくなり、エイラの視野いっぱいに広がった。沈んでいくような不快な感覚の中、エイラの目に、石筍《せきじゅん》の柱の陰に半分隠れるようにして円になって座っているモグールたちが見えた。

エイラは底知れない黒い割れ目にどんどん沈んでいった。体は恐怖でかたまっている。突然、輝く光を持ったクレブがエイラの体の中に現れ、エイラを励まし、支え、恐怖をやわらげた。クレブはエイラを不思議な旅へ導いた。それはお互いの起源をたずねる旅だった。塩からい海を抜け、むせながら大きく空気をのみこみ、肥沃な大地を、高い木々のあいだを抜けた。その後ふたりは地面に立ち、二本の足で歩き、はるか遠くまで行き、塩からい大海を目指して西に向かった。そして、川と平原に面した険しい岩壁の前にたどり着いた。壁には大きく張り出した部分があり、その下には深いくぼみがあった。クレブの先祖の洞穴だった。しかし、ふたりで洞穴に向かって歩いている途中で、クレブの姿が消えはじめた。エイラはあとに残された。

視野がかすんできた。クレブの影はどんどん薄くなり、消えてしまいそうだ。エイラはぞっとした。「クレブ！　行かないで、お願いだから行かないで！」エイラは叫んだ。あたりを見まわし、必死にさがすと、崖の上に、先祖の洞穴の上のほうに、クレブがいた。その横には大きな岩がある。細長くて少し平たい柱のような岩だが、崖の縁で傾き、まるで落ちる寸前にその場で凍ってしまったかのようだ。エイラはもう一度叫んだが、クレブは岩の中に消えた。エイラはさびしかった。クレブは行ってしまい、エイラはひとりぼっちになった。悲しみに胸を痛めながら、何かクレブの思い出になるものが、何か触れるものが、抱きしめられるものがあればと思った。しかし、エイラには途方もない悲しみしかなかった。突然、エイラは走っていた。必死に走っていた。逃げなくては。逃げなくては。

「エイラ！　エイラ！　目を覚ますんだ！」ジョンダラーがエイラを揺すった。

「ジョンダラー」エイラは上体を起こした。そして、先ほどのさびしさが忘れられず、ジョンダラーにしがみついた。涙がこぼれた。「行ってしまったの……ねえ、ジョンダラー」

「だいじょうぶだ」ジョンダラーはエイラを抱きしめた。「怖い夢を見たんだ。大声で叫んで、泣いてた。おれに話したら楽になるかな?」

「クレブだったの。クレブの夢を見たの。あの氏族会のとき、わたしが洞穴の中に入っていったら、不思議なことが起こったわ。その後ずっと、クレブはわたしのことをとても怒っていた。そして、やっと元どおりにもどれるというときに、クレブは死んでしまった。まだろくに話もできていなかったのに。クレブは、ダルクが氏族の息子だと言っていた。わたしにはその意味がわからなかった。クレブと話したいことがたくさんあったの。今ききたいことがたくさんあるの。クレブのことを力あるモグールだとしか思っていない人もいたし、片目と片腕がないせいで、クレブは醜いと思われ、実際より怖いと思われていた。でも、みんな知らなかった。クレブは賢くて優しかった。霊界だけじゃなく、人間のことも理解していた。わたし、夢の中でクレブと話がしたかった。クレブもわたしに話しかけようとしていた気がする」

「きっと、そうなんだろうよ。おれには夢のことはわからないけど」ジョンダラーは言った。「少し楽になった?」

「もうだいじょうぶ。でも、夢のことがもっとわかったらいいのに」


「だめよ。ひとりであのクマをさがしにいくなんて」朝食が終わったときのことだった。「手負いのクマが危険だって言ったのはジョンダラーよ」

「気をつけるって」

「わたしもいっしょに行けば、ふたりで気をつけられる。それに、野営地にいるのだって安全じゃないもの。ジョンダラーがいないあいだに、クマがもどってくるかもしれないし」

「確かにな。わかった、じゃ、いっしょにおいで」

ふたりは森に入り、クマの足跡をたどった。ウルフも同じつもりで、先に立って下ばえの中を走り、上流に向かった。一キロ半も行かないところで、行く手から騒々しい物音と、獣のうなり声が聞こえてきた。走って行ってみると、ウルフが毛を逆立て、喉の奥で低くうなっている。しかし、頭は低く下げ、尾は両脚のあいだにはさみこんで、尻ごみしていた。向こうにいるのはオオカミの小さい群れで、焦げ茶のクマの死体を守るように立っていた。

「とにかく、傷を負った危険なクマの心配はなくなったわけね」エイラは槍を投槍器にすえて構えた。

「凶暴なオオカミの群れだ」ジョンダラーも槍を構えて立っている。「クマの肉が欲しいかい?」

「ううん。肉ならじゅうぶん。もうこれ以上入らない。あのクマはオオカミにやればいいわ」

「肉はどうでもいいけど、あのかぎ爪と、大きな歯もあきらめるか」ジョンダラーが言った。

「もらっていきましょう。もともとジョンダラーのものよ。ジョンダラーがあのクマをしとめたんだから。わたしが投石器でオオカミを追い払うから、そのあいだにとって」

ジョンダラーは、ひとりだったらそんなことはしないだろうと思った。自分たちのものだと思っている肉からオオカミたちを追い払うなど、危険すぎる。しかし、ジョンダラーは前日のエイラの行動を思い出した。エイラはハイエナを追い払ったのだ。「よろしく」ジョンダラーはそう言うと、鋭いナイフをとり出した。

エイラが石を飛ばし、オオカミの群れを追い払い始めると、ウルフは思いきり興奮した。ジョンダラーがナイフを使って手早くかぎ爪をはがすそばで、ウルフはクマの死骸を見張った。クマの歯はちょっと大変だったが、そう手間はかからなかった。エイラはウルフを見てほほ笑んだ。自分の「群れ」が野生のオオカミの群れを追い払うと、たちまちウルフの態度と姿勢がすっかり変化した。頭を高く上げ、尾をぴんと伸ばし、たくましいオオカミの姿になった。うなる声もさらに攻撃的になった。群れのリーダーはウルフをまじまじと見つめ、今にも飛びかかりそうだった。

エイラとジョンダラーがクマの死骸を群れに返し、野営地に向かって歩きだしたところで、群れのリーダーが頭をのけぞらせて遠吠えをした。低く、力強い声だった。ウルフも頭を上げて遠吠えを返したが、その声は響きが足りなかった。ウルフはまだ若く、大人の体になりきっていない。それが声に表れていた。

「おいで、ウルフ。相手のほうが大きいのよ。年だって上だし、賢いの。まばたきしているうちに、仰向けにされちゃうわよ」エイラがそう言っても、ウルフはまた遠吠えをした。戦いを挑んでいるのではなく、自分もオオカミだと示したいのだ。

ほかのオオカミたちも加わり、ジョンダラーは遠吠えと鳴き声のコーラスに囲まれている気がした。エイラまでが、ふとその気になり、頭を上げて遠吠えをした。ジョンダラーは背筋に寒気が走り、鳥肌が立った。オオカミそっくりに聞こえたのだ。ウルフでさえ首をかしげてエイラのほうを見て、もっと自信のある声でまた長く吠えた。ほかのオオカミたちも同じようにこたえ、まもなく森にはまた、背筋がぞくぞくするような、美しいオオカミの歌声があふれた。

野営地にもどると、ジョンダラーはクマのかぎ爪と犬歯を洗った。そのあいだにエイラはウィニーに荷物を積んだ。エイラが積み終わっても、ジョンダラーはまだ荷造りの途中で、まだまだ時間がかかりそうだった。エイラはウィニーにもたれて、何気なくその体をかいてやりながら、この馬といっしょにいる幸せを感じていた。そこへ、ウルフがまたどこかから腐った古い骨を見つけてきたのに気がついた。今回は空き地のむこうのすみで、臭い戦利品を見つけてうれしそうになっている。目はずっとエイラを見ているが、エイラのもとに持ってこようとはしない。

「ウルフ！　こっちにいらっしゃい！」エイラは呼んだ。ウルフは骨を落として、走ってきた。「さあ、また新しいことを教えるときみたいね」

エイラはウルフに、指示されたらずっと同じ場所にいるように教えたかった。たとえ自分がそばを離れても、だ。これを教えるのは大事なことだが、時間がかかるのもわかっていた。これまで出会った人々の態度やウルフの反応を考えると、ウルフはまた、ほかの「群れ」の知らない人間をつけねらうに違いない。エイラは前にタルートに約束した。ウルフがライオン簇のだれかを傷つけるようなことがあれば、自分がウルフを殺す、と。今でもエイラは、ウルフを人々のそばに連れていった場合、ぜったいだれも傷つけさせないことが自分の責任だと思っていた。それ以上に、ウルフの安全を心配していた。ウルフが威嚇しながら近づけば、相手はすぐに身を守ろうとする。恐怖を感じた狩人が、自分の簇が危ないと感じ、この見慣れないオオカミを殺そうとするかもしれない。エイラが止めようとする前に。

エイラは手始めにウルフを木につなぎ、わたしがいなくなってもここにいるのよ、と指示した。ところが、首に巻いた綱がゆるくて、ウルフは頭を抜いてしまった。エイラはきつくつなぎ直したが、きつすぎて首がしまらないか心配になった。思ったとおり、エイラが後ずさりを始めるとウルフは鳴いて甘え、遠吠えをし、跳びはねてついてこようとした。数メートル離れた場所からエイラは、そこにいなさい、とウルフに言い続け、手でも「止まれ」の合図をした。

やっとウルフが落ち着くと、エイラはもどってほめてやった。もう数回試みたところでジョンダラーの準備ができたので、ウルフを放してやった。この日はもうこれでじゅうぶんだろう。しかしウルフが自分で引っぱってきつくしてしまった結び目をほどきながら、かわいそうになってしまった。きつすぎもゆるすぎもしないように、うまく調節したはずなのに、訓練を終えてみると、なかなかほどけないくらいにきつくなっていた。どうしたらいいか考えなくては。

「本気でウルフに教えられると思っているのかい？　知らない人を脅さないようにって」ジョンダラーがきいた。最初の試みがほぼ失敗に終わったのを見ていたのだ。「オオカミは生まれつき他人を信用しないものだと言ったのは、エイラだろう？　生まれつきの性質に反することを教えられると思うかい？」ジョンダラーはレーサーにまたがった。エイラは綱を片づけるとウィニーの背に乗った。

「それもレーサーの生まれつきの性質？」ジョンダラーを背中に乗せてくれるのも」

「それとこれとは別だよ」ジョンダラーが言った。ふたりは馬を並んで歩かせ、野営地を後にした。「馬は草を食べる。肉は食べない。だから生まれつき争いは避けたい性質なんだ。馬は知らない人や、自分にとって脅威になりそうなものを見ると、走って逃げたがる。大人の雄馬はほかの雄馬を攻撃することがあるし、自分に直接脅威となるものを攻撃することもあるけど、レーサーとウィニーは知らない状況からは逃げたがる。しかし、ウルフは身構えるし、積極的に攻撃したがる」

「ウルフだって、わたしたちが逃げたら、走って逃げるわよ。ウルフが身構えるのは、わたしたちを守ろうとしているからでしょ。それに、そうよ、ウルフは肉食で、人間だって殺せるけど、殺さないわ。殺すとしたら、わたしたちが危険だと思ったときよ。動物だって学べるんだと思う。人間と同じようにね。ウルフは生まれつき、人や馬を自分の『群れ』だと思っているんじゃないわ。ウィニーだって、ほかの馬といっしょに暮らしていたら学べなかったことを学んだのよ。馬がオオカミを友だちだと思うのは生まれつき？　ウィニーはケーブ・ライオンとだって友だちになった。それが生まれつきの性質？」

「たぶん違うんだろうな。けど、おれがどんなに心配したと思う？　ベビーが夏の集会に現れて、エイラがウィニーにまたがってまっすぐベビーに向かって進んでいったときのことだ。エイラにはベビーが自分を覚えているという自信があったのかい？　ウィニーは？　ウィニーもベビーのことを覚えてると思った？」

「ウィニーとベビーはいっしょに育ったの。ウェィビは……つまり、ベビーのことだけど……」

エイラの使った語は「赤ん坊」を意味していたが、その発音とアクセントは妙だった。エイラやジョンダラーがいつも話している言語とは違い、荒々しく、喉の奥から声を出しているような感じだ。ジョンダラーには発音できなかった。似た音を発することもできない。それは氏族が口に出して言える限られた言葉のひとつだったからだ。エイラはいつもジョンダラーが聞き取れるように「ベビー」と言うようにしていたが、うっかり氏族の言葉を言ってしまったときには、ジョンダラーがわかるようにすぐに言い換えていた。ジョンダラーは、エイラが子どものときから育てたライオンのことを言うときは、エイラが言い換えて教えてくれた名前を使った。しかし、体の大きな雄のケーブ・ライオンを「ベビー」と呼ぶことには、いつも違和感があった。

「……ベビーは……子どもだったもの、わたしが見つけたときはね。赤ん坊で、まだ乳離れもしていなかった。たぶん走ってくるシカに、だと思うんだけど、頭をけられて死にかけていたの。それで母ライオンに見放されたのよ。ベビーはウィニーにとっても赤ん坊みたいなものだった。ウィニーもベビーの世話をしてくれた――ウィニーとベビーがいっしょに遊び始めたときはおかしかったわ。とくにベビーがウィニーにそっと近づいて、尾を引っぱろうとしたときとか。ウィニーもわざとベビーの前で尾を振ったりしていたのよ。あと、獣の皮を引っぱり合って、奪い合ったり。あの年はずいぶんたくさんの皮をだめにしたけど、大笑いさせてもらったわ」

エイラはまた何か考えこんだ。「それまで本当に、声をたてて笑うことなんてなかったの。氏族の人たちは大きな声で笑わなかったから。不必要な音を出すのはいやがったし、大きな音はふつう警告を意味していたし。それに、ジョンダラーの好きな顔、歯を見せた顔、笑顔っていったかしら？　氏族がそういう顔をしたら、不安に思っているか、身を守ろうとしているかで、もし手で何か合図をしていたら脅しているしるしよ。笑顔は氏族にとってはうれしいときの表情じゃない。わたしが小さいときに笑顔を見せたり、大声で笑ったりすると、みんないやがった。だからわたし、あまり笑わないようにしていたの」

ふたりはしばらく川沿いを進んだ。川沿いには砂利の平地が広がっていた。「不安だと笑った顔になってしまう人は多いよ。あと、知らない人に会ったときもそうだ」ジョンダラーが言った。「身を守ろうとか、脅そうとしているわけじゃないけどね。笑顔を向けるのは、自分が怖がっていないことを示すためだろう」

ふたりは前後に並んで進んでいたが、エイラは体を横にかたむけてウィニーを操り、細い小川のそばの低木の茂みをまわりこんだ。小川は本流にそそいでいた。ジョンダラーがレーサーを操る端綱《はづな》を工夫してから、エイラもときどき同じようなものを使うようになった。ウィニーを引くために使ったり、つないでおくのに使ったが、ウィニーに乗っているときには絶対に使わなかった。エイラは初めてウィニーの背にまたがったときも、ウィニーを調教しようと考えていたわけではなかった。しだいにお互いの考えていることがわかるようになったが、最初は無意識だった。エイラは、何をすればウィニーがどのような行動をとるかわかってくると、そのつもりになってウィニーにいくつか覚えさせたが、それはつねにお互いのあいだに育まれた深い理解を前提としたものだった。

「でも、笑顔が、怖がっていないことを示すものだとしたら、それはつまり、自分は何も怖くない、自分は強くて怖いものなんてない、っていうことじゃない?」ふたりがまた横に並んだところで、エイラが言った。

「それは考えたこともなかった。ソノーランは知らない人に会っても、いつも笑顔で自信たっぷりに見えたけど、いつも見かけどおりっていうわけじゃなかった。ソノーランは、自分は怖がっていない、と人に思わせようとしていた。ということは、それは身を守るための身ぶり言語だと言えるかもしれない。自分は強いからおまえなんか怖くないって言っているのと同じだ、と言えるかもしれないな」

「それに、自分の強さを示すのって、一種の脅しじゃない? ウルフが知らない人に歯をむくとき、自分は強いぞ、って言っているんじゃない?」エイラの声に力がこもった。

「共通していることも少しあるかもしれないけど、歓迎して笑顔になるのと、ウルフが歯をむいてうなるのとはかなり違う」

「確かに、そうね。笑顔は相手を幸せにするもの」

「あるいは、少なくとも安心させる。知らない人に会って、その人がほほ笑み返してくれたら、それはふつう受け入れられたってことだ。それで自分の状況がわかる。笑顔がつねに相手を幸せにするとは限らない」

「でも、安心することは幸せの始まりかも」エイラが言った。ふたりはしばらく黙ったまま馬を進めたが、エイラが続けた。「共通するところがあるような気がするわ。知らない人に会って不安に思いながら歓迎の意味で笑顔になるのと、氏族の人たちが不安とか脅しとかの意味で身ぶり言語として歯を見せるのとは。それに、ウルフが知らない人に歯をむいて相手を脅すのは、不安で自分の身を守りたいからよ」

「じゃあ、ウルフがおれたちに、つまり、自分の群れに歯をむくときは、笑ってるんだな。おれ、ウルフは笑っているに違いない、と思うときがあって、それはウルフがエイラをからかっているときなんだ。ウルフもエイラを愛しているのは間違いない。けど、問題は、オオカミは生まれつき知らない人には歯をむいて脅すっていうことだ。ウルフがエイラを守りたいと思っているときでも、一ヶ所から動かないように訓練することができると思うかい？　ウルフに知らない人を攻撃しちゃいけないと教えても、ウルフが攻撃したくなってしまったら？」ジョンダラーは真剣に心配していた。ウルフをいっしょに連れてきたのがいいことかどうか、わからなかった。ウルフが原因でいろいろな問題が生じそうな気がした。「いいかい、オオカミは食べ物を得るために襲う。女神がそう定めた。ウルフはハンターだ。ウルフはいろいろ覚えられる。けど、ハンターに、狩りをするな、と教えられるかい？　知らない人を襲うな、と教えられるかなあ？」

「ジョンダラーも、わたしの谷に来たときは知らない人だったわ。覚えている？　ベビーがわたしに会いにもどってきて、ジョンダラーを見つけたときのこと」エイラがたずねた。ふたりはまた一列になって、川から高地に向かう雨裂《うれつ》を登り始めた。

ジョンダラーは赤面した。恥ずかしくてというより、そのときひどく動揺したことを思い出したからだった。生涯であれほどぞっとしたことはなかった。本当に死ぬかと思った。

浅い雨裂を登るのは少し時間がかかった。春の洪水で流されてきた岩や、茎の黒いヨモギの低木がじゃまになったからだ。ヨモギは雨が降ると勢いよく伸び、雨が降らなくなると茎が乾いて枯れたようになる。ジョンダラーはあのときのことを思い出した。ベビーがエイラに育ててもらった場所にもどってきて、エイラの小さい洞穴の前の広い岩棚の上に、見知らぬ人を見たときのことを。

ケーブ・ライオンは概して体が大きいが、ベビーはジョンダラーがそれまでに見たケーブ・ライオンの中でもいちばん大きかった。体高はウィニーと同じくらいで、もっと大柄だった。ジョンダラーは以前、そのライオンか、そのつれあいに攻撃されてけがをしたが、その傷が完全に癒えていなかった。ライオンに攻撃されたのは、弟のソノーランとふたりで、すみかの穴にうっかり近づいてしまったからだった。あれはまったくソノーランらしくない行動だった。ケーブ・ライオンがふたたびうなり声をあげて飛びかかろうと身構えたとき、ジョンダラーはおしまいだと思った。そのとき突然、エイラがあいだに割って入った。片手を上げて止まれ、と合図をすると、ライオンが止まった！　ジョンダラーも、恐怖に震えあがっていなかったら、大きな獣が体を丸め、エイラにしかられまいとしている様子に笑ってしまうところだったかもしれない。ジョンダラーが気を取り直したときには、エイラは巨大なネコ科の獣の体をかいてやって、いっしょに遊んでいた。

「うん、覚えている」ジョンダラーが言った。ふたりは雨裂を登りきり、また横に並んだ。「今でも不思議だ。ベビーが襲いかかった瞬間、エイラがどうやって止めたのか」

「ベビーは、まだほんの赤ん坊のときから、わたしに乗りかかって遊んでいたの。でも、成長し始めたら、大きすぎてそんなふうに遊べなくなった。力が強すぎてね。だから、わたしはベビーに、やめ、を教えたの」エイラは説明した。「今度はウルフに、知らない人に襲いかかっちゃだめ、って教えなくちゃ。あと、わたしが指示したら、その場にじっとしているように、って。ウルフが人を傷つけないためだけじゃなくて、ウルフが傷つけられないためにも」

「ウルフにそんなことを教えられる人がいるとしたら、それはエイラしかいない」ジョンダラーは言った。エイラはできると確信している。もし本当にできたら、ウルフを連れて旅をするのが楽になる。しかし、ジョンダラーはまだ、ウルフがこの先どれだけ問題を引き起こすことになるか心配だった。ウルフのせいで川を渡るのに時間がかかったうえ、持ち物もだいぶかじられた。エイラがちゃんと解決してくれたからいいようなものだが。ジョンダラーはウルフをきらいなわけではなかった。いや、好きだった。オオカミをこれほど近くで見られることに感動し、ウルフがとても親しみやすく、愛情を見せることに驚いていた。しかし、ウルフのせいでよけいな時間や、注意や、食糧が必要だった。ウィニーやレーサーにもよけいな時間がかかったが、レーサーはジョンダラーの言うことをよくきき、どちらの馬も本当に役に立つ。故郷への旅はそれだけでも大変だ。子どものように手のかかる動物に、これ以上わずらわされたくなかった。

子ども、それも問題だ、とジョンダラーは思った。故郷にもどるまで、母なる大地の女神がエイラに子どもを授けないことを願うばかりだ。もう故郷に帰り着き、落ち着いているなら話は別だ。それなら子どものことも考えられる。しかし、おれたちには何もできない。女神にお願いするだけだ。小さい子といっしょに暮らすって、どんな感じなんだろう？

エイラの言うことが正しかったら？　子どもは歓びを分かち合うことでできるのだとしたら？　けど、おれたちはしばらくいっしょにいるのに、まだ子どもができそうにない。女の中に赤ん坊を入れるのは母なる大地の女神ドニに違いない。しかし、女神がエイラに子を授けないことに決めているとしたら？　エイラは一度は子を授かった。たとえそれが霊が混じり合って生まれた子だとしても。ドニは一度女に子を授けたら、たいていの場合はまた授けてくれる。おれのせいか？　エイラはおれの霊からできた赤ん坊を産めるのか？　それはどんな女でも可能なのか？

これまでたくさんの女と歓びを分かち合い、ドニをあがめてきたけど、そのうちのだれかがおれの子を産んだだろうか？　男にそれがわかるのだろうか？　ラネクにはわかった。ラネクの肌の色はとても濃く、顔立ちも独特だった。夏の集会に来ていた子どもたちの中にはラネクの特徴がある子が何人かいた。おれの肌の色や顔立ちはそうめずらしくない……違うか？

ハドゥマイ族の狩人たちに、ここに来る途中で引き止められたときのことは？　あの長老のハドゥマはノリアに生まれてくる子が、おれと同じ青い目の子であってほしいと思っていた。ノリアも〈初床の儀〉の後、おれの霊の子が、青い目の子が生まれるだろう、と言っていた。ノリアはハドゥマに教わったんだ。ノリアの望みどおりの子が生まれたのだろうか？

セレニオはおれが旅立つとき、身ごもっているかもしれない、と言っていた。セレニオはおれと同じ青い目の子を産んだのだろうか？　セレニオには息子がひとりいたけど、その後はひとりも産んでいなかったし、ダルヴォはもう青年に近かった。セレニオはエイラのことをどう思うだろう？　エイラはセレニオのことをどう思うだろう？

たぶん、セレニオは身ごもっていなかった。たぶん、女神はおれがしたことをまだ忘れていなくて、女神なりの言い方で、おれには自分の炉辺に子を持つ権利がないと言っている。けど、女神はおれにエイラを返してくれた。大ゼランドニはいつもおれにこう言っていた。あなたが何を願おうと、ドニは決して拒否しないでしょう。けれど、願うときにはよく注意しなさい。あなたはきっとそれを授かるでしょうから、と。だから、ゼランドニになる前、まだゾレナと呼ばれていたときに、おれに約束させた。女神にわたしを欲しいと願ってはいけない、と。

欲しくないものを欲しいと願う者がいるだろうか？　おれは霊界と話せる人間がまったく理解できな

い。彼らの言葉にはいつも影がある。彼らはかつて、ソノーランがだれとでもうまくつき合える才能を話題にし、ソノーランはドニの気に入りだから、と言っていた。けど、女神の気に入りになったら気をつけろ、とも言った。女神はすごく気に入った人間がいると、できる限り自分のそばにいさせたいと考える。だから、ソノーランは死んだのか？　母なる大地の女神はソノーランをとり返したのか？　ドニの気に入りになる、とは本当はどういう意味なんだ？

おれがドニの気に入りかどうかは知らない。けど、ゾレナがゼランドニになることに決めたのは正しい選択だった。おれにとっても正しい選択だった。おれのしたことは間違っていたが、ゾレナが大ゼランドニになったから、おれはソノーランと旅に出た。そして、エイラにも会えた。どうやらドニもおれを少しは気に入ってくれているようだが、その好意に甘えるつもりはない。ドニにはすでに、おれたちを無事に故郷に帰らせてくれるよう願った。エイラにおれの霊の子を授けてくれ、とまで願うことはできない。とくに今は。しかし、いつかエイラはおれの霊の子を産むのだろうか？

6

エイラとジョンダラーはほぼ南を目指していたが、これまでの川沿いのルートから西に折れ、大陸を渡るルートを進んだ。ふたりは別の大きな川が流れる谷に出た。この川は東のほうに流れていたが、少し下流でふたりが先ほど別れた川と合流していた。谷は幅が広く、ゆるやかな草の斜面の下に急流があった。その両側は川が氾濫してできた平原で、岩から小さい礫《れき》まで、大小さまざまな石が転がっていた。ところどころに草むらと花をつけた薬草が生えている以外、何もない。植物は春の大洪水で洗い流されてしまっていた。

石におおわれた空き地には、葉も皮もはぎとられた丸太が何本か転がり、はずれの岸の上には、もじゃもじゃのハンノキの茂みと灰色のビロード状の毛におおわれた葉をつけた低木の茂みが浮かんでいるように見えた。オオツノジカの小さな群れがいた。その手のひらを広げたような立派な角と比べると、ヘラジカの角も小さく思えるほどだ。群れは、川辺の湿った低地に群生する、柔毛におおわれたヤナギを取り囲むようにして葉を食べていた。

ウルフは大はしゃぎで二頭の馬の腹の下や脚のあいだを走りまわっていた。とくにレーサーのほうがおもしろいらしい。ウィニーははしゃぐウルフを無視できたが、レーサーのほうは落ち着かなかった。エイラは思った。若いレーサーはお許しさえもらえたらウルフをからかい返せるのに、ジョンダラーに手綱を握られているから、がまんしてなくちゃいけない。ジョンダラーも不愉快そうだった。ウルフのせいで、レーサーをとくに注意して操らなければならないからだ。ジョンダラーのいらいらはつのり、エイラに頼んで、ウルフをレーサーに近づけないようにしてもらおうかと考えていた。

ところが、突然、ウルフが駆けだし、ジョンダラーはほっとした。ウルフはオオツノジカのにおいをかぎつけて調べにいった。その長い脚をひと目見ただけで、じっとしていられなくなったのだ。ほかにも遊び相手になってくれる動物がいた、と思ったのだ。しかし、ウルフが突進していくと、雄ジカは頭を下げて寄せつけようとしなかった。ウルフは立ち止まった。このたくましいシカの見事に広がった角は、それぞれが三メートル半もあった！　オオツノジカは足下の広葉の草を食み、オオカミに気がついていないわけではなかったが、興味がなかった。まるで、一匹きりのオオカミを恐れる必要などない、と知っているかのようだ。

エイラはこの光景に笑ってしまった。「見て、ジョンダラー。ウルフはあのオオツノジカも、からかって遊べる馬だと思っていたのよ」

ジョンダラーもほほ笑んだ。「だいぶ驚いたみたいだな。あの角は少し予想外だったんだろう」

ふたりはゆっくり川に向かった。お互い口には出さなかったが、エイラもジョンダラーもこの群れを驚かせたくなかった。ふたりともこの巨体のシカを間近に見て、感動した。オオツノジカは馬上のふたりよりもはるかに大きい。人間と馬が近づくと、オオツノジカの群れは余裕たっぷりに、堂々と退いた。恐れてはいないが、用心して移動しながら、柔毛におおわれたヤナギの葉を食べていた。

「わたしも、少し予想外だった」エイラが言った。「こんなにそばで見たことはなかったもの」

オオツノジカは、実際にはヘラジカより少し大きいだけだったが、凝った作りの見事な角が頭の上に大きく広がっているせいでひときわ大きく見えた。この素晴らしい角は毎年生え変わり、新たな一対の角は前のものよりさらに長く、さらに複雑に伸びる。季節の終わりには三メートル半以上になっている雄もいた。しかし、頭に角がない時期でも、シカ類最大のオオツノジカはほかのシカと比べてはるかに大きかった。分厚い毛皮や、巨大な角の重さを支えるために発達した頑丈な肩と首の筋肉も、オオツノジカを恐ろしげに見せていた。オオツノジカは平原の動物だ。驚異的な角も森林地帯ではじゃまになるので、オオツノジカは高い木は避ける。ときどき木の枝に立派な角が引っかかって、飢え死にするものもいる。

川にたどり着くと、エイラとジョンダラーは馬を止め、川とその周辺を見まわし、渡りやすそうな場所をさがした。川は深く、流れも速く、ごつごつした大きな岩がところどころで早瀬を作っていた。ふたりは上流も下流もよく見たが、どちらに行っても同じように見えた。結局、ふたりは岩の少なそうな場所を渡ってみることにした。

エイラもジョンダラーも馬から降り、馬の横に下げていた荷かごを背中にのせ直し、朝の寒さをしのぐ履物と厚手の上着は脱いでかごに入れた。ジョンダラーが袖なしのシャツも脱いだので、エイラも、あとで乾かさないでいいように全部脱いでしまおうかとも思ったが、川の冷たさを足で確かめて気が変わった。エイラは冷たい川には慣れていたが、この急流は氷のように冷たかった。前の晩、後にしてきた川には朝になったら薄氷が張っていたが、その川と同じくらいだ。濡れるなら、柔らかいシカ皮のチュニックとズボンを着ていたほうがいくらか暖かい。

ウィニーもレーサーも興奮していた。水につかると前足を跳ね上げ、いなないて頭をのけぞらせた。エイラはウィニーの端綱《はづな》に引綱をつけ、引いて川を渡ることにした。ウィニーがますます落ち着きをなくしているのを知り、エイラはウィニーの首をたてがみの上から抱き、言葉をかけてなだめた。その言葉は、エイラがウィニーと谷にいたときに作った、お互いにだけわかるものだった。

エイラはそれを無意識に、いろいろな音を組み合わせて作ったのだが、主に使っているのは氏族が話せる数少ない単語だった。それに、自分や幼い息子が使っていた意味のない音を加え、自分なりの意味を持たせた。また、その言葉には、エイラが聞きとって真似できるようになった馬の鳴き声や、ときにはライオンのうなり声や、何種かの鳥の鳴き声も含まれていた。

ジョンダラーは振り向いて耳を傾けた。エイラがそんなふうにウィニーに話しかけるのに慣れてはいたが、何を言っているのかはわからなかった。エイラには動物の鳴き声を真似できる不思議な能力があったが――エイラはひとりで生活していたときに動物の言葉を学んだが、それはジョンダラーがエイラに、あらためて口で話すことを教える前だった――ジョンダラーには、エイラとウィニーのあいだの言語は不思議で、別世界のもののように思えた。

レーサーが足踏みをし、頭をのけぞらせ、不安げに高くいなないた。ジョンダラーは優しい声で話しかけながらレーサーをなで、かいてやった。ジョンダラーの驚くほど繊細な手にかかると、興奮していたレーサーがほとんど一瞬のうちに落ち着いた。ジョンダラーとレーサーがますます親密になっているのを見て、エイラはうれしかった。そして、ふと、ジョンダラーの手の感触を思い出し、少し顔を赤らめた。ジョンダラーの手に触れられると、わたしは落ち着かなくなる。

二頭の馬だけが神経質になっているわけではなかった。ウルフもこの先に何があるのか知っていて、冷たい川で泳ぐのをいやがった。クンクン鳴きながら川原を行ったり来たりしていたが、とうとう座りこんで鼻を上に向け、自分の不満を悲しげな遠吠えにのせて伝えた。

「おいで、ウルフ」エイラはかがんでウルフを抱きしめた。「ウルフも少し怖いの?」

「また迷惑をかけるつもりか?　この川を渡るのに」ジョンダラーはまだ、自分とレーサーが先ほどウルフにじゃれつかれて困らせられたことを怒っていた。

「わたしには迷惑じゃないわ。ウルフも少し神経質になっているだけ。馬たちと同じよ」エイラはそう言いながら、ウルフが怖がっているのはちっとも不思議じゃないのに、どうして怒るのかしら。とくに、レーサーのことはあんなによく理解しているのに、と思った。

川の水は冷たかったが、ウィニーもレーサーも泳ぐのは得意だったので、いったんなだめられて中に入ると、なんなく対岸に渡った。ふたりに引いてもらうどころか、ふたりのほうが馬たちに引かれているようだった。ウルフでさえなんの問題もなかった。最初は川原で跳びはねたり、クンクン鳴いたりして、冷たい水に近づいては退くのを何度かくり返したが、最後には自分から飛びこんだ。ウルフは鼻を真上に向け、手足で水をかいて泳いだ。前には荷物を高く積まれた二頭の馬、横にはふたりの人間がいた。

対岸に上がると少し休んだ。エイラとジョンダラーは着替え、動物たちをふいてやり、それからまた進み続けた。エイラは以前、川を渡ったときのことを思い出した。氏族と別れた後で、ひとりで旅をしていた。今はたくましい馬に感謝していた。川を渡るのは、決して楽ではない。歩いて旅をしていると、うまく渡れてもふつうは濡れてしまう。ところが、馬がいるおかげで、小さな川なら水が一回か二回はねただけで渡れたことが何度もあったし、大きな川でさえそれほどたいへんではなかった。

南西に旅を続けていくと、地形が変わった。小高い丘は、西の山脈に近づくにつれてさらに高い丘陵となり、深い峡谷があちこちに現れた。その谷底の川を渡らなくてはならなかった。数日のあいだ、ジョンダラーは自分たちが登ったり降りたりしているばかりで、ほとんど前に進んでいないように感じた。しかし、谷があるおかげで風の当たらない場所で野営をすることができ、川のおかげで、ふつうなら乾燥しきっている土地で必要な水を得ることができた。

ふたりは高い丘の頂上で止まった。何本かの川と平行して広がる、起伏の多い高地の平原のほぼ中央部だった。そこからは三百六十度すべてが見渡せた。はるか西に山脈の影がぼんやりと見えるほかは、さえぎるものが何もない。

この吹きさらしの乾燥した土地は、ただそれだけの平原だったが、ふたりの行く手のなだらかな起伏にどこまでも草の揺れるステップは、単調にうねる海を思い起こさせた。ステップと海の共通性は見た目だけではない。単調で均質なように見えるが、風にさざ波を立てるこの太古の草原は驚くほど豊かで多様だった。また、海と同じで多くのめずらしい動物を育んでいた。めずらしい動物たちは、立派すぎる角や枝角、粗毛、ひだ襟、こぶ、といった、生物学的には犠牲の大きい装飾を見せびらかしながら、巨大化したほかの動物たちと広大なステップで共生していた。

巨大なマンモスや毛サイは、光沢のある二層の密な毛皮につつまれ——保温性のある軽い下毛の上に、長くしなやかな毛が生えている——その下には体温を保つための厚い脂肪の層があった。そしてなにより、驚くほど大げさな牙や、鼻角を見せつけていた。オオツノジカが巨大な手のひら状の枝角をひけらかして草を食べるそばには、オーロックスがいた。オーロックスは巨大な野生牛で、家畜として飼いならされることになるウシの祖先だが、大きな角を持つ巨体のバイソンと同じくらい大きかった。小動物でさえステップの豊かさの結果大型化していた。オオトビネズミやジャイアント・ハムスターやジリスは、ほかのどの場所で見るものより巨大だった。

広大な草原にはほかの動物も豊富にいたが、見事な調和が保たれていた。馬、ロバ、オナガーは低地とそこで得られる食糧を共有し、ヒツジ、シャモア、アイベックスはそれより少し高い土地を共有していた。サイガは平地を駆けていた。川のある谷間沿いの森林や、湖沼近くの森林、ステップやツンドラにときおり見られる木立ちは、あらゆるシカ類のすみかだった。シカには、ダマジカやノロジカから、ヘラジカやアカシカやトナカイ——ほかの地方に移住したものはムース、エルク、カリブーと呼ばれている——までいた。ウサギ類、ネズミ類、マーモットやジリスやレミングも数多くいた。カエルやヒキガエル、ヘビ、トカゲにはそれぞれの居場所があった。あらゆる形や大きさの鳥は、大きなツルから小さなタヒバリまでいて、大地に鳴き声と色を加えていた。昆虫にさえ役割があった。

おびただしい数の草食動物の群れは、若葉を食べるものも種子を食べるものも同様に、肉食動物のえじきとなり、つねに目をつけられていた。肉食動物は生息地域の環境に対する適応性が草食動物より高く、獲物さえいればどこでも生きることができる。そのため、量、質ともに恵まれた食糧を得て巨大化した。

ケーブ・ライオンは、後に南方に移った子孫の二倍も大きかった。ケーブ・ライオンは草食動物を、年齢に関係なく、大型のものまでも狩ったが、全盛期のマンモスだけは例外だった。ケーブ・ライオンが通常選ぶのは大型のバイソンやオーロックスやシカだった。一方、大型のハイエナやオオカミやドール（アカオオカミ）の群れは中型の動物をねらった。豊富にいた中型動物はオオヤマネコやヒョウや小型のヤマネコのえじきにもなった。

巨大なケーブ・ベアは基本的には草食で、狩りはほとんどしなかった。体重はふつうのクマの二倍あった。クマは通常雑食性で、草を食べることも多かったが、凍った海岸沿いに生息するシロクマは海でとれる魚を食べた。凶暴なクズリやケナガイタチは小型動物の敵で、さまざまなげっ歯動物がえじきになった。小型動物を常食とするものにはほかに、動きの素早いクロテン、イタチ、カワウソ、フェレット、テン、ミンク、雪の季節に体毛が白く変わるストートもいた。キツネの中にも白や、青に近い濃い灰色に変わるものがいた。雪景色に溶けこみ、こっそり狩りをするためだ。黄褐色や黄金色のワシ、ハヤブサ、タカ、カラス、フクロウは空を飛びながら、鈍感な、あるいは不運な小動物を捕まえた。一方、ハゲワシやクロトビは地面に落ちている残り物の掃除屋だった。

太古のステップには多様な種類、多様な大きさの動物が暮らすことができた。そもそも、立派なだけの装飾を備え、巨大化していたのは、例外的に恵まれた環境があったからこそだった。とはいうものの、ステップは山のように高い氷河の壁と、氷の張った冷酷な海に囲まれた、寒く乾燥し、過酷な土地だった。このような厳しい環境に動物たちがのびのびと育つのに必要な豊かさが備わっていた、というのは矛盾しているように思えるかもしれない。しかし、実際は、これがまさに最適の環境だったのだ。寒冷で乾燥した気候のおかげで草の成長は促進されたが、木の生育は抑制された。

オークやトウヒなどの樹木は豊かに繁茂することができるが、大きく育つには長い時間とじゅうぶんな水分が必要だ。森林地帯はほかの多くの植物や動物を育て、支えることができる。しかし、樹木には自分たちのための資源が必要で、数多くいる大型動物の成長には貢献しない。数種の動物が木の実や果物を食べ、葉や、ときに枝先をかじるくらいのもので、木の皮や幹は大部分が食糧にならない。また、皮や幹はいったん傷がつくと元通りになるのに時間がかかる。木にそそがれるエネルギーと土の栄養分が草にそそがれれば、はるかにたくさんの動物の餌ができる。また、草はつねに新しく生え変わる。森林は豊かで生産性のある植物世界の典型的な例かもしれないが、異例とも言えるほど豊かな動物たちを生み出したのは草だった。そして、それを支え、維持しているのは複雑な草原地帯だった。

エイラはいやな感じがしていたが、理由はわからなかった。とくに何がというわけではなく、ただ妙に落ち着かなかった。ふたりは高い丘を下り始める前に、西の山脈に嵐雲がかかっているのに気がついた。幕電光（雲に反射して幕状に光る稲妻）が光り、遠くで雷が鳴るのが聞こえた。しかし、頭上の空は澄んだ深い青で、太陽も、南中は過ぎたもののまだ高いところにあった。付近で雨が降りだすとは思えなかったが、エイラは雷の音が嫌いだった。あの低く響く音を聞くと、いつも地震を思い出すのだ。

たぶん、明日かあさって、月経が始まる、それだけよ、とエイラは考え、不快感を払いのけようとした。革帯をすぐに出せるようにしておかなくちゃ。あと、ネジーがくれたムフロンの羊毛も。旅をしているときはムフロンがあて布にいちばんいい、ってネジーは言っていたけど、そのとおり。血が水ですぐに洗い流せる。

エイラはこれまでオナガーを見たことがなかった。しかも、考え事をしていたので、うわの空で斜面を下っていた。遠くに見えた動物は馬だと思った。しかし、そばに近づくにつれて、馬と違うことがわかってきた。オナガーはもう少し小さく、耳は長い。尾は、長い毛がふさふさしているのではなく、体に生えているのと同じ毛でおおわれている。短く細い矢のようで、先端にはそれより色の濃い房がついていた。オナガーにも馬にもぴんと立ったたてがみがあるが、オナガーのたてがみの長さは均一ではなかった。この小さな群れのオナガーの毛は、背中とわき腹では薄い赤茶色で、下のほうにいくにつれて色が淡くなり、脚や鼻づらはほとんど白に近い。しかし、背骨に沿って、また肩の部分にも黒いしま模様があり、脚にも黒い横じまが入っていた。

エイラは目の前にいる動物と、一般的な馬の毛色を比べた。ウィニーは干し草色で、ふつうの馬よりも少し明るく、黄金色に輝いていた。ほとんどの馬も同じような干し草色だ。鹿毛《かげ》のレーサーはこの種の馬としてはめずらしかった。ウィニーのかたく、濃いたてがみは濃い灰色で、その色は背中を伝って、長くしなやかな尾まで続いていた。ウィニーの脚は下のほうが色が濃く、ほとんど黒で、それに加えて、脚の上のほうにかすかにしま模様が残っていた。鹿毛のレーサーの毛の色は濃すぎて、背骨に沿って走る黒いしまははっきり見えなかったが、黒いたてがみや尾や脚には、その名残がうかがえる。

馬のことをよく知っている人間にも、目の前にいるオナガーは、体つきが少し違うのはわかっても、馬のように見えるだろう。エイラは気づいた。ウィニーまでふだんほかの動物を見たときよりも興味を示し、群れのほうも草を食べるのをやめてこちらを見ている。ウルフも興味を示していた。群れのあとをつけようと構えていたが、エイラはじっとしているように合図をした。エイラは観察していたかった。一頭のオナガーが突然発した声に、エイラはまた違いを見つけた。それは馬のいななきとは違い、しゃがれた耳障りな音だった。

レーサーが頭をのけぞらせ、いななきでこたえた。それから、おずおずと頭を前に伸ばし、まだ新しい糞の山のにおいをかいだ。エイラがジョンダラーのそばに近づいてみると、それは馬の糞のように見えたし、においもそうだった。ウィニーもいななき、糞の山のにおいをかいだ。そのにおいはしばらく、エイラの鼻先を漂っていた。かすかに違うにおいがする。たぶん、食べ物の好みが少し違うのだろう。

「あれは馬？」エイラはたずねた。

「いや、違う。馬と似ていることは似ている。ヘラジカとトナカイが似ていて、ムースがオオツノジカに似ているのと同じだな。あれはオナガーっていうんだ」

「どうして今まで見たことがなかったのかしら」

「さあ。けど、オナガーはこういう場所がとくに好きらしい」ジョンダラーはあごをしゃくって、今まで通ってきた方角を示した。乾燥し、半砂漠化した高地の平原には岩だらけの起伏が続き、植物はまばらだった。オナガーは一見馬とロバの混血に見えるが、実際には、固有の既存種だ。馬とロバの特徴も少し備えていたが、非常に頑健だった。馬と違って、ずっとかたいもの、木の皮、葉、根なども食べることができた。

ふたりはオナガーの群れに近づいた。エイラは幼い二頭のオナガーを見て、ほほ笑まずにいられなかった。ウィニーが幼かった頃のことを思い出したのだ。その瞬間、ウルフが吠えてエイラを呼んだ。

「いいわよ、ウルフ。あれを追いかけたいんでしょ……オナガーを」——エイラは初めて聞いた名前をゆっくり発音し、口になじませた。「行ってらっしゃい」うれしいことに訓練はうまく進んでいたが、ウルフのほうは同じ場所にじっとしているのが好きではなかった。ウルフにはまだ幼いオオカミ特有の元気と好奇心がたくさん残っていた。ウルフはかん高く鳴きながら、群れを元気よく追いかけた。オナガーの群れは驚いて駆けだし、そのままのスピードで逃げていった。若いハンター候補のウルフはすぐに置いていかれ、幅広の谷に向かっていたエイラとジョンダラーの後を追いかけてきた。

谷間の川は、ゆっくり浸食された山々のシルト（沈泥）を運び、依然としてふたりの進む道をさえぎっていたが、母なる大河の三角洲とベラン海に向けてしだいに下りになっていった。ふたりが南に向かって旅をするうちに、夏が色濃くなってきた。ベラン海を通過する低気圧がもたらす暖かい風の影響で、この季節は気温が上がり、天候が不安定になった。

もう上着はいらなかった。朝目覚めたときでも必要なかった。エイラは空気の冷たく、乾いている早朝が、一日のうちでいちばん好きな時間だった。でも、今日の午後は暑い。いつもより暑い。エイラは思った。ひんやり冷たい川で泳ぎたい。数歩前を進んでいるジョンダラーにちらりと目をやった。ジョンダラーは上半身裸で、ズボンも脱ぎ、腰布しかつけていない。長い金髪は首の後ろに革ひもで束ねてある。その金髪には日射しを受けて輝く筋が何本も走っているが、汗に濡れた部分は色が濃くなっていた。

エイラはジョンダラーのひげをきれいに剃った顔をちらちら見ながら、がっしりしたあごのラインと、とがった頤《おとがい》が見られてうれしかった。しかし一方で、ひげのない大人の男を見るのはいまだに妙な感じだった。ジョンダラーは以前エイラにこう説明した。冬はひげを生やすほうが好きなんだ。顔が温かいからね。けど、夏になると剃ってしまう。そのほうが涼しいから、と。ジョンダラーは特別によく切れるフリントの刃を使って毎朝ひげを剃った。それはフリントを打って自分で作ったもので、必要になるとまた新しいものを作った。

エイラも腰布姿になっていた。これはジョンダラーの腰布を真似て作ったものだった。どちらももとは細長い一枚の柔らかい革で、脚のあいだにはさみ、腰にひもで巻きつけるものだった。ジョンダラーの腰布は、後ろの余った部分は中にたくしこみ、前の部分はそのまま短く垂らしてあった。エイラのほうも腰にひもで巻きつけていたが、ジョンダラーのより長い革を使っていた。長く余った部分は前も後ろもエプロンのように出したまま、両端をはぎ合わせてあった。わきが少しあいた短いスカートのようなものだ。柔らかく通気性のある革が尻の下にあれば、汗で濡れた馬の背に長時間乗っても快適だった。もちろん、馬の背にかけた柔らかいシカ皮もその役に立っていた。

ジョンダラーは高い丘を利用して居場所を確かめた。だいぶ進んだことがうれしく、旅が思ったより楽に感じられてきた。エイラには、ジョンダラーが前よりぴりぴりしていないように思えた。理由のひとつは、ジョンダラーがレーサーをだんだんうまく操れるようになったこと。ジョンダラーは以前もよくレーサーに乗っていたが、こうして馬の背にまたがって旅をしていると、つねに接していることになる。それでレーサーの性格、好み、くせがわかってきて、レーサーもジョンダラーの性格、好み、くせがわかってきた。ジョンダラーの筋肉はレーサーの動きに合わせられるようになり、乗っていることが、どちらにとっても快適になってきた。

でも、ジョンダラーがぴりぴりしていなくて楽そうなのは、レーサーに乗るのが上手になったからだけじゃないわ、とエイラは思った。神経質な感じがなくなってきたのは、心配事が小さくなったから。表情は見えないけど、たぶん、心配そうなしかめっ面じゃなくなっている。なんだか笑いたい気分なのかも。エイラは、ジョンダラーが笑顔で、楽しそうだとうれしかった。ジョンダラーの筋肉が、レーサーの歩くゆっくりした上下運動に合わせて、よく日焼けした肌の下で動いていた。それを見ているうちに、エイラは体がほてってきた。暑さのせいではなかった……エイラは苦笑した。わたし、ジョンダラーを見ているのが好きなんだわ。

西の方角にはまだ山脈が見えていた。かなたに紫色にそびえ、垂れこめた黒い雲のあいだから白く輝く頂をのぞかせている。凍った頂が見られることはめったにないので、ジョンダラーは、この思いがけない光景を楽しんだ。ほとんどの場合、山の峰は霧の雲に隠れている。白く柔らかい毛皮のような雲の下に、まばゆい秘密を隠している。ほんのわずかしか見えないせいで人々はもっと見たい気持ちになってしまう。

ジョンダラーの体もほてっていた。あの雪に抱かれた山の頂にもっと近づけたらいいのに、せめてシャラムドイ族の集落が近ければいいのに、と思った。しかし、眼下の谷に水のきらめきを見ると、空を見て太陽の位置を確かめ、いつもより少し早いが止まって野営の場所を決めたほうがいいだろう、と思った。今日は予定より遠くまでやってこられた。次に水のある場所まで行くのに、どのくらいかかるかわからない。

斜面にはびっしり草が生えていた。おもに生えているのは、ハネガヤ、ウシノケグサ、薬草類で、ほかに一年生の草も多種類が混じっていた。厚い黄土の下層土の上は肥沃な黒土の層だった。黒土は土壌有機物が豊富で、木も育つ。この地域のステップにはふつう、下層土の水分で生き延びることができるバンクスマツがときどきあるくらいで、ほかの樹木はめずらしい。冬に葉を落とす針葉樹のカバ、カラマツの開けた森の中を下っていくと、やがてハンノキやヤナギが多くなってきた。斜面のふもとから、音を立てて流れる小川まではずっと平らな土地だった。エイラはそのところどころに小ぶりのオークや、ブナノキや、シナノキが点在しているのを見て驚いた。ブルンの一族の洞穴を離れて以来、ほとんど広葉樹を目にしていなかったのだ。一族の洞穴はベラン海に張り出した半島の南端にあり、水に恵まれていた。

この小川は平らな谷底を、低木の茂みをよけて曲がりくねりながら流れていたが、大きな湾曲部の対岸に細くて背の高いヤナギの木立があり、その後ろの斜面は深い森になっていた。エイラとジョンダラーはふだん、川を渡る必要があるときは、野営の前に渡ることにしていた。朝出発してすぐに濡れなくてすむからだ。ふたりはヤナギの木立のそばで野営をすることにした。下流に進んで、川幅が広く、石が多い場所を見つけて渡ると、また少し上流にもどった。

テントを張りながら、ジョンダラーは気がつくとエイラを見つめていた。エイラの日焼けして赤くなった肌を見つめ、自分はなんて幸運なんだろう、と思った。エイラは美しいだけでなく――エイラのたくましさも、しなやかな体の動きも、迷いのない行動もすべてが好きだった――いい旅の道連れでもあり、ふたりの幸福に欠くことはできない存在だ。ジョンダラーは、エイラを大切にして、危険から守ってやりたいと思っていたが、エイラが自分にとっても頼れる存在であると思うと気持ちが楽だった。ある意味、弟のソノーランと旅をしているようだった。ジョンダラーはソノーランに対しても、守ってやりたい、と思っていた。自分の好きな相手のことを心配するのは、ジョンダラーの生まれつきの性質だった。

しかし、それはあくまでも「ある意味」であって、やはりエイラはソノーランとは違っていた。エイラが両腕を上げ、テントの敷き布を振り広げたとき、ジョンダラーはエイラの丸みのある胸の下の肌は色が白いことに気づき、思わず、その色合いとエイラの日焼けした腕の色を比べてみたくなった。自分では見つめているつもりはなかったが、気づくとエイラが手を止め、こちらを見ていた。目が合うと、エイラはゆっくり笑顔を浮かべた。

突然、ジョンダラーは、肌の色を比べたいという気持ちだけではすまなくなった。エイラと歓びを分かち合いたい、と言えば、エイラもその気になってくれるはずだ。そう思うとうれしかった。安心感もあった。機会があるたびに抱き合う必要はない。ジョンダラーは強い衝動を感じていたが、あせっているわけではなかった。少し待ったほうが歓びが増すこともある。そう考えれば、待つのも楽しい。ジョンダラーもエイラにほほ笑み返した。

野営の準備ができると、エイラは谷を探検したくなった。ステップの真ん中でこのように深い森を見つけることはめずらしかったので、興味をひかれた。エイラは何年も、ここにあるような樹木を見ていなかった。

ジョンダラーも探検をしたいと思っていた。小さな森のそばの野営地でクマに出会った経験から、このあたりにも動物の足跡や何かがないかどうか確かめておきたかった。エイラは投石器と採集用のかごを、ジョンダラーは投槍器《とうそうき》と数本の槍を持ち、ヤナギの木立に入っていった。ウィニーとレーサーは自由に草を食べさせておくことにしたが、ウルフはついてきたがった。森はウルフにとってもめずらしく、魅力的なにおいがあふれていた。

水際のヤナギの後ろにはハンノキがのさばり、その向こうにはカバノキとカラマツが混ざり、さらにその向こうには大きなマツが数本立っている。エイラはそれがカサマツだとわかると、夢中になって松かさを拾った。中に大粒の、おいしいマツの実が入っているからだ。しかし、エイラにとってさらにめずらしかったのは、ときどき見かける葉の大きな木だった。平らな谷底とはいえ、上方の開けた草地に続く斜面の下のほうには、ブナノキばかりの木立があった。

エイラはブナノキをよく観察し、それまでに見たことのある、似たような木と比べてみた。エイラが知っているのは、子どもの頃に暮らしていた洞穴のそばに生えていた木だった。ブナノキの幹は灰色で、なめらか。卵形の葉は先が細く、まわりには細かいぎざぎざが、葉の裏側には白い絹毛がある。剛毛のある殻に包まれた茶色の小さい実はまだ熟していなかったが、前の季節に落ちた殻や実を見れば、その豊かさがわかった。エイラはブナノキの実は割りにくいことを思い出した。ここにあるブナノキはエイラが覚えているものほど大きくなかったが、立派だった。ふと、エイラはブナノキの下にめずらしい植物が生えているのを見つけ、しゃがみこんでよく見た。

「それを採るつもりかい?」ジョンダラーがきいた。「枯れてるみたいだ。葉っぱがない」

「枯れていないわ。こういう植物なの。ほら、こんなにみずみずしい」エイラは先を五、六センチほど折り取った。三十センチほどの茎はつるつるして葉がなく、上から下までびっしりと細い枝が出ている。茎も枝も、花のつぼみまでくすんだ赤で、緑の部分はどこにもない。

「これはほかの植物の根から生えるの」エイラは言った。「わたしが泣くとイーザが目につけてくれたものと似ている。イーザのは白くて、つやがあったけど。その植物を恐れる人もいたのよ。色が死んだ人の肌の色に似ている、って言って。名前も……」――エイラは少し考えこんだ――「死人草とか、死体草とか、そんなふうに呼んでいたわ」

エイラは宙を見つめながら思い出した。「イーザはわたしの目が病気だと思っていたの。水が出る病気だって。イーザは困っていたわ」エイラは思い出してほほ笑んだ。「イーザは採りたての白い死人草をしぼって、茎から出た汁をわたしの目につけたのよ。泣きすぎて目がひりひりするときは、いつも気持ちがよかった」エイラは少しのあいだ口をつぐみ、それからかすかに首を振った。「これが本当に目にいいかどうかはわからないわ。イーザは死人草を切り傷やあざにつけたり、はれものにつけるときもあったけど」

「これはなんて名前?」

「イーザが言っていた名前は……ジョンダラーの部族はこの木をなんて呼ぶの?」

「さあ。この木はおれの家のそばには生えていなかった気がする。けど、シャラムドイ族は『ブナノキ』って呼んでたな」

「じゃあ、これはたぶん『ブナヤドリギ』だわ」エイラはそう言いながら立ち上がり、両手をこすりあわせて、土を落とした。

突然、ウルフがぴたりと立ち止まった。鼻先は深い森のほうを向いている。獲物を追う姿勢だ。ジョンダラーは、ウルフがクマのにおいをかぎつけたときのことを思い出し、槍を手にとった。そして、槍を投槍器の溝にのせた。投槍器は槍の半分ほどの長さの木の台で、右手で水平に持つ。ジョンダラーは槍の柄尻のへこみを、投槍器の端の彫りこみにはめた。それから、投槍器の前部、槍の真ん中より少し後ろのあたりにつけたふたつの輪穴に指を通した。こうすれば、投槍器にのせた槍をぶれないよう、しっかり持つことができる。ジョンダラーの一連の動作はなめらかで素早かった。ジョンダラーは少し膝を落とし、投げる準備をした。エイラも石をつかんで投石器を構えながら、自分も投槍器を持ってくればよかった、と思った。

ウルフはまばらな下生えの中を、一本の木に向かって駆けだした。ブナノキの実のあいだを何かが走った、かと思うと、小さな動物がつるつるの幹を一気に駆け上がった。ウルフも後ろ足で立ち、今にもその木を登りだしそうな様子で、けたたましく吠えた。

突然、木の枝のあたりが騒がしくなった。ふたりの目に、黒褐色の毛皮と長くしなやかな体のブナテンの姿が見えた。それに追われ、今、木を登っていったリスがうるさく鳴いている。せっかく木の上に登って逃げたつもりでいたのに、とでも言わんばかりだ。そのリスに関心を持ったのはウルフだけではなかった。しかし、この、体長四十五センチで、三十センチのふさふさした尾の、大きなイタチ科の動物のほうがウルフよりはるかに有利だった。ブナテンは高い枝のあいだを走りまわっている。追っている獲物と同じくらい素早く、軽快だった。

「あのリスもかわいそうに、人間に毛皮にされるのを逃れたと思ったら、ブナテンのえさになるとはな」

ジョンダラーが目の前の追いかけっこを見ながら言った。

「たぶん、リスは逃げるわよ」エイラは言った。

「まさか。おれなら、割れた石刃《せきじん》だって賭けないな」

リスはけたたましく鳴いていた。カケスが興奮してジェーッ、ジェーッと鳴きだしてあたりはさらに騒がしくなり、コガラまでうるさく鳴いて居場所を知らせた。ウルフもがまんできなくなった。頭を思い切りのけぞらせて、長い遠吠えをした。小さなリスは一本の大枝の先へと走っていくと、ふたりの人間が見守る中、驚いたことに、宙に飛び出した。そして四本の脚を伸ばすと、体の両側、前脚と後ろ脚のあいだに大きな飛膜を広げて、空を飛んだ。

エイラは息をのんで見つめた。リスが枝や木をよけながら飛んでいく。ふさふさの尾を舵《かじ》代わりに使い、四本の脚や尾を調節して膜の張り具合を変えながら、障害物をさけて飛んでいく。リスは長く、ゆるやかな放物線を描きながら下降した。少し離れたところにある一本の木を目指して飛んでいく。その木に近づくと、リスは尾を上げ、体を起こして幹の下のほうに着地し、すぐに駆け上がっていった。上のほうの枝までたどり着くと、振り向き、また幹を駆け下りだした。頭からさかさまに、後ろ足の長い爪をしっかり木にくいこませながら下りていく。そして地面に下りてあたりを見まわすと、小さい穴の中に消えた。このリスは、大胆な手段を使って、えじきになるのを逃れたのだった。もちろん、この素晴らしい芸当がいつも成功するとはかぎらない。

ウルフはまだ後ろ足で立って、木にしがみつき、あっという間に視界から消えたリスをさがしていた。そのうち前足を下ろし、下生えをかぎまわり始めた。しかし、突然駆けだし、今度はほかのものを追った。

「ジョンダラー！　リスが飛べるなんて知らなかったわ」エイラは不思議なものを見た驚きで、笑顔を浮かべていた。

「割れた石刃くらい賭けておけばよかった。けど、おれも初めてだ。聞いたことはあったけど、まさかと思っていたくらいだ。みんながいつも、夜飛ぶリスを見た、なんて話すのを聞いて、コウモリをリスと間違えたんだろうと思ってた。しかし、さっきのはぜったいにコウモリじゃない」からかうような笑顔を浮かべて、ジョンダラーは言った。「これでおれも、飛ぶリスを見た、って言って、だれにも信じてもらえない人間のひとりになった」

「でも、恐ろしい獣でなくてよかった」エイラはそう言いながら、突然ぞくっとした。空を見上げると、太陽は雲に隠れていた。肩から背中まで震えたが、本当に寒いわけではなかった。「ウルフが今回は何を追いかけているんだかわからなかったわ」

ジョンダラーは、あんなに大げさに反応して少しバカみたいだったなと思いつつ、槍と投槍器を握る手をゆるめたが、放しはしなかった。「クマかと思ったよ。とくに、こんなに深い森だし」

「川辺にはたいてい木があるけど、氏族と離れてから、こんなのは初めて見たわ。こんな場所にこんな木が生えているのって、変じゃない？」

「確かに、めずらしい。シャラムドイ族の土地を思い出したよ。けど、シャラムドイ族のいる場所はここから南だ。西に見えるあの山脈のさらに南。ドナウ河の、母なる大河の近くなんだ」

突然、エイラはその場で立ち止まった。ジョンダラーをひじで軽くつつき、黙ったまま指さした。ジョンダラーは最初エイラが何を見ているのかわからなかった。しかし、すぐに、キツネのような赤い毛皮の動物がかすかに動いたのがわかり、三叉《みつまた》に分かれたノロジカの枝角が見えた。さっきの騒ぎとオオカミのにおいに、小さくて用心深いシカは凍りついていた。ぴくりともせずに立ちつくして低木の茂みに身を潜め、オオカミが危険かどうか確かめようと待っている。しかしウルフがいなくなると、ノロジカも注意深く動き出し、そこから離れた。ジョンダラーは右手に持ったままの投槍器をゆっくりと構え、狙いをさだめると、ノロジカの喉元に向けて槍を放った。ノロジカが恐れていた危険は、予期しない方角からやって来た。勢いよく放たれた槍が命中した。ノロジカは槍が刺さっても、跳んで逃げようとしたが、数歩跳ねて、地面に倒れた。

そのとたん、リスが飛んだことも、ブナテンがしくじったことも、ふたりの頭から消えてしまった。ジョンダラーは数歩でノロジカのところまで行った。エイラもついていった。エイラがその頭を持ち上げると、ジョンダラーはまだ苦しんでいるノロジカの横に膝をつき、するどい刃で喉を切り裂いた。ノロジカの息の根を止め、血を出すためだ。それがすむと、ジョンダラーは立ち上がった。

「ノロジカよ、おまえの霊が母なる大地の女神のもとに帰ったら、女神に感謝の言葉を伝えてくれ。ノロジカを一頭与えてくださって、ありがとうございます。口に運ばせてくださって、ありがとうございます」ジョンダラーは低い声で言った。

となりに立っていたエイラもうなずいた。そして、ジョンダラーがこのごちそうの皮をはぎ、解体するのを手伝う準備をした。

7

「皮を置いていくのは惜しいわ。とても柔らかい革が作れるのに」エイラは最後の肉の塊を生皮の袋に入れながらそう言った。「それに、あのブナテンの毛を見た？」
「けど、革をなめしている時間はないし、荷物もこれ以上は運べない」ジョンダラーが言った。ジョンダラーは三脚の柱を立てていた。肉のいっぱい入った袋を下げておく柱だ。
「わかっているけど、それでも惜しくて」
ふたりは肉の袋を吊るした。エイラは焚き火のほうをちらりと見て、今、火にかけたばかりの食べ物のことを考えた。それは見えていない。地中のかまどの中にある。地面に穴を掘り、周囲に熱い石を並べ、その中に、薬草で風味づけをしたシカ肉と、エイラが集めたキノコ類、ワラビ、ガマの根のすべてをフキタンポポの葉でくるんで置いた。その上に熱した石をのせ、土をかぶせた。出来上がるまでにしばらくかかるが、うれしいことにいつもより早めに野営の場所が見つかり――運のいいことに新鮮な肉もすぐ手に入ったので――こうして料理することができた。この調理法を使うと、料理が柔らかく風味豊かに仕上がるので、エイラは気に入っていた。

「暑いし、空気もじっとり重い感じ。体を冷やしてくる」エイラは言った。「髪も洗ってくるわ。カスミソウが下流にあったの。ジョンダラーも泳ぎにいく?」

「そうだな、行こうか。おれも髪を洗おう。おれの分もカスミソウがあればな」ジョンダラーは青い目の目尻に皺を寄せてほほ笑みながら、脂っぽくなった直毛の金髪を額からかき上げた。

ふたりは広い砂の川原を並んで歩いた。ウルフも後ろで跳びまわり、やぶの中に走りこんだり、出てきたりしながら、新しいにおいをさがしていた。しかし、急に前に向かって駆けだし、角を曲がって見えなくなった。

ジョンダラーは、自分たちが残した馬のひづめの跡と、オオカミの足跡に気がついた。「いったい、こういう足跡を見た人はどう思うだろう?」ジョンダラーは想像しておかしくなった。

「ジョンダラーだったらどう思う?」エイラがきいた。

「ウルフの足跡がはっきりしていたら、一匹のオオカミが二頭の馬を追っていたと考えるだろうが、ところどころ明らかに馬の足跡がオオカミの足跡の上にある。となると、オオカミが後をつけていたはずがない。オオカミは二頭の馬といっしょに歩いていた。これを見た人は頭を抱えるだろうな」

「たとえウルフの足跡がはっきりしていたとしても、どうしてオオカミが二頭の馬の後をつけていたのかしら、ってわたしなら思うわ。足跡を見れば、オオカミも馬もたくましくて元気なのがわかるけど、でも、この跡を見て。とても深いわよ。馬のひづめの跡も。馬が重いものを運んでいたってことよ」

「となると、ますます頭を抱えるな」

「あ、あそこにあった」エイラが先ほど気づいた、まばらに生えている丈の高い草を見て言った。花は薄紅色で、葉は槍先のようだ。エイラは掘り棒で数本の根元を手早く掘って、引き抜いた。

野営地にもどりながら、エイラはかたくて平たい石か木の板をさがした。丸い石もさがしていた。カスミソウの根をすりつぶして、サポニンをしぼるのだ。サポニンは水で細かく泡立ち、体を洗うのに使える。野営地からそれほど遠くない上流の湾曲部に、流れにえぐられた腰の深さほどの淵があった。淵の水は冷たくて気持ちがよかった。体を洗った後、ふたりは岩の多い川を探検した。泳いだり、水の中を歩いたりしながら、どんどん上流へ行ったところで、勢いよく流れ落ちる滝に足止めされた。川の流れも早く、谷幅は狭く、両側の斜面は切り立っていた。

それを見たエイラは、自分のいた谷の小川を思い出した。谷の小川にも水煙をあげて落ちる滝があり、それより上流には行けなかった。しかし、滝以外のながめは、エイラが育った洞穴付近の山の斜面を思い起こさせた。そこにも滝があった。それはもっとおだやかで、まわりはコケにおおわれた滝で、その向こうはエイラが自分の隠れ家だと考えていた小さい洞穴に続いていた。エイラはその洞穴に何度か救われた。

エイラとジョンダラーは流れにのり、水をかけ合ったり、大声で笑ったりしながら野営地にもどった。エイラはジョンダラーの笑い声が大好きだった。ジョンダラーはほほ笑んでも、声に出して笑うことはめったになく、生真面目さのほうが目立つ。しかし、ジョンダラーが笑うと、その声はとても大きく、温かく、明るく、エイラはいつも驚いてしまう。

川から上がって体をふいたとき、まだ外は暖かかった。エイラがさっき見た黒い雲はもう頭上になかった。しかし太陽は、まだ西の空でぐずぐずしている黒く不気味な雲の塊の中に沈みかけている。太陽ののんびりした動きは、その下から反対方向にどんどん流れていく、ちぎれかかった雲の動きと対照的だった。赤い太陽が黒い雲に隠れ、西の山の背に落ち始めたら、すぐに涼しくなってくるはずだ。エイラがウィニーとレーサーをさがすと、二頭とも斜面の開けた草地にいた。野営地から少し離れているが、口笛の届く範囲だ。ウルフは見えない。まだ下流を探検しているんだわ、とエイラは思った。

エイラは歯の部分の長い象牙の櫛《くし》と、ディーギーからもらったマンモスの剛毛で作ったブラシを取り出した。そして、テントから寝袋を引っぱり出して広げ、その上に座って髪をとかし始めた。ジョンダラーもとなりに座り、三叉《みつまた》の櫛で自分の髪をとかし始めたが、髪がからまって苦労していた。

「わたしにやらせて」エイラはそう言って、ジョンダラーの後ろで膝立ちになった。ジョンダラーの長くてまっすぐな黄色い髪のもつれをとかしながら、自分の髪よりも明るいジョンダラーの髪の色に見とれた。エイラの髪は子どもの頃は白に近かったが、その後、少し色が濃くなり、干し草色のウィニーと似た色になった。

ジョンダラーは目をつぶって髪をとかしてもらっていたが、ときどき背中をエイラの素肌がかするたび、その温もりを意識した。そして、エイラがとかし終わるまでに、太陽のせいだけではない体のほてりを感じていた。

「さあ、今度はおれの番だ」ジョンダラーは立ち上がって、エイラの後ろにまわった。一瞬、エイラは断ろうと思った。わたしがとかしてあげたからって、ジョンダラーがわたしの髪をとかしてくれなくていいのに。しかし、ジョンダラーがエイラの豊かな髪を首筋から持ち上げ、いとおしげに指ですき始めると、エイラはなされるがままになっていた。

エイラの髪はくせ毛でからまりやすかったが、ジョンダラーはていねいに、ひとつひとつのもつれをほとんど引っぱらずにといた。それから、ブラシをかけ、さらさらに、ほとんど乾いた状態にしてくれた。エイラは目を閉じていたが、妙にくすぐったい快感を味わった。小さい頃は、イーザが髪をとかしてくれた。つるつるした、先細の長い棒で髪のもつれを優しくといてくれた。しかし、男に髪をとかしてもらったことは一度もない。ジョンダラーがとかしてくれると、守られ、愛されている実感があった。

ジョンダラーのほうも、エイラの髪をとかすのを楽しんでいた。深い金色は熟した穂を思わせたが、太陽の光にさらされて白っぽい部分もある。エイラの髪は美しく、豊かで、柔らかく、触っていると官能的な喜びがわいてきて、もっと先に進みたくなった。とかし終わると、ブラシを置き、まだ少し濡れている長い髪を持ち上げた。その髪を横にどかし、かがみこんでエイラの肩とうなじにキスをした。

エイラは目をつぶったまま、ジョンダラーの温かい息と柔らかい唇が肌にそっと触れるたび、ぞくぞくするような興奮を味わっていた。ジョンダラーはエイラの首筋を優しくかみ、両腕をさすった。そして、両側から手をまわし、胸を包んで持ち上げ、手のひらにその心地よい重さを、かたく立った乳首を感じた。

ジョンダラーが首を伸ばしてエイラの喉元にキスをすると、エイラも頭を上げて少し後ろを向いた。背中にジョンダラーの熱く、硬直した部分があたっている。エイラは振り返ってそれを両手にとり、熱くかたいものをおおう柔らかい皮膚の感触を楽しんだ。エイラが片手の上にもう片方の手を重ねて男性器を包み、その手をゆっくり上下に動かすと、ジョンダラーは快感の波におそわれた。その快感が言いようのないほど高まっていく。エイラの温かく湿った唇が、ジョンダラーを包んだのだ。

大きなため息をもらしながら、ジョンダラーは目を閉じた。快感が体をつき抜けた。少し目を開けたジョンダラーは、自分の膝にかかる美しく柔らかい髪に手を伸ばさずにいられなかった。エイラがさらに強く吸った。ジョンダラーは一瞬、もう抑えられない、もうだめだ、と思った。しかし、待ちたかった。エイラに歓びを与えることによって得られる、至福の歓びを感じたかった。ジョンダラーはエイラに歓びを与えるのが好きだった。また、自分にはそれができると思うとうれしかった。エイラに歓びを与えるためなら、喜んで自分の歓びをあきらめてもいいくらいだった……ほとんど。

自分でも知らないうちに、エイラは寝袋の上に仰向けになっていた。ジョンダラーもとなりに並んで横になっている。ジョンダラーがキスをした。エイラは舌が入ってこられるだけ口を開け、相手を抱きしめ、唇をしっかり重ねたまま、ジョンダラーの舌が優しく自分の舌をさぐるのを楽しんだ。ジョンダラーが離れ、上からエイラを見た。

「おれがどんなにエイラを愛してるかわかる?」

エイラにはそれが本心だとわかっていた。目を見ればわかった。生き生きと輝く、信じられないほど青い目に見つめられると、まるで愛撫されるように感じる。たとえ遠くからでもぞくぞくしてくる。その目には、ジョンダラーがいつも懸命に抑えている感情が表れていた。「わたしもすごく愛している」エイラは言った。

「まだ信じられない。エイラがここにおれといっしょにいる。あの夏の集会でラネクのつれあいにならずに」魅力的な、褐色の肌の象牙彫り師に、あやうくエイラを奪われるところだったことを思い出したジョンダラーは、いきなりエイラをきつく抱きしめた。そうせずにいられなかった。

エイラもそれに応え、誤解し合っていた長い冬がやっと終わったことに感謝した。エイラは心からラネクを愛していた――ラネクはいい人で、いいつれあいになったはずだ――が、ラネクはジョンダラーではなかった。エイラには、今、自分を抱きしめている男への愛を説明しようがなかった。

となりに寝ているエイラの体の温もりを感じるうちに、エイラを失うかもしれないという強い恐怖感は薄らぎ、そのぶん強い欲望がわき上がってきた。ジョンダラーはたまらず、エイラの首に、肩に、胸に口づけを始めた。まるで、いくら口づけをしても足りない、とでもいうかのように。

ジョンダラーは口づけをやめて、深呼吸をした。もっと続けたかった。自分のテクニックを活かし、できる限りのことをエイラにしてやりたかった――それだけのテクニックがあった。ジョンダラーに手ほどきをしてくれた女は、経験が豊富なうえ、信じられないほどジョンダラーを愛していた。ジョンダラーはその女を喜ばせたいと思い、また、積極的に学ぼうとした。ジョンダラーは見事なテクニックを身につけたので、ジョンダラーの部族の人々はよくこう言ってからかった。ジョンダラーはあれがうまい、そういえば、フリントの細工もうまかったっけ。

ジョンダラーはエイラを見下ろした。呼吸をしているエイラを見つめ、その女性らしい豊満な体に見とれながら、エイラがここにいるだけでうれしいと思った。ジョンダラーの影がエイラに重なり、熱い日射しをさえぎっていた。エイラは目を開けた。まぶしい太陽がジョンダラーの後ろからその金髪を照らし、金色の光が影になった顔を取り巻いている。エイラはジョンダラーが欲しかった。受け入れる用意ができていた。しかし、ジョンダラーがほほ笑み、背中をまるめてエイラのへそにキスをすると、エイラはまた目をつぶって相手にすべてをまかせた。ジョンダラーが何をしたいのか知っていた。そして、これから感じさせてくれる歓びのことも。

ジョンダラーはエイラの胸を両手で包み、そのまま片手をゆっくり脇腹のほうに回し、腰のくびれに、大きく形のいい尻に、そして腿へと這わせた。エイラはその感触にぞくぞくした。ジョンダラーはエイラの腿の内側へ手を伸ばし、ほかにはない感触を味わい、さらに内腿のあいだの盛り上がりをおおう柔らかい金色の毛をなでた。それから腹をさすり、背をまるめてへそにキスをしてから、また胸に手を伸ばし、両方の乳首にキスをした。ジョンダラーの手は優しい炎のようだった。温かく、刺激的で、興奮の火をつける。愛撫されるたびに、エイラの肌はジョンダラーが触れた場所をひとつひとつ覚えていく。

ジョンダラーは唇にキスをした。そして、優しく、ゆっくりと、目に、ほほに、あごの先に、あごの横にもキスをし、耳に息を吹きかけた。舌がエイラの喉のくぼみをさがしあて、そのまま胸のあいだへ下がっていった。ジョンダラーは両手でエイラのふたつのふくらみをつかみ、真ん中に寄せた。そのふくよかさと、かすかなしょっぱさと、肌の感触を楽しむうちに、ジョンダラーも欲望が高まってきた。舌で片方の乳首をくすぐり、もう片方にも同じようにした。エイラを大きな興奮の波がおそった。ジョンダラーはエイラの乳首を口に含み、引っぱり、軽くかみながら舌でさぐり、片手をもう片方の乳首へ伸ばした。

エイラは体を突き抜ける感覚に自分を失いそうになりながら、全身をジョンダラーに押しつけ、奥深い歓びの場所に神経を集中させた。ジョンダラーの温かい舌がまたへそに触れた。エイラが肌に涼しいそよ風を感じていると、ジョンダラーの舌がへそのまわりに円を描くようにしてから、下のほうに下がり、エイラの盛り上がりの柔らかいふわふわの毛に触れ、それから一瞬の間もなく、温かい割れ目に、エイラの歓びの場所であるかたい核に触れた。エイラは腰を浮かせ、声を上げた。

ジョンダラーはエイラの脚のあいだに顔をうずめ、両手でエイラを開き、花びらのような襞《ひだ》のある温かいバラの花を見つけた。舌でなめると――それはよく知っている、大好きな味だった――抑えきれずに、夢中でさぐり始めた。ジョンダラーの舌はいつもの襞を見つけ、深い泉にもぐりこみ、そして、少し上に向かうと、小さくかたい核があった。

ジョンダラーにそこをなめられ、吸われ、優しく刺激されながら、エイラは何度も何度も声を上げた。

呼吸が速くなり、興奮の波は高くなっていく。すべての感覚が内側に向き、風も太陽もなく、ただ感覚が研ぎ澄まされていくばかりだった。ジョンダラーにはそのときが近づいているのがわかった。ほとんど自分を抑えきれなくなっていたが、あせらず、一度離れた。もっと引き延ばしたかった。しかしエイラは待ちきれず、手を伸ばした。そのときを目の前にして、期待が高まり、ふくれ上がり、あふれそうになる。エイラは歓びにうめいた。

突然、そのときが来た。エイラは大きな波に襲われ、発作のような声を上げた。エイラは解き放たれ、全身を震わせた。痙攣ではじけそうだった。と同時に、どうしようもない欲求を感じた。ジョンダラーを自分の中に感じたかった。エイラは手を伸ばし、それを自分の中に導いた。

ジョンダラーはそこがじゅうぶんに濡れているのを感じ、エイラの熱い欲望を感じた。そして体を起こし、待ちきれずにいる男性器をつかんで、エイラの深く、温かい泉にあてた。エイラはジョンダラーが入ってくるのを感じて、腰を浮かせた。温かい襞がジョンダラーを取り巻いて抱擁した。ジョンダラーはさらに深く挿入した。自分の大きさをエイラが受け入れられるだろうか、という恐れはなかった。それもエイラの素晴らしいところだった。エイラはジョンダラーとぴったりだった。

ジョンダラーは腰を引きながら、最高の歓びを感じ、心ゆくまでまた深く挿入した。エイラも腰を浮かせてジョンダラーにしがみついた。ジョンダラーは今にも達しそうだったが、まだ余裕があったので、一度抜き、また突いた。何度もくり返し、突くたびに高まっていく。エイラは相手の動きに合わせて快感に震えながら、ジョンダラーの大きさと、ジョンダラーが引いては突くリズムを感じていた。ほかには何も感じられなかった。

ふたりの声は混ざり合い、エイラの耳にはジョンダラーの激しい息遣いと自分の息遣いが聞こえていた。ジョンダラーがエイラの名前をさけび、エイラはジョンダラーを迎えようと腰を上げた。大きなほとばしりとともに、ふたりは心からの解放感を感じた。それはまるで赤く燃える太陽がまぶしい金色の輪郭に包まれながら、その日最後の光を谷間に投げかけ、黒くうねる雲の向こうに落ちていく光景に似ていた。

さらに数回突いた後、ジョンダラーはぐったりエイラに重なり、その丸みのある曲線を体の下に感じた。エイラはいつも、触れ合うこの瞬間を、自分の体にかかってくる重みを楽しんだ。ジョンダラーはけっして重くなかった。その心地のよい重さと肌の温もりを感じながら、エイラはジョンダラーとともに余韻を楽しんだ。

突然、温かい舌がエイラの顔をなめた。冷たい鼻先が体を寄せ合っているふたりをかぎまわった。「あっちに行って、ウルフ」エイラはウルフを押しのけた。「早く、どこかに行きなさい」

「ウルフ、あっちへ行け！」ジョンダラーはきつく、命令口調で言うと、冷たく湿った鼻を押しやった。しかし、雰囲気は台無しになった。エイラから離れて横向きになりながら、ジョンダラーは少しむっとしていた。しかし、気分がよくて、本気で怒ることはできなかった。

ジョンダラーは片肘をついて体を起こしてウルフを見た。ウルフは数歩後ろに下がって尻をついて座り、舌を出してハアハア息をしながらふたりを見ている。ジョンダラーは、こいつぜったい、にやにやしている、と思った。そして、やれやれといった顔で、愛するエイラにほほ笑みかけた。「ウルフはじっとしていることを覚えてきてる。ということは、エイラが命令したらどこかに行くように、教えられるんじゃないか？」

「ためしてみようかしら」

「やっかいだな。オオカミがいっしょだと」ジョンダラーが言った。

「まあ、そうね。少したいへんかも。とくにウルフはまだ若いから。そう言えば馬だってそうよ。でも、それだけの価値があるわ。みんないっしょだと楽しいもの。特別素敵な友だちみたいなものよ」

確かに、馬とは持ちつ持たれつだけど、とジョンダラーは思った。ウィニーとレーサーは、ふたりを乗せてくれるし、荷物を運んでくれる。二頭のおかげでこの旅は思ったより早く進んでいる。けど、ウルフはときどき動物を追い立てるくらいで、あまり役に立っているように思えない。しかし、ジョンダラーは口に出さないことにした。

太陽は、怒ったようにうねる黒雲の向こうに隠れ、色あせてくすんだ赤紫に変わっていた。まるで雲になぐりつけられて、あざだらけになったかのようだった。木におおわれた谷はまたたくまに冷えてきた。エイラは起き上がり、もう一度水浴びにいった。ジョンダラーもエイラの後から川に入った。ずっと前、エイラが大人になり始めた頃、氏族の薬師《くすし》であるイーザが女の清めの儀式について教えてくれた。教えながらイーザは、異形の――これについてはエイラも認めていた――醜い養女にこの儀式を必要とする日が来るのだろうか、と思ってもいた。しかし、イーザは自分の義務として、いろいろなことを教え、男と過ごした後にどうやって体を清めるかも説明した。イーザがとくに力説したのは、どんなときでもできるなら、水による清めが女のトーテムの霊にとっていちばん大切だ、ということだった。たとえどんなに冷たくても水で洗うこと、それがエイラがいつも思い出す儀式だった。

エイラとジョンダラーは体をふいて服を着ると、寝袋をテントの中にもどし、また火をおこした。そして地中のかまどから土と石をどけ、木でできた火ばしで夕食を取り出した。食事の後、ジョンダラーは荷物を積み直し、エイラのほうは朝早く発てるよう支度をした。朝はたいてい前の晩の残りを食べる。食事は冷たいままだが、薬草茶だけは熱いのを入れる。支度がすむと、エイラは湯をわかすために料理用の石を熱した。エイラはしょっちゅう薬草茶を入れる。いろいろな薬草をそのときの好みや必要に合わせて使った。

ウィニーとレーサーがもどってきたのは、沈みきる直前の太陽が最後の薄光で空を染める頃だった。いつもなら二頭は夜になっても草を食べている。日中ずっと旅をしているので、ステップのかたい草をたくさん食べないと体がもたないのだ。しかし、この草地はとくに青々として豊かだった。二頭の馬は夜間は火のそばにいたがった。

石が熱くなるのを待つあいだ、エイラは最後の夕明かりに照らされる谷を見つめながら、今日見たことを記憶に加えた。険しい両側の斜面が、いきなり広々とした平らな谷になり、そのあいだには小さな川がくねりながら流れていた。それはとても肥沃な谷で、氏族と暮らした子どもの頃を思い出させた。しかし、エイラはこの肥沃な谷が好きではなかった。なんとなく不安でしょうがない。不安感は夜が近づくにつれて高まった。エイラは体がむくんだ感じで、腰も少し痛かったので、不安なのは月経が近いときによくある不快感のせいだと思うことにした。散歩に行けたらいいのに。体を動かすとたいてい楽になる。しかし、もうあたりは暗い。

エイラはうめくような風の音に耳を傾けた。それはため息まじりに、銀色の雲を背景に揺れ動くヤナギの木立ちを抜けていった。輝く満月の周りにはくっきりとかさが見えた。月は雲の陰に隠れたり、また現れたりしながら、柔らかい織物のような空を美しく照らした。エイラは、ヤナギの木の皮の薬草茶を飲めば気分が悪いのが治るかも、と思い、すぐに立ちあがって、新鮮なものを切りにいった。木の皮をはぎ取りながら、しなやかなヤナギの細枝も少し集めることにした。

夜の薬草茶が入り、ジョンダラーと飲む頃には、夜の空気は湿って冷えこんできた。上着がいるくらい寒い。ふたりは火のそばに座り、熱い薬草茶で暖をとった。ウルフは日が暮れてからずっとエイラにまとわりついて、どこにでもついてきた。しかし、エイラが暖かい火のそばに座ると、安心したように足下で丸くなった。今日はもうじゅうぶん探検したよ、とでも言いたげだ。エイラは細く長いヤナギの小枝を手に取り、編み始めた。

「何を作ってるんだ？」ジョンダラーがきいた。

「頭にかぶるもの。日除け用よ。日中すごく暑くなってきたから」エイラは、しばらくしてから続けた。「ジョンダラーの役に立つといいんだけど」

「おれの？」ジョンダラーはうれしそうな顔をした。「どうしてわかったんだ？　おれは今日、日除けになるものが欲しいなって思ってたんだ」

「氏族の女は、自分のつれあいが何を必要としているか、ちゃんとわかるように育てられてるの」エイラはほほ笑んだ。「ジョンダラーはわたしのつれあいでしょ？」

ジョンダラーもほほ笑んだ。「もちろん。おれは氏族の女をつれあいとする。ゼランドニー族にも宣言しよう。最初の夏の集会の〈縁結びの儀〉で。けど、どうやったら何を必要としているかわかるんだ？　それに、どうして氏族の女はそんなことを覚えなくちゃいけないんだ？」

「ちっとも、むずかしくないわ。ちょっと考えてみればいいのよ。今日は暑かったから、頭にかぶるものを作ろうと思った……日除けの帽子をね……自分のために。そうしたら、わかったの。ジョンダラーも暑かっただろうな、って」エイラはまたヤナギの細枝を一本とり、円錐形の大きな帽子に編みこんだ。だんだん形になり始めていた。「氏族の男たちは頼むのをいやがるの。とくに自分が快適になるためのことは頼みたがらない。快適さにこだわるのは男らしくないと思われているのよ。だから、女は男が何を必要としているかくみとってあげなくちゃいけないの。男は女を危険から守ってくれる。女も自分なりの方法で男を守ってあげる。男がきちんとした身なりで、きちんとした食事ができるようにしてあげる。女は男が無事であることを願っている。自分のつれあいに何か起きても、だれも、自分や自分の子どもたちを守ってくれないんだもの」

「だから、エイラもそうしてるってわけかい？　おれを守るのは、おれに守ってもらいたいから？」ジョンダラーはにんまりして言った。「そして、子どもたちを守ってもらいたいから？」焚き火に照らされたジョンダラーの青い目は深い紫だったが、その目がゆかいそうに笑っていた。

「んー、少し違うわ」エイラは手元を見つめたまま言った。「実は、氏族の女はそうすることによって、つれあいに気持ちを伝えているんじゃないかしら。自分がどれだけ相手を大事に思っているか。子どもがいてもいなくてもね」エイラは素早く動く自分の手を見つめていた。しかし、ジョンダラーは、エイラは手元を見なくてもできるのではないか、と思った。暗闇でも帽子を編むことができるはずだ。エイラがまた長い細枝を一本手に取り、そして、ジョンダラーをまっすぐに見つめた。「でも、わたしはぜったいにもうひとり子どもが欲しいわ。歳をとる前に」

「まだまだだいじょうぶだ」ジョンダラーはそう言いながら、火に薪を一本くべた。「エイラはまだ若い」

「ううん。もうおばあさんになりかけ。だって、もう……」エイラは目をつぶって集中しながら、指先を順番に腿に押しつけた。ジョンダラーに教えてもらった数字を数えながら、自分が生きた年を表す数字を確認している。「……十八歳よ」

「もうそんな歳なのか！」ジョンダラーは大笑いした。「おれは二十二歳だ。おれのほうこそ、おじいさんだ」

「もし旅に一年かかるなら、わたし、十九歳でジョンダラーの故郷に着くのね。氏族だったら、もう子どもを産む歳じゃない、って言われるわ」

「ゼランドニー族には、十九歳で子どもを産んでる女も大勢いる。ひとり目じゃないかもしれないけど、ふたり目とか三人目とか。エイラは丈夫で健康だ。まだまだだいじょうぶだ。けど、実を言うと、エイラの目が老人の目みたいに見えるときがあるんだ。なんか、十八年でもう何度も人生をくり返しました、っていう感じで」

ジョンダラーがそんなことを言うのはめずらしい。エイラは手を止めて、ジョンダラーを見た。そのときジョンダラーは恐ろしいほどの強い感情に襲われた。火明かりに照らされるエイラは美しかった。ジョンダラーはエイラを心から愛していた。もしエイラに何かが起きたら、いったいどうすればいいのかわからなかった。苦しくてたまらなくなり、ジョンダラーは目をそらした。それから、気まずさを紛らそうと、もっと軽い話題に変えてみた。

「歳を心配するのはおれのほうだよ。賭けてもいい。〈縁結びの儀〉でいちばん年上はこのおれさ」ジョンダラーはそう言って、笑った。「二十三歳は、遅すぎる。男が初めてつれあいといっしょになる歳じゃない。ふつうの男は、これくらいの歳だと、もう自分の炉辺に何人も子どもがいる」

エイラは、自分を見つめるジョンダラーの目の中にまた、あふれるほどの愛情と恐れを見てとった。

「おれもエイラに子どもを産んでほしい。けど、旅をしているあいだは望まない。無事に故郷に帰るまでは。まだだめだ」

「そう、まだだめよ」

エイラはしばらく黙ったまま作業をしながら、ウバに預けた息子のことを考えていた。ライダグのことも考えていた。ライダグはいろいろな点で自分の息子に似ていた。ふたりともわたしのもとから消えた。ベビーさえ、不思議と息子のように思っていたのに――少なくとも、ベビーは自分が見つけて世話した最初の雄の動物だった――エイラのもとを去った。二度と会うことはないだろう。エイラはウルフを見て、突然心配になった。ウルフもいなくなってしまうかもしれない。どうして、わたしのトーテムは、わたしの息子を片っ端から、わたしから奪おうとするの？　わたしは息子には運がないに違いない。

「ジョンダラーの部族には、男と女、どちらの子どもを欲しがるか特別な慣習はある？」エイラはたずねた。「氏族の女はいつも男の子を欲しがるの」

「いや、とくにはない。男は自分の炉辺に息子が生まれてほしいと思うらしいけど、女は最初は女の子がいいらしい」

「ジョンダラーはどっちがいい？　将来のことだけど」

ジョンダラーはエイラのほうを向き、火明かりに照らされたその顔をじっと見た。エイラは何か気にしているようだった。「おれはどっちでもいい。エイラがどっちを欲しくても、女神がどっちを授けてくれても、かまわない」

今度はエイラがジョンダラーをじっと見る番だった。相手が本気なのか確かめたかった。「それなら、わたしは女の子が欲しい。もうこれ以上子どもを失いたくないから」

ジョンダラーにはエイラの言っている意味がよくわからず、どう答えたらいいのかもわからなかった。

「おれだって、エイラがこれ以上子どもをなくすことがなければいいと思うよ」

ふたりとも黙ったまま座っていたが、エイラは日除けの帽子を編み続けていた。だしぬけに、ジョンダラーが言った。「エイラ、もしエイラの考えが正しいとしたら、どうする？　子どもはドニが授けるものじゃなくて、男女の歓びで作られるとしたら？　たった今、エイラのお腹の中に赤ん坊ができていて、それを知らないってことだってありうるだろう」

「ううん、それはないわ。もう月経が始まりそうだもの。それは、赤ん坊ができてない、っていう意味なの知っているでしょ」

エイラはふだん、自分の体のことについて男と話すのが好きではなかった。しかし、ジョンダラーは、エイラが月経のときでもいつもまったく平気でいっしょにいた。氏族の男とは違っていた。氏族の女は、女のさわりのあいだは、男の顔を直接見ないようとくに気をつけなくてはいけなかった。しかし、旅をしていると、エイラがそうしたいと思っても、完全にひとりきりになることはできないし、ジョンダラーを避けることもできない。エイラは、ジョンダラーは安心したいのだ、と気づいた。一瞬、イーザの秘密の薬のことを話してしまおうか、とも思った。ずっと飲んでいる、子どもを身ごもらせる精髄を遠ざけるための薬のことだ。しかし、話せなかった。エイラはイーザと同じで嘘をつくことができないが、直接きかれなければ、自分のほうからは話さないことはできる。もし自分から持ち出さなければ、男のほうから、身ごもらないために何かしているのではないかとたずねることなど、ほとんどない。ふつうの人は、そんなに強力な魔法の薬が存在するとは思わないだろう。

「ほんとに？」ジョンダラーが言った。

「ええ、本当。身ごもっていないわ。わたしのお腹に赤ん坊はできていない」ジョンダラーはそれを聞いてほっとした。

日除けの帽子がもう少しでできるという頃、小雨が降りだした。エイラは急いで仕上げた。それからふたりですべてのものを、三脚から吊るしてある生皮の袋だけは残して、テントの中に運び入れた。雨好きのウルフでさえ、エイラの足下で丸くなってうれしそうだった。エイラは入り口の垂れ幕の下をまくり、ウルフが出ていきたくなったときのために開けておいた。しかし、煙抜きの穴は雨が強くなってきたので閉めた。エイラとジョンダラーは最初床についたときはぴったり寄りそっていたが、そのうちに寝返りを打って背中合わせになった。しかし、ふたりともなかなか眠れなかった。

エイラは不安で、腰も痛かったが、なるべく動いたり寝返りを打ったりしないようにしていた。ジョンダラーの睡眠のじゃまをしたくなかった。テントに雨が軽く当たる音に耳を傾けたが、それはいつものように子守唄にはならなかった。ずっとそんな調子だったのでエイラは、早く朝になって、起きて外に出られたらいいのに、と思った。

ジョンダラーはいろいろ心配したあげく、エイラがドニに祝福されていないと知って安心したが、また考えだした。ひょっとして、おれに悪いところがあるんだろうか？　ジョンダラーは眠らずに考えた。おれの霊は、もしくはドニがおれから取り出す精髄とかいうものは、弱すぎるのだろうか？　女神はおれの若い頃のだらしない行いを赦《ゆる》し、おれの霊を認めてくれるのだろうか？

ひょっとしたらエイラのほうに問題があるのかもしれない。エイラは子どもが欲しいと言った。けど、こんなにずっといっしょに過ごしているのに、身ごもらない。もしかしたら、エイラは子どもを産めないのかもしれない。セレニオはもう子を産むことはなかった……おれが去ったときに身ごもっていなければの話だが……。ジョンダラーはテントの中の暗闇を見つめ、雨音に耳を傾けながら考えた。おれと歓びを分かち合った女の中で、だれか子どもを産んだだろうか？　青い目の子どもが生まれただろうか？

エイラは登った。切り立った岩の壁をどこまでも登った。それは谷のエイラの洞穴へ続く険しい道に似ていたが、それよりずっと長かった。しかも、急がなくてはならなかった。下を見ると、小さな川が湾曲部で渦を巻いている。しかし、それは川ではなかった。滝だった。大きな水しぶきをあげながら、ごつごつ突き出した岩の上になだれ落ちている。岩には柔らかい緑のコケが厚く生えていた。

上を見ると、クレブがいた！　クレブは手招きして、急げ、と合図している。クレブもまた上を向いて登りだした。杖に寄りかかりながらエイラの先に立ち、なんとか登れる険しい滝の横を進み、岩壁に口を開けた小さな洞穴を目指した。洞穴はハシバミの茂みに隠れていた。洞穴の上のほう、崖の頂上には、大きくて平たい丸石がある。崖の縁で傾き、今にも落ちてきそうだ。

次の瞬間、エイラは洞穴の奥にいた。長く、せまい通路を歩いていた。明かりだ！　たいまつの明かりがエイラを招いている。またもうひとつたいまつがあった。そこへ、不快な音が鳴り響いて地面が揺れた。オオカミの遠吠えが聞こえた。エイラは、頭がぐるぐるまわりだし、めまいがした。すると、クレブがエイラの心の中にいた。「逃げろ」クレブが命令した。「急げ！　早く逃げるんだ！」

エイラはぱっと体を起こすと、寝袋をはねのけ、テントの入り口へ走った。

「エイラ！　どうした！」ジョンダラーがエイラをつかまえた。

突然、閃光が走りテントの布が透けて見えた。煙抜きの穴の布ぶたのとじ目の輪郭が、ウルフのために開けてある入り口の割れ目が、くっきり浮かびあがった。ほとんど同時に、大きく鋭い音が響いた。エイラが悲鳴をあげ、ウルフがテントの外で遠吠えをした。

「エイラ、エイラ。だいじょうぶだ」ジョンダラーはエイラを抱きしめた。「ただの雷だ。稲妻と雷鳴だよ」

「逃げなくちゃ！　急げ、って言われた。早く逃げましょう！」エイラはあわてて服を着ようとした。

「言われた、って、だれに？　外には出られない。暗いし、雨が降っている」

「クレブよ。夢に出てきたの。あの夢をまた見たの、クレブの夢を。クレブがそう言ったの。ジョンダラー、早く！　急がなくちゃ」

「エイラ、落ち着くんだ。ただの夢だ。それか、嵐のせいだ。いいか、聞くんだ。外は滝みたいな雨だ。そんな中に出ていきたくないだろう。朝まで待とう」

「ジョンダラー！　わたしは行くわ。クレブにそう言われたし、ここにいたくないの。お願い、ジョンダラー、急いで」涙がほほを伝っていたが、エイラはかまわずに、荷物を荷かごに詰めこみ始めた。

　ジョンダラーは同じようにしたほうがいいだろうと思った。エイラが朝まで待てそうにないのは明らかだし、自分ももう眠れそうにない。ジョンダラーが服に手をのばすと、エイラは入り口の垂れ幕を開けていた。雨が吹きこんだ。まるで大きな水袋をひっくり返したような雨だ。エイラは外に出て口笛を吹いた。大きく、長く鳴らした。またオオカミの遠吠えが聞こえた。少し待ってからエイラはもう一度口笛を吹き、テントの杭を引き抜き始めた。

　馬のひづめの音が聞こえた。ウィニーとレーサーの姿を見たエイラはほっとして泣きだしたが、しょっぱい涙はどしゃぶりの雨に流された。エイラは自分を助けにきてくれた友に手を伸ばし、濡れたたてがみの上から太い首を抱きしめた。ウィニーも怖がって震えている。尾を振りまわし、不安げに小さい歩幅で円を描くように歩いた。ウィニーは首をまわし、耳を前後にぴくぴく動かしながら、不安の原因をつきとめようとしていた。ウィニーが怖がっているのを見て、エイラはかえって落ち着いた。ウィニーにはわたしが必要だ。ウィニーに優しく話しかけながら、なでて落ち着かせようとした。レーサーがエイラとウィニーにもたれかかってきた。レーサーのほうがむしろ、母馬より怖がっているようだった。

エイラはレーサーをなだめようとしたが、すぐに後ろ足でおずおずと後ずさりをされてしまった。エイラはウィニーとレーサーをその場に残し、急いでテントに馬具と荷かごをとりにいった。ジョンダラーはすでに寝袋を丸め、自分の荷かごに積んでいたが、ひづめの音を聞いて、馬具と端綱《はづな》を用意していた。

「二頭ともすごく怖がっている」エイラはテントに入ると言った。「レーサーは今にも逃げだしそう。ウィニーのおかげで少し落ち着いているけど、ウィニーも怖がっている。レーサーのせいでウィニーもだんだん不安になってきている」

ジョンダラーは端綱を持って外に出た。風と激しい雨が打ちつけてきて、ジョンダラーは倒れそうになった。まるで滝の中に立っているようだ。思っていたよりはるかにひどい。またたくまにテントは水浸しになり、敷き布と寝袋もびしょ濡れになってしまった。エイラが起きて、ここを出ようと言い張ってくれてよかった。また稲妻がひらめき、エイラが必死で荷かごをウィニーにくくりつけようとしているのが見えた。鹿毛《かげ》のレーサーもそばにいる。

「レーサー！　レーサー、こっちにおいで。おいで、レーサー」ジョンダラーは呼んだ。すさまじい地鳴りのような音が空を割らんばかりに響いた。レーサーは後ろ足で立っていななき、そのまま狂ったようにぐるぐるまわりだした。白目をむき、鼻をふくらませ、尾を激しく打ち、耳をあらゆる方向に向けて恐怖の源をさがそうとしている。しかし、正体のわからない恐怖に囲まれて、おびえるばかりだった。

ジョンダラーは手を伸ばし、首を抱いて落ち着かせ、話しかけてなだめてみた。ジョンダラーとレーサーのあいだには強い信頼関係があった。レーサーはなじみのある手と声に安心した。ジョンダラーはなんとか端綱をつけ、そして、引綱を手にとりながら願った。次の、神経をずたずたにするような稲妻と雷鳴までに、時間がありますように、と。

エイラは最後の荷物をとりにテントの中へ入った。ウルフも後からついてきた。エイラはそのとき初めてウルフに気がついた。エイラが円錐形のテントから出てくると、ウルフはキャンキャン鳴いて、ヤナギの森に向かって走りだした。しかし、駆けもどり、またエイラに向かって鳴いた。

「行くわよ、ウルフ」エイラはそれからジョンダラーに言った。「もうテントの中は空っぽよ。急いで!」

エイラはウィニーのもとへ走り、腕に抱えた荷物をまとめて荷かごにのせた。

エイラのあせりが伝わってきた。レーサーもこれ以上じっとしていられそうにない、とジョンダラーは思った。テントをばらすのは簡単だ。布ぶたをはがして支柱を煙抜きの穴から引き抜き、荷かごにほうりこんだ。水を吸って重い革をかき寄せ、その上に押しこんだ。ジョンダラーがたてがみに手をかけて飛び乗ろうとすると、興奮したレーサーは目をぎょろぎょろさせて後ずさった。少しぶざまな格好だったが、ジョンダラーはレーサーになんとかまたがった。レーサーが後ろ足で立ち、ジョンダラーはあやうく振り落とされそうになったが、両手でレーサーの首にしがみついた。

エイラの耳にオオカミの長い遠吠えと、聞いたことのない低い轟音が聞こえた。ウィニーの背中にまたがり、ジョンダラーのほうを見ると、後ろ足立ちのレーサーにしがみついている。レーサーが落ち着くとすぐ、エイラは体を前に傾け、ウィニーに出発の合図をした。ウィニーは全速力で駆けだした。まるで何かに追われ、エイラと同じで、ここから早く逃げたくてたまらない、とでも言わんばかりだ。ウルフも元気よく先を走り、やぶの中を駆け抜けた。ジョンダラーとレーサーがエイラのすぐ後から続いたとき、恐ろしい轟音はさらに大きくなっていた。

ウィニーは木をよけ、障害を飛び越えながら、平らな谷底の森を切り裂いて走った。エイラは頭を低く下げて、両腕でウィニーの首に抱きつき、行く先を馬にゆだねた。暗闇と雨で何も見えなかったが、向かっている先は高台のステップに続く斜面だろうと思った。突然、また稲妻が走り、一瞬、谷全体を明るく照らした。ふたりがいるのはブナノキの森で、斜面はそう遠くなかった。エイラはジョンダラーのほうを振り向いて、息をのんだ。

ジョンダラーの背後の木々が動いている！　稲妻が光った瞬間、数本の高いマツがぐらりと傾き、そして、真っ暗になった。エイラは木々が倒れる音を聞いて初めて、低い轟音がどんどん大きくなっていることに気がついた。木が倒れる音は、その恐ろしい轟音に飲みこまれた。鋭い雷鳴でさえ、響き渡る轟音にかき消されそうだ。

ふたりは斜面にたどりついた。エイラはウィニーの速度が変わったことで、斜面を登っているのがわかったが、まだ何も見えない。ウィニーの本能に頼るしかなかった。ウィニーが足をすべらせ、体勢を立て直した。それから森を抜け、空き地に出た。降り続く雨の向こうに荒れ狂う雲が見えた。ここは、馬たちが草を食べていた斜面の草地に違いない。ジョンダラーとレーサーが追いついてとなりに来た。ジョンダラーも前かがみで、レーサーの首にしがみつくようにしている。しかし、あたりは暗すぎて、レーサーの黒い影にジョンダラーの黒い影が乗っているのがやっと見えるくらいだった。

ウィニーは速度をゆるめた。エイラはウィニーの荒い息遣いを感じた。草地の反対側の森は木がまばらで、ウィニーはもう、木をよけながら狂ったような速さで走ってはいなかった。エイラは背筋を伸ばしたが、両腕はまだウィニーの首にまわしたままだ。ウィニーはレーサーに追い抜かれたが、レーサーがすぐに並み足になったので、また追いついた。雨がおさまってきた。木々は低木に変わり、草になり、そして、斜面が平らになり、目の前にステップが広がった。暗闇は、雨のカーテンの向こうに隠れた月に照らされる雲のおかげで、少しだけやわらいでいた。

ふたりは立ち止まった。エイラはウィニーから降りて、ウィニーを休ませた。ジョンダラーもレーサーから降り、ふたりは並んで立ち、眼下の暗闇をのぞいてみた。稲妻が光ったが遠く、後に続いた雷鳴も低く鳴っているだけだ。ふたりは呆然としながら、真っ黒な谷間のほうに目をこらした。何も見えなかったが、大きな破壊があったのがわかった。自分たちがかろうじて大惨事を逃れたことを実感していた。しかし、その規模はまだわからなかった。

エイラは頭皮が妙にちりちりするのを感じ、かすかに何かがひび割れる音を聞いた。つんとしたにおいに、鼻に皺を寄せた。何かが燃えているようなにおいだったが、火が燃えるにおいではなかった。そんななじみのあるにおいではない。ふと、稲妻のにおいだ、と気づいた。エイラは驚きと恐怖で目を開き、一瞬頭が混乱して、ジョンダラーをつかんだ。一本の背の高いマツが下の斜面にあった。露出した岩によって激しい風から守られ、ステップより高くそびえている。その木が、不気味な青い光を放った。

ジョンダラーは片腕でエイラを抱いた。エイラを守りたかった。しかし、自分もエイラと同じように驚き、怖かった。この世のものとは思われないこの青い光は、自分にはどうしようもないものだとわかっていた。できるのは、エイラをしっかり抱きしめることだけだ。恐ろしい光景がくり広げられた。稲妻がジグザグに弧を描いてほの明るい雲を突き抜け、枝分かれして炎の矢を散らし、目もくらむような光を放って真下に走り、背の高いマツを突き刺した。谷とステップは昼間のように明るくなった。エイラは雷の鋭い音にびくっとした。耳鳴りがした。轟音は空にも反響し、エイラはしゃがみこんだ。稲妻が光った瞬間、ふたりは自分たちがどんな大惨事を逃れたのかを知った。

緑の谷は壊滅的だった。平らな谷底全体が、重く、大きく渦巻いていた。ふたりのいる反対側、遠くの斜面では土石流が岩や倒木を押し流し、荒れ狂う川の半分が埋まっていた。土石流が通ったあとには、生々しい傷口のように赤い土がむき出しになっている。

この容赦ない破壊の原因は、ありふれた現象の連鎖だった。それは西の山脈で始まった。最初は内海の上にかかる低気圧だった。暖かく、湿気を含んだ空気は渦巻きながら上昇し、巨大な積乱雲になった。積乱雲の白い雲は風に流され、岩の多い山々の峰にかかり、動かなくなる。この暖かい空気に寒冷前線が入りこみ、その結果生じた乱気流が、異常に激しい雷雨を引き起こしたのだった。

先ほどの激しい雨はこの飽和状態の空から降ったものだった。雨は穴やくぼみに注いで小川に流れ出し、岩場にあふれ出し、支流に押し寄せた。支流は狂ったように水かさを増した。勢い余った濁流は、降り続けるどしゃぶりの雨と手を取り合って険しい丘を駆け下り、障壁を乗り越えてとなりを流れる川になだれこみ、合流して荒々しく、壊滅的な力を備えた鉄砲水となった。

鉄砲水はふたりのいた緑の谷までやってくると、滝に襲いかかり、貪欲なうなり声を上げながら、谷全体を飲みこんだ。しかし、青々とした緑に恵まれたこの谷は、荒れ狂う川の流れに驚くべき影響を与えた。この時代、地球の大規模な運動によって地面が持ち上げられ、南の小さな内海の海抜が高くなり、この海からさらに南にある大海への通路を開いた。ここ数十年のあいだに、隆起でその通路が堰《せ》き止められて浅い盆地となり、そこに川の水が注いで小さな湖ができた。しかし、数年前、この湖に排出口ができて、たまった水が流れ出した。その結果、乾いたステップの真ん中にじゅうぶんな水分が供給され、森のある谷ができたのだった。

今回の土石流ははるか下流で起きたのだが、ふたたび排出口を堰き止め、谷間に泥流を閉じこめ、逆流を引き起こした。ジョンダラーは、眼下の光景は悪夢に違いない、と思った。自分の目が信じられなかった。谷全体が荒れ狂う泥と岩の濁流となり、泥しぶきをあげて前後に揺れながら、根こそぎ引き抜かれて引き裂かれた無数の木々をかき混ぜていた。

あそこで生き残った生物はいないはずだ。ジョンダラーは寒気がした。もしエイラが目を覚まして逃げようと言い張らなかったら、どうなっていただろう？　二頭の馬がいなかったら、無事に逃げ出せなかったかもしれない。ジョンダラーはまわりを見やった。二頭とも頭を垂れて立っている。脚を開き、ジョンダラーの思ったとおり、疲れきった様子だ。ウルフはエイラのそばにいたが、ジョンダラーが自分のほうを見ていることに気がつくと、頭をのけぞらせて遠吠えをした。ジョンダラーははっと思い出した。エイラが行動を起こす少し前に、オオカミの遠吠えに眠りをじゃまされたのだった。

また稲妻が光った。雷鳴に、ジョンダラーの腕の中にいたエイラが激しく震えた。ふたりはまだ危険を脱したわけではなかった。雨に濡れて寒いうえに、すべてが水びたしだ。それに、この平原の真ん中で、この雷雨の中で、どこに避難したらいいのかジョンダラーには見当がつかなかった。

8

雷に打たれた背の高いマツが燃えていた。しかし、燃料にもなる松脂《まつやに》は音を立てて燃えていたが、どしゃ降りの雨の中で勢いはなかった。しかし、それでじゅうぶんだった。あたりのおおまかな地形はしっかりわかった。開けた平原には避難できそうな場所はほとんどない。せいぜい、今にもあふれそうな溝のそばの低木の茂みがあるくらいだ。その溝は一年の大半は干上がっているはずだった。

エイラは眼下の暗い谷底を見つめていた。まるで、目にした光景で金縛りにあったかのようだった。そうして立ちつくしているうちに、また雨が激しく降りだした。雨はふたりをずぶ濡れにし、すでに濡れている服をさらに濡らし、マツの火も消し止めてしまった。

「エイラ、行こう。避難できる場所をさがして、雨を避けなくては。ふたりとも凍えているし、びしょ濡れだ」

エイラはまだ眼下を見つめながら身震いをした。「わたしたち、あそこにいたのよ」顔を上げてジョンダラーを見た。「あそこで足止めされていたら、死んでいたかも」

「けど、間に合った。今は避難できる場所をさがそう。体を温められる場所がなかったら、あの谷から逃げた意味がない」

ジョンダラーはレーサーの引綱を拾い上げ、低木の茂みに向かった。エイラもウィニーに合図をして後に続いた。ウルフもエイラの横をついてきた。溝に着いてみると、低木の茂みの先には、さらに深くて高い茂みがあった。このステップの谷からかなり奥まったところだ。ふたりはその茂みに向かった。

ふたりはサルヤナギの茂みをかき分け、中に入っていった。細枝のたくさんついた、緑がかった銀白色のサルヤナギの根元の地面は濡れ、重なり合う細い葉のあいだをすり抜けて雨粒が落ち続けていたが、それほど激しくはなかった。エイラとジョンダラーは少し開けた場所に落ちている枝をどかして、馬の背の荷かごを下ろした。ジョンダラーは濡れて重くなった革の天幕を引っ張り出し、振りながら広げた。エイラは柱をつかむと、空き地の周囲に沿って立て、それから、革の天幕を広げるのを手伝った。天幕と敷き布はしばりつけたままだったので、そのまま柱にかけた。その場しのぎのテントだったが、今は雨を避けられる場所があればいい。

ふたりは荷かごやほかの荷物を仮のテントに持ちこむと、木の葉をむしって濡れた地面の上に敷きつめ、濡れた寝袋を広げた。それから服を脱ぎ、手を貸し合って雨に濡れた革道具をしぼると、全部枝にかけた。やっと、ふたりはぶるぶる震えながら、身を寄せて横になり、寝袋をかぶった。ウルフもテントに入ってきて、大きく体を振って水を散らしたが、何もかもがびしょ濡れなので関係なかった。二頭の馬は厚い毛皮におおわれているので、夏のどしゃ降りの嵐よりも、寒く乾いた冬のほうがずっと好きだったが、外にいるのは慣れていた。二頭は雨の中、平気で、体をくっつけて木立の横に立っていた。

濡れたテントの中、すべてが濡れて火もおこせないまま、エイラとジョンダラーは重い寝袋にくるまって、ぴったり寄り添っていた。ウルフは寝袋の上で丸くなり、ふたりにぴったりくっついていた。やっと、お互いの体温で体が温まってくると、エイラとジョンダラーは少しうとうとしたが、なかなか眠れなかった。夜明け近くに雨が弱まった頃ようやく眠りが深くなった。

エイラは耳を傾けた。ひとりで笑顔を浮かべながら、まだ目は開けなかった。自分を目覚めさせたいろんな鳥の歌声の中に、凝った、鋭いタヒバリの鳴き声があった。そこに、美しいさえずりが聞こえ、その声がどんどん大きくなる気がした。さえずりの主を見つけようと、エイラは目をこらした。くすんだ茶色の、目立たない小さなヒバリが、ちょうど降りてきた。エイラは横向きになってヒバリを見た。

ヒバリは身軽に、素早く地面を歩いた。足の後ろにある大きなかぎ爪で上手にバランスをとっている。それから、冠羽のついた頭を上下に揺らし、くちばしでイモムシを捕まえた。素早くひょこひょこと、ヒバリはサルヤナギの茂みの根元にあるくぼみへと急いだ。すると、身を寄せ合って隠れていた、生まれたばかりのふわふわのヒナたちが突然元気よく顔を出した。どれも大きく口を開けて、ごちそうを入れてもらうのを待っている。すぐにもう一羽やってきた。柄は似ているが少しだけ色が濃く、灰褐色のステップに溶けこみそうな色のヒバリで、羽虫をくわえている。二羽目は雌だった。雌がヒナの口にそれを押しこんでいるあいだに、一羽目の雄が飛び立って、円を描きながら高く上がっていき、しまいにはほとんど見えなくなった。しかし、そのヒバリの雄がどこを飛んでいるかはわかった。姿は見えなくても、驚くほど素敵な歌声が、らせん状に響いてきた。

エイラはヒバリの歌声をそっと口笛で吹いてみた。本物そっくりの声に、母親ヒバリは地面をつついて食べ物をさがすのをやめ、エイラのほうを見た。エイラはもう一度口笛を吹いた。何か餌があればいいんだけど、と思いながら。谷でひとり暮らしをし、初めて鳥の鳴き声を真似し始めたときには、よく鳥に餌をやっていた。口笛で鳴き声が吹けるようになってからは、呼べば鳥がやってきた。餌をやってもやらなくても来た。鳥たちは孤独な生活を送るエイラの友だちだった。ヒバリの母親が近づいてきて、自分の巣の縄張りに侵入した鳥をさがした。しかし、よそ者のヒバリはいないとわかると、またヒナたちに食事をやりにもどった。

もう少し柔らかく、ニワトリのコッコッというような声で終わるさえずりがくり返し聞こえ、エイラはうれしくなった。サケイもじゅうぶん一食になるくらい大きいけど、今鳴いているキジバトも同じくらい大きいわ。そう思いながらあたりを見渡し、茶色いサケイに大きさも形もよく似た、肉付きのいいキジバトをさがした。低い枝の中に小枝のみで作った巣があった。中には白い卵が三つある。すぐに丸々太ったキジバトが見つかった。頭とくちばしは小さく、脚も短い。柔らかく、密な毛皮は淡い茶色で、うっすらと赤い。背中と羽には、カメの甲羅に似たはっきりした模様があり、ところどころ玉虫色に光っていた。

ジョンダラーが寝返りを打った。エイラは振り向いて、となりのジョンダラーを見た。すやすやと眠っている。エイラは起きて用を足しにいきたくなった。動いたらジョンダラーを起こしてしまう。ジョンダラーの眠りを妨げたくはなかった。しかし、忘れようと思えば思うほど、ますます行きたくなった。たぶん、そっと動いて、ふたりでかぶっている温かく、少し濡れた寝袋から出て行けばだいじょうぶ。エイラが寝袋から出ると、ジョンダラーが鼻息を立てて、寝返りを打ち、手を伸ばしてエイラがいないのに気づいて目を開けた。

「エイラ？　ああ、そこにいたのか」ジョンダラーはもごもごと言った。

「寝てて、ジョンダラー。まだ起きなくていいのよ」エイラはそう言いながら、茂みの中のテントから這い出た。

明るく、さわやかな朝だった。空は澄んだ、まばゆい青で、ひとかけらの雲も見えない。ウルフはいなかった。たぶん狩りか探検だろう。ウィニーとレーサーもう起きて、谷のはずれで草を食べていた。太陽はまだ低かったが、湿った地面からはもう、もやが上がっていた。エイラはしゃがんで用を足しながら、湿度の高いのを感じた。ふと、腿の内側の赤いしみに気づいた。月経だ。そろそろ来ると思っていた。体と肌着を洗わなくては。でも、その前にムフロンの羊毛のあて布がいる。

溝には水が半分くらいまでしかなかったが、流れている水は澄んでいた。エイラは身をのり出して手をすすぎ、両手で冷たい水を何回かすくって飲み、それから急いでテントにもどった。ジョンダラーも起きていて、エイラがサルヤナギの茂みをかき分けてテントにもどると、ほほ笑んだ。エイラは荷かごのひとつを空き地に引きずっていき、中をさぐった。ジョンダラーも自分の荷かごをふたつとも持ってきたが、また残りの荷物をとりにもどった。ジョンダラーは雨で荷物がどうなっているか知りたかった。そこへウルフが跳びはねながらもどってきて、まっすぐエイラに向かった。

「いいことがあったみたいね」エイラはそう言いながら、ウルフの首の毛をくしゃくしゃっとした。その毛はたっぷりと厚く、たてがみのようだ。エイラが手を引くと、ウルフは飛びついてきて、泥だらけの足をエイラの胸にかけた。そうするとウルフはエイラの肩の高さと同じくらいになる。驚いたエイラはのけぞって転びそうになったが、足を踏んばった。

「ウルフ！　泥がついちゃったじゃない」そう言ったが、ウルフは背伸びしてエイラの喉や顔をなめたかと思うと、低い声でうなりながら口を開け、エイラのあごにかみついた。といっても、立派なイヌ科の歯を持ちながら、ウルフのかみ方は生まれたての子オオカミを扱うときのように、控えめで優しかった。歯で肌を傷つけたりはしない。ほとんど跡もつかなかった。エイラはまた両手をウルフの首毛にもぐらせて、頭を上げさせ、従順そうな目を見つめた。エイラの目にもウルフに負けない愛情がこもっていた。エイラもウルフのあごを歯でかみ、真似をしてうなった。優しい甘がみのお返しだった。

「さあ、もう下りて、ウルフ。見て、こんなに汚れちゃった！　これも洗ってこなくちゃ」エイラはゆったりした、袖なしのチュニックを手ではたいた。下には肌着代わりの短いズボンを着ている。

「知らなかったら、ぞっとしたところだ。ウルフにかみつかれているのかと思ってしまうよ。ウルフはもうずいぶん大きい。しかも、ハンターだ。人を殺すこともある」ジョンダラーが言った。

「心配しなくてもだいじょうぶよ。オオカミはああやってお互いにあいさつをして、愛情表現をするの。ウルフはうれしいのよ。わたしたちもちゃんと目を覚まして、谷から逃げられたのが」

「谷を見てみたかい？」

「いいえ、まだ……ウルフ、どいててちょうだい」エイラはウルフを押しのけた。エイラの両脚のあいだをかぎ始めていたからだ。「始まっちゃった」エイラは目をそらして、少し顔を赤らめた。「あて布をとりにきたの。まだ谷を見るひまがなくて」

エイラにはいくつかしなくてはならないことがあった。体と着ていたものを小川で洗い、あて布がずれないよう革帯でとめ、着替えをとりにいった。そのあいだ、ジョンダラーは谷のはずれに行って用を足し、眼下に目をやった。野営地はまったく見えず、その形跡もない。もとの谷底は部分的に水につかり、丸太や倒木やいろいろな残骸が浮いたり沈んだりしていた。水は揺れ動きながら水位を増している。谷底を流れる小川は堰《せ》き止められたままで、まだ逆流しているのだ。しかし、昨晩のように、しぶきをあげながら前後に勢いよく揺れているわけではなかった。

エイラはそっとジョンダラーのとなりに行った。ジョンダラーは谷を見下ろし、何か考えていたが、エイラに気づいて、視線を上げた。

「この谷は下流でせまくなっているに違いない。そして、何かが川を堰き止めているんだ。おそらく、岩か、土石流だろう。それで水が閉じこめられている。たぶん、それでこのあたりの谷底は緑が豊かだったんだ。前にも同じようなことがあったんだろう」

「鉄砲水だけでも襲ってきたら、流されていたわ。わたしの谷は毎年春になると洪水になって、それもひどかったけど、この……」エイラは自分の考えを言い表す言葉が見つけられなかった。無意識に氏族の身ぶり言語で言葉をしめくくったが、それはエイラにとって、自分の不安と安心をよりはっきりと、正確に伝えるものだった。

ジョンダラーは理解した。自分も言葉が見つからず、エイラと同じ気持ちだった。ふたりとも黙ったまま立ちつくし、眼下の光景を見つめていた。ジョンダラーは眉間に皺を寄せていた。何か心配して考えこんでいる。ようやくジョンダラーが口を開いた。

「土石流が、あるいは、よくわからないけど川を堰き止めている何かが一気に流れだしたら、この川の下流はとても危険だ。そこに人がいなければいいんだが」

「昨晩ほど危険なことにはならないわ。そうでしょ?」

「昨晩は雨が降っていたから、みんな洪水なんかは予測ができるだろう。けど、もし雨嵐のような危険な兆候もなく流れだしたら、みんな不意をつかれる。大変なことになる」

エイラはうなずいた。「でも、この川を使っている人だったら、流れが止まったことに気がついて、その理由を確かめようとしないかしら?」

ジョンダラーはエイラの顔をまっすぐ見つめた。「けど、おれたちはどうだった? おれたちは旅人だ。川の流れが止まったことを知る手がかりはない。こういう川の下流にいたとして、危険だという手がかりは何も得られないだろう」

エイラはまた谷間の水を見つめ、しばらくして答えた。「そのとおりね。わたしたちは危険信号なしで、また鉄砲水に襲われるかもしれない。昨日の夜、稲妻がマツじゃなくてわたしたちの上に落ちていたかもしれない。地震で地面が割れて、小さい女の子以外の全員が飲みこまれ、その子は世界でひとりきりになってしまうかもしれない。だれかが病気になったり、体が弱い子や、異形の子が生まれてくるかもしれない。マムートが言っていたわ。女神がいつ自分の子にもどってこいと呼びかけるかは、だれにもわからない、って。そういうことを心配したって、なんにもならないわ。わたしたちにはどうしようもないの。決めるのは女神なの」

ジョンダラーはじっと聞いていた。まだ心配で眉を寄せていた。しかし、表情をやわらげて両腕をエイラにまわした。「おれは心配しすぎる。前にソノーランにそう言われた。おれはただ考えてしまったんだ。もしおれたちがこの谷の下流にいたらどうなっていただろう、って。それで昨晩のことを思い出した。それから、エイラを失うことを考えた。それで……」ジョンダラーはエイラにまわした腕に力をこめた。「エイラ、もしエイラを失ったらおれはどうすればいいのかわからない」ジョンダラーは衝動的にエイラを引き寄せた。「生きていたくなくなるかもしれない」

エイラはジョンダラーの強い感情にふと不安を感じた。「わたしはジョンダラーに生き続けてほしい。そして、ほかに愛する人を見つけてほしい。もし、ジョンダラーに何か起こったら、わたしの一部が、わたしの霊の一部が、ジョンダラーといっしょに行くわ。ジョンダラーを愛してるから。でも、わたしは生き続ける。ジョンダラーの霊の一部がいつもわたしといっしょにいてくれるから」

「無理だ。ほかに愛する人を見つけるなんて。エイラにだって、会えるとは思っていなかったんだ。さがす気になるかどうかもわからない」

ふたりはテントにもどることにして、いっしょに歩きだした。エイラはしばらく黙って考えこみ、こう言った。「もしかして、人がだれかを愛して、その人からも愛されるとそうなるの？ お互いに霊の一部を交換するの？ それで、愛している人を失うとすごく辛いのかもしれない」エイラは一度言葉を切って、また続けた。「氏族の男たちみたい。男たちはいっしょに狩りをする兄弟として、お互いの霊の一部を交換するの。とくに、だれかがだれかの命を救ったときに。自分の霊の一部がなくなると、生きているのが辛くなる。狩人はみんな、霊を交換し合った相手が次の世界に行くときは、自分の霊の一部もいっしょに行ってしまうことを知っている。だから、相手を気にかけ、守ってあげるの。相手の命を救うためならなんでもする」エイラは立ち止まってジョンダラーを見上げた。「ジョンダラーとわたしは、お互いの霊の一部を交換したと思う？ わたしたち、狩り仲間よね？」

「しかも、エイラはおれの命を救ってくれた。けど、エイラは狩りをする兄弟以上の相手だ」ジョンダラーは自分の言葉にほほ笑んだ。「愛してる。今ならわかる。どうしてジェタミオが死んだとき、ソノーランがもう生きていたくないと言ったのか。ときどき思うんだ、ソノーランは次の世界への道をさがしていたんだよ。会いたかったんだ。ジェタミオと、生まれることのなかった赤ん坊に」

「でも、もし自分に何かが起こっても、わたしはジョンダラーに霊界までついてきてほしくないわ。ジョンダラーにはこの世界にいてほしい。そして、だれかほかの人を見つけてほしい」エイラはきっぱりと言った。次の世界についてジョンダラーが話したことは、どれも好きになれなかった。この世界のあとにある、ほかの世界がどんなものかわからなかったし、心の奥底では、それが本当に存在するのかどうかもわからなかった。はっきりわかっていたのは、次の世界に行くためにはとにかくこの世界で死ななくてはならない、ということだ。そして、ジョンダラーが死んだという話は、自分が死ぬ前でも死んだ後でも聞きたくない、ということだった。

霊界について考えているうちに、ほかのことにも考えが及んだ。「たぶん、歳をとると、そういうことが起こるのね。霊を交換し合った愛する人たちが次々に亡くなっていくと、自分の霊の大部分もその人たちといっしょに次の世界に行ってしまう。すると、この世界で生きていけるだけの霊がなくなってしまう。自分の中の穴がどんどん大きくなっていくみたいな感じでしょうね。だから、自分の霊の大部分と愛する人たちがいる次の世界に行きたくなるのよ」

「よくそんなにいろいろなことがわかるなあ」ジョンダラーはそう言いながら少しほほ笑んだ。エイラは霊界についてろくな知識がなかったが、その素直で直感的な見方は、ジョンダラーにとってある程度理解できるものだった。また、その見方は、真の、深い知性を示すものだった。しかし、ジョンダラーにはエイラの考え方に優れた点があるかどうかはわからなかった。大ゼランドニがここにいればたずねられるのに、とジョンダラーは思った。そのときふいに、ジョンダラーは自分たちが故郷に向かっていることを思い出した。ゼランドニにきける。いつか、近いうちに。

「わたしは子どものときに、自分の霊をたくさんなくしたの。わたしの親族は地震に連れていかれた。その後、イーザも死んだときに、わたしの霊の一部を持っていった。クレブも、それにライダグも。死んではいないけど、ダルクだってわたしの一部を、わたしの霊の一部を持っている。わたしはそれに二度と会えないのよ。ジョンダラーの弟もジョンダラーの一部を持っていったんでしょ?」

「そうなんだ。だからこれからもずっと会いたいと思うし、それでいつも苦しい。今でもときどき、自分のせいだったと思うことがある。ソノーランを救うためならなんでもしたかった」

「ジョンダラーにはどうしようもなかったのよ。女神がソノーランを求めたの。決めるのは女神よ。ほかのだれにも、次の世界への道は見つけられない」

ふたりは一晩を過ごした背の高いサルヤナギの茂みにもどり、荷物の点検を始めた。ほとんどが水をかぶって、大半はまだびしょ濡れだった。ふたりは、テントの敷き布と円錐形の天幕をつないである、水でふくらんだ結び目をほどいた。ふたりは布の両端を持ってひねり、水をしぼろうとした。しかし、きつくしぼると縫い目がほころんでしまう。テントを張って乾かそうということになったときには、テントの柱が何本か足りないことに気がついた。

ふたりは敷き布をやぶの上にかけると、自分たちの上着を調べた。まだかなり濡れていた。荷かごに入れてあったものは少しましだった。大半は湿っていたが、暖かく乾いた場所に広げておけば、すぐに乾きそうだった。開けたステップは日中は晴れるだろうが、昼間は旅をしなくてはならない。夜、地面は湿って冷たくなる。ふたりとも、湿ったテントで眠りたいとは思わなかった。

「温かい薬草茶を入れようかしら」エイラは沈んだ気分で言った。すでにいつもより遅い時間だった。エイラは火をおこして、その中に料理用の石を入れながら、朝食をどうしようかと考えた。そのとき、エイラは思い出した。昨晩の夕食の残りものがない。

「ねえ、ジョンダラー、今朝食べるものが何もないわ。ゆうべの残りはあの谷の底なのよ。穀物は料理用のしっかりしたかごに入れて、炉の中の熱いおき火のそばに置いておいたの。あの料理用のかごもなくなってしまった。かごはほかにもあるけど、あれがしっかりしていてよかったのに。でも、薬袋《やくたい》はちゃんとここにあるわ」エイラは薬袋を見つけ、見るからにほっとしていた。「しかも、このカワウソの皮、まだ水をはじいてる。こんなに古いのに。中のものはどれも濡れてない。せめて、薬草茶は入れられるわ。中においしい薬草が入っているから。水をくんでくるわね」エイラはあたりを見まわした。「茶漉《こ》しはどこかしら？　あれもなくした？　雨が降りだしたときに、テントの中に入れたと思っていたのに。落としたんだわ。あわてて出発したときに」

「ほかにもまだ置いてきたものがある。エイラが後悔すると思うものが」ジョンダラーが言った。

「何？」エイラは心配そうな表情で言った。

「生皮の袋。それに、三脚の長い柱」

エイラは目を閉じ、残念そうに首を振った。「なんてこと。あれはじょうぶな肉用の袋で、ノロジカの肉がたくさん入っていたのに。あと、あの柱も。ちょうどいい長さだったのよ。代わりを見つけるのはたいへんだわ。ほかにも何かなくしたものがないか、非常食は無事か、確かめたほうがいいわね」

エイラは荷かごに手を伸ばした。中には自分の持ち物や、服や、まさかのときのための備品が入れてある。荷かごはどれも濡れて、底が重そうに垂れ下がっていた。しかし、エイラの荷かごの中身は、底に入れてあった予備の綱やひものおかげであまり濡れず、傷みも少なかった。旅の途中で手に入れた食糧は荷かごの上のほうに入れてあった。その下の非常食はしっかり包まれていたので、ほとんど乾いたままだった。エイラはいい機会だと思い、念のためにすべての食糧を調べることにした。無事かどうか確かめたかったし、今ある食糧がどのくらいもつか知りたかった。

エイラは運んできたすべての乾燥保存食糧を取り出し、寝袋の上に広げた。ベリー類——ブラックベリー、ラズベリー、ビルベリー、ニワトコ、ブルーベリー、ストロベリーはそれぞれ別々のこともあれば、いくつか混ぜ合わせることもあるが、つぶし、干して固めてある。ほかのいろいろな果物は火を通し、乾燥させて革のようにしてあった。中には、小ぶりでかための、酸っぱいがペクチンが豊富なリンゴを刻んで加えたものもある。丸ごとのベリー類やリンゴのほか、ナシやスモモのような果物は、薄切りにするか丸のままで天日に干すと、甘みが増す。乾燥果物はそのまま食べることもあったし、水でもどしたり煮たりして、スープや肉の風味づけに使うこともよくあった。ほかに穀物や種子類もあり、そのうちの何種類かは軽く炒って、乾燥させてあった。ハシバミの実は殻をむいて火であぶってある。栄養たっぷりの実が詰まったカサマツの松かさは、エイラが昨日谷で集めたものだった。

干し野菜もあった——植物の茎や芽、とくにたくさんあったのは、ガマ、アザミ、カンゾウ、ユリ類の球茎などのでん粉質の多い根菜だった。地面に掘ったかまどで蒸してから乾燥したものもあれば、掘り出して皮をむき、すぐにひもに通して干したものもある。干すためのひもは、繊維質の植物の皮や、いろいろな動物の脊髄の腱《けん》や脚の腱で作った。キノコ類もひもに通し、ほとんどは香りづけのためにいぶして乾燥させた。食用コケ類も何種類か、蒸してから干し固め、栄養価の高い食べ物になっていた。旅の食糧を充実させていたのは、種類の豊富な燻製肉類、燻製魚類だった。すりつぶした干し肉と、精製した脂と、干した果物を混ぜ合わせ、小さくかためた非常食もある。

乾燥食糧はかさばらないうえ、日持ちがした。干してから一年以上たったものもあれば、この前の冬用に備蓄してあったものもある。しかし、何種類かの食糧は量に限りがあった。それはネジーが夏の集会で友だちや親戚から、エイラとジョンダラーのために集めてくれたものだった。エイラは備蓄食糧を大切に使うようにして、ふだんは、その土地でとれるものを食べた。それが可能な季節だった。もし母なる大地の女神の贈り物が豊富なときにその恵みを受け取って生きることができないなら、もっと食糧が乏しい季節に大陸を無事に渡りきることは望めない。

エイラはまたすべての食糧をしまった。保存食を使って朝食を作るつもりはなかった。しかし、このステップには満腹感が得られるような太った鳥はあまりいなかった。エイラが石で落とした一対のサケイが、串に刺してあぶり焼きにしてあった。ハトの卵は軽くひびを入れ、殻のまま火の中に入れた。朝食を充実したものにしてくれたのは、偶然見つけたマーモットの貯蔵穴の中にあった春の美しいクレイトーニアの球茎だった。この地中の穴は寝袋の下にあり、中には甘く、でん粉質の多いクレイトーニアがたくさんあった。小さいマーモットはこの根のような球茎を最盛期に集めておいたらしい。エイラはこれを、栄養価の高いマツの実といっしょに料理した。マツの実は前の日に拾った松かさを火であぶり、石で割って出した。採りたてのデューベリーも加わり、豪華な朝食ができた。

氾濫した谷を離れると、エイラとジョンダラーは、南に進みながら、少しだけ西に進路をとった。じょじょにではあるが山脈に近づいていた。この山脈はとりわけ高いわけではなかったが、その中でも高いほうの山々の峰はつねに雪をいただき、霧や雲がかかっていることも多かった。

ふたりがいるのは冷たい大陸の南域で、草原の性質も少し変化した。単に、草と薬草が豊富なおかげで多種多様な動物が冷たい平原で生き延びている、というだけではなくなった。動物たちが食習慣や移動の仕方を変え、生息域を変え、季節に合わせた生活を送るようになったのだ。こういったことすべてが、生命を豊かにするのに貢献した。後の時代のはるか南の赤道直下の大平原――後の時代で唯一、氷河時代のステップの豊かさに匹敵しうる場所――と同じように、数も種類も豊かな動物たちは、肥沃な大地を複雑かつお互いに補い合う方法で共有していたのだ。

ある植物だけを好んで食べる動物もいれば、植物の一部分だけを食べる動物もいた。同じ植物をほかの動物とはわずかに異なる生育時期に食べるものもいた。ほかの動物の行かない場所で食べるものがいれば、同じ場所でも時期をずらしたり、ほかの動物とは違う移動をするものもいた。この多様性が維持されたのは、ある種の食習慣および生活習慣が、同じ活動範囲にいるほかの種の習慣と重ならない形で共存していたからだった。

マンモスはかたい草や茎やスゲなど、腹を満たす繊維質を多量に必要とする。また、マンモスは深い雪や、沼地や、コケの多い草地にはまって動きがとれなくなる可能性が高いため、氷河近くの、吹きさらしのかたい土地で生活する。そして、氷河の壁に沿って長距離を歩いて移動し、南に移住するのは春と夏だけだ。

馬も多量の食糧が必要だ。マンモスと同じでかたい茎や草も短時間で消化するが、マンモスよりも食べるものを選び、中くらいの丈の草を好む。馬は雪を掘って食糧をさがすことができるが、これには食べる以上のエネルギーを消費する。また、積もった雪の中を歩くのは大変だ。深い雪の中では長時間体がもたないので、風が吹き、地表のかたい平原を好む。

マンモスや馬とは違い、バイソンはたんぱく質を多く含む草の葉や葉鞘《ようしょう》を必要とするので、丈の低い草を選ぶことが多い。中くらいや、高い丈の草が生える場所で食べるのは、たいてい春、新しい草が生えたばかりのときだけだ。しかし、まったくの偶然なのだが、夏のあいだ重要な共同作業が行われる。馬は歯をはさみのように使って、かたい茎をかみちぎる。馬が通った後、密に根を張った草は茎を刈り取られたことに刺激され、新しい芽をのばそうとする。馬が移動すると、多くの場合、数日後に、巨大なバイソンがやってきて、新芽をかじる。

冬になるとバイソンは、天候が変わりやすく、雪も多い南の山岳地帯に移動する。そこでは低い草の葉が湿気を得られるため、乾いた北の平原のものよりみずみずしい。バイソンは鼻や頰で雪を掃いて、好みの、地面をはうようにして生える食糧を見つけるのが得意だが、南の雪の多いステップに危険がないわけではない。

バイソンはその毛皮のおかげで、比較的、乾燥して寒い場所や、雪の多い南域でも体温を保てる。しかし、冬のあいだ南に移住するバイソンや、その他の厚い毛におおわれた動物にとって、重く毛深い被毛は、危険で、ときには命取りになることがある。それは、天候が寒く、湿っぽくなり、凍ったり解けたりがひんぱんにくり返されるときだ。雪が解けて厚い被毛が濡れてしまった場合、次に凍るような天候がやってくると、被毛も凍って命を失うことがある。とくに、地面の上で休んでいるときに急に寒くなったときはあぶない。長い毛が一気に凍ると、起き上がれなくなるのだ。あまりに深い雪や、雪の上に張った氷が命取りになることもある。また、猛吹雪にあったり、三日月湖に張った薄氷が割れて中に落ちたり、氾濫した谷底に落ちたりするのも危険だ。

ムフロンとサイガも特定の植物を常食としている。たとえば、非常に乾燥した環境に適応した植物や、小さな薬草や、地面にしがみつくように生えている葉の多い草などだ。しかし、バイソンと異なり、サイガは足場の悪い場所や深い雪の中は苦手だし、跳躍も下手だ。サイガは長距離を速く走って捕食動物から逃げることができるが、それができるのは、強い風の吹く大平原の、かたく、平らな地面の上でのみ。他方、野生のヒツジであるムフロンは斜面を登るのが得意で、険しい場所を利用して逃げる。しかし、積もった雪を掘ることはできない。ムフロンは吹きさらしで険しい高地を好む。

ムフロン、シャモア、アイベックスなどヤギの近縁種は、海抜によって、または環境や地勢の違いによって、生息地域を分け合っている。レイヨウとヤギの中間的な動物であるアイベックスは絶壁のあるような最も海抜の高い場所に住み、その少し下に小型ですばしこいシャモア、その下にムフロンが暮らしている。しかし、三種ともさらに海抜の低い、乾燥したステップの荒れ地でも見られた。それはみな、乾燥という条件さえ整っていれば、寒さには適応できるからだった。

ジャコウウシもヤギの近縁種だが、ヤギよりも大きく、厚い二層の毛におおわれている。マンモスや毛サイの毛皮と似たこの二層の毛皮のせいで、ジャコウウシは実際よりも大きく、「ウシらしく」見える。ジャコウウシはつねに低木やスゲをかじっているが、とりわけ極寒地帯に適応し、氷河近くの極端に寒く、強風の吹く平原を好む。短い下毛は夏には抜け落ちるが、それでも暖かくなりすぎるとつらくなってくる。

オオツノジカとトナカイは開けた場所で群れで暮らすが、ほかのシカ類のほとんどは森や林で木の葉を常食とする。ムースはシカ類にはめずらしく群れを作らない。そして森林に住む。落葉樹の夏葉や、湖沼に生える多肉のヒルムシロや、水生植物を好み、広いひづめと長い脚で川沿いの低湿地も歩くことができた。冬のあいだは消化しにくい草や、川が流れる谷に生えるヤナギの木の小枝を食べてしのいだ。偏平足で、脚が長いので、谷間の雪だまりの中でも簡単に歩けた。

トナカイは冬が大好きで、不毛の土地や岩に生えるコケ類を常食としていた。遠く離れていても、雪の中であっても、好きな植物のにおいをかぎ分けることができ、ひづめは必要なら深い雪でも掘ることができた。夏になると、草や、葉の多い低木を食べた。

ヘラジカもトナカイも、春と夏のあいだは高山地帯の草地や草の生えた高地を好むが、ヒツジ類の生息地域より上に行くことはない。ヘラジカのほうは低木より草を食べることのほうが多かった。ロバやオナガーはつねに乾燥した高地の丘陵地帯を好んだ。一方、バイソンはもう少し低い場所に生息していたが、たいてい馬よりは高い場所まで登った。馬はマンモスやサイより生息範囲が広かった。

原始時代の平原には多種多様な草原があり、膨大な数の動物が意外な共存をしていた。後の地球のどこを見ても、これに似た状況はほとんど見られない。高山の乾燥した冷たい環境は、氷河時代の平原に似たところはあるが、それとはくらべものにならない。山岳地帯に住むヒツジやヤギやレイヨウは後の時代、低地にまで生息地域を広げた。しかし、平原動物の大きな群れは、低地の気候が変化した際も、高地の険しい岩場では住めなかった。

湿度が高く、地盤のゆるい北域の沼地の状況は違っていた。沼地は水気が多すぎてほとんどの草には適さなかったのだ。しかし、弱く、生育も遅い沼地植物は、酸性のやせた土壌を利用して毒素を作り出し、多数いる動物たちに食べつくされるのを逃れようとした。沼地植物の種類は限られ、群れで生活するさまざまな大型動物にとっての栄養分に乏しかった。つまり、沼地は食糧に乏しかった。また、トナカイのようにひづめの大きく広がった動物しか生息できなかった。大きくて太い脚を持つ巨体の動物や、小さく細いひづめで疾走する動物は、湿ってゆるい地面では足を取られて沈んでしまう。このような動物たちは乾燥してかたい地盤が必要だった。

後に、この温帯性地域の草原では、気温と気候のせいで、限られた植物が群生する帯状の地域がそれぞれに発達することになる。これらの地域では、夏は植物の種類が少なく、冬は雪が多すぎた。また、かたい地面を必要とする動物は雪に足をとられ、多くの動物は雪を払いのけて食糧をさがすことができなかった。シカは雪深い森に住むことができたが、それは積もった雪より高い木の葉や小枝を食べることができるからだった。トナカイは雪を掘ってコケ類を掘り出し、それを冬の常食とした。バイソンやオーロックスも生き延びていたが、体は小型化し、かつての大きさにもどることはなかった。ほかの馬のような動物は、自分たちの好む環境が小さくなっていくにしたがって、その数が減少していった。

氷河時代のステップでは、多くの要素が独特に連係し合い、見事に多くの動物の生息を助けていた。どの要素も不可欠だった。厳しい寒さも、意地悪な風も、氷河までも。そして、広大な氷河が極地方に後退を始め、緯度の低い場所から消えると、それに合わせて動物の大きな群れは小さくなり、大型動物も小型化していくか、あるいは絶滅していった。大地は変わってしまった。もはやこういった動物たちを維持できなくなったのだ。

旅を続けながら、エイラは生皮の袋と三本の長い柱をなくしたことで落ちこんでいた。両方とも役に立つ、というだけではなかった。この先の長い旅をつづけるための必需品だった。代わりが欲しかったが、そのためには一晩をむだにするだけでは足りない。ジョンダラーが先へ進み続けたがっていることもわかっていた。

しかし、ジョンダラーもテントが濡れてしまったのがいやだった。そのテントで眠るしかないというのもいやだった。そのうえ、濡れた皮をたたんで、ほかの荷物といっしょにぎゅうぎゅう詰めにしてあるのもいやだ。皮が傷んでしまう。広げて干さなくてはならない。そして、天幕の皮は乾かしながらなめし直さなければ、硬くなってしまうかもしれない。最初に作ったときは煙でいぶしてなめした。一日ではとても足りない。

午後になり、ふたりはまた別の大きく深い川に近づいた。この川が平原と山脈を隔てていた。開けたステップ台地の上にある見晴らしのいい場所から見ると、大きな急流の流れる幅広い谷の向こう側の景色が見えた。川向こうの山すその低い丘陵地には、さらに多くの支流があるだけでなく、多くの乾いた峡谷や雨裂《うれつ》が刻まれ、洪水の被害の跡も見られた。この大きな川は主川で、多量の雨水を運び、山脈の東側の面を流れて内海にそそいでいた。

ふたりはステップの台地の肩をまわって、斜面を下りた。エイラはライオン簇《むら》の居住地を思い出した。川の向こうの地形が荒れているという違いはあったが、川のこちら側の黄土の土壌にも、雨や雪解け水によって深い雨裂が刻まれ、丈の高い草が乾いた干し草のように立っていた。眼下の氾濫してできた原には、葉の多い低木の茂みや、群生するガマや、背の高いアシ原のあいだにカラマツやマツが点在し、イグサが川を縁どっていた。

ふたりは川の手前で止まった。この川は主川で、幅が広くて深く、最近の雨で水かさが増していた。どうやってこの川を渡ったらいいのか、見当もつかない。何か作戦が必要だった。

「椀舟がなくて残念ね」エイラは、ライオン簇の人々が土盧《つちいおり》のそばの川を渡るのに使っていた、皮をはった丸い舟のことを思い出していた。

「確かに、舟みたいなものがあれば、荷物を濡らさずにこの川を渡れる。ソノーランといっしょに旅していたときは、川を渡るのにこんなに苦労した覚えはないのに。あのときはただ荷物を二、三本の丸太に積んで、泳いで渡ったんだ。けど、あのときは荷物が少なかったんだろうな。ふたりとも背負子《しょいこ》がひとつずつだけだった。それ以上は運べなかったんだ。馬のおかげで荷物をたくさん運べるぶん、よけいな心配が多くなるってことかな」

川の様子を調べながら下流に進む途中、エイラは川辺に細く高いカバの木立ちがあるのに気がついた。とても懐かしい場所に感じられ、ライオン簇の長い半地下の土盧がどこかにあるのでは、と思ったくらいだった。ライオン簇の土廬は川の段丘の奥の斜面にひっそりとたたずんでいた。その草むらの中に丸い屋根と、きれいに左右対称になっている入り口のアーチを最初に見たとき、エイラはとても驚いたものだった。ところが今、実際に、それと同じようなアーチを見つけて、エイラは、恐ろしくて背中がぞくっとした。

「ジョンダラー！　見て！」

ジョンダラーは顔を上げてエイラが指さした斜面を見た。そこには、いくつもの左右対称のアーチがあった。そのひとつひとつが丸屋根の建物への入り口だ。ふたりとも馬から降り、川から斜面に登る道を見つけて、その簇に向かった。

エイラは、自分がこの簇の住人にとても会いたがっていることに驚いた。ふたりともずいぶん長いこと、自分たち以外の人と会ったり話したりしていなかった。しかし、簇は空っぽだった。それぞれの住居の入り口には、二本のマンモスの牙を上で牙先が重なるように向かい合わせて地面に突き刺し、アーチを作ってあったが、その下には象牙の小さい彫り物が置いてあった。豊満な胸と尻を持つ女の形をした彫り物だ。

「どこかに行ってしまったに違いない。それぞれの土廬にドニ像（女神像）を置いて、守ってもらってる」

「たぶん狩りか、夏の集会か、だれかを訪ねにいったのね」エイラはだれもいなくてがっかりした。「本当に残念。だれかに会えると思っていたのに」エイラは後ろを向いて立ち去ろうとした。

「エイラ、待てよ。どこに行くんだ?」

「川のほうにもどるのよ」なぜそんなことをきくの、という表情だった。

「ここはもってこいじゃないか。ここに泊まればいい」

「ここの人たちはムト像に――ドニ像に――土盧を守らせているわ。女神の霊が土盧を守っている。だめよ、ここに泊まって女神の霊をわずらわすなんて。ばちがあたるわ」そのくらいジョンダラーもよく知っているはずなのに、とエイラは思った。

「だいじょうぶだ。必要なんだから。必要がないものに手をつけてはいけないけど、必要なときには許される。エイラ、おれたちは安全に泊まれる場所が必要なんだ。テントはびしょ濡れだ。乾くまで時間がかかる。それを待っているあいだに狩りができる。目当ての動物を捕まえることができたら、その皮を使って椀舟を作って、川が渡れる」

エイラのしかめ面が少しずつ明るい笑顔になっていった。ジョンダラーが何を言っているか、何を言いたいかがわかった。今回の災難から立ち直り、失くしたものの代わりを準備するためには、本当に何日かが必要なのだ。「たぶん、皮はじゅうぶんに手に入るから、新しい生皮の袋も作れるわね。いったん洗って毛を取り除いてしまえば、生皮はすぐに使えるようになるわ。干し肉を作るほど時間はかからない。ただ広げて、かたくなるまで置いておくだけだから」エイラは眼下の川を見た。「あそこにあるカバを見て。あれを使っていい柱が作れると思うの。ジョンダラーの言うとおり。わたしたちは何日かここにとどまる必要がある。女神もわかってくれると思う。それから、この簇の人たちに干し肉を少し置いていきましょう。簇を使わせてもらうお礼に……狩りが成功すればの話だけど。どの土盧を使ったらいいかしら？」

「マンモスの炉辺だな。訪問者はふつうそこに泊まる」

「マンモスの炉辺があるの？　その、ここはマムトイ族の簇だっていうこと？」

「わからない。ライオン簇みたいに、全員が住める大きな土盧じゃないからな」ジョンダラーは七つの丸い住居を見た。どれも表面は土と川の泥を塗ってならしてある。ふたりが冬のあいだ住んでいた大きな、多家族向けの共同住居とは違って、ここでは小さめの住居がいくつか寄り集まっていた。しかし、目的は同じだ。ここは居住地、多少なりとも親戚関係のある家族の共同体だ。

「そう、ここは夏の集会が行なわれた狼ノ簇に似ている」エイラは小さな住居のひとつの前で立ち止まった。入り口の重い垂れ幕をくぐり、見知らぬ人の家に招かれることなく入るのにはまだ少しためらいがあった。もちろん、お互いに、緊急の場合に生き抜くための策として広く認められている慣習ではあった。

「夏の集会にいた若者の中には、大きい土盧は時代遅れだ、って思っている人もいて」ジョンダラーが言った。「ひとつの土盧に一家族か二家族だけが理想だと言っていた」

「つまり、自分たちだけってこと？　ひとつの土盧に一家族か二家族だけがほかの人たちと離れて、冬用の簇で暮らすってこと？」エイラがきいた。

「いや。だれだって、冬のあいだずっと一家族だけで暮らしたいとは思わないよ。ここにあるような小さい土盧がひとつだけなんていうことは決してない。いつも少なくとも五つか六つ、それより多いこともある。それが理想なんだ。さっきおれが話した人たちは、新しい家族がひとつ、ふたつできるたびに、小さい住居を建てるほうが簡単だと思っていた。ひとつの大きな土盧に身を寄せ合って、しまいに新しいのを建てることになるよりはね。けど、そう思っている人たちも、自分の家族の近くに建てて、自分の簇の人たちといっしょに暮らしたいんだ。みんなといっしょに行動し、食糧も協力し合って集め、冬に備えて貯え、分け合うんだ」

ジョンダラーは入り口のマンモスの牙から吊り下げられた重い皮の垂れ幕を横にめくると、牙のアーチの下をひょいとくぐり、中に入った。エイラはその場に残り、光が入るよう、垂れ幕を手でおさえていた。

「どう思う、エイラ？　マムトイ族の土盧に似てるかい？」

「かもしれないけど、よくわからない。サンガエア族の簇を覚えてる？　わたしたちが夏の集会に行く途中で立ち寄ったところ。あそこもマムトイ族の簇とそう違わなかったわ。習慣は少し違っていたかもしれないけど、いろいろな点でマンモス狩りをする人たちと似ていた。マムートは、埋葬の儀式までよく似ている、昔マムトイ族と縁続きだったのかもしれない、と言っていたし。でも、わたしの目には、装飾が同じじゃないのがわかったけどね」エイラは口をつぐんで、ほかの違いを思い出そうとした。「あと、衣服も少し――死んだ少女にかけた、マンモスやほかの動物の毛で作ったあの美しい肩掛けとか。でも、マムトイ族の簇にだっていろいろな衣服があるわ。ネジーはいつでも、チュニックの形とか柄のちょっとした違いだけで、その人がどの簇の人かわかっていた。わたしにはほとんど同じに見えたのにね」

入り口から差しこむ明かりで、建物の構造がよくわかった。この土盧の柱は木ではなかった。カバの柱が数本使われている以外は、マンモスの骨で作られていた。この大型動物の太く、頑丈な骨は、ほとんど木のないステップではもっとも豊富で、もっとも手に入りやすい建築資材だった。

建築資材として使われるマンモスの骨のほとんどは、その目的のためにしとめたマンモスの骨ではなく、自然に死んだマンモスの骨だった。ステップでたまたま見つけたものを拾い集めることもあるが、多くの場合、氾濫した川に流されて、川の湾曲部や切り立った川壁に流木のように集積しているものを拾い集める。冬に定住するための住居はたいてい、このようなマンモスの骨の山の近くの、川の段丘に建てられた。マンモスの骨も牙も重いからだ。

ふつう、一本の骨を持ち上げるのには数人が必要なうえ、だれも長い距離を運びたくはない。ひとつの小さな住居を建てるのに使われるマンモスの骨の総重量は、一トンかそれ以上だ。このような住居を一家族だけで作ることはできない。共同体の作業だ。知識と経験のある人物が指示をし、ほかの人たちに手を貸してくれるよう頼める人物がまとめる役になる。

簇と呼ばれる場所は、定住村だった。簇で暮らしている人々は移動型の動物を追う遊牧民ではなく、基本的には定住生活をする狩猟民か採集民だった。簇は夏のあいだしばらく空になることもあった。住人は狩りや採集に行き、集めたものはもどってきて簇の近くの貯蔵穴に入れておいた。また情報や品物の交換のためにほかの村の家族や友だちを訪ねにいくこともあったが、つねに簇が家だった。

「違うな。この土盧はマンモスの炉辺じゃない。ここではそれをどういう名前で呼んでいるか知らないけど」ジョンダラーはそう言いながら、後ろ手に垂れ幕を下ろした。土埃が舞った。

エイラは小さい女の彫り物をきちんと置き直した。二本の脚は足先が申し訳程度しかなく、全体が先細りのくさび形をしている。これは入り口の前の地面に突き立てて、入り口を守ってもらうためだ。エイラはジョンダラーについて次の土盧に行った。

「ここはたぶん簇長《むらおさ》かマムートの土盧だろう。もしかしたら両方のかもしれない」

エイラはこの土盧がほかより少し大きいことに気がついた。入り口の女の像も少しだけ凝っている。エイラはうなずいた。「マムトイ族ならマムートとか、そういう人ね。ライオン簇の簇長と女長《おんなおさ》の炉辺は、マムートの炉辺より小さかったけど、マムートの炉辺は訪問者を泊めたり、みんなが集まったりするのに使われていたわ」

ふたりはその土盧の入り口に立って、垂れ幕をめくり、目が中の薄暗さに慣れるのを待った。しかし、ふたつの小さい点が光り続けていた。ウルフがうなった。エイラは鼻でかぎ取ったにおいに不安を感じた。

「ジョンダラー、入っちゃだめ！　ウルフ！　じっとして！」エイラは口で命令しながら、手でも合図をした。

「どうした、エイラ？」ジョンダラーが言った。

「このにおい、わからない？　中に動物がいる。何か強いにおいを出すもの、アナグマだと思う。こっちが怖がらせたら、ものすごいにおいを出すの。いつまでも残るような強烈なやつ。わたしたちはこの土廬を使えなくなるし、この簇の人たちだって、そのにおいを消すのは大変よ。たぶん、そのままジョンダラーが垂れ幕を開けていれば、勝手に出ていくわ。アナグマは穴の中にいる動物で、明るいところはあまり好きじゃないから。日中狩りをすることもあるけど」

　ウルフが低い声でうなりだした。明らかに、中に入ってそのおもしろそうな動物を追い立てたくてしかたがないのだ。しかし、ほとんどのイタチ科の仲間と同じで、アナグマも、攻撃してきた相手に向かって、肛門の分泌腺から非常に強烈なにおいを吹きかける。エイラはぜったいに、強烈なジャコウ臭のするオオカミなど連れて歩きたくなかった。しかし、あとどのくらいウルフを抑えておけるかわからなかった。もしアナグマがすぐに出てこなかったら、手荒な方法でこの土廬からアナグマを追い払う必要がありそうだ。

　アナグマは、あるかないかの小さな目でよく見えないにもかかわらず、明かりのもれているほうを身じろぎもせず見つめていた。アナグマが動きそうにないので、エイラは額に巻きつけていた投石器を手に取り、腰から下げている小袋から石を取り出した。そして、投石器の幅広の部分に石をひとつ置くと、ふたつの光の点にねらいを定め、勢いが増すようひねりをかけて石を飛ばした。鈍い音が聞こえ、ふたつの小さい光の点が消えた。

「命中したみたいだ、エイラ！」ジョンダラーがそう言ったが、ふたりとも少し待ち、物音が何もしないのを確かめてから土盧の中に入った。

中に入ったふたりは仰天した。アナグマはかなり大きく、鼻先から尾の先まで九十センチもあり、頭から血を流しながら地面にのびていた。どうやら、ここにしばらくいて、手当たりしだいに荒らして調べまわっていたらしかった。土盧の中はめちゃくちゃだった！　かたい土の床はかき削られ、穴がいくつもでき、中に糞が入っている穴もある。床に敷いた織物はずたずたに引き裂かれ、いろいろな編みかごもずたずたにされていた。一段高い寝台の上の皮や毛皮はかみちぎられ、寝台の敷布団の羽根や羊毛や草の詰め物がそこらじゅうにまき散らされている。しっかりかためた壁まで、一ヶ所穴をあけられていた。アナグマは自分の入り口を作っていたのだ。

「ひどい！　わたしだったら、帰ってきて、こんなの見たくないわ」エイラが言った。

「人がいなくなると、いつも危険なんだ。女神は自分が創った生き物からは、土盧を守ってくれないからな。女神の子どもたちは動物の霊に直接訴えかけ、自分の力でこの世界の動物たちに対処していかなくちゃいけない。とにかく、この土盧を少し掃除してあげよう。だめになったものを全部修理するのは無理だけど」

「このアナグマの皮をはいで、ここの人たちに置いていきましょう。こうなった原因がわかるようにね。皮を使ってもらえるし」エイラはそう言いながら、アナグマの尾を持って外に運んだ。

明るいところで見ると、かたい粗毛のある背中は灰色、腹の毛の色は濃く、顔にははっきりした黒と白のしま模様があった。間違いない、本物のアナグマだ。エイラは鋭いフリントのナイフで喉を裂き、血を抜いた。そして、土盧に引き返そうと思ったが、少し考えてから、そばにあるほかの、椀を伏せたような住居をのぞきにいった。簇の人たちがいたらどうだったかしら、と想像してみた。簇人《むらびと》たちがいないのが残念でしかたなかった。まわりに人がいないと、すごく孤独になることがある。エイラは突然、ジョンダラーに心から感謝した。一瞬、ジョンダラーに対して、どうしようもないくらいの愛を感じた。

エイラは首にかけたお守りに手で触れた。飾りのついたその革袋の中身に心の安らぎを覚えながら、自分のトーテムのことを思った。エイラは以前ほどケーブ・ライオンを自分の守護霊として意識することはなくなっていた。ケーブ・ライオンは氏族の霊だ。しかし、マムートは、エイラのトーテムはいつもエイラといっしょにいる、と言っていた。ジョンダラーは霊界について話すとき、いつも母なる大地の女神のことを口にしていた。エイラ自身もマムートから教えを受けて以来、女神のこともよく考えるようになっていた。しかし、いつも、ジョンダラーを自分に与えてくれたのはケーブ・ライオンだと思っていた。だから、自分のトーテムの霊と話をしたい気持ちにさせられた。

いにしえの神聖な手ぶりの言葉は、霊界に話しかけるときや、ほかの氏族と話をするときに用いられる。同じ氏族でも、ふだん使う数少ない話し言葉や手ぶりの言葉は一族間で異なっているからだ。エイラはその神聖な手ぶりの言葉を使い、目を閉じて、自分の考えを自分のトーテムに伝えた。

「偉大なるケーブ・ライオンの霊よ」エイラは手ぶりで言った。「この女はあなたに価値ある者と認めていただき、感謝しています。強大なるケーブ・ライオンに選んでいただき、感謝しています。モグールはこの女にいつもこう言いました。強大なる霊とともに生きるのはむずかしい。しかし、いつでもその価値がある、と。モグールの言うとおりでした。数々の試練、苦難はつらいこともありましたが、贈り物はその困難にふさわしいものでした。この女は何よりも、内なる贈り物に、学びと理解の贈り物に感謝します。また、この女は、偉大なるトーテムの霊があの男のもとに導いてくださったことに感謝します。あの男はこの女を自分の故郷に連れ帰ってくれます。あの男は氏族の霊を知りません。自分もまた偉大なるケーブ・ライオンの霊に選ばれたことを自覚していません。しかし、この女は、あの男もまた価値ある者と認められたことに感謝します」

エイラは目を開けようとして、また思いついた。「偉大なるケーブ・ライオンの霊よ」エイラは心の中でそう言いながら、手ぶりの言葉を使って続けた。「モグールはこの女に言いました。トーテムの霊はいつも家を求めている。帰れる場所、迎えられ、とどまりたくなる場所を求めている、と。この旅はいつか終わります。しかし、あの男の部族は、氏族のトーテムの霊を知りません。この女の新しい家は氏族の家ではありませんが、あの男はそれぞれの動物の霊をあがめています。あの男の部族も偉大なるケーブ・ライオンの霊を理解し、あがめるに違いありません。この女にはわかります。偉大なるケーブ・ライオンの霊はつねに、この女の迎えられる場所で迎えられ、居場所を得るでしょう」

目を開けると、ジョンダラーがエイラを見つめていた。「なんか……真剣だったから」ジョンダラーは言った。「じゃましたくなかったんだ」

「わたし……自分のトーテムのことを、ケーブ・ライオンのことを考えていたの。あと、ジョンダラーの家のことも。居心地がよければいいなと思って……ケーブ・ライオンにとって」

「動物の霊はみんな、ドニのそばにいれば居心地がいい。すべての動物を創造し、生み出したのは母なる大地の女神だ。伝説もそう言っている」

「伝説？　昔のことについての物語？」

「物語、と呼んでもいいかもしれないけど、語り方が少し違うんだ」

「氏族にも伝説があるのよ。昔、ドーブからそれを聞くのが大好きだったわ。モグールはわたしの大好きな伝説のひとつ、『ダルクの伝説』からわたしの子の名前をつけたの」

ジョンダラーは一瞬驚いた。氏族の人間、平頭に伝説や物語があるとは信じられなかったのだ。ジョンダラーにとってはまだ、小さい頃に教えこまれた考え方を捨て去るのはむずかしかった。しかし、氏族の人間は自分が思っていたよりずっと複雑な思考ができる、ということはすでに理解していた。氏族にだって、伝説や物語があったっておかしくない。

「何か、母なる大地の女神の伝説、知っている?」エイラはたずねた。

「うん、一部分覚えてるのがあるかな。覚えやすいように語られるんだけど、全部覚えているのは特定のゼランドニだけなんだ」ジョンダラーは少し口をつぐんで思い出し、それから、うたうように語りだした。

「女神の羊水がほとばしり、川や海を満たし、
陸にあふれ、木々を生んだ。
滴が散って、新しい草を、葉を育て、
やがて、見渡すかぎり、大地は青々とした若芽におおいつくされた」

エイラはほほ笑んだ。「とっても素敵! 気持ちをこめて、音にのせて語るのね。リズムがマムトイ族の歌によく似ている。とても覚えやすそう」

「この伝説はうたわれることが多いんだ。人によって旋律が違うこともあるけど、言葉はほとんど同じま

まだ。全部の伝説を、始めから終わりまでうたえる人もいる」
「ほかに何か覚えている？」
「少し。全部聞いたことがあるから、あらすじはだいたい知ってるけど、物語は長くて覚えるのはすごく大変なんだ。最初の部分はドニについてで、さびしかったから太陽であるバリ――『女神の大きな喜び、光り輝く男の子』――を生んだっていう話。それから、その息子がいなくなって、また女神はさびしくなったという話。月のルミは女神の恋人で、それも女神が創った。この物語はどちらかというと女の伝説なんだ。月経についてとか、女になることについての。ほかにも、女神がすべての動物の霊を生み出したときの伝説とか、男と女の霊を生み出したときの伝説とか、すべての大地の子たちを生んだときの伝説もある」

ウルフが吠えた。注意を引く、子オオカミの吠え方だ。ウルフはこれが効果的なことを知っていて、大きくなってもよく使っていた。エイラとジョンダラーはそちらを見て、ウルフが興奮している原因がわかった。斜面の下のほう、木がまばらに立つ、大きな川の青々とした氾濫原で、オーロックスの小さい群れがゆっくりと動きまわっていた。このウシはとても大きく、角も立派で、毛もふさふさしている。毛は全体に濃い赤で、黒に近い。しかし、群れの中に何頭か、主に顔と体の前部に大きな白い斑点のあるものがいた。ときどき起こる軽い遺伝的変異で、とくにオーロックスに見られることがある。

ほとんど同時に、エイラとジョンダラーは顔を見合わせ、お互いに「わかった」というようにうなずき、それぞれの馬を呼んだ。手早く荷かごをはずすと、土盧の中に運び、投槍器《とうそうき》と槍をつかんで馬にまたがり、川のほうに向かった。草を食べている群れに近づいたところで、ジョンダラーが止まって状況を確かめ、どこから攻めるか決めた。エイラもジョンダラーの指示に従って止まった。エイラは肉食動物、とくに小型の肉食動物にくわしかった。といっても、その大きさはせいぜいオオヤマネコや非常に大きくて力の強いケープ・ハイエナくらいだったが。また、ライオンといっしょに暮らしていたこともあったし、今はオオカミといっしょだった。しかしふだん食糧として狩る草食動物についてはあまりくわしくなかった。エイラにはひとりで暮らしているときに見つけた独自の狩りの方法があったが、ジョンダラーのほうは小さい頃から草食動物の狩りをしていたため、はるかに経験豊富だった。

おそらく、先ほどまでトーテムや霊界と通じ合っていたせいで、エイラは不思議な気分でオーロックスの群れを見つめた。あまりに偶然すぎるように思えた。なくしたものの代わりを見つけるためにふたりが二、三日この簇に滞在しても、女神は反対しないだろう、と納得し、頑丈な皮とたくさんの肉を手に入れることのできる動物を狩ろうと決めた矢先に、いきなりオーロックスの群れが現れるとは。エイラは、これは何かのしるしかしら、と思った。女神からのしるし、もしかしたら、わたしのトーテムからのしるしかも。わたしたちはここに導かれて来たのかも。

しかし、これはそうめずらしいことではなかった。一年を通して、とくに暖かい季節には、さまざまな動物が群れをなして、ときには一頭だけで、大きな川の流れる谷の拠水林（サバンナなどの川沿いの帯状林）や青い草原を移動した。大きな主川沿いの場所では、最低でも数日おきに、そういった動物がゆっくり歩いていくのがよく見られた。季節によっては、毎日その行列が途切れないことさえあった。今回はたまたまウシの群れで、まさしくふたりが必要とする理想の動物だった。もちろん、ほかにも理想にかなう動物は何種類かいたはずだ。

「エイラ、あそこにいる大きいウシ、見えるかい？　顔と左の肩に白い斑点があるやつ」

「ええ」

「あの雌にしてみよう。じゅうぶんに成長しているけど、角の大きさを見ると、それほど歳はとっていない。それに、群れから離れている」

エイラは、やっぱり、と思いぞくぞくっとした。これはしるしに違いない。ジョンダラーは異形を選んだ！ 白い斑点のあるのを。エイラは生まれてから今まで、どうしても決めかねるときにはいつも、じっくり考えてからやっと、理にかなった、もしくはへりくつの結論を出した。どちらの場合でもエイラのトーテムはあるしるしを、なんらかのめずらしいものを見せてくれて、その結論が正しいことを教えてくれた。子どもの頃、クレブはそういうしるしがあることをエイラに説明し、見つけたら幸運のためにとっておくように言った。エイラの首にかかっている飾りのついた小袋には、いろいろな小物が入っていたが、そのほとんどはトーテムからのしるしだった。今、わたしたちがここに滞在することに決めた後に突然オーロックスの群れが現れ、そして、ジョンダラーが異形の一頭を狩ることに決めた。不思議なほど、トーテムからのしるしに似ている気がする。

この簇にしばらく滞在することに決めたのは、ひとりで苦しいほど考えた結果ではなかったが、真剣に考えて出した重要な結論だった。この簇は、簇人たちが冬のあいだ定住する家だが、彼らは女神の力を頼み、留守の家の無事をその力に委ねた。旅の者は生き抜くため、必要ならこの簇を使うことを許されるが、それは正当な理由がある場合だけだ。だれも軽々しく女神の大きな怒りを買うわけにはいかない。

大地には生物が豊富にいた。旅の途中、ふたりはさまざまな種類の動物を数え切れないほど見たが、人間はほとんど見かけなかった。人の姿がこれほど少ない世界では、こう思うことがなぐさめになる。目に見えない霊の王国が自分たちの存在に気づき、自分たちの行動を心配し、そしてたぶん、進む方向を示してくれているのだ。中には厳しく、意地悪な霊がいて、その怒りを静めたりなだめたりする必要がある場合もあるが、そんな霊ですら、厳しくて無関心な世界に冷たく無視されるよりはましだ。そんな世界では自分の命は自分ひとりで守らねばならず、必要なときにほかに頼れるものは何もない。何かを考えるときでも、それは同じだ。

エイラは結論を出した。もしこの狩りが成功したら、この簇を使ってもいい、という意味だ。しかし、もし失敗したら、立ち去らなくてはならない。自分たちはしるしを、異形の動物を示されたのだから、幸運を授かるためにその一部を手に入れなくてはならない。もしだめなら、もし狩りに失敗したら、それは不運を意味する。女神はふたりがこの簇に滞在することを望まない、ふたりともすぐに去れ、ということだ。エイラは、どんな結果になるかしら、と思った。

9

ジョンダラーは川沿いにいる群れの散らばり具合を見た。オーロックスたちは斜面の下から水際にかけて広がっていた。そのあたりには青々とした小さい草地が不規則に点在し、ところどころに低木の茂みや木立がある。白い斑点のある雌は小さい草地に一頭きりでいた。この草地の片側はカバとハンノキの深い茂みで、雌を群れのほかのオーロックスから隔てていた。また、カバとハンノキの茂みは斜面のふもとづたいに広がっていたが、向こうの端の低湿地ではスゲや細く鋭い葉を持つアシの茂みが点々とある。さらにその先の、入り江のような形の沼まで行くと、丈の高いアシとガマがびっしり生えていた。

ジョンダラーはエイラのほうを見て、沼を指さした。「川に沿ってあのアシとガマの向こうまで走っていってくれ。おれはあのハンノキのやぶのあいだから雌に近づく。ふたりで挟み撃ちしてしとめよう」

エイラは状況を確認してからうなずき、馬から降りた。「槍の入れ物をしっかりとめさせてちょうだい。始める前にね」エイラは長い筒状の生皮の槍入れを、柔らかいシカ皮の馬の背あてにつないである革ひもに固定した。このかたい革の槍入れには、見事なできばえの槍が数本入っていた。槍先には細身の円錐形の骨がついている。先端は鋭くけずって磨き、つけ根は鉤裂《かぎ》き状にして長い木の柄につけてあった。また、それぞれの柄の根元にはぴんと立った羽根を二枚、柄尻には切れこみをつけてある。

エイラが槍入れをとめ直すあいだ、ジョンダラーのほうは、革ひもで肩にななめがけしている槍入れから槍を一本とった。ジョンダラーは自分の足で狩りをするときはいつも槍入れを身につけていた。このほうが楽だった。徒歩の旅で背負子《しょいこ》を背負っていたときは、別の専用の槍入れをわきに下げていた。ジョンダラーは手にとった槍を投槍器《とうそうき》にのせて準備をした。

ジョンダラーがこの投槍器を発明したのは、谷でエイラと暮らしていた夏のあいだのことだった。投槍器は独創的な、驚くべき発明だった。非凡な創造的才能の産物だった。ジョンダラーは生まれつき手先が器用で、その後何百世紀もたってようやく定義され、体系化されることになる物理学の原理を直感で理解していた。投槍器の発想は独創的だったが、それ自体は信じられないほど単純な作りだった。

まず一本の木から、長さ五十センチ、幅五センチほどの板を作り、前になる側は細めに削る。この板を水平に持ち、真ん中に掘った溝に槍をのせる。板の後ろは鉤型に彫り残す。この鉤に槍の柄尻の切れこみがちょうどはまり、そこでしっかりとまる。このおかげで投げるときに槍がずれることなく、狩りの武器としての正確さが増すのだ。投槍器の前部の両側には、柔らかいシカ皮の輪がひとつずつつけてあった。

投槍器を使うときは、槍の柄尻の切れこみが後ろの鉤にはまるように置き、人差し指と中指を前部の輪穴に通す。輪の位置は、投槍器よりもかなり前に出ている槍の真ん中より少し後ろの、ちょうどバランスがとれる場所だ。この位置で少し余裕をもって槍を支える。しかし、この輪穴は槍を投じる際にもっと重要な役割をする。槍が放たれるときに投槍器の前部がしっかり手に固定されることにより、後部が持ち上がり、腕に延長アームがついたように長さが加わる。長さが増すと、てこの作用で力が増す。その結果、槍の勢いと距離も増す。

槍を投槍器で投げるのも、手で投げるのも似ているが、結果はずいぶん違う。投槍器を使うと、鋭い槍先をつけた長い柄が、手で投げた場合よりも二倍以上遠くまで飛ぶし、勢いも増すのだ。

ジョンダラーの発明は力学の原理を応用して、筋力を増幅して槍に伝えるものだが、この種類の道具はジョンダラーの投槍器が初めてではなかった。ジョンダラーの部族は昔から創造的な発明をしては、同じ原理をほかのものに利用していた。たとえば、鋭いフリント片は、手で直接持ってものを切るのに便利な道具だが、柄をつけると、はるかに力をこめられるようになり、使い勝手もよくなる。柄をつける——ナイフ、斧、手斧《ちょうな》、その他の、彫ったり、切ったり、穴を開けたりする道具につけたり、シャベルやくまでには長めの柄をつけたり、さらに槍の場合には投槍器という、一種の取り外し可能な柄をつけたり——という一見単純な方法で、効果が何倍も増す。それは単なる思いつきではなく、作業を容易にし、生存の可能性を高める重要な発明だった。

エイラやジョンダラーの前の人類も時間をかけてさまざまな道具を思いつき、改良してきた。しかし、ここまで次々に発想し、新発明をしたのはエイラやジョンダラーの時代の人類が初めてだった。この時代の人類の脳は抽象化をすることができた。ひとつのことを思いつくと、それをどう現実に使うかを頭で考えることができたのだ。始まりは単純であっても、直感的に知っている高等な原理を用いて結果を導き出し、それをほかの状況で応用することができた。彼らは便利な道具を発明しただけでなく、科学を発明した。また、この時代の人類は、同じ創造力を用い、同じ抽象化の能力を活かし、外界を象徴的なものとしてとらえることができた最初の人類でもあった。彼らは外界の本質を見極め、それを再生することができた。芸術を生み出したのはこの時代の人類だったのだ。

エイラは槍入れをしっかりとめ直し、ウィニーにまたがった。ジョンダラーの槍の準備ができているのを見て、自分も投槍器に槍をのせると、慣れた手つきで、しかし、注意深く構え、ジョンダラーが示した方向へ進み始めた。オーロックスの群れはゆっくりと川に沿って移動しながら草を食べている。エイラとジョンダラーが選んだ白い斑点のある雌はすでに場所を変わって、群れからそう離れてはいなかった。雄の子オーロックスが一頭と、別の雌が一頭、すぐそばにいる。エイラは川に沿って、膝と腿と体の動きでウィニーを操りながら進んだ。エイラが目標の獲物に近づいた頃、レーサーにまたがったジョンダラーは緑の草地の向こうで、低木の茂みのあいだから獲物に近づいていた。ふたりのあいだには三頭のオーロックスがいた。

ジョンダラーが槍を持った腕を上げた。エイラに、待て、という合図をしたつもりだった。できるなら、作戦についてもっとくわしく説明してから、エイラと別れるべきだったが、狩りの戦法について細かい計画を立てることはできない。狩りのほとんどは目にした状況、そして獲物の行動に左右される。今、白い斑点の雌のそばでは別の二頭が草を食べている。状況が複雑になったが、あわてる必要はない。三頭はふたりが近づいても警戒していないようだった。ジョンダラーは計画を立て直してから攻めるつもりだった。

突然、オーロックスたちが頭を上げた。安心して無警戒だったのが、不安そうな様子になった。群れの向こうに目をやったジョンダラーは一瞬むっとし、本気で怒りそうになった。ウルフが来ていた。群れのほうに移動している。舌を垂らし、脅すと同時に、遊びたがっているような表情だ。エイラはまだウルフに気づかない。ジョンダラーは大声でエイラを呼んで、ウルフを追い払わせたい衝動に駆られた。しかし、叫べばオーロックスを驚かせるだけだ。そしておそらくは逃げられてしまう。しかたなく、ジョンダラーは腕を振ってエイラの注意を引き、槍でウルフのほうを指し示した。

エイラはやっとウルフに気づいた。しかし、ジョンダラーの身ぶりからは何を言っているかわからず、氏族の身ぶり言語で、もっと説明して、と合図を返した。ジョンダラーは氏族の言語の基礎的な部分は理解していたが、このときにかぎってエイラが身ぶりで何かを言っているとは思いつかなかった。ジョンダラーはこのまずい状況をどう立て直したらいいか、それで頭がいっぱいだった。オーロックスたちは鳴き始め、子オーロックスもそれを聞いて危険を察し、うるさく鳴きだした。三頭は今にもばらばらに逃げだしそうだった。初めはほぼ完璧な状況で簡単にしとめられると思っていたのに、またたく間にそれがあやしくなってきた。

状況がこれ以上悪くなる前に、とジョンダラーはレーサーをせかして前に進めた。すると濃い色の雌が駆けだし、近づいてくる馬と人間から逃げようと、木立ちと低木の茂みに向かって走った。うるさく鳴いていた子オーロックスもその後をついていった。エイラはジョンダラーがどのオーロックスを追っているか確認しようと、少し待った。それから、自分も斑点のある雌の後を急いで追った。ふたりが両側からせまっても、白い斑点の雌はまだ草地に立ちつくしたまま、ふたりを見て不安げに鳴いていた。ところが、突然、沼に向かって駆けだした。ふたりは後を追ったが、近くまでせまったところで、雌は突然向きを変え、逆方向に走りだした。そして二頭の馬のあいだを、草地の反対側の木立に向かって疾走した。

エイラが少し体重をずらすと、ウィニーはすぐに方向を変えた。ウィニーは急な方向転換に慣れている。エイラは今までも馬で狩りをしたことがあったが、獲物はたいてい、投石器で倒せる小型の動物だった。ジョンダラーは苦労していた。手綱では、体重を移動させるやり方ほど早く指示を出すことができないし、レーサーに乗って狩りをした経験がほとんどなかった。しかし、最初少しとまどったが、ジョンダラーとレーサーもすぐに白い斑点の雌の後を追った。

雌は全速力で、先にある木立ちと深い茂みめがけて走った。そこに逃げこまれたら、追うのは難しい。ウィニーにまたがったエイラと、その後のレーサーにまたがったジョンダラーは、雌にせまった。しかし、草食動物が捕食動物から逃げるには速く走るしかない。オーロックスも窮地に立たされると、馬と同じくらい早く走れた。

ジョンダラーにせき立てられ、レーサーは全速力で走ってこたえた。ジョンダラーは逃げる獲物をしとめようと、槍を構えながらエイラに並び、そして、追い抜こうとした。しかし、エイラからの微妙な指示で、ウィニーもレーサーに遅れずに走り続けた。エイラも槍を構えていたが、疾走する馬の背の上でも余裕をもって落ち着いていた。これは練習のおかげもあったが、当初から無意識に馬を訓練していたおかげだった。エイラは、自分がウィニーに出す合図の多くは、指示するための動きというよりは、自分が考えていることとの延長だと思っていた。どこへどのように行ってほしいか考えるだけで、ウィニーはそのとおりに動いた。エイラとウィニーは深く理解し合っていた。エイラはほとんど気づいていなかったが、自分の考えていることが微妙な体の動きとして表れ、その動きが敏感で賢いウィニーへの合図になっていたのだ。

エイラが槍でねらいを定めたところに、突然、ウルフが現れた。逃げる雌の横を走っている。雌はなじみのある捕食動物にとまどい、方向を変えて、速度を落とした。ウルフが巨大な雌オーロックスに飛びかかると、雌は太く鋭い角で身を守ろうとウルフと向き合った。ウルフはたじろいだが、また飛びかかった。弱点をさがして、オーロックスのむきだしの柔らかい鼻に、鋭い歯と頑丈なあごでかみついた。雌は大声で鳴き、頭を上げてウルフを地面から持ち上げ、振り払おうと頭を振った。毛皮の袋のようにぐにゃぐにゃに揺さぶられ、頭がくらくらしながらも、ウルフはオーロックスの鼻にかみついていた。

ジョンダラーはすぐに雌の走る速度が変わったことに気づき、今だ、と構えた。急いで獲物をめがけて走り、近くから槍を放った。鋭い骨の槍先が激しく上下するわき腹に突き刺さり、肋骨を突き抜けて、内臓に達した。エイラもジョンダラーのすぐ後ろから、一瞬後に槍を放った。エイラの槍は反対側の肋骨の後ろに深く刺さった。ウルフにかみつかれたまま、雌はぐらりとよろけた。そして、大きなオオカミに引っぱられるように音を立てて地面に倒れ、ジョンダラーの槍も折れた。

「でも、役に立ったわ」エイラが言った。「茂みの手前で雌を止めたじゃない」エイラもジョンダラーも力をこめて、オーロックスの巨体を転がし、下腹を上に向けた。ふたりとも、ジョンダラーが深く裂いた喉の下側の血だまりに足を入れないよう気をつけている。

「ウルフがあんなふうに追いかけなかったら、この雌だって走りださなかった。もう少しで追いつくところだったんだ。簡単にしとめられたはずだ」ジョンダラーが言った。そして、折れた槍の柄を拾い上げて、放り投げた。雌が倒れるときウルフがかみついていなかったら、この槍は無事だったかもしれないのに、と思っている。使い物になる槍を作るのには時間がかかる。

「それはわからないわ。あのとき雌は機敏だったし、走るのも速かったでしょ」

「群れはおれたちのことなんか気にしてなかった。そこにウルフが来た。おれはエイラにウルフを追い払ってくれと言おうと思ったけど、大声を出して、獲物に逃げられたくなかったんだ」

「ジョンダラーが何をしたいかなんてわからなかったわ。氏族の合図で言ってくれればよかったじゃない。わたしはずっと合図できいていたのに、ジョンダラーはこっちを見ていなかったわ」

氏族の合図だって?、とジョンダラーは思った。エイラが氏族の言語を使っているなんて思ってもみなかった。合図を送るのにいい方法かもしれない。しかし、ジョンダラーは首を振った。「どっちにしてもむだだったろう。エイラが呼んでみても、ウルフはたぶん止まらなかっただろうからな」

「たぶんね。でも、ウルフは協力することを覚えられるわ。今だって、小さい動物を追い立てるのは手伝えるもの。ベビーはわたしといっしょに狩りをすることを覚えた。いい狩りの相棒だった。ケーブ・ライオンが人間といっしょに狩りができるようになるなら、ウルフだってできるわ」エイラはウルフを弁護した。結局、オーロックスはしとめられたわけだし、ウルフも役に立ったんだもの。

ジョンダラーは思った。エイラはオオカミには学習能力があると思っているけど、とても考えられない。けど、エイラと議論してもむだだ。エイラはウルフを子どものように扱っている。実際、ウルフはまだ子オオカミといってもいい。議論してもエイラはさらにウルフを弁護するだけだ。

「それはそうと、このオーロックスの内臓を抜こう。膨張し始めるといけない。それから、ここで皮をはいで、いくつかに切り分けよう。でないと簇《むら》まで運べない」ジョンダラーはそう言ってから、また別の問題に気がついた。「けど、あいつはどうする?」

「ウルフが、何か?」

「おれたちが切り分けたオーロックスの一部を簇まで運ぶあいだ、ウルフは残った肉を食べるかもしれない」ジョンダラーはいらいらをつのらせて言った。「そして、おれたちがまたここにとりにもどったら、ウルフは篌に運んだ肉を食べにいくかもしれない。ひとりがここに見張りに残り、もうひとりが篌に残っていなくちゃならないじゃないか。それじゃ、篌まで運ぶのはむりだ。結局、ここにテントを張って肉を干さなきゃならない。篌の土盧《つちいおり》で干せばいいものを、ウルフのおかげで、このありさまだ！」ジョンダラーはウルフが原因で起こる問題にいらいらするあまり、ろくに頭がまわっていなかった。

しかし、ジョンダラーの言葉を聞いて、エイラは怒った。ウルフはわたしがいなかったら肉に飛びつくかもしれないけど、いっしょにいるかぎり触るはずがないわ。ウルフがわたしといっしょにいるようにしていればいいだけの話でしょ。たいした問題じゃない。どうしてジョンダラーはそんなにウルフをいじめるの？　エイラはジョンダラーに返事をしようと思ったがやめ、口笛を吹いてウィニーを呼んだ。そして、軽々とウィニーにまたがると、ジョンダラーのほうを振り返って言った。「心配ないわ。わたしがオーロックスを篌まで運ぶから」エイラはそう言うと、ウルフを呼んで走り去った。

エイラはすぐに土盧にもどると、馬から飛び降りて中へ急ぎ、短い柄つきの石斧を手に出てきた。ジョンダラーが作ってくれたものだ。それからまたウィニーにまたがると、カバの森へせき立てた。

ジョンダラーはエイラが走り去り、もどってきて森に入っていくのを見つめながら、何をするつもりだろうと思っていた。オーロックスの内臓や胃袋を出すために腹を裂き始めたが、複雑な気持ちで作業を続けた。自分がウルフのことで懸念を持っているのは当然だ、と思っていたが、それをエイラに伝えたことは後悔した。エイラがウルフをどう思っているかは知っていた。自分が文句を言っても何も変わらないし、エイラの訓練が自分の予想よりはるかに成功していることは認めざるをえなかった。

エイラが木を切っている音が聞こえてきて、突然、ジョンダラーはエイラが何をするつもりなのかわかり、自分も森に向かった。エイラは力任せに、密集した木立ちの真ん中にそびえ立つ、まっすぐなカバノキに斧をたたきつけていた。そうすることで怒りを発散させていたのだ。

ウルフはジョンダラーが言うほど悪い子じゃないわ、とエイラは思っていた。確かに、もう少しであの雌を怖がらせてしまうところだったけど、ちゃんと役に立った。エイラは少し手を止めて休み、顔をしかめた。もし、しとめられなかったら？　それはわたしたちが歓迎されていない、ってことじゃない？　女神の霊がわたしたちにこの簇にいてほしくない、ってことじゃない？　ウルフのせいで狩りに失敗していたら、獲物をどうやって運ぼうか、なんて考えることはなかった。わたしたちは立ち去っていたはずだから。でも、もし、わたしたちが最初からこの簇に滞在することになっていたとしたら、ウルフのせいで狩りに失敗したはずがないじゃない？　エイラはまた力任せに斧を振り始めた。考えがこんがらがってきた。わたしたちはあの白い斑点の雌をしとめた。ウルフがじゃまをしても――ウルフのおかげで――だから、土廬を使ってもかまわない。たぶん、わたしたちは、導かれてこの簇に来たのよ。

突然、ジョンダラーが現れ、エイラの手から斧をとり上げようとした。「もう一本、木をさがしにいって、この木はおれに任せたらどうだ？」ジョンダラーが言った。

怒りは少しおさまってきていたが、エイラは断った。「言ったでしょ。わたしがあのオーロックスを簇まで運ぶ、って。手伝ってもらわなくても平気」

「それはわかっている。エイラはおれを谷の洞穴まで運んでくれたからな。けど、ふたりでやれば、新しい柱はずっと早く手に入る」ジョンダラーは言葉を続けた。「それに、そう、認めるよ。エイラの言うとおりだ。ウルフは役に立った」

エイラは斧を振り上げたところで手を止め、ジョンダラーを見た。ジョンダラーの顔を見れば、本気で気づかってくれていることはわかった。だが、表情豊かな青い目からは複雑な気持ちが見てとれた。エイラには、ジョンダラーのウルフに対する懸念は理解できなかったが、自分に対する大きな愛がその目に表れていた。エイラはその目に、すぐそばにいるジョンダラーの男としての純粋な魅力に引かれた。ジョンダラー自身は自分の魅力をじゅうぶん理解していなかった、または、その力について知らなかったが。エイラの反発心が消えていった。

「でも、ジョンダラーの言ったことも正しいわ」エイラは少し反省して言った。「ウルフは、わたしたちが構える前にオーロックスたちを走らせてしまったし、狩りを失敗させてしまったかもしれないもの」

ジョンダラーがしかめ面から、ほっとした笑顔になった。「じゃあ、ふたりとも正しかったんだ」エイラもほほ笑み返し、次の瞬間、ふたりは抱き合い、ジョンダラーの唇がエイラの唇に重なった。ふたりはきつく抱き合いながら、議論が終わったことに胸をなで下ろし、こうして体を寄せ合うことで、ふたりのあいだにできていた距離をなくしたいと思った。

ふたりともどんなにほっとしたか伝え終えても、まだお互いに腕をまわしたままで立っていた。「わたし本気よ。ウルフは狩りに協力することを覚えられると思っているわ。きちんと教えればいいだけよ」

「どうだろう。できるかも。けど、ウルフはずっといっしょに旅をするわけだから、覚えられるだけ覚えさせたほうがいいと思う。最低でも、狩りをしているときはじゃまをさせない訓練くらいはね」

「ジョンダラーも協力して。ウルフがふたりの言うことをきくように」

「さあ、おれの言うことをきくかな」ジョンダラーはそう言ったが、エイラが反論しそうなのを見て、つづけた。「けど、エイラがそう言うなら、やってみるよ」ジョンダラーはエイラの手から石斧を取り、エイラがさっき口にしたことを話題にした。「さっき言ってたね。大声を出したくないときは、氏族の合図を使うとかって。それ、使えそうだ」エイラはちょうどいい大きさと形の木をさがしに向かいながら、ほほ笑んだ。

　ジョンダラーはエイラが切ろうとしていた木を見て、あと何回くらい切りつければいいだろう、と考えた。石斧でかたい木を切り倒すのはたいへんだ。もろいフリントの斧頭は、思い切り力をこめて打っても簡単には割れたり砕けたりしないよう厚めに作ってある。そのため、打ちつけてもあまり深くは切りこまず、表面が少し削れるくらいだ。その木はまだ、かじられた程度で、切りつけられた感じではない。エイラは石斧が木を打つ規則的な音に耳を傾けながら、森に立つ木を注意深く調べた。目的にかなった木を見つけると、その表皮に刻み目をつけ、さらに三本目をさがした。

　三本の木を切り倒すと、ふたりはそれを空き地に引きずっていき、ナイフと斧で枝を落とし、並べて置いた。エイラは長さを決めてしるしをつけ、三本とも全部同じ長さに切りそろえた。ジョンダラーがオーロックスの内臓を出すあいだ、エイラはまた土盧に歩いてもどった。綱と革ひもを何本も結んだり、より合わせたりして作った馬具をとりにいったのだ。もどるときに、アナグマにぼろぼろにされた敷物も一枚持ってきた。それからウィニーを合図して呼び、専用の馬具をつけた。

　エイラは長い二本の柱を持って――三本目は清掃動物に食べ物をとられないための三脚として使うときだけ使う――細いほうの端をウィニーにつけた馬具に取り付けた。二本の柱が首の後ろで交差するようにする。太いほうの端は、馬の体の両側で地面についた状態だ。ウィニーの後ろに広がった二本の柱のあいだに敷物を張って綱でしばりつけると、橇《そり》ができあがった。それからオーロックスを乗せて固定するための綱も用意した。

　エイラはオーロックスの巨体を見ながら、この頑丈な馬にもこれは重すぎるかもしれないと思い始めた。エイラとジョンダラーは全力をふりしぼってオーロックスを橇に乗せた。敷物はほとんど役に立たなかったが、直接オーロックスの体を柱に乗せるようにしてしばりつけたので、地面を引きずらずにすんだ。ようやく準備ができると、エイラはまた、ウィニーには重すぎるのではと心配になり、やはりやめようかとも思った。ジョンダラーはすでに胃袋や、内臓や、ほかの器官も出し終えている。この場で皮をはいで、もっと運びやすい大きさに切り分けたほうがいいかもしれない。エイラは自分ひとりで簇まで運べることをジョンダラーに見せる必要はもうないと思っていたが、すでに橇に積んでしまったので、とりあえずウィニーにやらせてみることにした。

ウィニーがこの重い荷物をでこぼこの地面の上で引き始めたとき、エイラは驚いたが、ジョンダラーはもっともっと驚いた。オーロックスはウィニーよりも大きく重たく、重労働のはずだった。しかし、二本の柱の先が地面にふれることにより、柱にかかる重みの大部分は地面にかかることになり、ウィニーはオーロックスをなんとか運ぶことができた。斜面は少し苦労したが、ステップ育ちの頑丈な馬はそれもやりとげた。自然の大地の平らな地面では、橇は荷物を運ぶのに何よりも優れた道具なのだ。

この橇はエイラの発明品で、必要と幸運と直感の産物だった。ひとり暮らしでだれも助けてくれる人がいなかった頃、ひとりでは重すぎて運ぶことも引きずっていくこともできない荷物——たとえば、大人の動物を丸ごと——を運ばなければならないことがよくあった。そういうとき、たいていは小さく切り分けることになるので、置いていく分をハイエナなどから守る方法を何か考えなくてはならなかった。エイラはとても幸運なことに馬を育てていたし、馬の力を借りることができた。しかし、エイラが何より恵まれていたのは、可能性を受けとめ、その手段を考案することのできる頭脳を持っていることだった。

土廬に着くと、ふたりはオーロックスを固定した綱をほどいた。そして、言葉をかけて抱きしめてウィニーに感謝し、ねぎらった後、またウィニーを引いて内臓をとりにもどった。内臓も役に立つ。空き地にもどると、ジョンダラーは折れた槍を拾い上げた。柄の先の部分が折れていた。槍先はまだオーロックスの死骸の中だが、残ったまっすぐな長い柄は無傷だ。使いみちはありそうだ、とジョンダラーは思った。持って帰ろう。

簇にもどると、ふたりでウィニーの馬具をはずした。ウルフは内臓をかぎまわっていた。腸はウルフの大好物だ。エイラは少しためらった。腸はいろいろな用途がある。脂肪の貯蔵袋にも防水性の袋にも使える。しかし、これ以上のものを運ぶのは無理だった。

馬が二頭いてたくさん運べるからって、どうしてもっと欲しくなるのかしら？　エイラは氏族を離れて歩いて旅をしていたときのことを思い出した。必要なものはすべて荷かごに入れて背負っていた。確かに、今使っているテントはわたしが昔使っていた天井の低い皮のテントより快適だけど、今は着替え用の服も、使っていない冬用まで持っているし、食糧も道具もたくさんあるし、それに……もう荷かごだけでは全部運べない。

エイラは、役に立つが今のところは必要のない腸をウルフに放り、ジョンダラーといっしょにオーロックスの肉を切り分けることにした。まずいくつか必要な箇所に切りこみを入れてから、ふたりで皮を引きはがしにかかった。このほうがナイフを使ってはいでいくより早い。鋭い刃先を使うのは、数ケ所はがしにくい部分を切るときだけだった。あまり苦労しなくても、皮と筋肉のあいだの薄膜はきれいにはがれ、最後には槍の刺さった穴がふたつ開いているだけの完璧な皮がとれた。皮はあまり早く乾燥してしまわないように丸め、頭も取っておく。舌と脳みそは味がこってりして柔らかい。この珍味は夕食に食べることにした。しかし、大きな角のついた頭蓋骨はこの簇に残していくことにした。だれかにとって特別な意味を持つかもしれないからだ。また、そうでなくても、頭蓋骨には役立てられる部分がたくさんある。

その後、エイラは胃袋と膀胱を持ち、この簇の水の供給源になっている小川に洗いにいった。ジョンダラーも低木や細い木をさがしに小川に行った。曲げて丸い椀形の骨組みを作り、小さい舟を作るためだ。ふたりは倒木や流木もさがした。肉に動物や虫を寄せつけないために火が必要だったし、夜、土盧の中でも火が必要だった。

ふたりはかなり暗くなるまで作業をした。オーロックスの肉を大きな塊に切り分け、さらにそれを細い舌の形に切って、小枝で作った間に合わせの干し竿《ざお》に吊るした。しかし、まだそれで終わりではなかった。夜のあいだ、干し竿は土盧の中に入れた。まだ湿っているテントもたたんで運び入れた。次の日に肉を外に出すとき、テントをまた立て、風と太陽にさらして完全に乾かすつもりだった。

翌朝、ふたりで最後の肉を切り分け終えると、ジョンダラーは舟を作り始めた。湯気と、火で熱した石を使って木を曲げ、舟の骨組みを作っていく。エイラにはとても興味深く、ジョンダラーがどこで作り方を習ったのか知りたがった。

「弟のソノーランさ。弟は槍職人だったんだ」ジョンダラーは説明しながら、細くまっすぐな木の端をおさえて曲げた。エイラのほうはそれをオーロックスの後ろ脚からとった腱《けん》でしばって輪にした。

「でも、槍作りと舟作りと、どういう関係があるの？」

「ソノーランは完璧にまっすぐな槍の柄を作ることができた。けど、木をまっすぐにする方法を知るためには、まず木を曲げる方法を知らなくちゃいけない。ソノーランはそれも同じくらいうまくできた。おれよりずっとうまかった。本当に手先が器用だったんだ。ソノーランの仕事は槍を作ることだけじゃなく、木の細工すべてだった。かんじきも最高のを作れた。かんじきを作るには、まっすぐな枝か木をとってきて、まん丸にするんだ。だからソノーランはシャラムドイ族といて、とても居心地がよかったんだろう。シャラムドイ族はすぐれた木工だからな。湯と湯気を利用して木を曲げて、好みの形の丸木舟を作るんだ」

「丸木舟って？」

「一本の木をくりぬいて作る舟のことだよ。前と後ろが細くとがっている。だから、水の上を簡単にすべるように進む。水を鋭いナイフで切っていくような感じだな。美しい舟なんだ。おれたちが作っているこの舟は、それと比べたらひどいものだ。けど、このあたりには大きい木がないからしょうがない。シャラムドイ族のところに着いたら、丸木舟を見られるよ」

「そこまであとどのくらい？」

「まだ、かなりかかる。あの山脈の向こうだ」ジョンダラーはそう言いながら、西のほう、夏のかすみにぼやけた高い峰の連なりを見た。

「そう」エイラはがっかりした。「そんなに遠いと思っていなかった。だれか人に会えたらうれしいんだけど。この簇にだれかいてくれたらよかったのに。わたしたちが発つ前にはもどってくるかしら」ジョンダラーの耳に、エイラの声は切なく聞こえた。

「人恋しいのかい？　エイラは谷で長いあいだひとりで暮らしていたから、慣れてると思ってた」

「たぶん、そのせいかも。もうじゅうぶんひとりで暮らしたわ。しばらくは平気だったし、そのほうがいいくらいだった。でも、もう長いことだれにも会っていない……ただ、だれかと話ができたら楽しいのに、って思っただけ」エイラは相手を見つめた。「ジョンダラーがいっしょにいてくれてとても幸せ。ジョンダラーがいなかったら、とてもさびしいわ」

「おれも幸せだよ。ひとりでこの旅をせずにすんでよかった。エイラがいっしょに来てくれて、言葉で言えないくらい幸せだ。おれもだれかに会いたい。母なる大河に着いたら、だれかに会えるかもしれない。おれたちは大陸を渡って旅をしている。人はきれいな水のそば、川や湖のそばに住んでいることが多い。開けた土地じゃなくて」

エイラはうなずくと、次の若木の端を手でおさえた。焼いた石と湯気の上で熱していたその若木をジョンダラーは注意深く輪の形に曲げ、エイラの手を借りて骨組みにしばりつけた。エイラは骨組みの大きさを見て、これをおおうにはオーロックスの皮まるまる一頭分いりそうね、と思い始めた。端切れは少ししか残らなそう。鉄砲水でなくした肉を入れる皮袋の代わりを作るには足りないわ。でも、川を渡るには舟がいる。ほかに何か使えるものがないか考えればいいだけよ。かごはどうかしら。しっかりと、深めに、底は平らに編んで、ふたをつけるの。ガマもアシもヤナギも、かごを作る材料はまわりにたくさんある。でも、かごでうまくいくかしら？

しとめたばかりの獲物の肉を運ぶ際の問題は、血がしみ出すことだ。どんなにかごをしっかり編んでも、やはりしみ出してしまう。だから、厚く、かたい生皮が便利だった。生皮は血を吸収するが、とてもゆっくり吸収する。そして、もれない。また、使った後で、また洗って乾かせる。何か同じようなものが必要だ。何か考えなくてはならない。

エイラは早く生皮の袋の代わりを手に入れたかったので、骨組みが完成し、腱が乾いてしっかり固定されるのを待つあいだ、川辺にかごの材料をさがしにいった。ジョンダラーもエイラといっしょに来たが、カバの林までだった。ジョンダラーは骨組み作りがすべて終わったので、新しい槍を作ることにした。これまでになくしたり折れたりしたものの代わりを作りたかった。

ワイメズが別れるときにジョンダラーにくれた、質のいいフリントがいくつかあった。すでに荒く削り、おおまかに形をつけてあるので、すぐに新しい槍先が作れる。ジョンダラーは夏の集会を発つ前に、みんなに手順を見せながら骨の槍先を作った。骨の槍先はジョンダラーの部族特有のものだったが、ジョンダラーはマムトイ族のフリントの槍先の作り方も覚えた。優れたフリント工のジョンダラーにとって、フリントで槍先を作るほうが、骨を削って磨くより早かった。

午後、エイラは肉を保存するかごを作り始めた。谷に住んでいた頃は、長い冬の夜の孤独を紛らすために、かごや敷物を作ることが多かったため、手早く、上手に編めるようになった。暗がりでもかごが編めるほどだったので、新しいかごは床につく前にできてしまった。とてもいいできばえだった。形や大きさ、材料や編み目のつみ具合もよく考えてあった。しかし、エイラにはまだ不満があった。

エイラはせまりくる夕暮れの中、外に出て、ムフロンのあて布を換え、つけていたものを小川で洗った。そして、干すために火のそばに置いた。ジョンダラーの目にはつかないところに。それからジョンダラーのほうはあまり見ないようにして、寝袋をかぶってとなりで寝た。氏族の女たちは、月経のあいだはできるだけ男たちには近づかないように、また、決して直接男たちを見ないように、教えられていた。氏族の男たちは月経の女がそばにいるのを非常にいやがる。エイラはジョンダラーがまったく気にしないので驚いた。しかし、エイラ自身はまだ居心地が悪く、あて布を換えるときはわからないようにこっそり換えていた。

ジョンダラーは、エイラが月経のあいだはふだんと違って落ち着かないことに、いつも理解を示し、エイラが床につくと、体を起こしてキスをした。エイラは目をつぶったままだったが、優しくジョンダラーの唇を受け入れた。ジョンダラーがまた仰向けに寝転がると、二人は並んで横になり、この快適な住居の壁や天井で遊ぶ火の明かりを見つめながら話をした。エイラはまだジョンダラーのほうを見ないように注意していたが。

「骨組みにかぶせたあとで、皮に防水加工をしたいんだ。ひづめと、皮の端切れと、骨をいっしょに水に入れて沸騰させて、長いこと煮こむと、濃くてねばねばした肉汁みたいなものができる。乾いたらかたくかたまる。何か、煮こむのに使える道具はあるかな?」

「だいじょうぶ、きっと何かあるはずよ。長く煮こまなくちゃいけないの?」

「うん。煮つめて、水分をとばさないと」

「それなら、直接火にかけて煮こむのがいちばんよさそうね。スープみたいに……たとえば、皮とかで。ずっとそばで見張っていて、水を加え続けないといけないけど、水分があれば焦げることはないわ……待って。あのオーロックスの胃袋はどう? ずっと水を入れてあるの。乾かないようにね、それから、料理や洗いものをするのに便利なように。でも、煮こむ袋にちょうどよさそうよ」

「さあ、どうかなあ。水は加えたくないんだ。煮詰めたいわけだから」

「それなら、水のもらないかごと焼いた石がいちばんいいかしら。かごなら午前中に作れるわ」エイラはそう言ったが、静かに横たわっていても、頭がさえて眠れなかった。もっといい方法があるはず、とずっと考えていたのだ。なかなか思い浮かばなかったが、眠ってしまいそうになった瞬間、思いついた。「ジョンダラー! 思い出した」

ジョンダラーもうとうとしていたが、ぱっと目を覚ました。「えっ! どうした?」

「どうもしない。思い出しただけ。ほら、ネジーが動物の脂をとっていたでしょ。煮詰めるのには、あれがいちばんいい方法だと思う。まず地面に浅めの穴を掘るの、椀形にね。そこに皮を敷く――あのオーロックスの皮から、じゅうぶんな大きさが取れるはずよ。骨を少し割って、底に散らして、それから水とか、ひづめとか、ほかに入れたいものをなんでも入れる。焼いた石を入れ続ければ、好きなだけ煮ていられる。それに、下に割った骨を入れておけば、焼いた石が直接皮にあたらないから、焦げて穴が開くこともないわ」

「いいね。それにしよう」ジョンダラーはねぼけ眼でそう言うと、寝返りを打ち、すぐにいびきをかき始めた。

しかし、エイラにはまだ気になることがあって、眠れなかった。エイラはこの簇を離れるとき、お礼にオーロックスの胃袋を置いていくつもりだった。水袋として使えるからだ。しかし、そのためには胃袋がずっと湿っているようにしておかなくてはならない。いったん乾いてしまうとかたくなって、もとの、柔らかい、ほとんど防水の状態にもどらなくなる。もし水をいっぱい入れておいても、そのうちに水はしみ出し、蒸発してしまうだろう。簇の人々がいつもどってくるかもわからない。

エイラは、はっと思いついて、あやうくまた大声を出しそうになったが、なんとか抑えた。ジョンダラーは眠っている。ジョンダラーを起こしたくなかった。胃袋を乾かして、新しい肉入れに敷こう。まだ胃袋が濡れているうちに、かごにぴったり合うように形を整えればいい。暗い土廬の中で眠りに落ちながら、エイラはうれしかった。とても必要なものをなくしてしまったが、代わりを手に入れる方法を見つけた。

それから数日間、干し肉ができるまでのあいだ、ふたりとも大忙しだった。椀舟を仕上げ、ジョンダラーがひづめと骨と皮の端切れを煮詰めて作った糊で防水加工をした。それを乾かすあいだ、エイラはかごをいくつも作った。簇人《むらびと》への贈り物に置いていく肉を入れるかご、なくした料理用のかごの代わりのかご、採集用のかごを作った。採集用のかごもいくつか置いていくつもりだった。また、毎日、食べられる植物や、薬草も集め、そのうちのいくつかは旅用に乾燥させた。

ある日ジョンダラーはエイラについて行き、舟の櫂《かい》の材料をさがした。うれしいことにさがし始めてすぐ、オオツノジカの頭蓋骨が見つかった。角が落ちる前に死んだオオツノジカのものだったので、同じような手のひらの形の大きな角が二本手に入った。まだ朝早かったが、ジョンダラーはその後、午前中ずっとエイラといっしょにいた。ジョンダラーは自分でも食材が見分けられるよう覚えているところだったが、エイラが本当にいろいろ知っていることを実感し始めていた。エイラは信じられないくらい植物のことをよく知っていて、それぞれの用途についてもよく記憶していた。ふたりで簇にもどると、ジョンダラーは角の幅広の部分だけ残して枝を落とし、それを頑丈で、短めの棒につけた。完璧な櫂ができた。

次の日、ジョンダラーは、舟の骨組みの木を曲げたのと同じ方法で、まっすぐな槍の柄を作ることにした。柄の形を作り、表面をなめらかにするには、ジョンダラーの持っている専用の道具を使っても、まるまる数日かかった。道具類は革で巻き、上からひもでくくって持ち運んでいた。しかし、その作業をしているあいだ、土盧のそばを通るたび、自分がそこに放り捨てた折れ槍が気になった。それは谷にいたときから使っていたものだったので、見るたびに気になった。このまっすぐな柄を捨てていくのは残念でしょうがない。どんなにうまく直しても、寸づまりでバランスの悪い槍にしかならない。どんなに一生懸命作った槍でも、折れるのは簡単だ。

よく飛ぶ、満足のいく槍ができあがると、ジョンダラーは別の道具を出した。先端がのみのような、幅のせまいフリントの刃で、枝角の柄がついている。これを使って、槍の柄の太いほうの根元に深い切れこみを入れた。それから、手持ちの、フリントの塊を打ち欠いて新しい槍先を作り、それを柄の先に、舟の防水加工に使った濃い糊と新しい腱を使って取りつけた。かたい腱は乾くと縮み、強力な接着剤になる。仕上げに、川のそばで見つけた長い羽根を二本ずつつけた。羽根は川のそばに数え切れないほどいたオジロワシやハヤブサやトビのものだ。これらの鳥は、豊富にいるジリスやその他の齧歯《げっし》類を常食としていた。

エイラとジョンダラーは、草を詰めた厚いマットを出してきて的にした。アナグマが引き裂いてぼろぼろにしたものだ。オーロックスの皮の端切れをあて布にしたので、衝撃が吸収され、槍が折れる心配はなかった。エイラもジョンダラーも毎日少しずつ練習した。エイラは正確に投げられるように練習していたが、ジョンダラーは柄がどのくらいの長さで、槍先がどのくらいの大きさであれば投槍器との相性がいいのか、確かめていた。

新しい槍が乾くと、エイラとジョンダラーはそれを持って的のある場所に行き、投槍器で試しながら、それぞれ気に入ったものを選んだ。ふたりとも投槍器という狩り道具を使うのは得意だったが、試し投げのうち何回かは当然、大きく的を外れた。詰め物の的に当たらなくても、ほとんどは地面に落ちてなんの被害もなかった。しかし、一度ジョンダラーができたての槍を思い切り投げたとき、的を外れただけでなく、屋外に椅子代わりに置いてあった大きなマンモスの骨に当たってしまった。ジョンダラーはびくっとした。槍がしなってはね返る音がした。木の柄の弱い部分、槍先から三十センチくらいの部分が曲がってささくれ立っていた。

ジョンダラーは折れかけた槍のところまで行って調べ、もろいフリントの槍先も片側が大きく欠け、もう使えないことに気がついた。ジョンダラーは自分に腹が立った。こんなに時間と労力を費やして作った槍を、実際に使わないうちにだめにしてしまった。突然怒りがこみ上げてきて、ジョンダラーは膝の上でその槍を真っぷたつに折り、放り投げた。

顔を上げたジョンダラーはエイラに見つめられていることに気づき、顔をそむけた。いきなり怒ってしまったことに恥ずかしくなり、赤面しながら、かがんで折れた槍を拾い上げた。どこかにそっと捨ててこよう、と思っていた。ふたたび顔を上げると、エイラは何も見なかったような顔で、また槍を投げる準備をしていた。ジョンダラーは土盧のほうへ歩いていき、狩りで折れた柄のそばに、たった今折った槍を捨てた。そして、使えなくなった二本の槍を見下ろしながら、ばかみたいだ、と思った。槍が折れたくらいでこんなに怒るなんてばかばかしい。

けど、一本作るのは大変な作業なんだ。ジョンダラーはそう思いながら、足下に落ちている、先が折れた長い柄と、欠けたフリントの槍先がついたままの柄を見つめた。この両方をつなぎ合わせて一本の槍を作れないのは残念だ。

だが、見つめているうちに、できるかもしれない、と思いだした。両方をまた拾い上げ、折れた部分をよく調べてみた。ふたつをくっつけてみると、しばらくのあいだ、両方のささくれ立った部分はつながったままで、それからまた離れた。長い柄のほうを調べると、柄尻には、投槍器の鉤の部分にはまるように入れた切れこみがあった。それから、また向きを変え、折れた部分を調べた。

もし、この折れた部分を深くえぐって、こっちのフリントの槍先がついたまま折れた柄の先端を鋭くとがらせて、それでふたつをつないだら、くっつけられるんじゃないか？　すっかり興奮しながら、ジョンダラーは土盧の中に入り、革で巻いた道具類を取って外に出た。そして地面に座ってそれを広げた。中には丁寧に作られたフリントの道具がいろいろ入っていたが、ジョンダラーはのみのような道具を選んだ。それを手近に置いて折れた柄を調べると、ベルトのさやからフリントのナイフを手に取り、ささくれ立った部分をそいで、表面を整え始めた。

エイラはすでに投槍器の練習をやめ、投槍器も槍も入れ物にしまっていた。入れ物はジョンダラーのように背中にななめがけすることにしていた。いくつか掘り出した植物も抱え、土盧にもどろうと歩いていると、ジョンダラーが大またで向かってきた。顔に満面の笑顔を浮かべている。

「見てくれ、エイラ！」そう言いながら、手に持った槍を見せた。欠けた槍先がついたままの柄と、先が折れた長い柄がつながっている。「直したんだ。さあ、うまくいくかどうかやってみよう！」

エイラはいっしょに的のある場所にもどった。エイラの見ている前で、ジョンダラーはつないだ槍を投槍器に置き、後ろに引いてねらいを定めると、思い切り強く槍を放った。長い槍は的に命中して、はね返った。しかし、ジョンダラーが調べにいってみると、欠けた槍先のついた短い柄のほうは的にしっかり刺さっていた。当たった衝撃で長い柄のほうは離れてはね返ったが、調べてみると無傷だった。思ったとおりだ。

「エイラ！　これが、どういうことかわかるか？」ジョンダラーは興奮のあまり、ほとんど叫んでいた。

「よくわからないけど」

「いいかい、槍先が命中した。そして、柄は折れずに槍先から離れた。つまり、次におれが作らなきゃいけないのは新しい槍先だけで、それをこういう短い柄につければいい。新しく長い柄をまるまる一本作らなくていいんだ。こういう槍先をふたつ作れば、いや、実際には何個も作れば、長い柄は二、三本あれば間に合う。槍先をつけた短い柄なら、長い槍よりもっとたくさん運べる。それに、もし槍先のついた短い柄をなくしても、代わりは簡単に作れる。ほら、エイラもやってみるといい」ジョンダラーは的に残った槍先を抜いた。

エイラは槍を見た。「わたしはジョンダラーみたいに、長くてまっすぐな槍の柄はうまく作れないし、槍先もきれいに作れない。でも、これなら作れると思うわ」エイラもジョンダラーと同じくらい興奮していた。

発つ予定の前日、ふたりはアナグマの被害を修理した場所を点検し、被害の原因がはっきりとわかるようにアナグマの皮を残し、自分たちからの贈り物も置いた。干し肉を入れたかごはマンモスの骨の垂木《たるき》にかけ、ほかの動物が来ても見つけにくいようにしておいた。エイラはほかにもかごを何個か飾り、また、乾燥させた薬草や食用植物の束もいくつか、とくにマムトイ族がよく使うものを選んでかけておいた。ジョンダラーは使わせてもらった土廬の主のために、とくにできのいい槍を残した。

それからふたりは、まだ乾燥しきっていないオーロックスの頭蓋骨を、大きな角をつけたまま、土廬の外の柱に乗せた。これもハイエナなどの手が届かないように考えてのことだ。角や頭蓋骨は役に立つし、かごの中の肉が何の肉なのか知らせる意味もあった。

ウルフも馬も変化がありそうな予感を感じているようだった。ウルフは興奮しきって、元気よく、ふたりのまわりを飛び跳ね、二頭の馬は落ち着かなかった。レーサーは名前のとおり、いきなり全速力で駆けだしては止まる、をくり返し、ウィニーのほうはずっと簇のそばにいてエイラを見張り、エイラが自分のほうを見るといななた。

床につく前にふたりは、寝袋と朝食に必要なもの以外、すべての荷物をまとめた。乾いたテントもしまったが、以前より折りたたみにくく、荷かごに詰めるのもたいへんだった。テントの皮は最初にいぶしてあったので、完全に濡れてしまった後でも比較的曲げやすかったが、まだ多少かたさが残っていた。何度か使っているうちにまた曲げやすくなってくるはずだった。

快適な土廬での最後の夜、エイラは、消えそうな火の明かりが頑丈に作られた住居の壁でちらちら揺れるのをながめながら、自分の心も光と影のあいだで揺れているのを感じた。また旅を続けられるのはうれしかったが、この場所を離れるのは残念だった。滞在した期間は短くても、ここがふるさとのように思えていたからだ——だれもいないことをのぞいては。この数日間、エイラは気づくと斜面の頂上を見上げていた。この簇に住む人々が、自分たちが発つ前に帰ってこないかと期待していたのだ。

今でもエイラは、簇人が不意にもどってきたらいいのに、と思っていたが、そう望むのはやめた。母なる大河にたどり着くことを、その途中でだれかに会えるかもしれないことを楽しみにした。エイラはジョンダラーを愛していたが、人恋しかった。女にも子どもにも年寄りにも会いたかったし、笑ったり、おしゃべりをしたり、自分と同じ種族の人間にも会いたかった。しかし、明日より先のことや、次にどこかの簇人に会うときのことはあまり考えたくなかった。ジョンダラーの部族のことも、ジョンダラーの故郷に着くまであとどのくらい旅を続けるのかということも考えたくなかった。また、あの大きな川の急流を小さな椀舟だけでどうやって渡るのか、それも考えたくなかった。

ジョンダラーも同じように眠れずにいた。旅について心配し、また早く旅を続けたかったが、この簇に滞在したことは本当に価値があったとも思っていた。テントを乾かし、肉を補給し、なくしたりだめになったりした必需品の代わりを手に入れた。また、二本つなぎの槍を発明して興奮していた。椀舟を作れたこともうれしかったが、それでも、あの大きな川を渡るのは心配だった。川は幅が広く、流れも速い。渡ることになる場所は海からそう遠くなく、幅もこれ以上せまくならないだろう。何が起きてもおかしくない。対岸に着けたら、ひと安心することだろう。

10

エイラは夜中に目を覚ますことが多かった。目を開けていると、朝の最初の光が煙抜きの穴に忍び寄ってきた。黒いすきまにほの白く光る指を差し入れて、暗闇を払いのけ、隠れていた物影を浮かび上がらせた。闇夜がじょじょに退散し、薄明かりが差すまでに、エイラはすっかり目が覚めてしまい、ふたたび眠りにつこうとしても無理だった。

エイラはジョンダラーの温もりからそっと抜け出して外に出た。素肌を包む夜の冷気に、幾層にも重なった北の氷塊の冷たさが感じられ、全身に鳥肌が立った。霧にかすむ川面の向こうに目をやると、まだ光の当たらない対岸の輪郭がぼんやりと、明るくなる空を背景に浮かび上がっていた。もう向こうに渡っていたらうれしいのに、とエイラは思った。

毛むくじゃらの温かいものがエイラの脚をかすめた。エイラはうわの空で、近寄ってきたウルフの頭をなで、喉元をかいてやった。ウルフは空気のにおいをかぎ、何かおもしろいものを見つけたのか、斜面を

駆け下りていった。エイラが二頭の馬をさがすと、干し草色のウィニーが川のそばにある草地で草を食べているのが見えた。鹿毛《かげ》のレーサーの姿は見えなかったが、きっとそばにいるはずだ。

寒さに震えながら、小川に向かって濡れた草の中を歩いていくと、東から太陽が昇ってきた。見ていると、西の空は明るい灰色から淡い青へと変わっていった。薄紅色の雲をまき散らし、斜面の峰の向こうに潜む朝の太陽の光を映している。

エイラは斜面に上がって、日の出を見たくなったが、別の方向からの目もくらむまぶしさに足を止めた。雨裂《うれつ》の刻まれた対岸の斜面はまだ灰色の薄暗闇に包まれているが、西の山脈は新たな一日の澄んだ光を浴び、その全容が、すみずみまでくっきりと浮かび上がっている。あまりにも細かいところまではっきり見えるので、手を伸ばせば触れられそうな気がした。南の低い山並みの氷の頂は輝き、きらめく冠のようだった。エイラはゆっくり変わっていく光景に驚嘆しながら、日の出の反対側の壮麗な美しさから目を離せなかった。

斜面を下りて、弾むように流れる澄んだ小川に着く頃には、朝の冷気は消えていた。エイラは土廬《つちいおり》から持ってきた水袋を置くと、ムフロンのあて布を見てみた。うれしいことに、月経はもう終わったようだった。革帯もお守りもはずすと、浅い淵に足から入って、体を洗った。洗い終わると、淵際の小さなくぼみに流れ落ちる滝の水を水袋いっぱいに汲んだ。淵から出て、片手で、今度は反対の手で体についた水滴を払い落とすと、お守りをつけ直し、洗ったあて布と革帯を拾い上げ、急いで土廬にもどった。

ジョンダラーは寝袋を巻き、ひもでしばっているところで、半地下の土廬にエイラが足を入れると、顔を上げてほほ笑んだ。そしてエイラが革帯をつけていないことに気づくと、その笑顔に何か言いたげな表情が浮かんだ。

「どうやら、今朝はあわてて寝袋を片づけないほうがよかったみたいだな」

エイラは顔を赤らめた。月経が終わったことを気づかれたらしい。エイラは相手の目をまっすぐに見つめた。その目は、からかうような笑いと、愛情と、高まる欲望にあふれていた。エイラはほほ笑み返した。「いつだってまた広げられるわ」

「早く出発する計画は取りやめだ」ジョンダラーは寝袋をしばった革ひもの端を引いて、結び目をとくと、寝袋を広げて立ち上がり、エイラが来るのを待った。


朝食後、荷作りにほとんど時間はかからなかった。ふたりは荷物すべてと椀舟の支度をすると、動物たちを連れて川に下りた。ところが、どこを渡るのがいちばんいいか決めるのに時間がかかった。ふたりはいきおいよく流れる川を見つめた。幅があまりに広すぎて、対岸がどんな様子なのかはっきりと見えない。ごうごうと流れる川の水面にはさざ波も渦もなく、不規則な波紋が浮かぶだけだった。この深い川の本性を現しているのは外見よりその音だと言ってもいい。川はくぐもった声で吠えるようになり、その力を物語っていた。

ジョンダラーは椀舟を作りながら何度も、この川のことを考え、また、椀舟をどう使って渡るかを考えていた。これまでに椀舟を作ったことは一度もなかったし、乗ったことも数回しかなかった。シャラムドイ族と暮らしていたとき、細身の丸木舟を扱うのはかなりうまくなったが、マムトイ族の丸い椀舟を前に進ませるのはとても苦労した。椀舟は水に浮きやすく、ひっくり返りにくいが、扱いにくいのだ。

マムトイ族とシャラムドイ族は、舟を作る材料が違うだけでなく、舟を用いる目的も違った。マムトイ族は元来、開けたステップの狩人で、魚はごくたまに獲るだけだった。マムトイ族の舟は元来、自分たちや持ち物を川向こうに運ぶためのものだった。その川が小さな支流でも、北の氷河から南の内海へと大陸を横断して流れる大きな川であっても、同じだった。

シャムドイとラムドイは半族同士だ。ところが川べりに住むラムドイ族は、母なる大河で魚を獲り――全長九メートルのチョウザメを追っているときは、狩り、と呼んでいた――もうひとつの半族のシャムドイ族は、川のそばにそびえる高い崖や山に生息するシャモアなどの動物を狩り、住居近辺では峡谷で狩りをする。ラムドイ族は暖かい季節は川べりで生活し、川の資源を存分に享受した。そのひとつが川岸に並ぶダーマストの大木であり、美しく扱いやすい舟を作るのに用いられた。

「さて、あとは荷物をまとめてこの中に入れればいいだけだ」ジョンダラーはレーサーの片方の荷かごをはずしたが、それは下に置き、もう片方をはずした。「いちばん重い荷物を下に入れるのがいいと思う。これにフリントと道具が入ってる」

エイラはうなずいた。自分たちも荷物も無事で渡ることを考え、どんなことになるのだろうと思いながら、ライオン簇《むら》の椀舟での数少ない経験を思い起こしていた。「わたしたちふたりが乗る場所を、向き合うようにしたほうがいいわ。そうすればバランスがとれるから。ウルフにはわたしのとなりを空けておくわ」

ジョンダラーは、水上の不安定な舟の中でウルフはどうなるだろう、と思ったが、口には出さずにおいた。エイラはジョンダラーが顔をしかめたのに気づいたが、平静を保った。「それぞれ櫂《かい》を一本ずつ持とう」ジョンダラーはエイラに一本手渡した。

「これを全部入れた後で、わたしたちの場所があればいいんだけど」エイラは舟の中にテントを入れながら、これは尻の下に敷こうかしら、と思った。

窮屈だったが、すべてのものを生皮でおおった舟に積みこむことができた。ただ、三本の柱だけはむりだった。「柱は置いていかなくてはいけないようだな。もう場所がない」ジョンダラーが言った。なくした柱を新しくしたばかりだったのに。

エイラは笑顔を浮かべて、とっておいたひもを取り出した。「ううん、置いていったりしない。柱は浮くもの。これで舟にしばりつければ、流れていかないわ」

ジョンダラーは、まずいと思って、その理由を口にしかけたが、エイラの次の質問に気をそらされた。

「馬たちはどうする?」

「どうするかって? 泳げるだろ?」

「泳げるわよ、でも、すごく不安がるの知っているでしょ? とくに、初めてのことをするときは。もし、川の中で何かを怖がって、引き返してしまったらどうする? 二度と自分から川を渡ろうとしないわよ。わたしたちが対岸にいることだって気がつかないだろうし。わたしたちが迎えにいって、引いて渡ることになるなら、最初から引いていけばいいじゃない?」エイラはてきぱきと言った。

エイラの言うとおりだ。馬たちはおそらく怖がるだろう。ちゃんと泳げても、ちょっとしたことですぐ引き返してしまうかもしれない。「けど、どうやって引いていく? おれたちは舟に乗るのに」だんだんややこしくなってきた。舟をうまく操るだけでたいへんなのに、このうえ、おびえて落ち着かない馬を操らなきゃならないなんて。ジョンダラーはこの大きな川を渡るのがますます不安になってきた。

「端綱《はづな》に引綱をつけて、それを舟に結びつけるの」

「どうかな……あまりいい考えとは思えない。ほかの方法を考えたほうがいい」

「何を考える必要があるの?」エイラは三本の柱をひもでくくりながら言った。そして、ひもに少し余裕をもたせて、舟につないだ。「最初にこうしようって言ったのはそっちよ」エイラはそう言いながらウィニーに端綱をつけ、そこに引綱をつなぐと、それを舟の柱をつないだのとは反対側にしばりつけた。ゆるんだ状態の引綱を手に、エイラは舟のとなりに立ち、ジョンダラーのほうを向いた。「わたしの準備はできたわ」

ジョンダラーはためらったが、心を決めてうなずいた。「よし」そう言いながら、自分の荷かごからレーサーの端綱を取り出し、レーサーを呼んだ。レーサーは初め、ジョンダラーが頭から端綱をかけようとすると、頭をのけぞらせていななていた。しかし、言葉をかけられ、顔や首をなでられると、落ち着いて端綱をつけさせた。ジョンダラーは引綱を舟につなぎ、エイラのほうを見た。「出発だ」

エイラはウルフに合図で舟に乗るように言った。それから、ふたりともまだ馬たちを操れるよう引綱は握ったまま、舟を川に押し出し、自分たちも急いで乗りこんだ。

最初から問題が生じた。舟は急な流れに乗ってすべりだしたが、馬たちは幅の広い川に入る心の準備ができていなかった。舟に引きずられそうになった二頭が後ろ足で立ったため、舟は強く引っぱられて転覆しそうになった。ウルフもよろけたが足を踏ん張り、心配そうに状況を見守っている。しかし、積荷の重みで舟はすぐにバランスを取りもどした。ただ水面よりだいぶ沈んでいた。三本の柱は強い流れを追うように、舟の前に伸びていた。

舟を下流へ引きずる川の力に引っ張られ、エイラとジョンダラーに優しい励ましの言葉をかけられ、ついに強情な馬たちも水に入った。最初にウィニーがひづめの先を恐る恐る入れて川底につけ、レーサーもそれにならった。そして、舟に引っ張られたまま、二頭とも飛びこんだ。水際の川底は急に落ちこんでいたため、二頭はすぐに泳ぎだした。エイラとジョンダラーは流れにまかせて、下流へ流されるしかなかった。やがて、三本の長い柱の後ろに、一組の男女と緊張しきったオオカミを乗せ重くなった丸い舟、その後からは二頭の馬、という珍妙な組み合わせの一行はだいぶ落ち着いてきた。そこで、ふたりは馬の引綱を放し、それぞれ櫂を持って、川を横断するように舟の方向を変えようとした。

エイラは対岸側に座っていたが、櫂を使うのはまったく初めてだったので、何度か練習が必要だった。ジョンダラーに岸から離れるよう漕ぎながら教えてもらって、やっとこつをつかみ、ふたりで呼吸を合わせて舟を進められるようになった。といっても、前には長い柱、後ろには二頭の馬で、進みは遅かった。馬たちは意思とは関係なく流れに引きずられ、恐怖で目をぎょろぎょろさせている。

まだ下流に流される速度のほうが断然速かったが、舟はやっと対岸に向かって進みだした。ところが、海に向かって緩やかな傾斜を下《くだ》る急流の川は、すぐ先で東に鋭く湾曲していた。湾曲部の内側に突き出た砂洲《さす》にぶつかってできた逆流に、舟の前に流されていた柱がつかまってしまった。

長いカバの柱をつないでいるのはひもだけだった。柱はぐるりと回転して椀舟の、ジョンダラーのいるあたりに激しくぶつかった。ジョンダラーは舟に穴が開いたのではと心配した。乗っていた全員が動転し、小さな椀舟はくるくるまわりだして、馬の引綱を強く引いた。あわてた馬たちはいななき、水を飲み、どうにか舟から離れようと必死で泳いだ。しかし、流れは勢いよく引綱のつながれた舟を引っ張り、馬も容赦なく引っ張った。

しかし、馬たちの努力はそれなりの結果をもたらした。小さい舟は急に後ろに引っ張られて方向を変え、それに引っ張られた柱がまた舟にぶつかった。激しい流れにもまれ、引っ張られ、柱にぶつかり、重荷を積んだ舟は上下左右に大きく揺れて波をかぶり、さらに重さを増して、今にも沈みそうだった。

ウルフは怖がって尾を後ろ脚のあいだにはさみ、たたんだテントに腰かけたエイラのそばでちぢこまっている。エイラのほうは必死に、使い方を知らない櫂を使って舟を安定させようとしていた。ジョンダラーが大声で指示をしていたが、どうやったらそのとおりにできるのかわからなかった。狂ったような馬のいななきに、そのほうを見たエイラは、馬たちがおびえきっているのを知り、はっとして、引綱を切って自由にしてやらなくてはと思った。エイラは櫂を舟底に投げ出すと、腰のさやからナイフを取り出した。レーサーのほうが興奮しているのを見て、レーサーの綱を切りにかかった。少し力をこめただけで、するどいフリントの刃は綱を断ち切った。

レーサーを放したために、また柱がぶつかって舟がまわった。ウルフはがまんできなくなり、川に飛びこんだ。ウルフが狂ったように泳いでいるのを見たエイラは、手早くウィニーの引綱を切ると、ウルフを追って飛びこんだ。

「エイラ！」ジョンダラーは叫んだが、舟にたたきつけられた。突然馬に引っぱられなくなり、荷も軽くなった舟が、まわりだして、柱にぶつかりだしたのだ。ジョンダラーが顔を上げると、エイラは足で水をかきながら、泳いでくるウルフを励ましていた。ウィニーも、そしてその後ろにいるレーサーも、かなたの対岸に向かって泳いでいた。流れは、ジョンダラーをさらに下流へと運び、エイラから遠くへ連れていこうとしていた。

後ろを少し振り返ったエイラの目に、ジョンダラーと舟の姿がちらりと見えたかと思うと、湾曲部の向こうに消えてしまった。エイラは心臓が一瞬止まりそうになった。もう二度と会えないのでは、と怖くなった。舟から離れるべきではなかったという思いが頭をよぎったが、くよくよ考えている余裕はなかった。ウルフがこっちに来ようと、流れに逆らってもがいている。エイラは数回水をかいて近づいた。しかし、ウルフは、手を差し出したエイラの肩に足をかけて夢中で顔をなめようとし、エイラは水の中に沈んでしまった。咳きこみながら顔を出し、エイラは片腕でウルフを抱えると、二頭の馬の姿をさがした。

ウィニーは対岸に向かって泳ぎ、どんどん遠ざかっていく。エイラは大きく息を吸いこみ、大きく長く口笛を吹いた。ウィニーが耳をぴくりと動かし、口笛のしたほうを見た。エイラがもう一度口笛を吹くと、ウィニーは方向を変え、エイラに向かって泳ぎだした。エイラも、ウィニーのいるほうに向かって力強く泳いだ。エイラは泳ぎが得意だった。水に流されながら斜めに泳いでいったが、ずぶ濡れのウィニーにたどり着くまではかなりたいへんだった。なんとかいっしょになると、ほっとして泣きそうになった。ウルフもすぐに追いついたが、そのまま泳ぎ続けていってしまった。

エイラは少しだけウィニーの首につかまって休んだが、すぐに水の冷たさに気がついた。引綱が端綱につながったまま水の中に垂れているのを見て、はっとした。この引綱が川に浮かんでいる何かにからまったら、とんでもないことになる。結び目をほどこうとしばらくやってみたが、結び目は水を吸ってきつくなっているうえ、エイラの指はかじかんでいた。エイラは大きく息を吸いこみ、また泳ぎ始めた。ウィニーにこれ以上負担をかけたくなかったし、自分も体を動かして体を温めたいと思ったからだ。

やっとのことで遠かった対岸にたどり着くと、エイラは疲労と寒さで足をふらつかせながら水から上がり、地面に倒れた。ウルフとウィニーは少しましだった。両方とも体をぶるぶるっと震わせて水を振りはらい、ウルフは荒く息をしながら倒れた。ウィニーの厚い毛は、冬のほうが下毛が濃く生えてきてさらに厚くなるが、夏でも重い。ウィニーは両脚を広げ、体を震わせながら、頭も耳も垂れて立っていた。

しかし夏の太陽は高く、すでに暖かくなってきていたので、いったん休んで、震えが止まると、エイラは立ち上がって、レーサーをさがした。自分たちが渡れたなら、レーサーも渡れたはずだった。エイラは最初に、ウィニーを呼ぶときの口笛を吹いた。ウィニーを呼ぶとたいていの場合レーサーもいっしょに来るからだ。次にジョンダラーがレーサーを呼ぶときの口笛をまねて鳴らしたが、ふいに、ジョンダラーのことが心配でたまらなくなった。ジョンダラーはあの間に合わせの小舟で川を渡れたかしら？　もし渡れたなら、どこにいるの？　エイラはもう一度口笛を鳴らしながら、ジョンダラーが聞きつけて口笛を返してくれることを願った。しかし、鹿毛のレーサーが走って姿を現したので、少しうれしくなった。レーサーは端綱をつけたままで、端綱には引綱が短くぶら下がっていた。

「レーサー！」エイラは大声をあげた。「渡れたのね。だいじょうぶだと思っていたわ」

ウィニーも低くいないないてレーサーを迎えた。ウルフは子オオカミのようにキャンキャン鳴いていたが、そのうちに喉の奥からうなりだした。レーサーは大きくいないないてこたえたが、それを聞いたエイラは、きっと仲良しの友だちに会えてほっとしているのね、と思った。レーサーはエイラたちのほうに来て、ウルフと鼻先をつけ合い、そして、ウィニーのそばに立って首に頭をもたせかけた。川を渡るのに怖い思いをさせられた後で、ほっとできる場所をさがしているようだった。

エイラもその輪に加わってレーサーを抱きしめると、軽くたたき、なでてから端綱をはずしてやった。レーサーは端綱をつけ慣れていて、気にならないらしい。草を食べるのにもじゃまにならないようだったが、エイラは引綱を引きずったままでは困ったことになるかもしれない、と思った。それに、自分だったらこんなものを始終つけていたくないだろう、とも思った。エイラはウィニーの端綱もはずすと、ふたつとも自分のチュニックの腰ひもにはさみこんだ。濡れた服を脱いでしまおうかとも思ったが、急がなくては、と思った。服は着ているうちに乾くだろう。

「さあ、レーサーは見つけたわ。今度はジョンダラーを見つける番よ」エイラは声に出して言った。ウルフがエイラを見上げて、待ってました、という表情を見せた。エイラはウルフに向かってはっきりと言った。「ウルフ、ジョンダラーをさがして！」エイラはウィニーにまたがり、下流に向かった。

何度も回転し、方向を変え、ぶつかった後、生皮でおおった丸い小舟は、ジョンダラーの助けを借りてまた流れにのりだした。三本の柱は今度は後ろに引きずられている。ジョンダラーは一本の櫂を使い、かなり苦労しながら、川を渡る方向へ小舟を進め始めた。後ろからついてくる三本の柱のおかげで、椀舟が安定していることにジョンダラーは気づいた。柱のおかげで舟は回転することなく、操りやすかった。

目前を流れるように過ぎてゆく陸に向かって舟を進めながら、ジョンダラーは自分を責めていた。どうして、エイラの後を追って川に飛びこまなかったんだろう。しかし、あっという間のできごとだった。気がつくと、もう舟にエイラの姿はなく、舟は急流に遠く運ばれていった。エイラが見えなくなってから川に飛びこんでもむだだし、流れに逆らってエイラのところまで泳ぐことはできなかったはずだ。それに、舟も積荷も全部失ってしまっていただろう。

ジョンダラーは、エイラは泳ぎが得意だということを思い出して自分をなぐさめようとした。そして、不安感からいっそう力を入れて対岸を目指した。やっと対岸にたどり着いたが、そこは舟を出した地点よりはるかに下流だった。舟の底が、湾曲部の内側に張り出した岩だらけの浅瀬にこすれてきしむのを感じ、ジョンダラーは疲れきったため息をもらした。舟からはい出て、重荷を積んだ小舟を岸に引き上げると、その場に倒れこんだ。くたくたで、どうにもならなかった。しかしすぐに立ち上がり、川沿いに上流に向かって歩きながらエイラをさがした。

ジョンダラーは川から離れないようにした。川にそそぐ細い支流にぶつかると、歩いて渡った。しかし、しばらくしてまた別の、かなりの幅がある支流にぶつかると、ためらった。歩いて渡れる川じゃない。それに本流の近くで泳いで渡ろうとしたら、本流に押し出されてしまうだろう。この支流に沿って上流に進み、渡れそうな場所を見つけなくてはならない。

ウィニーにまたがったエイラも、その後ほどなく同じ支流にぶつかり、同じようにしばらく上流に向かって進んだ。しかし、どこで渡るかを決めるにあたり、馬の背に乗っていることで判断が違ってきた。エイラはジョンダラーほど上流まで行かないうちに、川に入った。レーサーとウルフも後に続き、中ほどで少し泳いだだけですぐに渡りきった。エイラは本流に向かって進みだしたが、振り返ると、ウルフが反対の方向に行こうとしていた。

「おいで、ウルフ。こっちよ」エイラは呼んだ。待ちきれずに口笛を吹くと、ウィニーにはそのまま進むように合図をした。ウルフはためらい、エイラのほうに向かい、またもどり、それからやっとエイラの後についてきた。本流まで来ると、エイラはウィニーをせき立て、下流に向けて走らせた。

エイラの心臓が早鳴った。丸い椀形のものが、前方の岩だらけの岸に見えたような気がしたのだ。「ジョンダラー！　ジョンダラー！」エイラは叫びながらウィニーを全速力で走らせた。ウィニーが完全に止まる前に、エイラは飛び降り、椀舟へと走った。舟の中を見、それからあたりを見まわした。すべてそろっているようだ。三本の柱まである。ただ、ジョンダラーの姿がない。

「舟はここにある。でも、ジョンダラーがいない」エイラは声に出して言った。ウルフがそれにこたえるようにかん高く吠えた。「どうしていないの？　どこにいるの？　舟はひとりでここまで来たの？　ジョンダラーは渡れなかったの？」そこで気がついた。わたしをさがしているのかもしれない。でも、わたしが下流に向かって、ジョンダラーが上流に向かったなら、どこですれ違ってしまったのかしら……。

「あの支流の川ね！」それは叫び声に近かった。ウルフがまたかん高く吠えた。そのときふいに、さっきの大きな支流を渡った後、ウルフがためらっていたことを思い出した。「ウルフ！」エイラは呼んだ。

ウルフが駆け寄ってきて飛びつき、前足を肩にのせた。エイラはウルフのふさふさの首の毛を両手でつかみ、その長い鼻先と賢そうな目を見つめた。そして、自分の息子によく似た、病弱の幼い少年のことを思い出した。ライダグはかつて、エイラをさがすためにウルフを送り出したことがあった。ウルフは長い旅の末にエイラを見つけた。エイラにはわかっていた。ウルフはジョンダラーを見つけ出すことができる。わたしが何をしてほしいかウルフにわからせることさえできたら。

「ウルフ、ジョンダラーをさがして！」エイラが言うと、ウルフは前足をおろし、舟のまわりをかぎ始め、そして、さっき歩いてきた上流に向かって走りだした。

ジョンダラーは腰まで水につかりながら、慎重に足場をさがしながら小川を渡っていた。そこに、口笛のような鳥の鳴き声がかすかに聞こえた気がした。聞いたことのあるような響き――なんとなくあせっているような調子だ。ジョンダラーは立ち止まって目を閉じ、どこから聞こえたのかつきとめようとしたが、首を振った。空耳だろう。そしてまた渡りだした。対岸に着いて本流に向かって歩きだしても、鳥の声のことが気になっていた。結局、エイラを見つけられるかどうか心配のあまり、それは頭の隅に追いやられたが、それでも気になっていた。

ジョンダラーは濡れた服のまま長いこと歩き続けた。エイラも濡れたままだろうと思った。そのときふと気がついた。テントを持ってくれればよかった。せめて一晩泊まるための何かを。もう暗くなってきた。エイラに何が起こっていてもおかしくない。ひょっとしてけがをしているかもしれない。そう思ったジョンダラーは川を、川岸を、近くの緑をすべて注意深くながめた。

突然、また口笛が聞こえた。今度はさっきより大きく、近い。続いて、キャン、キャン、キャンという声、そして本物のオオカミの遠吠え、馬のひづめの音。振り返ったジョンダラーは満面の笑みを浮かべて迎えた。ウルフがまっすぐに走ってきた。そのすぐ後にはレーサーがいる。そしてだれよりも、ウィニーにまたがったエイラがいた。

ウルフはジョンダラーに飛びつき、大きな前足を胸にかけると、伸び上がってあごをなめた。ジョンダラーはウルフの首の毛をつかんだ。エイラがいつもそうするのを見ていたからだ。そして、ぎゅっと抱きしめた。しかしエイラがウィニーを走らせ、飛び降り、駆け寄ってくると、ウルフを押しのけた。

「ジョンダラー！　ジョンダラー！」エイラは相手の腕に飛びこんだ。

「エイラ！　よかった、エイラ！」ジョンダラーはエイラをきつく抱きしめた。

ウルフが跳びはねてふたりの顔をなめたが、ふたりともウルフを押しのけはしなかった。


ふたりの旅人と二頭の馬と一匹のオオカミが渡った大きな川は、塩水をたたえた内海にそそいでいた。それはマムトイ族がベラン海と呼ぶ海で、母なる大河の広大な三角洲のすぐ北にあった。約三千キロにわたって蛇行しながら大陸を横断する大河の最終地点に近づくにつれ、下りの斜面は平らになってきた。

この平らな南域の草原の壮大さに、エイラもジョンダラーも驚いた。この季節のこんなに遅い時期にはめずらしく、若草がどこまでも青々と萌えていた。激しい雷雨がこの時期にこれほど広範囲に洪水のような雨を降らせたことは異常だったが、そのおかげで季節はずれの新芽が吹いたのだ。雷雨は春を復活させてステップの草を芽吹かせただけではなかった。色とりどりの花も咲かせた。紫と黄のドワーフアイリス、花びらが幾重にも重なる真紅のボタン、斑点のある薄紅色のユリ、黄やオレンジから赤や紫まで何色もあるスイートピーが咲き乱れている。
大きな口笛のような鳴き声とかん高い鳴き声に、エイラがそちらを見ると、騒々しい声の主は黒と淡紅色の入り混じったムクドリだった。ムクドリは旋回や急降下をしながら、離れてはまた集まって大きな群れを作り、絶えずでたらめに飛びまわっている。けたたましい淡紅色のムクドリの群れがすぐそばに大勢集まっているのを見て、エイラは不安になった。ムクドリはコロニーで子を産み、群れで食事をし、夜も集まって眠るが、エイラは一度にこれほど大きな群れを見た記憶がなかった。

エイラはチョウゲンボウやその他の鳥も集まってきたのに気がついた。鳴き声はますます大きくなり、耳障りなうなりのような音がきこえる。そこへ、大きな黒い雲が目に入った。しかし、不思議なことに、その雲をのぞけば空は澄みきっている。雲は風にのってどんどん近づいてくるように見えた。突然、ムクドリの大群がさらに騒ぎだした。

「ジョンダラー」エイラは前を進むジョンダラーに声をかけた。「あの変な雲を見て」

ジョンダラーは雲を見て、エイラがとなりに並ぶと止まった。ふたりが見つめるうちに、雲はさらに大きくなった。いや、近づいてきたのだろう。

「どうも、雨雲じゃないな」

「わたしもそう思うけど、じゃあ、何？」エイラは自分でもどうしてかわからないが、どこか避難できる場所をさがしたかった。「テントを張って、あれが通り過ぎるのを待ったほうがいいと思わない？」

「できればこのまま進みたい。おそらく、追いつかれずに進める。急ごう」

ふたりは馬をせかして緑の原野を進んだが、鳥の群れと不思議な黒雲に追いつかれてしまった。耳障りな音はさらにうるさくなって、騒々しいムクドリもかなわなくなった。突然、エイラの腕に何かが当たった。

「何、これ?」エイラがそう言い終わらないうちに、何かがまた、そしてまた、ぶつかってきた。それはウィニーにも当たり、跳ね返ってどこかに消えたが、次々に降ってきた。エイラがすぐ前のジョンダラーに目をやると、何かがたくさん飛び跳ねているのが見えた。ひとつがエイラの目の前に落ちてきた。逃げられる前に、エイラは手で打った。

エイラが用心しながら拾い上げて、よく見てみると、虫だった。中指くらいの長さで、ずんぐりした胴体に長い後ろ脚がついている。大きなバッタのようだが、景色に溶けこみやすい黄土色がかった緑色ではない。エイラが以前見たことのある乾燥した草地を飛びまわっているのとは違っていた。この虫は黒、黄、橙《だいだい》の鮮やかなしま模様だった。

この変異は雨のしわざだった。この虫は通常の乾燥している季節は普通のバッタだ。臆病で群居はせず、交尾の時期だけ同じ種類の仲間がそばにいてもがまんする。しかし、激しい雨の後は、著しく変化する。柔らかい新芽が出てくると、雌は食糧が豊富にあるのをいいことに普段以上に卵を産み、そして普段以上の幼虫がかえる。バッタの数が増えるにつれ、驚くべき変化が起こる。若いバッタの体は目を見張るような色になり、それぞれが仲間を求め始める。普通のバッタが飛蝗《ひこう》と呼ばれる特殊なバッタになるのだ。

そのうち鮮やかな色をしたバッタの大群はほかの大群と合体し、生息地の食糧を食べつくしてしまうと、いっせいに空を飛ぶ。五十億匹の群れもめずらしくなく、百平方キロをおおい、一晩で八千トンもの草を食べつくす。

黒雲の先頭集団が緑の新芽を食べるために地面に下り始め、エイラとジョンダラーは四方八方を飛び交うバッタに取り囲まれてしまった。バッタはふたりや馬たちにぶつかってきた。ウィニーとレーサーはせき立てられると、すぐに走りだした。走るなというほうが無理だった。バッタの大群に襲われて全力疾走しながら、エイラはウルフをさがしたが、あたりは飛んで、ぶつかって、跳ねて、跳び上がるバッタで見通しがきかない。エイラはできるかぎり大きく口笛を吹いた。この耳障りな騒音の中でウルフの耳に届くことを願いながら。

エイラはあやうく淡紅色のムクドリにぶつかりそうになった。ムクドリが急降下してエイラの目の前でバッタをくわえたのだ。そのとき、エイラには鳥たちがこれほど大勢集まってきた理由がわかった。鳥たちはこの多量の、派手で目につきやすい食糧に引かれたのだ。しかし、鳥たちの目を引きつけた鮮やかなしま模様は、バッタが新たな食事場を求めて飛ぶ際、ほかのバッタの群れを見つけるのにも便利だった。そのため、大きな鳥の群れでさえ、バッタの大群の数をほとんど減らせなかった。草がじゅうぶんあるかぎり、次々に新しい世代が育つからだ。雨が降らなくなり、草原が少数しか養えない通常の乾燥状態にもどって初めて、バッタはふたたび保護色の、無害なバッタにもどるのだった。

ふたりはバッタの大群を追い抜いた直後にウルフを見つけた。騒々しいバッタが夜を過ごすため地面に落ち着く頃、一行はずっと遠くに野営をする場所を見つけた。そして翌朝出発するとふたたび北を目指した。わずかに東寄りに進路を取り、まず高い丘に登った。平らな地形を上からながめれば、母なる大河までどのくらい距離があるかわかるかも、と思ったからだった。丘のすぐ向こう側に、バッタの黒雲が襲来した場所が見えた。海に向かって吹く強風にあおられて飛んできたのだ。ふたりはあたりの荒れ果てた様子を見て、言葉が出なかった。

色鮮やかな花と新芽があふれていた美しい春の景色は消え、すべてはぎ取られていた。大地は見渡す限り丸裸だ。葉一枚、草一本、緑の点ひとつない。植物は最後のひとかけらまで、貪欲な大群に食べつくされていた。生きているものといえば、取り残されたわずかのバッタをさがす数羽のムクドリだけだった。大地は荒らされ、むき出しになり、あからさまなほどに肌をさらしていた。それでもなお、大地はこの恥辱から立ち直るだろう。これは自ら創造した生物が、生命の自然の営みの過程でもたらしたことなのだから。そして、土に潜む根と風の運ぶ種によって、大地はふたたび緑の衣を身にまとうだろう。

別のほうに目を向けたエイラとジョンダラーは、まったく異なる景色を目にし、胸が高鳴った。東の方角に、大きな水の広がりが太陽の光を受けて輝いていた。ベラン海だ。

エイラは見つめながら、これはわたしが子どものときから知っている海だわ、と思った。広大な海の北側に張り出した半島の南端には、エイラが幼い頃に暮らしていたブルンの一族の洞穴があった。氏族との生活には困難が多かった。それでも、子ども時代の幸せな思い出もたくさんあった。しかし、置いていかざるをえなかった息子のことを考えると、やはり悲しくなった。エイラにとっては今いる場所が、もう二度と会うことはない息子にいちばん近い場所だった。

ダルクは氏族と暮らすのがいちばんいい。ウバが母親になり、年老いたブルンが槍や投げ縄や投石器での狩りのしかたや、氏族の慣習を教えてくれれば、ダルクは愛され、受け入れられるだろう。ライダグのように悪口を言われたり、からかわれたりしないだろう。しかし、エイラは、ダルクはどうしているかしら、と思わずにいられなかった。ブルンの一族はまだあの半島で暮らしているかしら？　それとも、本土や東の高地で暮らしているほかの氏族たちの近くに移動してしまったかしら？

「エイラ！　下を見てごらん、あそこだ。あれが三角洲で、ドナウ河も見える。といっても、あれはほんの一部なんだ。大きな島の反対側、水が茶色く濁っているだろ？　あそこが枝分かれした北の分流だと思う。ほら、あれが母なる大河の果てだ」ジョンダラーの声は興奮ではずんでいた。

ジョンダラーも、悲しみに色どられた思い出に襲われていた。前に大河を見たときは弟のソノーランといっしょだったが、その弟は霊界に行ってしまった。ジョンダラーはふと、表面が乳白色の石のことを思い出した。エイラがソノーランを埋葬した場所で、ジョンダラーが拾った石だ。その石にはソノーランの霊の精髄が宿っているとエイラに言われたので、帰ったら母親と大ゼランドニに渡すことに決めていた。今は荷かごに入れてある。荷かごから出し、身につけて運ぶほうがいいかもしれない、とジョンダラーは思った。

「ね、ジョンダラー！　あそこ、あの川のそば、あれは煙？　近くに人が住んでいるの？」エイラはわくわくした。

「住んでいるかもしれないな」ジョンダラーは言った。

「じゃあ、急ぎましょう」エイラは丘を下り始めた。ジョンダラーもエイラと並んで下りた。「どんな人たちだと思う？　ジョンダラーの知っている人たちかしら？」

「かもしれない。シャラムドイ族は舟でこんな遠方まで交易をしにくることがある。マルケノはそれでソリーに出会った。ソリーは塩と貝を採りにきたマムトイ族といっしょだった」ジョンダラーはレーサーを止めてあたりを見渡し、三角洲と、細い川のすぐ向こうにある島に目を止めた。それから、下流の地形を調べた。「実際、たぶんここからそう遠くない場所に、ブレシーは柳《やなぎ》ノ簇《むら》を置いた……去年の夏だった。去年の夏、そんなに最近だったかな？　ブレシーがおれたちを簇に連れていってくれたのは、柳ノ簇の人たちがソノーランとおれを流砂《りゅうしゃ》から救ってくれた後だったから……」

ジョンダラーは目を閉じたが、その顔はつらそうだった。「柳ノ簇の人たちはソノーランが最後に会った人たちだった……おれをのぞけば。おれたちはその後しばらくふたりで旅をした。ソノーランがジェタミオのことを忘れられればいい、とおれは思っていたけど、ソノーランはジェタミオなしでは生きられなかった。女神に自分も連れていってほしいと願ったんだ」ジョンダラーは、うつむいて続けた。「そのときに、ベビーに出会った」

ジョンダラーが顔を上げてエイラを見た。エイラはジョンダラーの表情が変わったことに気がついた。まだつらそうだったが、それはエイラだけに見せる表情だった。ジョンダラーがエイラに対して、自分ひとりでは抱えきれないほどの愛情を、エイラにも抱えきれないほどの愛情を感じたときに見せる表情だ。しかし、ほかにも何かがあった。エイラはその何かにおびえた。

「おれにはどうしてもわからなかった。どうしてソノーランが死にたがっていたのか……あのとき」ジョンダラーは顔をそむけると、レーサーをせき立てて大声で言った。「行くぞ。さっき急ぎたいって言ってただろう」

エイラはより気をつけながら、ウィニーに速足で走るように合図を出した。そして、レーサーの背にまたがって大河を目指して疾走するジョンダラーの後を追った。しかし、馬で走るのは清々《すがすが》しく、ふたりがそれぞれこの場所に来て抱いた妙に悲しい気持ちが吹き飛んだ。ウルフは馬の疾走に興奮し、いっしょに走った。ついにふたりが水際に着いて止まると、ウルフは頭を上げ、長々と遠吠えをしてオオカミ特有の歌をうたった。エイラとジョンダラーは顔を見合わせてほほ笑んだ。ふたりとも、ウルフの歌は、これから先の旅のほとんどをともにすることになる大河に到着したことを告げるのにぴったりだ、と思った。

「これがそう？　わたしたち、母なる大河に着いたのね？」エイラは目を輝かせた。

「そう。これがそうだ」ジョンダラーはそう言うと、西の上流のほうを見た。大河に着いて興奮しているエイラをがっかりさせたくなかったが、この先の道のりはまだまだ遠い。

ふたりはジョンダラーが来た道筋を逆もどりしなくてはならなかった。延々と流れる大河の源流がある高地をおおう氷の台地を目指して広大な大陸を旅し、その氷の台地を渡り、さらにはるか西へ、大地の果てにある大海原の近くまで行くのだ。ドナウ河――ゼランドニー族にとって母なる大地の女神であるドニの河――は、湾曲しながら約二千九百キロを流れるうちに、三百以上もの支流の水と、ふたつの氷河山脈から流れる水でふくれ上がり、また、沈殿物も抱えこむ。

母なる大河は比較的平らな流域を蛇行して流れるあいだ、何度も枝分かれし、豊かな流れにのせて莫大な量のシルト（沈泥）を運ぶ。しかし、大河の果てに至る直前、砂よりもさらに細かいシルトは巨大な扇状に堆積し、浅い湖や蛇行する小川に囲まれた、不毛で低い泥の島々ができる。まるで長旅に疲れきった母なる大河が、終着点の直前で重荷のシルトを捨て、それから、ゆっくりとおぼつかない足取りで海に入っていくかのようだった。

ふたりが到着した広大な三角洲は、長さが幅の二倍あり、海から何キロも離れた地点から始まっていた。東に隆起した太古の基岩である大山塊と、西をゆるやかに傾斜する山脈の裾野の丘陵地帯に挟まれた平野において、大河は豊かな水量を一本の流れで維持することができず、大きく四本に分かれ、それぞれの分流が異なる方向へ流れていた。この四本の分流に支流が交錯し、蛇行する流れの迷路ができ、さらに無数の湖や潟《かた》ができた。広大なアシ原に取り囲まれた固い地盤は、何も生えない砂洲があるかと思えば、森やステップを備え、オーロックスやシカ、それを追う捕食動物まで生息する大きな島もあり、さまざまだった。

「あの煙はどこから出ていたの？　きっと近くに簇があるのよ」

「あの大きな島から出ていた気がする。さっき下流のほうに見えた島だ。あの川の向こうの」ジョンダラーは指さした。

エイラはそちらに目をやったが、最初に見えたのは、水浸しの地面から三メートル以上も高く育ったアシの壁だけ、紫の羽のようなアシの先端が風に揺れる姿だけだった。それからアシ原の向こうに広がるサルヤナギの美しい銀緑色の葉も見えてきた。その直後に、エイラはあることに気づいて不思議に思った。サルヤナギは通常は水際に生える低木で、雨季は根が水につかっていることが多い。ヤナギの一種に似ているけど、サルヤナギはあんなに高く、木のように高くは育たない。わたしの勘違いかしら？　あれはサルヤナギではなくヤナギの木？　エイラがそのような間違いをすることはほとんどなかった。

一行は下流に向かった。島の向かい側に着くと、川に入った。エイラは後ろを振り返り、椀舟を乗せて引きずっている橇《そり》用の二本の柱に何かが引っ掛かったりしていないか確かめた。ウィニーの後ろで二本の柱が水に浮いた際に、前のほうで柱を交差させた部分が自由に動くかどうかも確認した。大きな川を後にして出発するために荷物を積み直しはじめた際、ふたりは椀舟を置いていくつもりだった。椀舟は、一行と荷物を対岸に渡らせる役割を終えた。しかし、あれだけ作るのに苦労した舟だ。川を渡るのは計画どおり、というわけにはいかなかったが、ふたりともその丸い小舟を捨てるのは忍びなかった。

椀舟を柱にくくりつけることを思いついたのはエイラだった。しかし、そうなるとウィニーが絶えず馬具をつけて、椀舟を引かなくてはならないが、ジョンダラーは、椀舟があればこの先、川を渡るのがずいぶん楽になると思った。椀舟に荷物を積めば、荷物を濡らさずにすむ。けど、ウィニーは椀舟につないだ引綱を操って渡らせるより、自分のペースで泳いで渡らせるほうがいい。荷物も水に浮いていれば楽に引ける。次の川を渡るときに試してみると、馬具をはずす必要さえなかった。

川の流れは舟や柱を引っぱる傾向があり、エイラはそれが心配だった。とくに、ウィニーとレーサーがあの大きな川で、自分たちではどうしようもない状況になって、あわてふためいた様子を思い出すと。エイラは馬具の革ひもを工夫して、ウィニーが危険になったら即座に切り離せるようにした。しかし、ウィニーは川の強い引きに負けることなく、荷物を引っ張るという仕事もほぼ問題なくこなした。エイラは時間をかけてウィニーをこの新しい方法に慣れさせた。ウィニーも橇には慣れていたし、エイラを信頼していた。

しかし、口の大きい椀舟には、ついつい物をたくさん入れたくなってしまう。まずは、夜間の焚き火のために途中で拾った木や、乾燥した糞や、ほかの燃える物を運ぶのに使った。また、川を渡った後も荷かごを舟に入れたままにすることもあった。内海にそそぐ支流は何本もあり、その幅はさまざまだった。母なる大河沿いに旅を続けるあいだ、多くの支流に道をはばまれることになることをジョンダラーは知っていた。

一行が三角洲の外側にある川の澄んだ流れに入っていくと、レーサーはしりごみをして不安げに鳴いた。レーサーは前に怖い思いをさせられて以来、川を見ると落ち着きをなくした。しかし、ジョンダラーは、川を渡ることになった場合には、実に根気よく神経質なレーサーを先導し、レーサーも恐怖感を克服しつつあった。ジョンダラーにはうれしいことだった。故郷に帰るまでにさらに多くの川を渡る必要があるからだ。

川の流れは遅かったが、水は澄み切っていたので、水草のあいだを泳ぐ魚が見えた。一行は高いアシ原を抜け、細長い島にたどり着いた。最初に島の岬に着いたのはウルフだった。ウルフは激しく体を揺すると、濡れた砂と粘土で押し固められたような傾斜した川岸を駆け上がった。斜面の向こうは森に縁取られていた。木ほどの大きさにまで成長した、銀緑色の、美しいサルヤナギの森だった。

「わかった」エイラが言った。

「わかった、って何が？」ジョンダラーは、エイラの満足げな表情を見てほほ笑んだ。

「このサルヤナギ、大雨が降った夜にテントを張った茂みの低木そっくり。あれはサルヤナギだったけど、ここにあるくらい大きいのは見たことがないわ。サルヤナギはふつうは低木だけど、やっぱりヤナギの一種なのね」

ふたりは馬から降りると、馬を引いて、風通しがよく涼しい森に入った。黙ったまま歩いていくと、そよ風に揺れる木の葉の影が、太陽の光を浴びた豊かな緑色の地面にまだら模様を描いていた。明るく開けた森の奥のほうではオーロックスが草を食べていた。風下にいたオーロックスたちは、一行のにおいをかぐとあわてて逃げた。このオーロックスは人間に狩りで追われたことがあるな、とジョンダラーは思った。

二頭の馬が気持ちのいい森を進みながらも、前歯で緑の草をむしり取っては口に入れているのを見て、エイラはウィニーを止め、馬具をはずし始めた。

「ここで休むつもりかい？」

「二頭とも草を食べたがっているもの。少し休んだほうがいいかもしれない、と思って」

ジョンダラーは困った顔をした。「もう少し先まで行ったほうがいい。この島にはきっと人がいる。どんな人たちなのか確かめてから休みたい」

エイラはほほ笑んだ。「そう！　さっき言っていたものね。ここから煙が出ていた、って。あまりにもここが素敵で――忘れるところだったわ」

地面がじょじょに高くなっていくにつれて、森のはるか奥には、サルヤナギに混じってハンノキ、ポプラ、セイヨウシロヤナギが現れ始め、明るい銀緑色の群葉に彩りをもたらしていた。その後、数本のモミと、山脈ができた頃と同じくらい古くからこの地方にある古代種のマツの一本が、モザイク模様の景色に深い緑色をそえていた。また、カラマツの明るい緑は、金緑色の草の茂みにひときわ映えた。じゅうぶんに生長したステップの草は風に波打っていた。ツタは木の幹をよじ登り、つる植物は深い森の天蓋の枝々からぶら下がっている。光の当たる谷間には、若いオークの低い茂みがあり、それより高いハシバミの低木が生命力あふれる景色に色をそえていた。

島は海抜七・五メートルしかなく、平らで細長い平野はステップの縮小版のようだった。ウシノケグサとハネガヤが太陽を浴びて金色に光っている。一行が細長い島を横断すると、眼下には、ビーチグラス、エリンギウム、ハマナがしっかりと根を張った、かなり急な砂丘の斜面があった。斜面の先は深くえぐられた入り江だったが、それは潟湖《せきこ》といってもよく、周囲には、背が高く、先端が紫色のアシが、ガマやイグサその他のさまざまな小型の水生植物とともに生えていた。潟湖にはスイレンの葉がひしめき合い、水面はほとんど見えない。そのスイレンの葉の上には無数のサギがとまっていた。

島の向こう側には幅広の、泥で茶色く濁った川があった。いちばん北にある大河の分流だ。島の端近くからは、澄んだ小川がその分流にそそぎこんでいる。エイラは驚いた。ふたつの流れ、透明な流れとシルトで茶色く濁った流れが、それぞれの色を保ったままとなり合って流れている。しかし、そのうちに分流が勝ち、澄んだ流れを茶色に染めた。

「ジョンダラー、あれを見て」エイラは対照的な二色が平行して流れているところを指さした。

「これでわかるんだ。母なる大河まで来たっていうことが。あの分流についていけば、まっすぐ海に行ける。けど、あっちを見てごらん」

小さな森の向こう、潟湖の岸を少しはずれたところから、細い煙が空に向かってのびている。煙に向かって進みながら、エイラは期待で笑顔になっていたが、ジョンダラーは不思議に思っていた。あれが炉の煙だとしたら、どうして人の姿が見えないんだ？　そこにいる人たちも、もうおれたちに気づいているはずだ。どうしてあいさつに来ないんだ？　ジョンダラーはレーサーの引綱を短く持ち直し、レーサーの首を軽くたたいて安心させた。

円錐形のテントの輪郭がひとつ見えてきて、ここが簇であることがエイラにもわかった。この簇の人たちは何族かしら、とエイラは思った。マムトイ族ということもありうる。そう考えながら、ウィニーにそばを離れないように合図をした。そのとき、ウルフが防御の姿勢で立っていることに気づき、前に覚えさせた口笛で指示をした。ウルフは下がってエイラの横に並び、一行は小さい簇に入った。

11

ウィニーも後からついてきた。エイラは簇《むら》に入ると、炉のほうに向かった。まだゆらゆらと細い煙が上がっている。五つのテントが半円形に並び、地面に浅く掘られた炉が真ん中のテントの前にあった。火はいきおいよく燃えている。この簇には明らかにさっきまで人がいたはずだ。しかし、だれひとり出迎えて、この簇の者だと名乗りには来ない。エイラはあたりを見まわし、入り口が開いているテントの中をのぞいてみたが、だれもいなかった。不思議に思いながら、テントや簇の様子を細かく見た。ここの簇人《むらびと》について、簇人がいなくなってしまった理由について、何かわからないかしら？

それぞれのテントは、大まかに見るとマムトイ族が夏用の簇で使う円錐形のテントに似ていたが、はっきりした違いがあった。マンモス・ハンターであるマムトイ族が住居を広げる場合には、たいてい皮で半円形のテントを作り、それを円錐形のテントの横につける。そしてこの付属テントを別の一本の柱で支えることが多かった。ところが、この簇のテントは、アシと沼に生える草でふいた屋根で住居を広げてある。円錐形のテントを増築する方法としては、傾斜した屋根を細い数本の柱で支えただけのもの、または、草や編んだ敷物で囲ったドーム状の建物をテントの横につける方法があった。

いちばん近くにあるテントの入り口の垂れ布のすぐ手前、アシで編んだ敷物の上に、茶色いガマの根が山積みになっていた。敷物のわきにはかごがふたつある。ひとつはしっかり編んであり、中には少し濁った水が、もうひとつのかごには白く光る、むきたての根菜が半分くらいまで入っている。エイラはかごに近づき、根菜をひとつ取り出した。まだ濡れている。きっと、ついさっきかごに入れたばかりだわ。

根菜をかごにもどしながら、妙なものが地面に落ちているのに気づいた。ガマの葉で編んだもので、人間の姿に似ている。両側には腕が二本、脚も二本あり、チュニックのように柔らかい革を巻いてある。顔の目の部分には短い線が二本、木炭で引かれ、もう一本の線でほほ笑む口が描かれている。頭にはハネガヤの房が髪の毛代わりにつけてあった。

エイラを育てた人々は像を作ったり、絵を描いたりしなかった。例外はエイラの脚にあるような単純なトーテムのしるしだけだ。エイラは幼いときにケーブ・ライオンに深く引っかかれ、そのときの傷が左腿にまっすぐな四本の線として残っていた。氏族はこれと同じ四本の線をケーブ・ライオンのトーテムのしるしとして使っていた。そのため、ケーブ・ライオンは男のトーテムとみなされていたにもかかわらず、エイラの傷あとを見たクレブは、エイラのトーテムはケーブ・ライオンだと信じて疑わなかった。ケーブ・ライオンの霊がエイラを選び、自らそのしるしをエイラに刻んだ。だから、エイラはケーブ・ライオンの霊に守られている、と。

氏族のほかのトーテムのしるしもそれに似て、多くは、身ぶり言語の動きやしぐさからとった単純なしるしだった。エイラが初めて見た写実的な絵は、ある動物の大ざっぱなスケッチで、それはジョンダラーが、的として使っていた革に描いたものだった。エイラは最初、地面に落ちているものが何かわからなかった。しかし、とっさになんなのかひらめいた。エイラは子どもの頃に人形を手にしたことがなかったが、マムトイ族の子どもたちが似たようなもので遊んでいたことを思い出し、子どもの遊び道具だとわかったのだ。

エイラの目に突然見えてきた。ひとりの女がついさっきまで、そこに子どもといっしょに座っていた。今はどこかに行ってしまったが、大急ぎで立ち去ったに違いない。食糧を投げ出し、子どもの人形も置いていってしまったのだ。どうしてそんなに急いで去ってしまったのだろう？

エイラが振り返って見ると、ジョンダラーはまだレーサーの引綱を握ったまま、フリントのかけらが散乱した中に片膝をつき、気になったかけらを調べている。ジョンダラーが顔を上げた。

「だれかが、とてもよくできた槍先を最後のひと打ちでだめにしてしまった。軽くたたくだけでよかったのに、打つ場所を間違えて、しかも、力を入れすぎたらしい……まるで、突然、仕事のじゃまをされたみたいだ。しかも、石槌《いしづち》がこんなところに！　落としていったんだ」かたい長円形の石の欠け具合からこの道具が長く使われていることがわかったが、熟練したフリント工のジョンダラーには、だれかが気に入りの道具を放り出していくなど考えられないことだった。

エイラがあたりを見まわすと、網棚に魚が干してあった。すぐそばの地面にはまだ開いていない魚も何匹か転がっている。腹を割いたまま地面に落ちているのが一匹。これも仕事のじゃまをされた証拠だが、人の姿はなかった。

「ジョンダラー、ほんの少し前までここに人がいたのに、大急ぎでいなくなってしまった。火だってまだ燃えているわ。みんなどこにいるの？」

「さあ。けど、エイラの言うとおりだ。急いで立ち去った。すべて投げ出して、そして……逃げた。まるでみんな……何かにおびえて……」

「でも、どうして？」エイラはそう言いながらあたりを見渡した。「怖がるものなんて何もないわ」

ジョンダラーは首を振ったが、ウルフが人気《ひとけ》のない簇をかぎまわっているのに目をとめた。ウルフはテントの入り口に鼻を突っこんだり、置き去りにされた物のまわりをかぎまわったりしている。ジョンダラーの目が近くで草を食べている干し草色のウィニーに止まった。ジョンウィニーは橇《そり》と椀舟を引きずったまま、ふたりにもウルフにも不思議と無関心でいる。ジョンダラーは振り向くと、どこにでもついてくる鹿毛《かげ》のダラーのそばにじっと立っているレーサーを見た。レーサーはふたつの荷かごと背あて布を背負い、ジョンダラーのそばにじっと立っている。ジョンダラーはレーサーの頭の馬具につけた一本の引綱を握っているだけだ。

「どうやら、これが問題だったのかもしれないな。気がつかなかった」ジョンダラーは言った。ウルフが突然かぎまわるのをやめて、森をじっと見つめると、そちらをめがけて走りだした。「ウルフ！」ジョンダラーが呼んだ。ウルフは止まり、ジョンダラーのほうを見ながら尾を振った。「エイラ、ウルフを呼びもどしたほうがいい。でないと、この簇の人たちを見つけて、もっと怖がらせてしまう」

エイラが口笛を鳴らすと、ウルフは駆けもどってきた。エイラはウルフの首をかいてやったが、ジョンダラーには顔をしかめてみせた。「わたしたちを怖がっている、って言うの？　逃げたのは、わたしたちのせいってこと？」

「ハネガヤ簇のこと、覚えてるかい？　あの簇の人たちがおれたちを見て、どういう行動をとったか思い出してみるといい。人が最初におれたちを見てどう思うか、考えてごらん。おれたちは二頭の馬とオオカミと旅をしている。動物は人間といっしょに旅したりしない。ふつうは人間を避ける。夏の集会に来ていたマムトイ族でさえ、おれたちに慣れるのにしばらくかかった。おれたちはライオン簇の人たちといっしょに行ったのに。考えてみると、タルートはすごく勇敢だった。初対面のおれたちを、馬たちもいっしょに簇に招いてくれたんだから」

「どうすればいいの?」

「ここから立ち去るべきだな。この簇の人たちはおそらく、森に隠れてこっちを見ていて、おれたちが霊界かどこかから来たに違いないと思っている。おれだって、おれたちみたいなのがなんの予告もなしに来たら、そう思うよ」

「お願い、ジョンダラー」エイラは悲しそうに言った。とたんに肩を落とし、さびしい気持ちで、だれもいない簇の真ん中に立ちつくした。「こんなにだれかに会えるのを楽しみにしていたのに」エイラはもう一度簇を見渡し、あきらめたようにうなずいた。「ジョンダラーの言うとおりだわ。簇の人たちがどこかに行ってしまって、歓迎してもらえないなら、去るべきね。この人形を置いていった子どもの母親に会って、話をするだけでもよかったんだけど」エイラはウィニーのほうに向かって歩きだした。ウィニーは簇を出てすぐのところにいた。「わたしはだれにも、怖いなんて思われたくない」エイラはジョンダラーのほうを向いて言った。「この旅の途中でだれかと話ができるかしら?」

「会ったことのない人のことはわからないが、きっとシャラムドイ族とならだいじょうぶだ。最初は少し警戒されるかもしれないけど、むこうはおれを知っている。それに、人というのがどういうものかはわかっているだろう? 最初の恐怖心が消えれば、動物にとても興味を持つよ」

「ここの人たちを怖がらせたのは残念だわ。贈り物を置いていくのはどうかしら。歓迎してもらうことはできなかったけど」エイラは荷かごをさぐり始めた。「何か食糧がいいと思うの。肉とか」

「うん、いい考えだ。槍先ならいくつか余分がある。ひとつ置いていこう。さっきのフリント工がだめにしてしまったやつの代わりだ。完成寸前の、できのいい道具を台無しにするくらい悔しいことはないからな」

ジョンダラーは革でくるんだ道具一式を出そうと荷かごに手をのばしながら、思い出していた。弟といっしょに旅をしていたとき、途中でたくさんの人々に会ったが、いつも歓迎されたし、助けてもらうことも多かった。見知らぬ人に命を救われたことも何度かあった。けど、動物を連れているせいで人に怖がられるとしたら、もしおれたちに助けが必要になったとき、どうすればいいんだろう？


簇を出るとまた砂丘を登り、細長い島のいちばん高いところにある平らな原野に向かい、草地に着くと休んだ。眼下に簇から立ち上る細い煙と、シルトで茶色く濁った大河が見えた。大河はベラン海の青い大海原を目指していきおいよく流れている。ふたりとも無言のままうなずいて馬にまたがり、東に向かった。もっとよく——最後にもう一度——大きな内海を見るために。

島の東の突端に着くと、そこはまだ川岸だったが、うねる海はすぐ間近で、塩をふくんだ波しぶきが砂《さ》洲《す》を洗うのが見えた。エイラは海の向こうを見つめながら、半島の輪郭が見えるような気さえした。エイラが育ったブルンの一族の洞穴は、半島の南の先端にある。エイラはそこで息子を産み、また、追い出されたときはそこに息子を残してこなくてはならなかった。

どのくらい大きくなったかしら？　エイラは心の中で思った。同じ歳の男の子の中でいちばん背が高いわ、きっと。たくましい？　元気？　幸せ？　わたしのことを覚えているかしら。せめてもう一度だけでも会えたら、エイラはそう思ったが、もしダルクをさがしにいけるとしたら、これが最後の機会だということも知っていた。ここからジョンダラーは西に向かうつもりでいる。こんなに一族の、ダルクのそばまで来ることは二度とない。西でなく、東から行けないかしら？　旅を続ける前に、少しだけ寄り道ができないかしら？　ベラン海の北の海岸沿いを行けば、たぶん二、三日で半島に着ける。ジョンダラーは言ってくれた。もしダルクをさがしたいなら、喜んでいっしょに行くよ、と。

「エイラ、見てごらん！　知らなかったよ、ベラン海にアザラシがいるなんて！　子どもの頃、ウィロマーと旅をしたときに見て以来だ」ジョンダラーは興奮と懐かしさにあふれた声で言った。「ウィロマーがおれとソノーランを連れて、〈西の大海原〉を見せてくれたんだ。そうしたら、海の近くの住人がおれたちを舟に乗せて、北に連れていってくれた。エイラはアザラシを見たことがあるかい？」

　エイラはベラン海に目をやったが、ジョンダラーが指さしたのはすぐそばだった。光沢のある黒い流線型で、下腹が明るい灰色の動物が何頭かいた。今にも水の下に沈みそうな岩場の後ろにできた砂洲を不器用に歩いている。ふたりがながめていると、ほとんどのアザラシが水に飛びこみ、魚の群れを追った。頭がいくつも水面から浮かんできて、最後のいちばん小さく幼い一頭も水に飛びこんだ。そして、行ってしまった。来たときと同じように、たちまち消えてしまった。

「遠くから見たことがあっただけ。寒い季節だったわ。アザラシは沖合いに浮いている氷山が好きなの。ブルンの一族はアザラシ狩りはしなかった。アザラシは人の手が届かないところにいるけど、ブルンは海の洞穴のそばの岩場で何頭か見たときのことを一度話してくれたわ。アザラシのことを、あれは冬の海の霊だ、動物じゃないって思っている人もいたけど、わたしは、一度氷山の上に小さいのが何頭かいるのを見たことがあるの。海の霊が赤ん坊を産むとは思えないわ。アザラシは夏どこにいるんだろうと思っていたら、ここに来ていたのね」

「おれの故郷に帰ったら、〈西の大海原〉に連れていってあげるよ。信じられないと思う。この内海は大きい。おれが今までに見た湖の中でいちばん大きくて、しかも塩からいらしいけど、〈西の大海原〉とは比べものにならない。〈西の大海原〉は空みたいだ。だれも反対側まで行ったことがない」

ジョンダラーの声には熱がこもっていた。故郷を懐かしんでいるのが、エイラにはわかった。わたしが望めば、ジョンダラーは喜んでいっしょに、ブルンの一族とダルクをさがしにいってくれるだろう。ジョンダラーはわたしを愛しているから。しかし、わたしもジョンダラーを愛している。ジョンダラーが旅の遅れを喜ばないことも知っている。エイラは大きな水の広がりを見つめ、そして、目を閉じて涙をこらえた。

どのみち、どこをさがしたらいいのかもわからない。それに、もうブルンの一族じゃない。今はブラウドの一族だもの、歓迎されるはずがないわ。ブラウドはわたしに死の呪いをかけた。わたしは一族全員にとっては死んでいる。霊なのよ。もしこの島の簇の人たちが怖がっていたのが、馬とオオカミのせいだとしたら、わたしたちが得体の知れない力で動物を操っているように見えたせいだとしたら、氏族はそれ以上に怖がるでしょう。ウバも、ダルクも。ふたりにとって、わたしは霊界から帰ってきた者。動物を仲間にしていることがその証拠になる。みんな、死者の国から帰ってきた霊が、悪さをしにきたと信じるに違いない。

でも、いったん西に向かったら、もうそれっきりだ。この瞬間から、この先一生ずっと、ダルクは思い出でしかなくなる。ダルクにもう一度会える望みはなくなる。それはわたしが自分で選んだこと。ずっと前に決心したはずなのに、まだこんなに胸が痛むとは思ってもいなかった。エイラは広大な深い青色の水面を見つめたまま、あふれる涙をジョンダラーに見られないよう顔をそむけ、最後にもう一度息子に無言の別れを告げた。新たな悲しみで胸をいっぱいにしながら、この痛みを永遠に持ち続けることになるのだ、と思った。

ふたりは海に背を向け、この大きな島の、腰まであるステップの草地を歩きだした。途中で馬を休ませ、草を食べる時間を与えた。太陽は空の高い位置にあり、まぶしく、暑い。熱気がゆらゆらと埃っぽい地面から立ち上り、土と生物の温かい香りが漂っていた。木が一本もない細長い島の頂上の平原を、ふたりは草で編んだ帽子を日除けに進んでいた。しかし島をとり囲むいくつもの川からの水蒸気で湿度は高く、玉のような汗が埃まみれの肌を伝った。ときおり吹く、海からの涼しい風がうれしかった。この気まぐれなそよ風には、深い海の底に住む生命の豊かな香りがあふれていた。

エイラは立ち止まり、額につけた革の投石器をはずして、腰帯にはさみこんだ。汗で濡らしたくなかったからだ。代わりに、ジョンダラーがつけているような、柔らかい革を出して頭に巻き、後ろで結んだ。額を流れる汗を吸わせるためだった。

進み続けていくと、エイラの目の前で一匹のくすんだ緑色のバッタが跳び上がったかと思うと、また地面に落ち、背景に混じって見えなくなった。またもう一匹が見えた。姿の見えないたくさんのバッタの鳴き声があちこちから聞こえ、先ほどのバッタの大群を思い出させた。しかし、ここにいるのはごくふつうのバッタだった。ほかにも、チョウが鮮やかな色をちらつかせながらウシノケグサの上で小刻みに踊っている。針を持つミツバチに似ているが刺さないハナアブが、キンポウゲの上の空中にじっと浮かんでいる。

島の頂上の原野はかなり狭かったが、乾燥したステップと似ていた。しかし、島の反対の端まで来て、あたりを見渡したふたりは、不思議な湿原世界である広大な三角洲に驚かされた。ふたりの右側、北には大陸があった。川沿いの低木の茂みの後方には緑がかった金色の草原がぼんやりと見える。しかし、南と西は地平線までずっと、母なる大河の河口の湿原だった。遠くのほうは大陸と同じかたい地面に見える。しかし、湿原は、突発的な風のリズムに合わせ、海のように絶え間なく揺れる深緑色の広々としたアシ原だった。アシ原に割りこむのは、ところどころで緑の波に影を落とす木々と、くねりながら流れる川だけだ。

ふたりは開けた森の中の斜面を下っていた。エイラは鳥がいるのに気づいた。今までにひとつの場所でこれほど多くの種類を見たことがなく、知らないものもいくつかいた。カラス、カッコウ、ホシムクドリ、キジバトが、それぞれの声で仲間と呼び合っている。一羽のツバメがハヤブサに追われて急降下し、くるりと向きを変えてアシの中に飛びこんだ。トビが空高く飛びながら、チュウヒは地面すれすれに飛びながら、死んだ魚や死にかけた魚をさがしている。小さなムシクイとヒタキは低木の茂みと高い木を軽やかに行き交い、それより小さなシギ、シロビタイジョウビタキ、モズは枝から枝へと飛び移っている。カモメは羽をほとんど動かすことなく空気の流れにのり、どっしりしたペリカンは大きな翼で力強くはばたきながら、ゆうゆうと頭上を飛んでいた。

エイラとジョンダラーがまた水際に出ると、そこはさっきの川の続きだった。そばにヤマネコヤナギの低木の茂みがあったが、そこは沼地で暮らす鳥、ゴイサギ、コサギ、ムラサキサギ、ウのコロニーだった。また、ここには、主にブロンズトキが集まって巣を作っていた。同じ一本の木で、ある鳥が草で作った巣の一枝となりに、まったく異なる種類の鳥の巣があることも多かった。卵がある、または、ひな鳥がいる巣もいくつかあった。鳥たちはお互いそうであるように人間や動物にも無関心な様子だったが、つねに動きがあり活気に満ちていた。この魅力的な場所を、好奇心の強いウルフが無視できるはずがなかった。

ウルフはそっと、忍び足で近づこうとしたが、あまりにも気を引くものが多すぎて集中できず、ついに一本の小さい木に突進していった。近くにいた鳥たちは大声でわめき、羽をばたつかせながら飛び立ち、それに触発された多数の鳥がすぐに後に続いた。さらにたくさんの鳥が飛び立った。空は、三角洲にのさばっている沼地の鳥でいっぱいになった。しまいには、混合コロニーで暮らすさまざまな種類の一万羽以上の鳥たちが、旋回し、方向を変えながら、大空いっぱいに飛び交っていた。

ウルフは木立のほうに駆けもどってきた。尾を後ろ脚のあいだに垂らし、大騒ぎを引き起こしてしまったことにおびえて、遠吠えしたり、かん高く鳴いたりしている。この騒動の中、馬たちも不安とおびえから後ろ脚立ちになって悲鳴をあげ、川の中に飛びこんでしまった。

橇が、もともとレーサーより冷静なウィニーの歯止めになった。ウィニーはまもなく落ち着いたが、ジョンダラーはレーサーにかなり手こずらされた。レーサーの後を追って川に駆けこみ、深くなると泳ぎだし、すぐに見えなくなった。エイラはなんとかウィニーを川から引きもどし、陸に上がらせた。ウィニーをなだめ、落ち着かせると、橇と馬具をはずしてやった。自由に走らせて、緊張をほぐさせるためだった。それから口笛でウルフを呼んだ。さらに何度か吹いてやっと、ウルフが現れた。しかし、はるか下流の別の方向から、鳥たちのコロニーから遠く離れたところからだった。

エイラは濡れた服を脱ぐと、荷かごから乾いた服を出して着替えた。そして、薪を集めながらジョンダラーを待った。ジョンダラーも着替えたほうがいい。運よくジョンダラーの荷かごは椀舟に入れてあったので、濡れずにすんだ。しばらくして、ジョンダラーが西のほうから、レーサーにまたがり、エイラのおこした焚き火を目指して帰ってきた。レーサーはかなり上流まで行ったところでジョンダラーに捕まった。

ジョンダラーはまだウルフのことを怒っていた。それはエイラだけでなく、ウルフにもはっきりわかっていた。ウルフはじっと待った。ジョンダラーが服を着替え、温かい薬草茶の茶わんを手に腰を下ろしたところでやっと、ウルフはジョンダラーに近づいた。姿勢を低くし、遊びたがっている子犬のように尾を揺らし、哀れっぽい声で鳴いている。すぐそばまで近寄ると、ウルフはジョンダラーの顔をなめようとした。ジョンダラーは最初のうちは押しのけた。しつこいので好きにさせると、ウルフが大喜びしているように見えてきて、ジョンダラーも折れないわけにいかなかった。

「ウルフは、ごめんって言おうとしているように見えるけど、本当かなあ。そんなことあるか？　動物だろ？　エイラ、ウルフは自分が悪いことをしたのがわかっていて、反省していると思うかい？」

エイラは驚かなかった。自己流で狩りを学んでいるとき、自分が獲物に選んだ肉食動物が同じようにするのを見たことがあった。ウルフのジョンダラーに対する態度は、若いオオカミが群れの雄リーダーの前でとる態度と似ていた。

「わたしには、ウルフが何を知っていて、何を考えているかはわからないわ。だから、ただウルフの態度で判断するだけ。でも、人間だってそうじゃない？　他人が本当は何を知っていて、何を考えているかなんてだれにもわからない。態度で判断するしかないでしょ？」

ジョンダラーは、いまだに何を信じたらいいかわからなかったが、うなずいた。エイラはウルフが反省していることを疑っていなかったが、反省してもあまり意味はないとも思っていた。ウルフはかつてよくエイラに対して同じような態度を見せた。エイラがウルフに、ライオン簇の人々の革靴に近づいてはだめ、と教えようとしていたときのことだ。ウルフにそれを覚えさせるには長いことかかった。だから、エイラはウルフが鳥を追うのをすぐにやめるだろうとは思っていなかった。

太陽は、西に延々と連なる山脈の南側、高い岩山の頂すれすれにあり、きらめく光で切り立った氷の山肌を照らしていた。この山脈は南では高いが、北に行くにつれて低くなり、また、とがった頂もしだいになだらかになり、ほのかに白く光る毛布をかぶった丸い頂に変わっていく。北西の山々の頂は雲のカーテンの向こうに消えていた。

エイラは、三角洲の川沿いに並ぶ木立の切れ目に誘われ、そこから入っていくと、ウィニーを止めた。ジョンダラーもレーサーを止めた。一行が今いる草地は小さかったが、穏やかな潟湖《せきこ》にまっすぐ続いている。この心地よい木立の中では大きいほうだった。

母なる大河の四本の分流は茶色いシルトであふれていたが、広大な三角洲のアシ原を縫い、複雑な網目を描いて流れる支流は、飲めるほどに澄んでいた。これらの川はときどき幅を広げ、大きな湖や穏やかな潟湖となった。その周囲にはアシ、イグサ、スゲ、その他の水生植物が入り乱れて生え、水面にはスイレンがあることも多かった。頑丈なスイレンの葉は小型のサギや無数のカエルの休息場所となっていた。

「ここならよさそうだ」ジョンダラーはそう言いながら、片脚を上げてレーサーの背から軽々と降りた。そして、レーサーから荷かごと背あて布と馬具をはずして、自由にしてやった。レーサーはまっすぐ川を目指し、ウィニーもすぐにレーサーを追った。

ウィニーが先に水に入って飲み始めた。そのうちひづめで水面をたたきだし、大きく水を跳ね散らし、自分の胸元や近くで水を飲んでいるレーサーをびしょ濡れにした。ウィニーは首を曲げて頭を下げ、両耳を前に向けて水のにおいをかいだ。そして、四本の脚をまっすぐに伸ばしてから前脚を折ってしゃがみこみ、ごろんと横に転がって、仰向けになった。頭をのけ反らせ、四本の脚を宙でぶらぶらさせながら、うれしさに身をよじって水底にわき腹をこすりつけ、それから反対側に大きく寝返った。レーサーはウィニーが冷たい水の中で転げまわるのを見ていたが、やがてがまんができなくなり、自分も同じようにしゃがみこむと、岸に近い浅瀬で転がりだした。

「二頭とも、今日はもう水はごめんだと思っていたでしょ?」エイラはジョンダラーのとなりに行った。

ジョンダラーが振り返った。馬を見ていたときの笑顔を浮かべたままだ。「どちらも水の中で転げまわるのが大好きなんだな。もちろん泥の中や砂の上も好きだけど。馬がこんなに転げまわるのが好きだなんて知らなかった」

「体をかいてもらうのがすごく好きなのは知っているでしょ。あれは自分で自分の体をかいてるの。馬同士でかき合っているときもあるしね。どこをかいてほしいかも教え合っているわよ」

「馬が教え合うなんてありえない。エイラはときどき、馬を人間と思いこんでないか?」

「ううん、馬は人間じゃないわ。馬は馬よ。でも、ちょっと二頭を見てみて、頭と尾をくっつけ合って立っているときに。どちらかが相手を歯でかいて、その後、自分が同じところをかいてもらうのを待っているわよ。あとでウィニーをチーゼル(乾燥した頭状花を毛織物のけば立てに用いる)でよく梳《す》いてあげようかしら。一日中革の馬具をつけていたら、きっと暑くて、かゆいでしょう。椀舟を置いていくべきかも、と思うこともあるんだけど……でも、役に立っているし」

「おれも暑くて、かゆい。泳ぎにいってくるよ。今回は服なしで」

「わたしも。でも、その前に荷物をときたいわ。濡らしてしまった服、まだ湿っているから、あそこの茂みに干して、乾かしたいの」エイラは荷かごに放りこんであった湿った服を取り出し、低いハンノキの枝にかけ始めた。「濡らしてしまってよかったかも」エイラは腰布を広げながら言った。「ジョンダラーを待つあいだに、カスミソウを見つけて、自分のは洗ったの」

ジョンダラーもエイラが干すのを手伝おうと一枚を振って広げると、それは自分のチュニックだった。ジョンダラーはそれをエイラに見せて言った。「さっき、おれを待つあいだに自分の服を洗った、って言ってたけど」

「ジョンダラーが着替えた後に洗ったの。汗をたくさんかくと革はだめになるのに、ジョンダラーのはすごく汗染みがついていたから」

ジョンダラーは弟と旅をしていたときは、汗や汗染みの心配などほとんどした記憶がなかった。しかし、エイラが心配してくれて、とてもうれしかった。

ふたりがこれから川に入ろうというとき、ウィニーは水から上がるところだった。ウィニーは脚を広げて川岸に立つと、首を振り始めた。派手に振ったので、体から尾までが揺れた。ジョンダラーは両腕で水しぶきをよけた。エイラは笑いながら川に飛びこみ、すぐに両手で水をすくうと、川に入ってきたジョンダラーにもっと水をかけた。ジョンダラーは膝の深さまで川に入ると、エイラにお返しをした。レーサーは水浴びを終えてそばに立っていたが、水しぶきを浴びて後ろに下がり、それから岸に向かった。レーサーも水が好きだが、それは自分の好きなように浴びられる場合のことだ。

水遊びと泳ぎにあきると、エイラの目に、夕食に使えそうなものが映ってきた。葉が槍の穂先の形で、三枚の白い花びらが集まる中心部が紫の花が水面に浮かんでいる。この植物の根はでんぷん質で、おいしく、腹にたまる。エイラは泥の川底からつま先でいくつか掘り出した。茎は細く、折れやすいので、引き抜くことができないからだ。エイラは水の中を歩いて岸にもどりながら、火を通して食べるヘラオモダカと、生で食べられる香りの強いクレソンも集めた。菱形の小さい葉が規則的に放射状に生えた植物が浮いているのが、エイラの気を引いた。

「ジョンダラー、そこにあるヒシを踏まないように気をつけてね」エイラは砂の多い岸に落ちている、とげのある実を指さした。

ジョンダラーはひとつ拾い上げ、よく見た。四本のとげがあるが、どんなふうに置いても、とげが一本必ず上を向くようになっている。ジョンダラーは首を振り、実を地面に捨てた。エイラはすでにいくつか拾っていたが、ジョンダラーが捨てた実もかがんで拾った。

「これは、踏むと笑顔が消えるけど」エイラは不思議そうな顔をしているジョンダラーに答えるように言った。「食べると笑顔になるの」

川辺の陰になっている場所に、見たことのある青緑の葉をつけた背の高い植物を見つけたエイラは、あたりを見まわした。何か柔らかく大きい葉で手を守って、その背の高い植物をとりたかったからだ。とげだらけのイラクサの葉は慎重に扱わなくてはならないが、火を通すとおいしく食べられる。水際に、人間の背と同じくらいに育ったスイバがあった。その根元から生えている一メートルくらいある葉が使えそう、とエイラは思った。スイバの葉も火を通せば食べられる。そばにはフキタンポポと、根がおいしいシダも何種類かあった。三角洲は食糧の宝庫だった。

岸から少し離れたところに、背の高いアシ原の島が浮かんでいた。縁にはガマも生えている。ガマは今後はつねに主食になりそうだ。繁殖力があり、どこにでも生える。また、ほとんどの部分が食用になる。

古い根はすりつぶして繊維を取り除けばでんぷん質が残って練り粉やスープのとろみづけに使え、また、新しい根は生でも食べられる。花柄《かへい》も同じようにして食べられる。もちろん、こんもりついた花粉からもパンのようなものを作ることができ、とてもおいしい。若いガマの花は長い茎の先に集まって咲き、ふわふわしたネコの尾に似た姿をしているが、これもまたおいしい。

ガマのほかの部分もいろいろに使える。葉は編んでかごや敷物に、種ができた後の花の綿毛は吸水性のある綿として使え、火口《ほくち》にも最適だ。エイラには黄鉱鉄の火おこし石があるので必要なかったが、昨年からの乾燥した木質の茎を両手でまわせば火をおこせることや、また、茎が燃料になることも知っていた。

「ジョンダラー、舟であの島まで行って、ガマを集めましょう。あそこにはほかにも食べられるものがたくさん生えているわ。スイレンのさやとか、根とか。アシの根茎《こんけい》もなかなかおいしいわよ。水にもぐらないと取れないけど、どのみち泳いで濡れているんだから、とりにいきましょう。全部舟に入れてもどってくればいいし」

「エイラはここに来るのは初めてだろう? どうして、あそこにある植物がおいしい、なんてわかるんだ?」ジョンダラーはそうききながら、椀舟を艫からはずした。

エイラはほほ笑んだ。「こういう沼みたいなところがいくつかあったの。半島にあった氏族の洞穴からそう遠くない海のそばにね。こんなに大きくはなかったけど、夏にはここと同じくらい暖かかった。イーザはそういうところに生える植物のことも、それがどこで見つけられるかもよく知っていた。ネジーからも教わったし」

「エイラは植物という植物を全部知っているんじゃないか?」

「ずいぶん知っているけど、全部じゃないわ。とくにこのあたりのものはね。だれかにきけたらいいんだけど。さっきの大きな島の女の人、根菜をむいている途中でいなくなってしまった人なら知っていたかも。あの簇の人たちに会えたらよかったのに」

そのがっかりした様子を見て、ジョンダラーはエイラがどれだけ人恋しいのかわかった。自分もだれかに会いたいと思っていたので、あの簇の人々に会えなかったのは残念だった。

ふたりは椀舟を水際まで運んで乗りこんだ。川の流れはゆるやかに見えたが、舟で出てみるとかなり速かったので、下流に流されないよう、ふたりはすぐに櫂《かい》で漕ぎ始めた。岸から離れ、自分たちの水浴びでかき乱されていないところまで来ると、水は澄みきっていて、魚の群れが水中の植物の上やあいだを泳ぐのが見えた。中にはかなり大きな魚もいたので、エイラは後で捕まえようと思った。

ふたりはスイレンがびっしり浮いているところで舟を止めた。スイレンは密生していて、川の水面がほとんど見えなかった。エイラが舟からすべり降りて水に入ると、ジョンダラーだけでは舟を止めておくことができなくなった。舟はジョンダラーが櫂で流れとは逆に漕ごうとすると、回転しそうになった。しかし、エイラが川底につま先をつけ、舟の縁をつかむと、椀舟は安定した。エイラは花の茎を手がかりにつま先で根をさがし、まわりの泥をどかし、シルトの雲とともに水面に浮いてきたところでそれを集めた。

エイラが舟にはい上がると、舟はまた回転を始めたが、ふたりで櫂を使って漕ぐと安定した。ふたりはアシにおおわれた島を目指した。近づくにつれ、木ほど大きいテリハヤナギの茂みとともに島の縁にびっしりと生えているのは、ガマの中でも小さい種類のものであることがわかった。

ふたりは岸か砂浜をさがして、群生するアシの中に強引に舟を進めていった。しかし、アシの茂みをかき分けても、かたい地面は見えない。水没した砂浜さえなかった。ふたりが分け入ってできる道は、すぐに後ろで閉じた。エイラは不吉な予感を覚え、ジョンダラーも何か目に見えないものに囚《とら》われているような不気味さを感じた。ふたりは高いアシのジャングルに取り囲まれていた。頭上をペリカンが飛んでいるのが見えたが、ふたりとも頭がくらくらして、まっすぐに飛んでいるはずのペリカンが弧を描いているように見えた。つい今通り抜けてきたばかりの高いアシの茎のあいだをのぞきこむと、ふたりが舟を出した向こう岸がゆっくりまわりながら通り過ぎていく。

「エイラ、おれたち、動いている。回転している！」ジョンダラーは突然、向こう岸ではなく、自分たちが回転していることに気づいた。流れがくねっているせいで舟が回転し、島全体がまわっているように見えるのだ。

「ここから出ましょう」エイラは櫂に手を伸ばした。

三角洲の島々は長くもつことはなく、その運命はいつも母なる大河の気分次第だ。群生するアシを支えている島でさえ、地盤を洗い流されてしまうことがある。また、こういった浅瀬の島に生え始めたアシが繁殖しすぎ、もつれ合って水面に浮くこともある。

原因がなんであれ、水に浮いたアシの根は絡み合い、そこに腐敗物——植物や水中の有機体の腐敗したもの——がたまり始め、それを肥やしにさらに多くのアシが急生長する。やがて、さまざまな植物の生息する浮島ができる。ガマ属の中でも小さくて葉の細いコガマ、イグサ、シダ、ゆくゆくは木になるテリハヤナギの茂みが浮島の縁に育っていたが、その中心は、三メートル半ほどにもなる異常に背の高いアシだった。泥の沼地にも大きな浮島ができることがあり、見かけはしっかりしたかたい地面があるように見えて、実は植物の根がもつれて浮いているだけなので、油断がならなかった。

小さな二本の櫂を使い、苦労をしながら、ふたりはどうにか後退して舟を浮島から出そうとがんばった。しかし、やっと不安定な浮島の端に着いたとき、自分たちが舟を漕ぎ出した岸に向かっているのではないのに気がついた。ふたりの前には広々とした湖があった。島の反対側のその光景に、ふたりは目を奪われ、息をのんだ。深緑色を背景に、びっしり集まった白いペリカンの姿が鮮やかだった。何百、何千というペリカンが群れ、立ったり、座ったり、アシの浮島のふかふかの巣で休んだりしている。上空にはさらに多くの、この巨大なコロニーのペリカンがさまざまな高度で飛んでいた。まるで、巣のある下界がこみ合い過ぎているため、大きな翼を広げて惰力で飛びながら、空きができるのを待っているかのようだ。

ペリカンは遠目には白いが、かすかに薄紅色がかり、翼の縁の風切り羽は鉛色だった。長いくちばしと垂れ下がった喉袋を持つ大きなペリカンたちは、産毛に包まれたひなの世話をしている最中だった。子どもがうるさくわめきたてると、親鳥たちは低くしわがれた声でそれに答えていたが、これだけたくさんいると、その合唱は耳をつんざくほどだった。

半分アシに隠れながら、エイラとジョンダラーは巨大な繁殖コロニーに見入っていた。低い鳴き声にふたりが上を見ると、低く飛んでいた一羽のペリカンが、三メートルはある翼を広げて頭上をかすめて降りていった。ペリカンは湖の真ん中あたりに近づくと翼をたたみ、岩のように水面にぶつかって水しぶきをはね散らし、ぶざまに着水した。そこから遠くない場所では、別のペリカンが翼を大きく広げてじゃまするもののない水面を走り、飛び立とうとしていた。エイラはなぜペリカンが湖の上に巣を作りたがるのかわかってきた。ペリカンはかなり広い空間がないと、空に飛び立てないのだ。しかし、いざ空に飛び立つと、その姿は優雅で見事だった。

ジョンダラーがエイラの腕をつつき、浮島のそばの浅瀬を指さした。数羽のペリカンが並んで泳ぎ、ゆっくり前に進んでいる。エイラはそれをしばらく見ていたが、ジョンダラーに向かってほほ笑んだ。横一列に並んだペリカンたちは絶えず、いっせいに頭を水の中に入れ、またいっせいに、まるで号令がかかったかのように頭を上げた。長いくちばしから水をしたたらせている。すべてではないが、何羽かが、追いこんだ魚を捕まえていた。次は自分が、とでも思っているのか、すべてのペリカンはぴったり動きを合わせたまま、前進し、頭を突っこみ続けた。

多少模様の違う別の種類のペリカンのつがいが、少し前に卵からかえり、だいぶ大きくなった子ペリカンを連れて、巨大コロニーのすみに巣を作っていた。このこぢんまりした集団の中やまわりには、ほかの種類の水鳥も巣を作り、子育てをしていた。ウやカイツブリから、白い目に赤いとさかのホシハジロやマガモまで、さまざまな種類のカモがいた。この湿地はおびただしい数の鳥であふれ、それがみな無数にいる魚をとって食べていた。

広大な三角洲一帯が、自然の豊かさを惜しむことなく、これ見よがしにひけらかし、豊富な生命力を恥ずかしげもなく自慢していた。母なる大地は、だれからも害されず、傷つけられず、自分で創った自然の法則に従い、自分の意志だけに——また自分が生まれた壮大な空間だけに——従う。そしてあらゆる種類の生命を創り、育むことに喜びを見出した。しかし徹底的に略奪され、自然資源を強奪され、とどまることのない汚染におかされ、濫用と退廃にさらされれば、多くを創り育む母の能力も失われることがある。

ところが母なる大地は、破壊されて不毛となり、多産の繁殖力を奪われても、最後の皮肉な力を持っている。はぎ取られむしり取られて、いくら奪われようと、自分が創ったものを破壊する力が母にはあるのだ。母はだれの支配も受けない。母の財産を、その許可なしに、その協力をあおぐことなしに、その要求を敬うことなしに、奪うことはできない。生命に対する母の意志を抑圧しようとする者は、結局その報いを受けることになる。母がいなければ、母に創られた生意気な生命も存続できないのだ。

エイラはもっとペリカンを見ていたい気もしたが、そのうちガマを数本引き抜き、椀舟の中に入れ始めた。そのためにここに来たのだから。それからふたりは群生して浮いているアシのまわりを漕いでもどり始めた。ふたたび岸が見えてくると、そこは野営地のすぐ近くだった。ふたりの姿を見てすぐに、長く尾を引く遠吠えがふたりを出迎えた。悲しげな遠吠えだった。狩りからもどったウルフは、ふたりのにおいをつけて、すぐに野営地をさがしあてた。しかし、ふたりがいなかったので、とても不安になったのだ。

エイラは口笛でこたえ、ウルフの不安を和らげようとした。ウルフは水際まで来ると、頭をのけぞらせてまた遠吠えをした。それからふたりの足跡をかぎ、岸を行ったり来たりし、それから水に飛びこんで舟のほうに泳ぎだした。そばまで来ると舟からそれ、群生して浮いているアシを目指した。島と勘違いしたのだ。

ウルフは、エイラやジョンダラーと同じように、ありもしない岸に上がろうとして、アシの合間でしぶきをあげてもがいた。かたい地面は、なかった。ウルフは結局舟にもどってきた。エイラとジョンダラーはウルフのびしょ濡れの体をつかみ、なんとか椀舟に引き上げた。ウルフは興奮と安心感から飛びついて、エイラの顔をなめ、ジョンダラーにも同じようにした。やっと落ち着いたウルフは、舟の真ん中に立って体をぶるぶるっと震わせ、また遠吠えをした。

驚いたことに、別のオオカミの遠吠えがそれにこたえた。さらに甲高く吠える声、そして、また別のオオカミの遠吠えがこたえた。あちこちでオオカミの遠吠えが続いたが、今度はすぐそばで聞こえた。エイラとジョンダラーは怖くて震えながら顔を見合わせた。ふたりとも裸の状態で小舟に座り、オオカミの群れの遠吠えに耳を傾けていた。しかもその声は舟を出した岸からではなく、地面のない浮島から聞こえるのだ！

「あそこにオオカミがいるなんてありえない」ジョンダラーが言った。「あれは島じゃない。陸なんてない。移動性の砂洲さえないんだ」おそらくあれは本当のオオカミの声じゃない、とジョンダラーは身震いしながら思った。おそらくあれは……何か別のもの……。

最後の遠吠えが聞こえた方向、アシの茎のあいだをじっと見ていたエイラの目が、一瞬、オオカミの毛皮とふたつの黄色い目をとらえた。その上のほうでも何かが動いた。目を上げると、半分葉の影に隠れるようにして、一匹のオオカミが木のまたの上からこちらを見下ろし、舌を垂らしていた。

オオカミは木に登らないのに！　少なくとも、エイラが知っているオオカミは木に登らなかったし、オオカミなら今までにたくさん見てきた。エイラはジョンダラーをつついて指さした。ジョンダラーもそれを見て息をのんだ。本物のオオカミのようだけど、どうやって木に登ったんだ？

「ジョンダラー」エイラが小声で言った。「行きましょう。この浮島、いやだわ。しかも、オオカミが木に登って、あるはずのない地面の上を歩いているなんて」

ジョンダラーも同じように落ち着かなかった。ふたりは岸にもどろうと急いで漕いだ。岸が近づくと、ウルフは舟から飛び出した。ふたりも舟から出ると、急いで乾いた地面の上まで小舟を引きずっていき、槍と投槍器《とうそうき》を取り出した。馬は二頭とも浮島のほうを向き、耳を前方に向けてぴんと立てていたが、その姿に緊張感が表れていた。通常オオカミは臆病なので、襲ってくることはない。とくに、馬と人間と別のオオカミのにおいが入り混じって、未知の状況が出来上がっているのだ。しかし、浮島のオオカミはどうかわからない。あれはふつうの、本当のオオカミだろうか？　それとも何か……得体の知れないものだろうか？

もしエイラとジョンダラーが、得体の知れない力で動物を操っているように見えたせいで大きな島の住人を怖がらせていなかったら、ふたりは沼地に詳しい彼らから教えてもらえたかもしれない。ふたりが得体の知れないものではないように、浮島のオオカミも得体の知れないものではない。大三角洲の水を多く含んだ陸地にはたくさんの動物が生息していた。そのうちの一種がアシオオカミだった。アシオオカミはもともと島の森林地帯で暮らしていたが、何千年ものあいだに水浸しの環境に対する順応性を高め、アシの浮島の上を容易に移動できるようになった。さらに木に登ることも覚えたが、それは、地形が変化しやすく、氾濫しやすい場所で洪水で孤立した場合、とても便利だった。

アシオオカミが半水上の環境で暮らせるということは、オオカミの順応性の高さの証拠だった。それと同じ順応性によって、オオカミは人間とともに暮らすようになった。今でも野生の祖先との交配は可能だが、オオカミは長いときを経て完全に家畜化され、外見上もほかの種のように見えるほどになった。その多くにはまったくと言っていいほどオオカミの面影がない。

川の向こうの浮島に、何頭かのアシオオカミが見えた。二頭は木の上にいる。ウルフは期待をこめてエイラとジョンダラーの顔を順番に見た。自分の群れのリーダーからの指示を待っているようだ。アシオオカミの一頭がまた遠吠えをした。すると、ほかのアシオオカミたちもそれに続き、エイラは背筋がぞくっとした。アシオオカミの声は、聞き慣れたオオカミの声と違うようだったが、どう違うのかははっきりわからなかった。水に反響して声の調子が変化するのかもしれなかったが、その声のせいで謎に満ちたアシオオカミに対する不安感はつのった。

緊張感は突然、途切れた。アシオオカミが、現れたときと同じように音もなく姿を消したのだ。投槍器を持ったエイラとジョンダラー、それにウルフが、開けた川のむこうの奇妙なオオカミの群れを見ていたかと思うと、次の瞬間、オオカミたちは消えてしまった。気がつくと、エイラとジョンダラーは投槍器を手に持ったまま、目をこらして、なんの変哲もないアシとガマを見つめていた。ふたりは自分たちが愚かに思え、きまりが悪くなった。

冷たいそよ風が吹き、裸のふたりは鳥肌が立った。太陽は西の山脈の向こうに落ち、夜がせまっている。ふたりは投槍器を下に置き、あわてて服を着ると、急いで火をおこしてテントを張ったが、気分は暗かった。エイラは気がつくと二頭の馬のほうを確認してばかりいた。二頭ともテント近くの野原で草を食べているので安心だった。

焚き火の金色の炎が暗闇に包まれるにつれ、ふたりは妙に無口になり、あたりに満ちてきた夜の三角洲の音に耳を傾けていた。ゴイサギは薄暗がりの中でガーガー鳴いて活動的になり、コオロギも鈴のような声で鳴いている。フクロウが何度も続けて悲しげに鳴いた。近くの森からの鼻を鳴らす音に、エイラは、イノシシだわ、と思った。遠くから耳をつんざくような声がして、エイラはぎょっとした。ケーブ・ハイエナが甲高く笑ったのだ。と、そばで、大きなネコ科の動物の悔しそうな金切り声が聞こえた。獲物を逃したのだ。エイラは、オオヤマネコかしら、ユキヒョウかもしれないわ、と思った。オオカミの遠吠えも聞こえてくるかしら、と思っていたが、一度も聞こえなかった。

ビロードのような暗闇があらゆるものの影と輪郭をおおい隠すにつれ、いろいろな物音の合間を絶えず埋める伴奏も大きくなってきた。すべての川や川岸、湖やスイレンにおおわれた潟湖から、カエルが見えない聴衆に向かってセレナーデを合唱していた。ワライガエルとトノサマガエルの低音はその合唱に厚みを与え、一方、スズガエルは低い鐘のような声で参加している。それとは対照的なのが、アオガエルの澄んだ震える声で、スキアシガエルの低音の甘い声とともに、アマガエルの鋭い声にリズムを合わせていた。

エイラとジョンダラーが床につく頃、絶え間ないカエルの合唱もしだいに小さくなり、いつもの夜の音に溶けていった。しかし、心配していたオオカミの遠吠えがついに遠くのほうから聞こえると、エイラはやはりぞくぞくっとした。ウルフが起きて座り、その遠吠えにこたえた。

「ウルフはオオカミの群れが恋しいのかな?」ジョンダラーはそう言いながら、エイラに腕をまわした。

エイラはジョンダラーにしっかり寄り添った。相手の温もりがそばにあるのがうれしかった。

「わからないけど、心配になることがあるの。ベビーはつれあいをさがすためにわたしのもとを去った。ライオンの雄ならつねに自分の縄張りを離れて、ほかの群れにつれあいをさがしにいくわ」

「レーサーもおれたちのもとを去ると思うかい?」

「ウィニーはしばらくそうして、どこかの群れで暮らしていたわ。ほかの雌馬たちがどのくらいウィニーを気に入ったかわからないけど、ウィニーは自分のつれあいが死んだ後、もどってきたの。すべての雄馬が雌の群れといっしょに暮らすわけじゃない。それぞれの雌の群れが選ぶ雄は一頭だけ。だから、雄馬は自分が選ばれるためにほかの雄と戦わなくちゃいけない。若い雄や年寄りの雄はふつう自分の群れといっしょに生活するけど、歓びを分かち合う季節になると、雄馬はすべて雌に引きつけられるの。レーサーも同じだと思うけど、レーサーも選ばれた雄馬と戦うことになるでしょうね」

「その時期になったらレーサーの引綱をずっと持っていようか」

「しばらくは心配しなくてもいいと思うわ。馬が歓びを分かち合うのはいつも春だから。子馬を産み落としたすぐ後よ。それより心配なのは、旅の途中で人に会ったときのこと。みんな、ウィニーとレーサーは特別だ、とは思わないでしょ。傷つけようとする人もいるかもしれない。わたしたちも歓迎されそうにないし」

エイラはジョンダラーの腕の中に体を横たえ、ジョンダラーの部族はわたしをどう思うかしら、と思った。エイラがおとなしく、何か考えこんでいることに、ジョンダラーも気がついた。キスをしたが、エイラの反応はいつもと違う感じがした。たぶん疲れているんだろう、忙しい一日だったから。ジョンダラー自身、疲れていて、カエルの合唱に耳を傾けながら眠ってしまった。しかし、腕の中のエイラにたたかれ、大声でわめかれ、目を開けた。

「エイラ！　エイラ！　目を覚ますんだ！　だいじょうぶだから」

「ジョンダラー！　ジョンダラー」エイラは泣きながらジョンダラーにしがみついた。「夢を見ていたの……氏族の。クレブがわたしに何かだいじなことを言おうとしたんだけど、わたしたち、洞穴の奥にいて、暗かったの。クレブの身ぶりが見えなかった」

「今日、氏族のことを考えていたんだろう。大きな島で海を見ながら氏族のことを話していたときは、悲しそうに見えた。氏族と離れてしまう、そう思っていたんじゃないか？」

エイラは目を閉じて、うなずいた。口を開けば涙がこぼれてしまいそうだった。ジョンダラーの部族のことが心配だ、とは言えなかった。自分だけでなく、ウィニーとレーサー、ウルフが受け入れてもらえるかどうかも心配だった。エイラは氏族も息子も失った。もし無事にジョンダラーの故郷に着けたとしても、ウィニー、レーサー、ウルフという家族を失うのはいやだった。そして、どうしても、クレブが夢の中で自分に何を伝えようとしていたのか知りたかった。

ジョンダラーはエイラを抱きしめ、温もりと愛情でなぐさめた。エイラの悲しみはわかっていたが、何を言えばいいのかわからなかった。しかし、ジョンダラーがそばにいる、エイラにはそれでじゅうぶんだった。

12

母なる大河の北の分流は、小さな川が湾曲しながら網目のように走る大地の中を、広大な三角洲の北側の縁を曲がりくねりながら流れていた。分流の両側の岸沿いには低木や高木が点々と生えていたが、その細い縁取りの向こう側、水分を直接確保できない場所から木は急激に減り、ステップの草原になっていた。一行はその乾いた草原を、ほぼ真西に進んでいた。木立ちのそばを通り、分流の湾曲部は避けながら、左岸沿いに上流に向かっていた。

ふたりは思い切って何度も湿地に入り、たいていは分流のそばで野営をしたが、行く先々で目にする多様性に驚くことが多かった。大河の河口は、大きな島から遠くにながめたときは一様に見えたが、そばで見ると地形も植物も多種多様で、何もない砂地から深い森まであった。

ある日は行けども行けどもガマの野原だった。ガマの茶色い頭状花はソーセージのような形で、てっぺんの穂には黄色い花粉がたくさんついていた。次の日は見渡す限り丈の高いアシ原だった。ジョンダラー

の背丈の二倍以上もあるアシが、それより低くしなやかな別種とともに生えていた。この細身の別種はアシより水に近い場所に、さらに密に生えていた。

浮遊するシルトが堆積してできた島々は、砂と粘土でできた細長い舌の形のものがほとんどで、押し寄せる川の水と、それに対抗する海流にもまれていた。その結果、アシ原、湿地、ステップ、さまざまな成長段階の森からなるモザイク模様の土地は、どこもかしこもが急変しやすく、意外性に満ちていた。変化にとんだ多様性は三角洲の外にも広がっていた。ふたりは思いがけず、三角洲から完全に切り離された三日月湖に出くわした。この湖の土手はもとは大河の堆積作用によってできたものだ。

ほとんどの島はもともと、海岸性の植物や、一メートル半近くもある巨大なハマムギが根を張って地盤をかためていた。ハマムギは馬の大好物だ——塩分がたくさん含まれているのでほかの草食動物も好む。しかし、地形が急に変化するせいで、巨大な河口に閉じこめられた島の中には、内陸の砂丘にもまだ海岸性の植物が生え、そのすぐそばにつる植物まで繁茂する大きな森を持つものもあった。

大河の分流に沿って進んでいると、小川を渡らなくてはならないことが多かった。しかし、小さい流れだと馬が水しぶきを上げてもほとんど川とは気づかないくらいで、たいていの川はたやすく渡れた。だが、流れが変化し、川がじょじょに干上がってできた低湿地はやっかいだった。ジョンダラーはほとんどの場合、そういう場所を迂回した。沼地と、そういう場所によくできるやわらかいシルトの土壌の地面がもたらす危険には鋭い目を光らせていた。以前弟とここを通ったときに、ひどい経験をしたからだ。しかし、ジョンダラーは豊かな緑に隠された危険は知らなかった。

長く、暑い一日のことだった。エイラとジョンダラーはその夜の野営地をさがしていたが、分流に目を向けると、よさそうな場所があった。ふたりは斜面を下りて、涼しく、気持ちのよさそうな谷間に向かった。谷間には背の高いサルヤナギが、一段と緑の濃い草地に影を作っていた。突然、草地の反対側で一羽の大きなノウサギがはねた。エイラは腰帯から投石器を取り出しながらウィニーをせき立てたが、緑の草地を走り始めたところで、ウィニーがためらった。ひづめの下のかたい地面が、海綿状になったからだった。

エイラはすぐにウィニーが速度を落としたのを感じ、反射的にそれに合わせたのが幸いした。夕食を確保したいと思ってはいたが、即座にウィニーを止めた。ちょうどそのとき、ジョンダラーを乗せたレーサーも元気よく走ってきた。レーサーも地面がやわらかくなったことに気づいたが、いきおい余ってさらに数歩踏みこんでしまった。

ジョンダラーはあやうく投げ出されそうになった。レーサーの前脚が厚いシルトの湿地に沈みこんだのだ。しかし、ジョンダラーは体勢を立て直し、レーサーの横に飛び降りた。レーサーは甲高くいななき、後ろ脚はまだかたい地面にあったのでそのまま体をねじ曲げ、底なしの湿地からなんとか片脚を引き抜いた。かたい地面をさがしながら後退していくと、もう片方の前脚がポコッと音を立てて、底なし沼から抜けた。

レーサーは震えていた。ジョンダラーは弓なりにそったレーサーの首にしばらく手を置いてなだめると、手近にあった低木の枝を折り、目の前の地面に突き刺してみた。枝が飲みこまれてしまうと、長い柱のうち、橇《そり》に使っていなかった三本目を取り、それでさぐってみた。アシやスゲでおおわれているが、この小さな草地は湿った粘土とシルトの底なし沼だった。馬たちが機敏に足を止めたおかげで、危険は避けられたが、これ以降、ふたりは、母なる大河に近づくときはもっと注意した。その気まぐれな多様性には、思いがけない罠《わな》がひそんでいることもあるのだ。

三角洲の動物の多くは、やはり鳥類だった。とくにサギ類やカモが多かったが、ペリカン、ハクチョウ、ガン、ツルも多い。ナベコウや色鮮やかで光沢のある体のトキもいて、木々に巣を作っていた。巣作りの時期は種類によって異なるが、どの鳥も、一年のうち比較的暖かい期間に子を産まなくてはならない。エイラとジョンダラーはいろんな鳥の卵を集めて、手軽な食事をとり——ウルフまでが殻を割れるようになった——かすかに魚の味がする卵のおいしさを覚えた。

しばらくすると、ふたりは三角洲の鳥たちにも慣れた。何が起こるか予測できるようになると、驚きが少なくなってくる。しかし、ある日の夕方、分流沿いの銀色のサルヤナギの森の近くを通っていると、はっとするような光景に出くわした。森が開けて、湖と言っていいほどの大きな潟湖《せきこ》になった。しかし、水面は大きなスイレンに埋め尽くされていたので、初めのうち、その景色にはなんの動きもないように思えた。ふたりの目を引きつけたのは、何百羽もの小さなカンムリアマサギだった。長い首をS字に曲げ、長いくちばしで魚を突こうと構えた姿で、ほとんどすべてのスイレンの葉の上に立っている。香りのつよい白い花を取り囲むスイレンの葉は頑丈だった。

ふたりはしばらく見とれていたが、そこから離れることにした。ウルフが飛びまわってカンムリアマサギをおびえさせ、休息場から飛び立たせることになってはいけない、と思ったからだ。一行がそこから少し先に進み、野営地を決めたところで、何百羽もの首の長いカンムリアマサギが空に飛び立った。エイラとジョンダラーは手を止めてそれをながめた。カンムリアマサギたちは大きな翼を羽ばたかせながら、東の空の薄紅色の雲を背景に、黒い影絵になっていた。ウルフが飛び跳ねながら野営地にもどってきたので、エイラは、ウルフが追い立てたのね、と思った。ウルフは本気でカンムリアマサギを捕まえようとしたわけではなかったのだろうが、追い立ててきて本当にうれしそうだった。もしかして、カンムリアマサギが空に飛び立つのを見たくてやったのかしら、とエイラは思った。確かにその光景は圧巻だった。

次の朝、エイラは蒸し暑くて目が覚めた。すでにかなり気温が高く、起き出したくなかった。せめて一日だけでもゆっくりしたかった。体が疲れていたわけではないが、旅に疲れていた。馬だって休息が必要よ、とエイラは思った。ジョンダラーは強引に進み続けたがっているし、何に駆り立てられているのかはわかっている。氷河を渡るのに一日遅れれば大きく違ってくる、とジョンダラーはいつも言うけれど、それならもうすでにだいぶ遅れている。安全に旅を続けたいなら、旅に適した天候でなければ一日くらい休むべきよ。しかし、ジョンダラーが起きて荷造りを始めると、エイラもそれにならった。

時間がたつにつれ、開けた平原にいるにもかかわらず、暑さも湿気も耐えられないほどになってきた。ジョンダラーが、休んで泳ごう、と言うと、エイラはすぐに賛成した。方向を変えて川に向かうと、うれしいことに、日陰のある空き地が川に面して開けていた。そこは増水期だけ水の流れる川床で、まだ少しぬかるみ、朽ち葉で埋め尽くされ、草地は少ししかなかった。それでも、マツとヤナギに囲まれ、涼しくて気持ちよさそうだった。川床は泥が逆流する溝につながっていたが、その溝の少し先、川の湾曲部には細長い、小石の浜があった。浜の先端は静かな淵で、上に張り出したヤナギのあいだからもれる日の光が、水面に光の斑点を落としていた。

「ここなら、言うことなしね！」エイラは満面の笑顔を見せた。

エイラが橇をはずしにかかると、ジョンダラーがきいた。「そんなことする必要はないだろう。すぐに出発するんだから」

「馬だって休息が必要だし、水の中で転げまわったり、泳いだりしたいかもしれないじゃない」エイラはそう言いながら、ウィニーの荷かごと背あて布を下ろした。「それに、ウルフが追いつくのを待ちたいの。午前中一度も見かけなかったもの。きっと何か素敵なにおいをかぎつけて、それを追って遊んでいるのよ」

「わかった」ジョンダラーはレーサーの荷かごの革ひもをはずし始めた。荷かごをエイラのわきにある椀舟に入れると、レーサーの尻をやさしくたたき、自由にウィニーの後を追っていっていいぞ、と言ってやった。

エイラは手早く着ていたものを脱ぎ、足から水に入っていった。ジョンダラーのほうは立ち止まって用を足した。顔を上げてちらっとエイラのほうを見ると、目が離せなくなった。エイラはきらめく水の中に膝まで入って立っていた。一筋の木洩れ日の中で水浴びをするエイラの髪に金色の環が浮かび、しなやかな体を包む日焼けした素肌は輝いている。

ジョンダラーはエイラを見つめながら、その美しさにまた感動した。しばらくのあいだ、エイラへの強い愛に圧倒されて、息が止まりそうだった。エイラがかかんで両手で水をすくって体にかけた。かがんだときの、肉付きのいい尻の丸みと、腿の内側のまぶしい白さに、ジョンダラーの体を熱い欲望が走った。ジョンダラーはまだ手に持っていた自分の男性器を見下ろしてほほ笑んだ。泳ぐより楽しいことがある。

エイラは、水の中に入ってきたジョンダラーが笑顔を浮かべていること、そして、情熱的な青い目が自分を誘っていることに気づいた。また、ジョンダラーの男性器の形が変わってきたことにも気がついた。エイラも思わず興奮してきた。それから、気持ちを落ち着けると、自分では意識していなかった緊張が解けていった。今日はもう旅はしない。旅なんてしたくない。ふたりとも気持ちの切り替えが必要よ。なにか楽しくてわくわくする気分転換が。

ジョンダラーは、エイラの視線が自分の下腹部に注がれているのがわかっていた。エイラの反応にも、姿勢の変化にも頭のどこかで気づいていた。エイラは姿勢を大きく変えたわけではなかったが、どことなく誘うような立ち方になっている。ジョンダラーの反応は言うまでもない。隠したくても隠せなかった。

「この水、とても気持ちがいいの。泳ぐっていうのは、いい考えだったわ。すごく暑くなってきたから」

「うん、おれも暑くなってきた」ジョンダラーはいたずらっぽく笑いながら、歩いていった。「どうしてかわからないけど、エイラのそばにいると自制心がきかなくなる」

「自制心なんていらないじゃない。わたしはジョンダラーのそばにいるときは自制心なんてないもの。そういう目で見つめられるだけで、わたしは用意ができるの」エイラはほほ笑んだ。ジョンダラーの好きなとっておきの笑顔だ。

「大好きだよ」ジョンダラーはエイラを両腕で抱きしめながらささやいた。ジョンダラーがかがみこむと、エイラも背伸びした。エイラの柔らかい唇にジョンダラーの唇がしっかりと合わさり、ふたりは長いキスをした。ジョンダラーはエイラの背中に手をすべらせ、その肌に太陽の温かさを感じた。エイラはジョンダラーの手の感触が大好きで、その手に愛撫されると、そのとたんに、驚くほど期待がふくらんだ。

ジョンダラーは手を下に、なめらかな丸い盛り上がりにすべらせ、エイラの体を引き寄せた。エイラは、ジョンダラーの熱くてかたいものが、自分の腹にあたっているのを感じた。しかし、動いた拍子にエイラはよろけた。体勢を立て直そうとしたが、足もとの石が崩れた。転ばないようジョンダラーにつかまると、ジョンダラーもバランスを崩してよろけた。ふたりとも水しぶきを上げて転び、それから座りこんで大笑いした。

「けがはなかった？」ジョンダラーがきいた。

「だいじょうぶ。でも、わたし、水が冷たいから、少しずつ体を慣らそうとしていたのに。もうどうせ濡れてしまったから、泳ぐわ。そのためにここに来たんでしょ?」

「うん。だけど、ほかのことをしてはいけない、ってわけじゃないだろ?」ジョンダラーは言った。ふと見ると、水面はエイラの腕のすぐ下にあり、豊かな胸が水に浮かんでいる。薄紅色のかたい先端がつんた、船首が丸い二そうの舟みたいだ。ジョンダラーはかがみこむと、舌先で片方の乳首をくすぐり、冷たい水の中でエイラの温もりを感じた。

エイラはそれにこたえて震え、頭をのけぞらせて快感に身をゆだねた。ジョンダラーは手を伸ばしてもう片方の胸を包み、さらに手を腰のくびれにすべらせて、エイラを強く引き寄せた。エイラはとても敏感になっていた。ジョンダラーの手のひらにかたい乳首をなぞられるだけで、うれしくてぞくぞくした。ジョンダラーが片方の胸を吸ったかと思うと唇を離し、エイラの胸の丸みに沿って、さらに喉に、首にキスをした。耳にそっと息を吹きかけると、唇をさがした。エイラがわずかに口を開けると、ジョンダラーの舌が触れた。

「おいで」体が離れると、ジョンダラーは立ち上がり、片手を差し出してエイラを立たせた。「泳ぎにいこう」

ジョンダラーはエイラの手を引いて、さらに深い場所に行った。水面がエイラの腰まで来ると、ジョンダラーはエイラを引き寄せてまたキスをした。エイラは腿のあいだにジョンダラーの手を、水の冷たさを感じた。その手がエイラの襞《ひだ》を開いていた。ジョンダラーがかたくて小さい核を見つけてなでると、いっそう大きな快感が走った。

エイラの体中を快感が駆けめぐった。そのときに思った。ちょっと急ぎすぎよ、わたしはもうほとんど用意ができているけど。エイラは大きく深呼吸をすると、相手の腕からすり抜け、そして笑いながらジョンダラーに水をかけた。

「泳いだほうがいいんじゃない?」エイラはそう言うと、手を大きく伸ばして水を数回かいた。淵は小さかった。すぐ反対側には水面下に沈んだ島があり、その上にアシがびっしり茂っている。そこまで泳ぐと、エイラは立って振り向いた。ジョンダラーはほほ笑んでいた。エイラはジョンダラーの魅力と、欲望と、愛の強さに引かれ、欲しくなってきた。エイラが浜に向かって泳ぎだすと、ジョンダラーも泳ぎだした。途中でぶつかると、ジョンダラーは向きを変えてエイラの後に続いた。

水が浅くなってきたところでジョンダラーは立ち上がった。「よし、もうちゃんと泳いだぞ」そして、水から上がるエイラの手を取り、浜へ導いた。またキスをすると、エイラに強く引き寄せられた。エイラはジョンダラーの体に胸を、腹を、腿を押しつけながら、その腕の中で溶けてしまいそうだった。

「さあ、今度は別のことをしよう」ジョンダラーが言った。

エイラがはっと息を止め、両目を見開いた。話そうとすると、少し声が震えた。「別のことって?」からかうようにほほ笑みながら、試しにきいてみた。

ジョンダラーは敷物の上に倒れこみ、片手をエイラのほうに伸ばした。「こっちにおいで。教えてあげる」

エイラはとなりに座った。ジョンダラーはキスをしながらエイラを横たわらせた。なんの前置きもなく、上におおいかぶさってかがみこむと、エイラの腿を割って、温かい舌をその冷たく湿った襞のあいだに差し入れた。エイラはぞくぞくっとし、一瞬大きく目を見開いた。いきなり全身が脈打ち、それが体の奥深い場所にも伝わっていった。その部分がやさしく引っ張られるのを感じた。ジョンダラーが歓びの場所を吸っていた。

ジョンダラーはエイラを味わいたかった。飲みたかった。そして、エイラの用意ができていることも知っていた。それを感じてジョンダラーの興奮も高まり、大きく、少し曲がった男性器がぎりぎりまで膨れるのに合わせ、下腹部は欲望でうずいた。ジョンダラーは鼻を押しつけ、軽く噛み、吸い、舌でさぐり、それから、舌を奥へと差し入れ、その味を楽しんだ。自分の欲望は置いたまま、このまま永遠に続けたかった。エイラに歓びを与えるのがうれしくてしかたなかった。

エイラは体の奥がどうしようもなくうずくのを感じ、うめき、大声を上げた。すぐにも達しそうだった。

ジョンダラーは、その気になれば、エイラの中に入らなくても自分自身を解放することができそうだった。しかし、エイラの中にいるときの感覚も好きだった。両方を一度にできる方法があればいいのに、と思ったくらいだ。

エイラはジョンダラーに手を伸ばし、身を起こして迎えようとした。すると、騒々しい嵐が体の中でわき起こった。嵐はほとんど予告なく、突然荒れ狂った。ジョンダラーはエイラの濡れた温かさを感じ、上体を起こした。そして、体を上にずらしながら、エイラが待ち受ける入り口をさがし、力強く、一気に奥まで挿入した。ジョンダラーの熱い男性器はすでに用意ができ、あとどのくらい待てるかわからなかった。

エイラはジョンダラーの名前を叫びながら、手を伸ばし、求め、腰を反らせた。ジョンダラーはもう一度突きあげ、完全に包まれたのを感じた。そして、体を震わせ、うめき声を上げながら腰を引き、究極の感触を味わった。自分の敏感な男性器に体の奥深いところが刺激され、次の瞬間、ジョンダラーは頂上に駆け上った。もう待てなかった。もう一度突き入れたとき、歓びの洪水に襲われた。エイラもジョンダラーとともに声を上げた。激しい喜びがあふれた。

ジョンダラーはもう何度か突くと、エイラの上にくずれた。ふたりとも至福の興奮と荒々しい解放から体を休めた。しばらくして、ジョンダラーが頭を起こしたので、エイラが伸び上がってキスをすると、自分自身のにおいと味がした。このキスをすると必ず、ジョンダラーがもたらした信じられないほどの快感が思い出される。

「わたし、もっと長引かせたかった。時間をかけたかったんだけど、がまんできなかったの」

「その状態を長引かせることもできるけどね」ジョンダラーはそう言い、エイラがだんだんと笑顔になるのを見ていた。

ジョンダラーはごろりと横になり、それから上体を起こした。「この岩だらけの浜はあまり寝心地がよくないな。言ってくれればよかったのに」

「気がつかなかった。でも、そう言われてみると、石がごつごつしてお尻が痛いし、肩も痛いわ。もっと柔らかい場所をさがさないと……ジョンダラーが横になれるようにね」エイラは茶目っ気たっぷりに笑い、目をきらきらさせた。「でも、その前に、ちゃんと泳ぎたい。たぶん、この近くにもっと深い川があるわ」

ふたりはまた歩いて川の中に入り、淵を少し泳ぎ、そのまま上流に向かい、浅瀬のぬかるんだアシ原に分け入った。アシ原の向こうで、水は突然冷たくなり、足下の水底は一気に深くなった。ふたりが今いるのは、アシ原のあいだを曲がりくねって進む広い川だった。

エイラは両腕を伸ばしてジョンダラーを追い抜いたが、ジョンダラーも全力を出して追いついた。ふたりとも泳ぐのは得意だったので、すぐに競泳が始まった。高いアシのあいだで体をくねらせ、曲がりながら流れる広い川を争って泳いでいく。ふたりはまったく互角で、何かが少し有利に働くだけでどちらかが先頭に立った。エイラがたまたまジョンダラーの前にいたとき、川が二股に分かれた。分岐した川はそれぞれが急カーブしていた。ジョンダラーが顔を上げると、エイラの姿がなかった。

「エイラ！　エイラ！　どこにいるんだ？」ジョンダラーは大声で呼んだ。返事はなかった。ジョンダラーはもう一度呼びながら、分岐した川のひとつを泳いでいった。急カーブした先にはアシしか見えなかった。どこを向いても、高いアシの壁だ。突然、恐怖に襲われ、ジョンダラーはまた大声で呼んだ。「エイラ！　いったい、どこにいるんだ？」

いきなり、口笛が聞こえた。エイラがウルフを呼ぶときのものだ。ジョンダラーはほっとしたが、口笛は思っていたよりかなり遠くから聞こえた。ジョンダラーも口笛を吹くとエイラが口笛で返したので、川に沿って泳いでもどることにした。川の分岐点まで来ると、もう片方の分岐した川に泳ぎ進んだ。

こちらも大きくカーブして、別の川に注いでいた。ジョンダラーはいきなり、強い流れにさらわれ、この川の下流に流された。しかし、そのさらに下流のほうでエイラが流れに逆らって懸命に泳いでいるのを見つけ、ジョンダラーはそこまで泳いでいった。エイラはジョンダラーが横に来ても泳ぎ続けていた。泳ぐのをやめたら、この川の下流に押し流されてしまうからだ。ジョンダラーも向きを変え、エイラと並んで上流に向かって泳いだ。分岐点にたどり着くと、ふたりは立ち泳ぎをしながら休んだ。

「エイラ！　何を考えていたんだ？　どっちに行ったか、わからなかったじゃないか」ジョンダラーは大声で怒った。

エイラはジョンダラーに向かってほほ笑んだ。わかっていた。ジョンダラーが怒っているのは、恐怖と不安で張り詰めていた気持ちが解けたからだ。「ジョンダラーより先に行こうとしていただけよ。知らなかったの。あの川があんなに急にカーブしていることも、流れがあんなに強いことも。気がついたら下流に流されていたの。どうしてあんなに流れが急なのかしら？」

緊張が解け、エイラが無事だったことにほっとして、ジョンダラーの怒りはたちまち消えた。「どうしてだろう。不思議だな。おそらく、主川が近いんだろう。それか、川底が急に落ちこんでいるかだ」

「ねえ、もどりましょう。ここの水は冷たいし、あの日当たりのいい浜にもどりたいわ」

水の流れに乗りながら、ふたりは先ほどよりゆっくりと泳いでもどった。分岐した川ほど流れは強くなかったが、この川の流れもふたりを運んだ。エイラは仰向けで水に浮き、横をすべるように流れていく緑のアシと、青く澄んだ大空をながめた。太陽はまだ東の空だったが、高い位置にあった。

「どこからこの川に入ったか覚えてるかい、エイラ？　どこも同じに見える」

「岸に背の高いマツが三本並んで立っていたわ。真ん中の一本が両側のより少し高かった。枝を垂らしたヤナギの後ろよ」エイラはそう言うと、うつぶせてまた泳ぎだした。

「この川沿いはマツだらけだからな。岸に向かったほうがいいかもしれない。通り過ぎてしまったかもしれない」

「通り過ぎてはいないと思う。三本のマツのうち下流側のは変なふうに曲がっていた。まだ見ていないわ。待って……あの先……ほら、見える？」エイラはアシ原に向かいだした。

「エイラの言うとおりだな。ここから川に入ったんだ。アシが曲がっている」

ふたりはアシのあいだをかき分けるようにして小さい淵にもどった。淵の水が今は温かく感じられた。歩いて石だらけの浜に上がると、家に帰ったような気持ちがした。

「火をおこして薬草茶を入れるわ」エイラは腕の水を払い、髪も束ねて水をしぼると、小枝を集めながら荷かごのほうに歩いていった。

「服はいらないのかい?」ジョンダラーも小枝を集め、下に置いた。

「できれば、先に体を少し乾かしたいの」エイラは馬たちが近くのステップで草を食べているのに気づいたが、ウルフの姿はどこにもなかった。少し心配になったが、ウルフがひとりで半日も出かけたきりなのはこれが初めてではなかった。「敷物を広げましょう。あの日当たりのいい芝の上がいいわ。わたしが薬草茶を入れるあいだ、休んでいて」

エイラが大きな焚き火をおこすあいだに、ジョンダラーは水を汲みにいった。エイラは薬草の蓄えの中から、よく考えながらいくつか選んだ。アルファルファの薬草茶がよさそうね。元気が出るし、さわやかな気分になる。ルリヂシャの花と葉にも強壮作用がある。ナデシコも甘みづけと、ほのかな香りづけに。ジョンダラーにはハンノキのえんじ色の雄花も入れることにした。春の早い時期に集めたものだが、それを摘んでいたとき、複雑な気持ちだったことを思い出した。ラネクと言い交わしたことを考えながら摘んでいたけど、そのあいだじゅうずっと、ジョンダラーとならよかったのに、と思っていたんだわ。エイラは温かな幸福感を味わいながら、ジョンダラーの茶わんにハンノキの雄花を加えた。

薬草茶ができると、エイラは茶わんをふたつ、ジョンダラーが休んでいる芝に持っていった。ジョンダラーが広げた敷物の一部はもう影になっていたが、エイラはかまわなかった。日中の暑さに、泳いで冷えた体はもう温まっていた。エイラはジョンダラーに茶わんをひとつ渡し、となりに座った。ふたりは穏やかな気持ちでいっしょに休んだ。さわやかな薬草茶をすすりながら、ほとんど話はせずに、二頭の馬を見つめていた。二頭は反対向きに横に並んで立ち、お互いの顔のまわりのハエを尾で追い払っている。

ジョンダラーは飲み終わると仰向けに寝転がり、両手を頭の後ろで組んだ。エイラはうれしかった。ジョンダラーがくつろいだ様子で、すぐに出発しようとはしなかったからだ。エイラは自分の茶わんを置くと、となりに横になり、ジョンダラーの肩の下のくぼみに頭をのせ、片方の腕をジョンダラーの胸にのせた。目を閉じて相手のにおいをかいでいると、腕がまわってきて、エイラの尻のほうにすべっていった。無意識の優しい愛撫だった。

エイラは首を曲げてジョンダラーの温かい肌にキスをし、首に息を吹きかけた。ジョンダラーは少しぞくっとして目を閉じた。エイラはもう一度キスをすると、体を起こして、唇で軽くつまむようなキスを肩と首に降らせた。ジョンダラーはがまんできないくらいくすぐったくなり、激しい興奮を覚えたが、横になったまま じっと動かないようにしていた。

エイラはジョンダラーの首と喉に、そしてあごにもキスをし、唇にジョンダラーの無精ひげを感じた。それから、体を上にずらして唇に触れ、唇の端から端へと優しいキスをした。端までキスをし終わると、上体を起こしてジョンダラーを見下ろした。ジョンダラーは目を閉じていたが、期待のこもった表情を見せていた。そのうちにジョンダラーは目を開けた。エイラが自分におおいかぶさり、喜びで輝く笑みを浮かべている。まだ濡れた髪が肩にかかっている。ジョンダラーは手を伸ばして強く抱き寄せたかったが、ただほほ笑み返した。

エイラはかがみこむと、舌でジョンダラーの唇をさがした。そっとなぞるくらいではとんど感じられないほどだったが、濡れた舌に触れられた部分に風があたってすっとするような感覚が走り、ジョンダラーは、全身が信じられないくらいぞくぞくっとした。そして、もうがまんできない、と思ったとき、エイラがキスをしてきた。しっかりと唇を重ねて。入り口をさがすエイラの舌を、ジョンダラーは口を開いて受け入れた。エイラはゆっくり入ってきた。唇の内側を、舌の裏側を、そして口蓋《こうがい》をさぐり、触り、くすぐった。エイラにそっと軽く唇をかまれてキスされると、ジョンダラーはこらえきれなくなり、手を伸ばしてエイラの頭を引き寄せ、自分も頭を起こして唇を重ね、濃厚な熱いキスをして、やっと満足した。

ジョンダラーがまた頭を地面につけてエイラを離すと、エイラはいたずらっ子のように笑った。エイラが誘って、ジョンダラーはそれにこたえた。ふたりともそれを知っていた。ジョンダラーはエイラがとてもうれしそうなのを見て、自分もうれしくなった。エイラは新しい遊びを思いついた気分でいる。ほかにどんなとっておきの遊びがあるんだろう？　そう思うと、ジョンダラーの心臓が一気に高鳴った。これは楽しいことになりそうだ。ジョンダラーは笑顔で待った。エイラを驚くほど深い青い目で見つめながら。

エイラは上体を曲げてまた唇にキスをし、首に、肩に、胸に、そして乳首にもキスをした。それから、ふと体を起こしてジョンダラーのわきに両膝をつくと、おおいかぶさって下のほうへ移動し、大きくなった男性器を手に取った。エイラが喉の奥まで口にくわえると、ジョンダラーは湿った温もりに敏感な先端が包まれるのを感じ、さらに根元のほうまで包まれていくのを感じた。エイラがゆっくりと身を起こして、吸いはじめた。ジョンダラーは、体の奥深い部分を引っぱられ、それが体中に行き渡るような感覚を覚えた。目を閉じ、高まる喜びに身をまかせた。エイラは両手を使い、温かい唇を上下に動かして、長い男性器をしごいた。

エイラの舌がジョンダラーの先端をさぐり、素早くくるりと一周した。ジョンダラーはますます欲しくてたまらなくなった。エイラは、ジョンダラーの男性器の下にある柔らかい袋に手を伸ばした。そして、優しく――ジョンダラーは、そこには優しくしてほしい、といつも言っていた――その神秘的で、柔らかく、丸いふたつの袋を手で包みこんだ。エイラはそれがなんなのか、何の役に立つのか不思議だったが、大切なものなのだろう、と思っていた。エイラの温かい両手で柔らかい袋を包まれ、ジョンダラーはそれまでと違う感覚を味わっていた。うれしかったが、その敏感な場所のことが少しだけ心配だった。そのせいでまた違う刺激を感じていた。

エイラが体を離してジョンダラーを見た。ジョンダラーはエイラに、そして、エイラがしていることに大きな歓びを感じている。ほほ笑んでいるその表情にも目にも、それが表れていて、エイラは自信を持った。ジョンダラーを歓ばせるのは楽しい。エイラにとってもいつもとは違う、奥深い、ぞくぞくする刺激があり、なぜジョンダラーが自分に歓びを与えるのがそれほど好きなのか少しわかってきた。エイラはキスをした。長々とキスをしてから離れると、両脚を広げてジョンダラーの体をまたいだ。顔を相手の足のほうに向けて。

エイラはジョンダラーの胸の上に馬乗りになってかがみこみ、脈打つジョンダラーのかたい男性器を両手にとって、包んだ。それはかたく膨らんでいたが、皮膚は柔らかい。口に含むと、つるんとして温かかった。エイラは端から端まで優しく、かむように短いキスをしていった。つけ根まで来ると、さらに下の袋にもキスをした。袋を優しく口に含み、かたい丸みを楽しんだ。

ジョンダラーは身震いした。思いがけない歓びが体の中で渦巻いていた。もうだめだ。この荒々しい感覚だけでなく、目の前にあるエイラ自身にもたまらなくそそられる。エイラがもっと近づこうと体を上にずらした。両脚を広げてまたがっていたために、ジョンダラーには、濡れた、紅色の花びらと襞が、そしておいしそうな入り口まで見えた。エイラが柔らかい袋を放し、体を下にずらし、ふたたび興奮に脈打つ男性器を吸った。そのときふいに、ジョンダラーがエイラの体を少し自分のほうに引き寄せた。予期していなかった興奮がエイラを襲った。ジョンダラーの舌が、襞に、そして歓びの場所に触れたのだ。

ジョンダラーは熱心に、余すところなくエイラをさぐった。指と口を器用に使って、確かめ、吸いながら、エイラに歓びを与えることを楽しんでいた。と同時に、エイラの口にしごかれ、吸われる感覚を楽しんでいた。

エイラはすぐに用意ができ、もう抑えきれなかったが、ジョンダラーは抑えようとしていた。まだやめたくなかった。エイラに合わせようと思えばすぐにもできたが、もっと続けたかった。エイラが押し寄せてくる官能の高まりに負けて手と口の動きを止め、体をのけ反らせて声を上げたとき、ジョンダラーは幸せを感じた。エイラが濡れているのを感じ、歯をくいしばってこらえた。さっきの歓びがなければきっと無理だったはずだが、ジョンダラーは自分を抑え、頂上の直前の高原のところでとどまった。

「こっちを向いてくれ！　エイラが全部欲しい」

エイラはうなずいた。わかっていた。ジョンダラーのすべてが欲しかった。エイラは体の向きを変えて、ふたたび馬乗りになった。腰を上げ、ゆっくりと下ろしていって、ジョンダラーを奥まで受け入れた。ジョンダラーはうめき声を上げ、エイラの名前を何度も何度も呼びながら、温かく深い泉に迎えられた。エイラは腰を上下させながら、かたく大きなそれが進入してくる向きを変えて、あちこちにある自分の敏感な場所が刺激されるのを感じた。

高原に達していたジョンダラーの欲望は、まだ余裕があって、もう少し待つことができた。エイラは体を前に傾け、少しだけ姿勢を変えた。ジョンダラーはエイラを引き寄せた。その乳房に触れたくてたまらなかった。片方を口にくわえ、きつく吸った。そしてもう片方にも手を伸ばし、それから両方をいっぺんに吸おうとした。いつものことだったが、乳房を吸うと、エイラの下のほうの深い部分が興奮で震えるのがわかった。

エイラは自分がふたたび高まっていくのを感じながら、ジョンダラーの上で体を上下前後に動かしていた。ジョンダラーは高原から登りだし、また強い衝動に負けそうになった。エイラが動きを止めて座りこむと、ジョンダラーはその腰をつかんで、深く挿入させては引く動きを助けた。エイラが腰を上げた瞬間、ジョンダラーは一気に高まり、そして突然頂点に達した。エイラがふたたび腰を沈めると、ジョンダラーは声を上げた。下腹部の深い部分で痙攣が起き、激しく爆発した。エイラも、自分の中で弾けたほとばしりにうめきながら痙攣した。

ジョンダラーは相手の腰を支え、さらに数回上下させた。それからエイラを引き寄せ、乳首にキスをした。エイラはまた痙攣し、そしてジョンダラーの体に倒れこんだ。ふたりはそのまま、激しく息をしながら呼吸を整えようとした。

ようやく呼吸が楽になってきたところでエイラは、頬に何か濡れたものが触れているのを感じた。しばらく、ジョンダラーだと思っていたが、濡れているだけではなく、冷たかった。しかも、ジョンダラーとは違う、が、よく知っているにおいがする。目を開けると、むき出したオオカミの歯が目に入った。ウルフはまたエイラのにおいをかぎ、次にはふたりのあいだに鼻を突っこんできた。

「ウルフ！　あっちに行っていなさい」エイラはそう言いながら、ウルフの冷たい鼻先を押しのけ、オオカミくさい息を払った。そして、ジョンダラーのとなりに横向きで寝転がると、手を伸ばしてウルフの首元をつかまえ、指で毛をすいてやった。「でも、もどってきてくれてうれしいわ。一日中どこに行っていたの？　少し心配してたのよ」エイラは起きて座り、両手でウルフの顔をはさむと、額をウルフの額につけた。それから、ジョンダラーのほうを向いた。「いつもどってきたのかしら」

「さあね。よかったよ。おれたちのじゃまをしないように教えておいてくれて。あの最中に割りこまれたら、おれはウルフにどんなことをしたかわからないぞ」

ジョンダラーは立ち上がると、エイラの手を引いて立たせた。両腕で抱き、エイラを見下ろした。「エイラ、さっきのは……なんて言えばいいんだ？　言葉が見つからない」

ジョンダラーの目にあふれる深い愛情に、エイラは目をしばたたいて涙をこらえた。「ジョンダラー、わたしも言葉で伝えられたらいいんだけど、氏族の身ぶり言語でも、今わたしが感じていることは伝えられないわ。それを伝える身ぶり言語があるのかどうかもわからない」

「じゅうぶん伝わったよ。言葉以上に。エイラは毎日おれに伝えてくれている。いろいろな方法で」ジョンダラーはエイラを引き寄せ、きつく抱きしめると、喉に熱いものがこみあげてきた。「エイラ、愛してる。もしエイラを失ったら……」

エイラはその言葉にぞっとしたが、ただジョンダラーにしがみつくしかなかった。


「どうしていつも、わたしが本当はどうしてほしいかがわかるの？」エイラとジョンダラーは、焚き火の金色の明かりの中で腰をおろし、薬草茶をすすりながら、樹脂の多いマツの木が音を立ててはじけ、夜の空に火の粉の雨が降るのをながめていた。

ジョンダラーはひさしぶりにくつろぎ、満ち足りた、安らかな気分だった。ふたりは午後魚をとった――エイラが泳いでいる魚を素手で捕まえる方法を教えてくれた――その後、エイラがカスミソウを見つけ、ふたりとも体と髪を洗った。ジョンダラーはとった魚で作ったおいしい料理を食べ終えたばかりだった。ほかには、沼にいる鳥の少し魚の味のする卵、いくつかの野菜、熱した石の上で焼いたガマの丸パン、そして甘いベリーも少し食べた。

ジョンダラーはエイラを見てほほ笑んだ。「ただ、エイラが言うことに気をつけているだけだよ」

「でも、今日の一回目のとき、わたしはもっと続けたいと思っているつもりだったけど、本当はどうしてほしかったのか、ジョンダラーのほうがよく知っていたでしょ。それに、二回目のとき、わたしがジョンダラーに歓びをあげたいことをわかっていて、そうさせてくれた。わたしがまた高まるまでね。そして、わたしが高まったのもわかっていた。わたしからは何も言わなかったのに」

「いや、言ってたよ。言葉でじゃなかったけど。おれはエイラに氏族の話し方を教えてもらった。言葉じゃなく、身ぶりや行動でどう話すかを教えてもらったんだ。おれはエイラの言葉以外の合図をわかろうとしているだけだ」

「でも、そういうときの合図は教えてあげなかったわよ。どんな合図か知らないもの。それに、ジョンダラーは氏族の言葉で話せるようになる前から、どうやったらわたしに歓びを与えられるか、知っていたでしょ」エイラは、どうしてだろう、と真剣に考えてむずかしい顔をしていた。それを見てジョンダラーは思わず笑みを浮かべた。

「それはそうだけど、言葉で話す人たちだって、言葉以外の合図を出す。自分ではわかっていないだけなんだ」

「そうね、わたしもそれに気がついた」エイラはふと思った。出会った人たちが無意識に出している合図に注意を払うだけで、その人たちのことがずいぶんわかったもの。

「それに、自然にやり方を学ぶことがある……いろいろなことの。自分が積極的になるだけでいいんだ。つまり、よく観察していればいい」

エイラはジョンダラーの目を見つめてわかった。ジョンダラーは自分を愛していて、自分の質問にこたえるのを楽しんでいる。そして、ジョンダラーが話すときに、ふと目をそらしたのに気づいた。一瞬、遠くにある何かを見ているかのように宙を見つめたので、だれかほかの人のことを考えているのだ、とエイラは思った。

「とくに、この人から学びたい、って思った人が自分から何かを教えてくれるときは、そうね。ゾレナからいろいろ教えてもらったのね」

ジョンダラーは赤くなり、驚いてエイラを見つめたが、動揺して目をそらした。

「わたしも、ジョンダラーからいろいろ学んだわ」エイラは自分の言ったことで、相手が困っているのに気づいて、あわてて言った。

ジョンダラーはエイラの顔をまっすぐ見られそうになかった。やっと目を合わせたジョンダラーの眉間には皺が寄っていた。「エイラ、どうしてわかったんだ？ おれの考えていたことが。つまり、確かに、エイラは特別な賜物を持っている。だから、マムートはエイラを養子にして、マンモスの炉辺に迎えた。けど、ときどき、おれの考えていることまでエイラにはわかっているみたいじゃないか。おれの頭から引っぱり出したのか？」

エイラには、ジョンダラーが不安を感じていることも、何かに悩んでいることもわかっていた。それはエイラに対する恐怖心にも似たものだった。夏の集会で会ったマムトイ族の中にも、同じような恐怖心を抱いている人たちがいた。エイラには不可思議な力があると思われていたが、そのほとんどは誤解だった。例えば、動物を操る特別な力があると思われていたが、エイラがしているのは動物を赤ん坊のときに見つけ、自分の子のように育てることでしかなかった。

しかし、あの氏族会のときから何かが変わった。エイラは自分がモグールたちのために作った特別な根の汁を飲むつもりはなかったのに飲んでしまった。あの洞穴に入ってモグールたちを見つけるつもりはなかったのに、そうなってしまった。モグールたち全員が洞穴の奥の小部屋で円形に座っているのを見たとき……そして、自分の中の暗闇に落ちていったとき、自分は永遠に落ちていく、もう二度と引き返せないと思った。そこへ、なぜか、クレブが頭の中に入ってきて、話しかけた。そのときからエイラは、自分では説明できないことを知っている、と思えることが何度もあった。例えば、老マムートが〈遠見《とおみ》〉にエイラを同行させたときのことだ。エイラは自分も宙に浮き、マムートとともにステップを渡っているような気がした。しかし、今、ジョンダラーがこれまでにないような視線で自分を見つめているのに気づき、恐怖がわいてきた。それは、ジョンダラーを失うかもしれないという恐怖だった。

エイラは火明かりに照らされるジョンダラーを見て、うつむいた。偽りがあってはいけない……ふたりのあいだに嘘があってはいけない。それは単に、意識的に真実と違うことを言ってはならない、というだけではない。氏族において個人のプライバシーのために容認されている「話すのを控える」ことでさえ、今のふたりのあいだにあってはならないのだ。真実を話すことでジョンダラーを失う危険性があるとしても、ジョンダラーが何に悩まされているのかきいてみなくてはいけない。エイラはジョンダラーをまっすぐに見つめ、どこから話すべきか言葉をさがした。

「わたしはジョンダラーが考えていることがわかっていたわけじゃないの。でも、想像したの。ついさっき話してたでしょ、言葉で話す人も言葉以外の合図を出している、って。ジョンダラーもそうなのよ。だから、わたし……それに注意しているの。そうすると、たいていはその意味がわかるの。もしかしたら、ジョンダラーをこんなに愛していて、ジョンダラーのことを知りたいと思っているから、いつもよく見ているのかも」エイラは少し目をそらし、それからまた言った。「氏族の女たちはそういうふうにしつけられているの」

　エイラはジョンダラーを見た。ジョンダラーは少し安心した表情を見せ、もっと知りたそうでもあった。エイラは続けた。「ジョンダラーのことだけじゃないの。わたしは育ったでしょ……身ぶりを使う氏族の中で。だから人が出す合図をさがすのがくせになっているの。そのおかげで出会った人たちのことがわかるようになったんだけど、最初はすごく混乱した。だって、言葉で話す人たちは、口で言っていることと体の出す合図が違う場合が多いから。やっとそれがわかったとき、人が言葉で言っている以上のことが理解できるようになってきた。だから、クロジーと指骨隠しの遊びをしたときに、二度とエイラと賭けはしないわ、って言われてしまったの。わたし、クロジーがどちらの手に印のついた骨を持っているか、持ち方で全部わかったから」

「おれも不思議に思ってたんだ。クロジーはあのゲームがすごく得意だと思われていただろう」

「そうだったわね」

「けど、どうしてわかったんだ？　……おれがゾレナのことを考えているって。ゾレナは今はもう大ゼランドニだ。だから、いつも大ゼランドニとして思い出す。若い頃の名前じゃなくて」

「わたし、ジョンダラーをずっと見ていたの。そうしたら、ジョンダラーの目が、わたしを愛している、わたしといっしょにいて幸せだ、って言っていた。だからわたしもすごく幸せだった。でも、何かを学びたいときのことについて話しだしたとき、一瞬、目をそらしたでしょ。なんだか遠くを見ているようだった。前にゾレナのことを話してくれたでしょ。その人から教えてもらったって……ジョンダラーの賜物のことを……どうやって女の人に感じさせるかっていうことを。わたしたちもちょうどその話をしていたから、ジョンダラーはきっとその人のことを考えているんだ、って思ったの」

「まったく、信じられないよ！」ジョンダラーは顔いっぱいにほっとした表情を浮かべて笑った。「覚えておかないとな。エイラには何を秘密にしようとしてもむだだって。エイラは人の頭から考えを引っぱり出すことはできないかもしれないけど、それに近いことをしているんだ」

「まだ話しておかなくちゃいけないことがあるの」

ジョンダラーの眉間にまた皺が寄った。「何？」

「ときどき思うの、もしかして、わたし……ある種の賜物を持っているのかもって。氏族会の場でわたしに何かが起こったの。ブルンの一族といっしょに行ったとき、ダルクが赤ん坊だったときのことよ。わたしはしてはいけないことをしてしまった。そんなつもりはなかったんだけど、モグールたちのために作った汁を飲んでしまって、その後、偶然洞穴の中にいるモグールたちを見つけた。さがしていたわけじゃないの。自分でも気がつかないうちにその洞穴にいた。モグールたちは……」エイラは寒気がしてその後が言えなかった。「何かがわたしに起きて、暗闇の中に落ちていった。洞穴の中の暗闇じゃなく、自分の中の暗闇に。もう死んでしまうかと思ったところで、クレブが助けてくれた。わたしの頭の中に自分の考えを入れて……」

「クレブが何をしたって？」

「ほかにどう説明したらいいかわからないのよ。クレブの考えがわたしの頭の中に入って、そのときから……ときどき……クレブがわたしの中の何かを変えたみたいなの。ときどき自分には何かがあるのかも、って思ったりする……賜物があるのかもって。理解できないことが、説明できないことがわたしには起こるの。マムートはそれに気づいていたと思うわ」

ジョンダラーはしばらく黙っていた。「じゃあ、マムートはエイラを養子としてマンモスの炉辺に迎えて正解だったんだ。エイラには薬師《くすし》としての腕前以上のものがあるなら」

　エイラがうなずいた。「たぶん。そうだと思う」

「けど、おれがついさっき考えていたことはわからなかった？」

「わからなかったわ。わたしの賜物はそういうものじゃないの、本当に。もっとマムートが〈遠見〉をしているときみたいな感じ。それか、深いところ、遠いところに行っているみたいな」

「霊界かい？」

「どうかしら」

　ジョンダラーはエイラの頭上の空を見つめ、エイラがどんなもののことを言っているのか考えてみた。しかし、首を振り、ぎこちない笑顔を見せた。「どうやらおれは女神にからかわれているに違いない。最初に愛した女は女神に仕えるために召され、そのときおれはもう二度とだれも愛せないだろうと思った。そして今、愛する女を見つけたと思ったら、その女も女神に仕える運命だった。おれはエイラも失うのか？」

「失うはずがないでしょ。わたしが女神に仕える運命かどうかわからないじゃない。わたしはだれにも仕えたくない。ただ、ジョンダラーといっしょにいて、ジョンダラーの炉辺で暮らして、ジョンダラーの子を育てたいだけ」エイラは声を張り上げた。

「おれの子だって？」ジョンダラーはエイラの選んだ言葉に驚いた。「エイラがおれの子を育てるなんて、どうやって？　おれには子どもなんて産めない、男は子どもを産まない。母なる女神は女に子どもを授ける。子どもを作るのに男の霊を使うことはあっても、その子どもは男の子どもじゃない。もちろん、つれあいの女が子どもを産んだら、その子どもを養う。つまり、その子どもは男の炉辺の子どもになるだけだ」

エイラから前にもこの話を聞いたことがある。男が女の中に新しい命を作る、という話だ。しかし、その頃、ジョンダラーは、エイラが本当にマンモスの炉辺の娘だということをきちんとわかっていなかった。けど、エイラは霊界を訪ねることができるし、ひょっとしたら女神に仕える運命にあるのかもしれない。エイラは何かを知っているのかもしれない。

「わたしが子どもを産んだらジョンダラーの炉辺の子にして。そうなってほしいと思うわ。わたしはただジョンダラーといっしょにいたい。いつだってそう」

「おれも同じだ。エイラに会う前から、おれはエイラを、エイラが授かる子どもをさがしていたんだ。見つけられるなんて思っていなかったけど。ただ、今女神に願うのは、故郷に帰るまではエイラのお腹に赤ん坊を身ごもらせないでくれ、ということだけだ」

「わかっているわ。わたしも待ったほうがいいと思っている」

エイラはふたりの茶わんを下げて水ですすぐと、明朝早く発つための準備をすませた。ジョンダラーのほうは寝袋以外のすべての荷物をまとめた。ふたりは心地よい疲れを感じながら、体を寄せ合って眠った。ジョンダラーは、エイラがとなりで静かな寝息を立てるのを見ていたが、寝つけなかった。

おれの子ども、とジョンダラーは考えていた。エイラは、自分の子はおれの子だ、と言った。今日歓びを分かち合ったとき、おれたちは命を芽生えさせようとしていたのか？　もし新しい命が歓びから生まれるとしたら、その命はとても特別なもののはずだ。だって、今日の歓びは……最高だった……今まででいちばん。

どうしていつもよりよかったんだろう？　前にもああいうことをしたことがなかったわけじゃない。けど、エイラとは、違う……エイラとは決してあきない……もっともっと欲しい気持ちにさせてくれる……エイラのことを考えるだけで、また欲しくなる……それにエイラは、おれがエイラに歓びを与える方法を知っていると思っている……。

けど、エイラが身ごもったらどうする？　まだ身ごもっていないが……ひょっとしたら、無理なのかもしれない。子どもを産めない女もいる。けど、エイラは息子をひとり産んでいる。じゃあ、おれのせいか？

おれは長いあいだセレニオといっしょに暮らした。おれといっしょにいるあいだ、セレニオは一度も身ごもらなかったが、以前ひとり産んだことがあった。もしセレニオが子どもを産んでいたら、おれはシャラムドイ族のところに残ったかもしれない……と思う。おれが発つ直前、セレニオは、身ごもっているかもしれない、と言った。じゃあ、どうしておれは残らなかった？　セレニオはこう言っていた。あなたを愛しているけれど、あなたのつれあいにはなりたくないわ。だって、あなたはわたしがあなたを愛するようには、わたしを愛してくれないから。あなたはどの女の人より、自分の弟を愛しているのよ、と。けど、おれはセレニオが好きだった。エイラを愛しているのとは違うとしても、好きだった。もしおれが本気で望んだら、セレニオはおれのつれあいになっただろう。あのとき、おれはそれを知っていた。おれはそれを離れる言い訳に利用したのか？　どうしておれは離れた？　ソノーランが発つことになって、それが心配だったからか？　理由はそれだけか？

おれが発った時点でセレニオが身ごもっていたとしたら、もうひとり子どもを産んだとしたら、その子はおれの男の精髄から作られたのか？　その子どもは……おれの子か？　エイラならそうだと言うだろう。いや、あり得ない。男には子どもを作れない。確かなのは、母なる女神が男の霊を使って子どもを作る、ということだけだ。おれの霊を使って、それで？

シャラムドイ族のいる場所に着いたら、セレニオが子どもを産んだかどうかだけでもわかるだろう。エイラはどう思うだろう？　セレニオが、おれの一部かもしれない子どもを産んでいたら。セレニオはエイラを見てどう思うだろう？　エイラはセレニオのことをどう思うだろう？

13

翌朝、エイラは早く起きて出発したかったが、その日も前日に負けないくらい蒸し暑かった。エイラは火打ち石を打って火花を散らせながら、火をおこさなくてすめばいいのに、と思っていた。前の晩に用意しておいた食べ物と水で朝食は足りるはずだし、ジョンダラーと分かち合った歓びのことを考えると、イーザの魔法の薬のことは忘れてしまいたかった。イーザの薬草茶を飲まなければ、自分たちに赤ん坊ができるかどうかわかるかもしれない。しかし、ジョンダラーは、旅の途中でエイラが身ごもるのをずいぶん心配していたので、飲まないわけにはいかなかった。

エイラには薬草がどう作用するのかはわからなかった。わかっているのは、月経が始まるまでは、オウレンを濃く煮出してその苦い汁を毎朝数口飲み、月経のあいだはゆでたアンテロープセージの根のしぼり汁を小さい椀に毎日一杯飲めば身ごもらない、ということだけだった。

旅をしながら赤ん坊の世話をするのはそれほど大変ではないように思えたが、出産のときほかにだれも

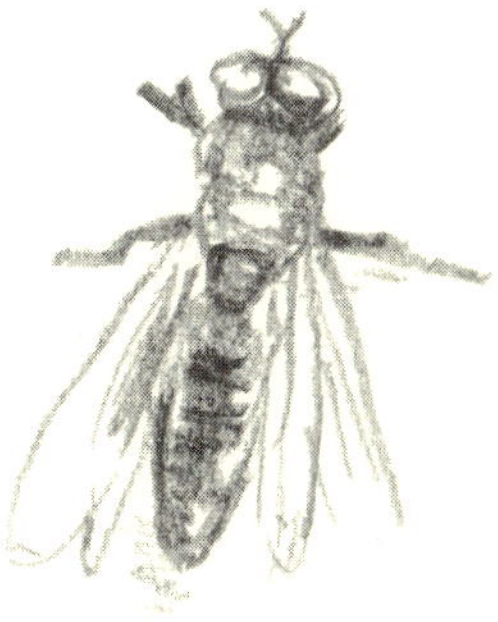

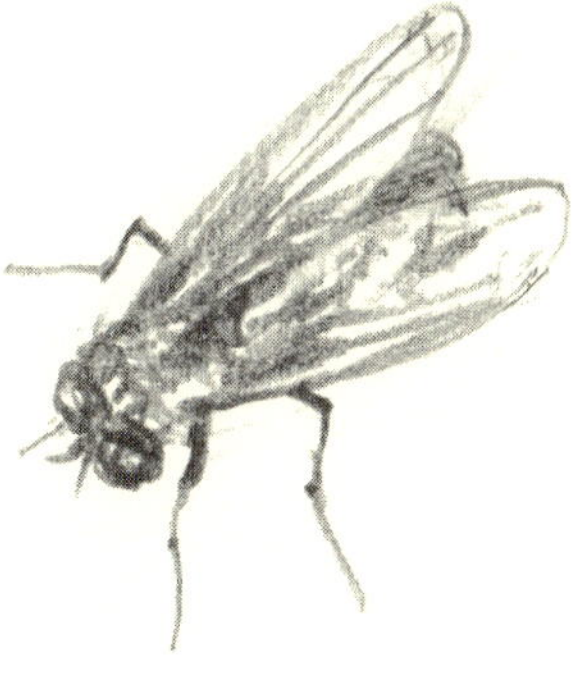

いないのはいやだった。ダルクを産んだときも、イーザがそばにいてくれなかったら耐えられなかったかもしれない。

エイラは腕に止まった力をぴしゃりとたたくと、湯が沸くまでのあいだ、薬草の蓄えがどのくらいあるか確認した。朝の薬草茶の材料はまだしばらくはもつ。ほっとした。この沼地のまわりには朝の薬草茶に使う薬草はまったくなかった。もっと高地の、乾燥した環境を好む。すりきれたカワウソの皮の薬袋《やくたい》の中の小袋や包みを確かめながら、けがや病気のときに使う薬草のほとんどはじゅうぶん足りている、と思った。しかし去年採集した植物はできればもっと新鮮なものと取り替えたかった。幸いなことに、これまで、治療用の薬草を使うことはめったになかった。

ふたたび西に向かって進み始めてすぐに、かなり幅が広く、流れの速い小川にぶつかった。ジョンダラーはレーサーのわき腹の下のほうまで垂れ下がっている荷かごをはずし、それを橇《そり》の上の椀舟に積み直しながら、時間をかけて小川をよく調べた。この小川は上流のほうから、鋭い角度で母なる大河に合流していた。

「エイラ、この支流の小川がどういうふうに大河に合流しているかわかるかい？　まっすぐ流れてきて、幅を広げずに大河の下流に向かって流れこんでいる。この支流のせいで、昨日みたいな急流ができていたんだと思う」

「そうみたいね」エイラはジョンダラーの説明にうなずき、ほほ笑みかけた。「ジョンダラーはなんでも理由を知りたいのね？」

「まあね。川は突然、理由もなく急流になったりしない。何か説明するものがあるはずだ、と思っていたんだ」

「それを見つけたのね」

支流の小川を渡った後、また進み続けながら、エイラは、ジョンダラーはふだんより機嫌がいいみたいだわ、と思った。おかげで自分までうれしくなった。ウルフもいなくなったりしないでずっとそばにいるので、それもうれしかった。二頭の馬までいつもより元気があるように見えた。休んだのがよかったのね。エイラ自身、頭が冴えていると同時に、おだやかな気分だった。そのため、ついさっき薬草の確認をしたばかりというせいもあってか、ふだんより植物や動物の細部が目についた。今一行が進んでいるのは大河の河口に隣接する草原で、その草原や河口の動植物は、かすかにだが、違ってきていた。

周辺にいる動物の中心はそれまでと同じように鳥類だった。中でもサギ類がもっとも多く、またそれにはおよばないが、ほかの種類の鳥もたくさんいた。ペリカンや美しいコブハクチョウの大群が頭上を飛び、トビ、オジロワシ、ハチクマ、タカに似たハヤブサなど多様な猛禽類《もうきん》もいた。たくさんの小鳥が跳ねるように歩いたり、空を飛んだり、歌ったり、鮮やかな色をちらつかせたりしているのも見える。サヨナキドリ、ムシクイ、コガラ、ノドジロムシクイ、胸の赤いヒタキ、ニシコウライウグイス、その他いろいろな小鳥がいた。

小さなサンカノゴイは三角洲に多くいたが、沼地の景色に溶けこみやすい色のこの鳥は、見るより鳴き声を聞くことのほうが多かった。サンカノゴイは、特徴ある低くこもった声で一日中鳴き、夜が近づいてくるとますます熱心に鳴いた。しかし、人が近づくと、長いくちばしを真上に向け、巣のあるアシ原と一体になって姿を消してしまう。しかし、エイラは水面の上を飛びながら魚を獲っているサンカノゴイをたくさん見つけた。サンカノゴイは空を飛んでいるとよく目立つ。サンカノゴイの雨覆羽《あまおおいばね》――翼の前部や尾羽の基部にあり、大きな風切り羽根の根元をおおう小さな羽毛――は白に近く、黒に近い翼や背中と鮮やかな対照をなしていた。

しかし、湿地帯には驚くほどたくさんの動物もいて、それぞれが異なる環境を生息地としていた。例えば、ノロジカやイノシシは森に、ノウサギやジャイアント・ハムスターやオオツノジカは森の周辺に。先に進むにつれ、しばらく見なかった動物がたくさん目につくようになり、ふたりはお互いに指をさして教え合った。サイガが、のろのろ歩きのオーロックスのわきを駆けていく。縞模様のオオヤマネコが一羽の鳥に忍び寄り、そのオオヤマネコを黒斑模様のヒョウが木の枝の上から見つめている。子ギツネを連れたキツネの家族、太ったアナグマのつがい、白と黄と茶の大理石模様の毛皮をまとっためずらしいケナガイタチも何頭か見た。川にはカワウソが、また、ミンクや、エイラとジョンダラーの好物のマスクラットもいた。

ほかに昆虫もいた。大きな黄色いトンボが目の前を猛スピードで飛んでゆき、青と緑の蛍光色のきゃしゃなイトトンボは、黄褐色の穂のようなオオバコの花に彩りをそえている。どちらも美しく、突然現れた迷惑な昆虫の大群の中では例外だった。虫の大群は一日でわいたようにも見えたが、実際には、流れの遅い支流や悪臭を放つ淵の中で、豊富な湿気や暖気によって小さな卵がつねに育っていた。最初の小さなブヨの大群は午前中に現れたが、川や淵の上に浮かんだまま、近くの乾燥した草原まではまだ来なかったので、エイラたちはブヨのことを忘れていた。

しかし、夕方になると、忘れてはいられなくなった。ブヨは汗で濡れて重い馬の毛皮を突き刺し、目の前を飛びまわり、口や鼻に入りこんだ。ウルフも馬に劣らず被害を受けた。ウルフも二頭の馬も、かわいそうなことに無数のダニにもたかられて、気も狂わんばかりにもだえていた。迷惑なダニは人間の髪の毛の中にも入りこみ、ふたりとも馬の背の上でダニを取り除くために、つばを吐いたり、目をこすったりしていた。ブヨの大群は三角洲に近づくにつれて濃くなった。ふたりは今夜はどこで野営をしようかと考え始めた。

ジョンダラーは右手にある草の茂る丘に目をつけ、そこに登ればあたりがよく見渡せるだろう、と考えた。丘の頂上まで登って見下ろすと、輝く三日月湖があった。三日月湖の周辺には三角洲特有の青々とした草地はなく――ということは、虫の卵を羽化させるよどんだ淵もなく――数本の木とやぶに囲まれた、広く、気持ちのよさそうな浜があった。

ウルフが浜に向かって丘を駆け下りると、二頭の馬もつられて後に続いた。エイラとジョンダラーはなんとか馬を引き止め、それぞれから荷かごと、ウィニーからは橇をはずしてやった。一行は全員、澄んだ水にいきおいよく飛びこんだ。そのいきおいを妨げるものは水の抵抗しかなかった。心配性のウルフでさえ、川を渡るのは苦手なのに、なんのためらいもなく三日月湖の中を泳ぎまわっている。

「ウルフもとうとう水が好きになったかしら?」

「そうだといいな。この先たくさん川を渡ることになるから」

馬たちは頭を垂れて水を飲み、鼻を鳴らし、鼻の穴や口から水を吐き出すと、浅瀬にもどっていった。そして、泥だらけの岸に倒れこみ、転がって体のかゆいところをかいた。エイラは思わず笑ってしまった。二頭とも顔をゆがめ、目をぎょろぎょろさせた後、いかにもうれしそうな表情を見せたからだ。立ち上がった馬たちは泥だらけだったが、泥が乾くと、汗も、古い皮膚も、昆虫の卵も、その他のかゆみのもとも、砂埃といっしょに落ちてしまう。

ふたりはその三日月湖の湖畔で野営をし、翌日は早朝に出発した。その日の夕方には、また、同じように気持ちのいい野営地が見つかればいいのに、とふたりは思った。孵化《ふか》したブヨがいなくなったかと思うと、今度はカの大群に襲われて刺され、体中が赤く腫れてかゆかった。エイラとジョンダラーはしかたなく厚手の服を身につけたが、ほとんど裸に近い状態に慣れていたせいで、暑くて不快だった。ふたりともいつハエが出てきたのかはわからなかった。アブならいつも何匹かいたが、今突然増えてきたのは人を刺す小型のハエだった。この日の晩はほどよく暖かかったが、ふたりは早めに寝袋に入った。それもハエの大群から逃れるためだけに。

翌日は、日が昇った後もしばらく野営地にいた。エイラがかゆみ止めの薬草と、虫除けの薬草をさがしていたからだ。エイラはゴマノハグサを見つけた。水際の湿った日陰で、毛がまばらに生えた穂のような、変わった形の茶色い花をつけている。エイラはそれを丸ごと使って洗浄液を作ることにした。ゴマノハグサには肌のかゆみを止め、肌を整える作用がある。大きなオオバコの葉を見つけると、それもかゆみ止めに加えることにした。オオバコは虫刺されからはれものまで、さらには重症の潰瘍《かいよう》や切り傷まで、なんでも治す優れた作用がある。エイラは乾燥したステップのほうにまで足をのばし、ヨモギの花を集めてきた。広く解毒剤として使えるヨモギも加えようと思ったのだ。

エイラは鮮やかな黄色いマリゴールドを見つけ、目を輝かせた。マリゴールドには殺菌作用と傷を早く治す作用があり、刺し傷の痛みをとってくれる。また、濃いめに煮出して体に塗っておけば強力な虫除け効果もある。さらに、森のはずれの日当たりのいい場所に、マージョラムも見つけた。マージョラムは煎じてその汁を体に塗ればいい虫除けになるだけでなく、薬草茶として飲めば、ブヨやノミやほとんどのハエがいやがるきついにおいの汗が出るようになる。エイラは馬たちとウルフにも少し飲ませようとしたが、ほとんど飲んでくれなかった。

ジョンダラーはエイラが調合するのをじっと見ていて、質問したり、エイラの説明に熱心に耳を傾けたりしていた。かゆみがおさまり、気分がよくなってくると、ふと思った。虫の対処法を知っている人間といっしょに旅ができるなんて、おれは恵まれている。もしひとりだったら、がまんするしかなかった。

午前の半ば頃、一行はまた出発した。エイラはすでにいろいろな変化に気づいていたが、それがさらに一気に進んだ。湿地が減って水域が増え、島の数も減った。三角洲の北側の分流から分岐する曲がりくねる支流はなくなり、流れはひとつになった。そして、いきなり、北側の分流と、真ん中の二本の分流の一本が合流した。幅は二倍になり、莫大な量の水の流れができていた。少し先のほうでこの流れはまた大きくなっている。すでにもう一本の分流と合流していた南側の分流が、北の分流と合わさり、四本すべての分流が合体して一本の深い河水となった。

大河は何百本もの支流を受け入れ、氷を頂くふたつの山脈の山肌を流れ落ちる雨を受け入れながら、広大な大陸を走っていた。しかし、海を目指す大河の流れは、はるか南で古い山脈の花崗岩の基岩にはばまれていた。最後には前進を続ける大河のすさまじい力に負け、やっと道を開けたが、頑強な基岩は進んで道を譲るわけではなかった。母なる大河は両側を挟まれた細い流れとなった後、いったんあふれた水をすぐにまとめ、それから鋭く湾曲して一気に広大な三角洲へ、そして待ち望んだ海へとそそいでいた。

エイラは初めて、この桁外れの大河の本当の偉大さを目にした。ジョンダラーのほうは以前ここを通ったことがあったが、今回は違う場所から見ていた。ふたりともその光景に引きつけられ、身動きができなかった。その途方もない水の広がりは、河というよりは流れる海だった。まぶしく光りながらうねる水面からは、その深さに潜む強大な力はほんのわずかしか見てとれない。

エイラは、折れた枝が自分たちのほうに向かって流れてくるのに気づいた。小枝が深い急流に流されているだけなのに、なんとなく気になった。近づいてくるのが、妙に遅い。近くにやってきたとき、エイラは驚いて息をのんだ。それは枝ではなく、一本の木だった！　目の前をゆっくり流れていく木を、エイラは驚きの目で見つめた。今までに見たことがないくらい、大きな木だった。

「これが母なる大河だ」

ジョンダラーは前にも一度、大河の端から端まで旅をした。水源までの距離も、流れてきた土地も、これから先の自分たちの旅のこともわかっていた。エイラは大河が語ろうとするすべてがわかったわけではなかったが、ひとつだけはわかったことがある。広く、深く、力強い母なる大河は、その長い旅の終わりに、最後に一度だけひとつの場所に集まり、究極の形になる。これが母なる大河の最大にして最高の姿なのだ。


一行はとうとうと流れる大河に沿って、上流に進んだ。湿気の多い河口を後にするにつれ、やっかいな虫の数も減っていった。と同時に開けたステップともお別れだった。広い草原と平らな湿地はしだいに起伏の多い丘陵に、ときおり緑の草地の交じる広い森林地帯になっていった。

広々とした森の木陰は涼しかった。これはとてもうれしい変化だった。緑が美しい草地のそばに、木立ちに囲まれた大きな湖を見つけたふたりは、まだ早いのはわかっていたが、思わずそこで野営をしたくなった。一行は小川に沿って、湖の砂浜に向かったが、近づくにつれ、ウルフが喉の奥で低くうなりだした。首のまわりの毛を逆立て、防御の姿勢をとっている。エイラもジョンダラーもあたりを見渡し、ウルフは何が気になっているのか見つけようとした。

「何も変わったことはないけど」エイラは言った。「ウルフったら、何か気に入らないことがあるのね」

ジョンダラーは気持ちのよさそうな湖をもう一度見てみた。「野営地を決めるにはまだ早いってことだ。

先に進もう」ジョンダラーはそう言いながらレーサーの向きを変え、また河にもどり始めた。ウルフはもうしばらく残っていたが、すぐに追いついてきた。

心地よい森林地帯を進みながら、ジョンダラーは、早めにあの湖で止まることにしなくてよかった、と思った。午後のあいだ、さらにいくつかの、大小さまざまな湖のそばを通った。この地域にはいたるところに湖があった。ジョンダラーは、前にも大河に沿って歩いたのだから知っていたはずなのに、と思いながら、そうか、と気づいた。ジョンダラーとソノーランはラムドイ族の舟で大河を下《くだ》ったが、河のほとりに舟を止めたのはほんの数えるほどだったのだ。

しかし、それ以上に、この理想的な場所に人が住んでいないのが気にかかり、この下流に川べりに住む人々がいるという話をラムドイ族から聞いたかどうか思い出そうとした。しかし、エイラには一言も話さなかった。だれかがいたとしても、姿を見せないなら見られたくないのだろう。それでも、不思議でしかたがなかった。ウルフが何をあれほど気にしていたのか。怖がっている人間のにおいをかぎつけたのか？それとも、敵対心を持っている人間のにおいを？

太陽が沈みだし、山々の姿が不気味に大きく見えてきた頃、一行は小さな湖のそばで止まった。この湖は高地から流れる複数の細流が作ったもので、ひとつの河口から直接河にそそぎこんでいる。大きなマスや川に住むサケが、河を遡《さかのぼ》ってこの湖まで泳いできていた。

一行が大河沿いを進みだし、毎日の食事に魚も加えるようになって以来、エイラはときおり自分で編んだ網で魚を捕まえた。ブルンの一族が海で大きな魚を捕まえるのに使っていたのと似た網だった。エイラはまず縄を作るとき、何種類かの繊維質の植物をためしてみた。アサとアマがとくによさそうだったが、アサのほうががんじょうだった。

網がかなりの大きさになったところで、エイラは湖でためしてみることにした。片方の端を自分が、もう片方の端をジョンダラーが持ち、ふたりで水の中ほどまで歩き、ぴんと張った網を引いて岸にもどった。大きなマスが数匹かかったのを見て、ジョンダラーはそれまで以上に網に関心を持ち、網に柄をつける方法はないだろうか、と思った。柄があれば、水には入らずにひとりで魚を捕まえられる。ジョンダラーはずっとそれを考えていた。

翌朝は、行く手に長々と横たわる尾根を目指し、青々とした多様な木が立ち並ぶ、ほかではあまり見られない森を進んだ。木の種類は落葉樹から針葉樹まで幅広かったが、ステップの植物と同じようにモザイク模様をなし、その中には草地や湖が、低地では泥炭沼や湿地が点在していた。同じ種類の木でも、群生して生えている場合と、ほかの木や植物と共生している場合があった。それは気候、海抜、水分、土壌などの小さな違いによるものだった。土壌は、肥沃な黒土、砂地、粘土の混じった砂地、その他さまざまな混合土壌があった。

常緑樹は北の傾斜地で、砂の混じった土を好み、じゅうぶんな水分を受けて大きく育っていた。低い斜面は、高さが五十メートルにもなる巨大なトウヒの深い森が占めていた。同じ斜面にはトウヒと同じくらい大きく見えるマツの木々もあったが、マツは高いといっても四十メートルくらいで、トウヒの森より少し高い位置に生えていた。深緑のモミの高い木立ちは、高く、太く、シラカバの木立ちの勢いに押されていた。ヤナギまでが二十メートルくらいまで育っていた。

南に面した湿って肥沃な斜面では、広葉樹も驚くほど大きく育っていた。群生する巨大オークはてっぺんにこんもりと緑の葉がついている以外はどこまでもまっすぐで、枝を広げることもなく、四十メートルを超える高さだった。シナノキやトネリコも巨大化し、オークと同じくらい高い。カエデもそれに追いつきそうなくらい大きかった。

前方のオークの森には、ハコヤナギの灰白色の葉が混じって見えた。近づいてみると、オークの割れ目のいたるところにスズメが巣を作り、子育てをしている最中だった。エイラは卵やヒナのいるスズメの巣も見つけた。まわりにはカササギやノスリの巣もあり、ここにも卵やヒナがいた。この森にはコマドリもたくさんいたが、そのヒナはすでに飛べるまでに育っていた。

丘の斜面では、木々の天蓋のあいだから多くの光が地面に差しこむため、下生えがよく茂っていた。天蓋の高い枝には、花をつけたクレマチスやそのほかさまざまなつる植物がからみついて伸びていた。エイラとジョンダラーはニレとシロヤナギの森に近づいてみた。幹にはツタがからんだり、つる植物が垂れ下がったりしている。この森でふたりはたくさんのカラフトワシとナベコウの巣を見つけた。小川のそばではデューベリーやこんもりしたサルヤナギの上でポプラが風に揺れていた。りっぱなニレ、優美なカバノキ、いい香りのするシナノキの混じる森の木陰には、食用植物の茂みがあったので、ふたりは止まって集めた。ラズベリーにイラクサ。ハシバミの実はまだ熟す前だったが、エイラはこのほうが好きだった。カサマツも数本あり、松ぼっくりの中にはかたい殻におおわれた、栄養豊かなマツの実が入っていた。

さらに進むと、シデの森がブナの森を押しのけていた。その先ではふたたびブナの森が優勢だったが――一本の大きなシデの倒木が、明るい橙《だいだい》色のナラタケにびっしりおおわれているのを見て、エイラは熱心に集めだした。ジョンダラーも、エイラの見つけたおいしい食用キノコを集めるのを手伝った。しかし、ミツバチが巣を作っているうろを見つけたのはジョンダラーだった。ジョンダラーはモミの倒木の枝を払い、枝の付け根に足をかけて梯子代わりにすると、煙の立ったいまつと斧を持って登っていき、ハチに刺されるのも平気で、ミツバチの巣をいくつか取ってきた。ふたりはその場ですぐにこの貴重なごちそうにむしゃぶりついた。蜜蠟《みつろう》までしゃぶり、ミツバチまでいっしょに飲みこみながら、蜜でべとべとのお互いの顔を見ては、子どものように笑った。

この南の地域は長いあいだ、温帯性の樹木や動植物の天然保護域になっていた。どの種も、同じ大陸の、寒冷で乾燥した地域からしめ出されてきたものばかり。マツの中には、山々が育つのまで見たほどに古い種類まであった。自分たちの生存に好ましい限られた地域で育まれた残存種は、ふたたび気候が変化すると、新しく自分たちに開けた土地にまたたくまに広がっていった。

エイラとジョンダラー、そして、二頭の馬とウルフは、大河に沿って西に進み、山脈を目指した。しだいに山脈の細部がはっきり見えるようになってきたが、雪をかぶった尾根の表情は同じままだった。じょじょに近づいてはいたが、近くなる実感はほとんどなかった。一行はときおり北側の険しく、足場の悪い森林丘陵地帯に入りこんでしまったが、ほとんどは大河流域の平原を離れないように歩いていた。地形は違っていたが、樹木の生い茂るこの平原の植物や木の多くは、高地のものと共通していた。

エイラとジョンダラーが、ここから大河の様子が大きく変わる、ということをはっきりと悟ったのは、大きな支流が高地から勢いよく流れ落ちる地点まで来たときだった。一行は椀舟でこの支流を渡ったが、その直後、南に進路を変えたところで、また急な支流にぶつかった。母なる大河が低い山脈の端を迂回するように流れていた。大河は北の山脈を越えることができず、鋭く曲がり、尾根をけずって海を目指していた。

椀舟は、二本目の支流を渡るときにも活躍した。もちろん、主川と支流の合流点から支流の上流に向かい、流れがそれほど急でなく、危険のないところを渡ったのはいうまでもない。母なる大河が大きく曲がる手前には、またいくつかの細い支流があった。湾曲部を左岸沿いに進みながら、一行はわずかに西の方向に進んだり、またもとの向きにもどったりした。大河は依然として左手にあったが、行く手から山脈は消えていた。山脈は今は右側にあり、一行は真南を向いて、乾燥した広大なステップに向かっていた。はるかかなたには紫色の光が地平線を浮き彫りにしていた。

エイラは上流に向かって進みながら、大河を見つめていた。合流する支流が減ったぶん、大河の流れは以前より小さくなっているはずだった。とうとうと流れる広大な大河にはまったく変化がないように見えたが、エイラは水量が減っていることを感じた。知っているというよりは、心の深い場所で感じていた。そして、どこか変化したところはないか、見つけようとしていた。

しかし、まもなく、大河の姿は大きく変わった。肥沃な土壌である黄土はもともと、巨大な氷河に砕かれて風に運ばれた岩の粉や、何千年ものあいだに河川に運ばれて堆積した粘土、砂、砂利だが、この黄土の下に深く埋もれているのは、太古の大山塊だった。この大昔の山々の不朽の根からは安定した楯状地《たてじょうち》が形成された。楯状地は非常に強固だったため、容赦ない地殻変動の際にも揺るがなかった。その代わり、この楯状地に押しつけられたかたい花崗岩の地表がゆがみ、隆起して山脈となった。この山脈の氷の頂が今太陽に照らされて輝いている。

隠れた大山塊は大河の下にも広がっていた。しかし、地表に出た尾根は時がたつにつれすり減っていったが、それでもまだ高く、大河の海に抜ける道をふさいでいた。大河は北に進路を変え、出口をさがすしかなかった。そのうち、頑固な岩盤はしぶしぶ細い道を開けるが、大河はその窮屈な道に集中することなく、海と平行して平原を走り、無気力にふたつに分岐し、さらにいくつもの蛇行する支流に枝分かれした。

残存種の森を後ろに残し、エイラとジョンダラーは南に向かっていた。南には平原、そして、枯れ草におおわれた起伏のゆるやかな丘陵地帯が広がっていた。この、大河の湿地に隣接する地域は、三角洲のそばの開けたステップと似ていたが、砂丘が点在しているためもっと暑く、乾燥していた。砂丘の多くには干ばつでも平気なかたい草が根を張り、水際でも木はほとんど見られなかった。茂みを形成しているのは主にヨモギ、ニガクサ、芳香のあるタラゴンだった。これらの茂みは、乾燥した土壌から軟弱な種を追い出そうとする木立ちの勢いにも負けなかった。ときには、茂みに追い出され、成長を抑えられて曲がってしまったマツやヤナギが小川の岸近くにへばりついていることもあった。

大河の分流に挟まれた氾濫しやすい湿地は、大三角洲ほど大きくはなかったが、アシ原、沼地、水生植物、動物に関しては同じくらい豊富だった。木々や小さな緑の草地のある低い島を取り囲むのは、泥で黄色く濁った分流か、魚の多く住む澄んだ支流だった。支流の魚はたいてい異常なほど大きかった。

水際の開けた平原を進んでいると、ジョンダラーが手綱を引いてレーサーを止めた。エイラも並んで止まった。ジョンダラーは不思議そうな表情のエイラにほほ笑みかけたが、相手が何か言おうとする前に、人差し指を自分の唇にあて、澄んだ淵のほうを指さした。水の中の草が見えない流れに合わせて揺れている。最初、エイラには何も変わったものはないように見えた。そこに、緑色を帯びた水底の中からすべるように姿を現したのは、驚くほど大きく、美しい金色のコイだった。また別の日には、潟湖《せきこ》でチョウザメも何匹か見かけた。この巨大な魚は体長がゆうに九メートルはあった。ジョンダラーはこの異様に大きい魚にまつわる、恥ずかしいできごとを思い出した。エイラに話そうかとも思ったが、やっぱりやめておくことにした。

蛇行する大河沿いのアシ原、湖、潟湖は、鳥たちにとって恰好のすみかだった。ペリカンの大きな群れが温かい上昇気流に乗って、ほとんど大きな翼を動かすことなくすべるように飛んでいる。ヒキガエルやトノサマガエルは夕方になると合唱し、ときには食事も提供してくれた。ふたりは、泥だらけの岸をかさこそ動きまわる小さなトカゲは無視し、ヘビは避けた。

水の中にはヒルがたくさんいそうだったので、ふたりはとくに気をつけ、泳ぐ場所を注意して選んだ。ところがエイラは、生き物に吸いつき、知らないうちに血を吸うこの不思議な生き物に関心があった。しかし、いちばん問題なのは小さな生き物だった。湿った沼のそばには、やっかいな虫も多かった。以前より多くいるように思えた。ふたりも、馬たちやウルフも、虫刺されのかゆみから逃れるためだけに河に飛びこむこともあった。

山脈の南端に近づくにつれ、西の山脈が後退していった。一行が沿って進んでいる大河と、左腹を見せながら一行とともに南に延びる岩がちな尾根のあいだには、大きな平原が広がっていった。雪を頂く山脈が急に途切れ、そこからはさらに別の山脈が東西方向に延び、南に境界線を引いていた。ふたつの山脈が交わる南東の角には、ふたつの峰がひときわ高くそびえていた。

大河沿いに南に進み続け、大きな山脈からそれていくと、遠くまでよく見渡せるようになった。後ろを振り返ると、西に長く延びる高い尾根の全貌が見えてきた。高い頂には氷がきらめいていたが、険しい山腹と山々をつなぐ尾根は白い雪におおわれていた――それは南の平原の暑く短い夏が、氷山の支配する土地においてはほんの幕間でしかないということをつねに思い出させた。

山脈を後にすると、西の風景はうつろにも思えた。どこまでも平坦で乾燥したステップには、見渡す限りなんの特徴も見られない。進む速度を左右する多様な森林丘陵地帯もなければ、景色をさえぎる険しい高地もない。代わり映えのしない風景の中を一行は毎日、南に流れるよどんだ大河の左岸を進んでいた。

ある場所でしばらく川幅がせばまり、対岸には平原と豊かに生える木々が見えたが、大きな流れの中にはまだ島やアシ原があった。

ところが、その日の行程をもう終えようかという頃、大河はまた分岐した。一行は大河沿いに南に進み続けていたが、わずかに西に向いていた。遠くに見える紫の山々は、近づくにつれて高さを増し、特徴がはっきり見えてきた。北の尖った頂上は、南の山々とは対照的だった。もちろん南の山々の頂上も高く、夏になっても雪の毛布をかぶり続けているくらいだったが、その輪郭は丸く、高原地帯の顔をしている。

この南の山脈も大河の流れに影響していた。南の山脈に近づくと、ふたりは、大河が以前と同じパターンで変化しているのに気がついた。曲がりくねる細流は合流してまっすぐに流れ、それがまたさらに合流し合い、しまいには大きな分流に合流していた。アシ原と島は消え、大河は大きく湾曲しながら複数の支流を集め、一本の深く、幅広い流れとなった。

エイラとジョンダラーが大河の湾曲部の内側に沿って進み、ふたたび西を向くと、太陽が霞がかった臙《えん》脂《じ》色の空に沈むところだった。視界に雲はなかったので、ジョンダラーは不思議に思った。この一様に鮮やかな色はどこから来るのだろう？　北のごつごつした尖峰《せんぽう》や河向こうの険しい高地に反射し、さざ波立つ水面を血色に染めるこの色はどこから来るのだろう？

一行は上流に向かって左岸を進みながら、野営に適した場所をさがした。エイラはふと、自分がまた川を見つめていることに気づいた。壮大な流れに引きつけられていた。大小さまざまな支流が、中にはかなり大きな支流までが両側から大河にそそぎこみ、それぞれが大河下流の莫大な流量に貢献していた。下流で自分たちが渡ってきた支流とくらべると、この地点の水の量は少ないが、大河はやはり広く、その偉大な力が衰えたとはとても考えられなかった。にもかかわらず、エイラは心のどこか深い部分でそれを感じていた。

エイラは夜明け前に起きた。まだひんやりとしている朝が大好きだった。自分のために苦い避妊用の薬草茶を作り、その後で、まだ眠っているジョンダラーのため、そして自分の二杯目用に、タラゴンとセージの薬草茶を用意した。エイラは避妊用の薬草茶を飲みながら、朝日が北の山々を起こすのを見ていた。まず、夜明けを告げるほのかな薄紅色の光が、ふたつの氷の頂の輪郭を浮き上がらせ、東の空にバラ色の光を映しながら、最初はゆっくりと広がっていった。そして、突然、燃える太陽の縁が地平線の上にためらいがちに顔を出す前に、連なる山頂が赤く燃えだしてその訪れを告げた。

ふたたび進みだしたエイラとジョンダラーは、大河は枝分かれしているだろうと思っていた。ところが驚いたことに、一本の広い流れのままだった。広大な流れの中には茂みにおおわれた島がいくつかあったが、分岐してはいなかった。ふたりとも大河が蛇行し、気ままに広がりながら、平らな草原を流れる姿に慣れていたので、莫大な量の水がたとえ短い距離でもそのまま維持されているのを見るのは妙な感じだった。しかし、母なる大河は大陸に横たわる高い山々をまわりこみ、またそのあいだを縫いながら、つねにいちばん低い場所を流れる。そして、その長い道のりの中でもっとも南にある平原を東に向かって流れていた。流域は浸食された山々のふもとの低地で、右岸はその山々に阻止され、縁取られていた。

大河の左岸、水の流れと、北に輝く花崗岩と粘板岩の尖峰の連なりのあいだには、台地があった。この台地の地盤はおもに石灰岩で、黄土におおわれていたが、両極端な厳しい天候の影響を受ける、荒れ果てて険しい台地だった。夏は南から容赦なく吹く強風に干上がり、冬は北の氷河上空の高気圧がもたらす凍りつくほど冷たい突風にさらされる。海で生じた風嵐が東から襲ってくることもあった。極端な気温の変動に加え、ときおり降る豪雨や、地表の水分をまたたくまに奪う風のせいで、透過性のある黄土の下の石灰岩の地盤は断裂し、広漠とした台地の表面に険しい急斜面ができた。

吹きさらしの乾燥した土地に耐える丈夫な草はあるが、樹木はほとんどない。木と呼べる植物は、乾燥した暑さと厳しい寒さに耐えうる数種の低木だけだった。ときおり、枝が細く、葉は羽のようで、穂のような薄紅色の細花をつけるギョリュウの低木や、黒く丸い実をつけ、枝にはとげのあるクロウメモドキが点々と立っていた。こんもりとした小さなクロスグリの低木もあった。もっともよく見かけるのはヨモギ類で、エイラが初めて見るヨモギも一種類あった。

そのヨモギの茎は黒く、葉もなく、枯れているように見えた。しかし、火にくべるのにいいかもしれない、と思い引き抜いてみると、それは枯れてしおれているどころか、ちゃんと生きていてみずみずしかった。このヨモギは、短いスコールの後に、裏に白毛のある鋸歯《きょし》状の葉が茎からまっすぐに伸び、花びらの詰まったヒナギクの中心部に似た、小さな黄色い花をたくさん穂状につける。黒い茎をのぞけば、このヨモギも、ウシノケグサやミノボロといっしょに生息することの多い、見慣れた、色の薄い種類と同じだった。しかし、風と太陽で平原が乾燥すると様子が違ってきて、ふたたび枯れ、死んだようになってしまう。

いろいろな草や茂みのある南の平原には、いろいろな動物が生息していた。どれもはるか北のステップで目にしたのと同じ種類だったが、その規模は違った。また、ジャコウウシのような寒冷地を好む動物はこれほど南までは進出してこなかった。またエイラは、一ケ所にこれほどたくさんのサイガがいるのを初めて見た。サイガは分布域が広く、平原のいたるところで見られるが、これほど大きな群れはめずらしい。

エイラはウィニーを止め、今までに見たことのない、ぶかっこうな動物の群れを見ていた。ジョンダラーは大河の入り江を調べにいった。岸に細めの丸太が何本か突き刺さっているのを見たが、なぜか場違いな気がしたからだ。大河の左岸には木がない上に、その並び方が人為的に見えたのだ。ジョンダラーがもどると、エイラは遠くをながめるような目をしていた。

「はっきりとはわからないんだが、あの丸太をあそこに立てたのは、川べりに住む人々かもしれない。あそこなら舟をつないでおける。けど、上から流木が流れ着いただけかもしれない」

エイラはうなずき、そして、乾燥したステップのほうを指さした。「見て。サイガがあんなにたくさんいる」

ジョンダラーは最初わからなかった。サイガは砂埃と同じ色をしていた。しだいに、リング状のうねが入ったまっすぐな角の輪郭が見えてきた。先端はわずかに前に曲がっている。

「サイガを見ると、イーザを思い出すの。イーザのトーテムはサイガの霊だったのよ」エイラはほほ笑みながら言った。

エイラはいつもサイガを見ると笑顔になった。鼻は長く垂れ下がり、足の運びも妙だが、走るのは速かった。ウルフはサイガを追いかけるのが好きだったが、サイガの逃げ足は速く、ウルフはほとんど追いつけなかった。追いついても、すぐに引き離されてしまった。

このサイガたちは茎の黒いヨモギがとくに好きなようだった。そして、ここではいつもよりはるかに大きな群れをなしていた。通常は十頭から十五頭の小さな群れで、数頭の雌がそれぞれ一、二頭の子サイガを連れている。中には一歳そこそこで母親になるサイガもいた。ところが、この地域の群れには五十頭以上のサイガがいた。エイラは、雄はどこにいるのだろう、と思った。雄が集まっているのを見かけるのは、発情期のときだけだった。どの雄もできるだけたくさんの雌と、できるだけ何回も歓びを分かち合おうとする。発情期の後はいつも、たくさんの雄の死骸が転がっていた。まるで、歓びに疲れ果て、そして、新しい年が来るまでのあいだ、わずかではあるが自分たちがいつも食べている分を、雌と子どもたちに譲ろうとするかのようだった。

平原にはアイベックスやムフロンもわずかにいるが、険しい急斜面の近くを好むことが多い。野生のヤギであるアイベックスも野生のヒツジであるムフロンも難なく急斜面を登れるからだ。オーロックスの巨大な群れが平原のあちこちで見られ、そのほとんどは赤みがかった黒の毛皮だったが、白い斑点を持っているオーロックスも驚くほどたくさんいた。中にはかなり大きな斑点を持つものもいた。かすかに白い斑点が見えるダマジカ、アカシカ、バイソンに、オナガーもたくさんいた。ウィニーとレーサーはほとんどの草食動物に目をとめたが、とくにオナガーが気になっていた。二頭とも、馬に似たところのある、このロバの群れをじっと見つめ、自分たちと似た糞のにおいを長いことかいでいた。

草原の小動物も全部そろっていた。ハタリス、マーモット、トビネズミ、ハムスター、ノウサギ、そして、頭にとさか状の毛のあるヤマアラシはエイラにとって初めて見るものだった。これらの小動物が無尽蔵に増えるのを抑えているのが捕食動物だった。ヤマネコ、オオヤマネコ、巨大なケーブ・ライオンの姿が見られ、また、高笑いするようなハイエナの声も聞かれた。

それから数日、大河は流れる方向をひんぱんに変えた。一行が旅している左岸の地形はほとんど同じままだった——ゆるやかに起伏する青々とした丘陵地と、ところどころに切り立った崖のある平原と、その背後にある険しい山々——が、対岸は険しくなり、様子が変わってきた。支流は深い谷を刻み、浸食された山々には木が育ち、ときには斜面一帯が、水際まで木におおいつくされていることもあった。南岸を縁取るでこぼこの丘陵地と荒地のせいで、大河はあらゆる方向に曲がり、ときには逆行することもあったが、流れは概して海のある東に向いていた。

大河の膨大な量の水は、強引に向きを変える際、枝分かれして複数の支流を生むことがあったが、それがふたたび三角洲のような湿地に発展することはなかった。流域にはただ一本の大河があるか、平らなところでは、曲がりくねる大きな分流が数本平行して走り、水際には緑豊かなやぶや、青々とした草地があるだけだった。

エイラはときには迷惑に感じたこともあった湿地のカエルの合唱が懐かしくなった。ただ、このあたりでも、アオガエルが横笛のような鳴き声を繰り返し震わせては、即興の夜の音楽を奏でてはいた。カエルに代わって増えたのはトカゲとステップクサリヘビだった。また、昆虫やカタツムリだけでなくこれらの爬虫類を常食としている、目を見張るほど美しいアネハヅルもいた。エイラはアネハヅルをながめて楽しんだ。二本の長い脚を持ち、黒い頭と両目の後ろの白い飾り羽以外は青みがかった灰色のアネハヅルは、子どもたちにえさを与えていた。

しかし、エイラは、カは少しも懐かしくなかった。卵を孵化させる湿地がなくなり、やっかいなカはほとんど姿を消したが、ブヨはちがった。ブヨの大群は依然として旅人たちを、とくに毛のある動物たちを困らせた。

「エイラ！　見てごらん！」ジョンダラーが指さした先の水際には、丸太と厚板を簡単に組んで作ったものがあった。「桟橋だ。川べりに住む人々が作ったものだ」

エイラは桟橋がなんなのか知らなかったが、それは明らかに木が偶然に並んだものではなかった。人間が使うことを目的として作られたものだ。エイラはとたんにわくわくしてきた。「この近くに人がいるっていうこと？」

「おそらく、今ここにはいない――ほら、桟橋に舟がない――けどそう遠くへは行っていないと思う。この桟橋はひんぱんに使われているに違いない。でないと、わざわざ桟橋を作ったりはしないからね。それに、はるか遠くまでそうひんぱんに行き来するはずがない」

ジョンダラーはしばらく桟橋を調べ、それから上流を見て、対岸に目をやった。「確かじゃないけど、この桟橋を作った人間は対岸にいるような気がする。川を渡るときにここを使うんじゃないかな。たぶん、狩りとか、根の採集とかをしにくるんだろう」

ふたりとも上流に向かいながら、広い流れの対岸から目を離さなかった。これまでふたりは必要以上に対岸を気にしたことはなかった。エイラはふと、今まで気づかなかったけど対岸にだれか人がいたことがあったかもしれない、と思った。それほど進まないうちに、ジョンダラーは水面で何かが動いたのに気づいた。少し上流のほうだ。ジョンダラーは馬を止めて確認しようとした。

「エイラ、あそこ」エイラがジョンダラーのとなりに来た。「ラムドイ族の舟かも」

エイラにも何かが見えたが、なんなのかはわからなかった。ふたりは馬をせかして進んだ。近づいてみると、それはエイラが今までに見たことのない舟だった。エイラはマムトイ族の舟しかなじみがなかった。それは橇に積んであるような、椀形で、動物の皮でおおったものだった。今水面に浮かんでいる舟は木で作られ、先のほうが細くなっていて、数人が縦に並んで乗っている。舟に近づいていくうちに、エイラは対岸にもっとたくさんの人がいるのに気づいた。

「おーい！」ジョンダラーは大声でさけびながら、片腕を大きく振ってあいさつをした。エイラにはわからない言葉で一言、二言呼びかけたが、それはどことなくマムトイ語と似ていた。

舟の人々からは反応がなかった。ジョンダラーは首を傾《かし》げた。聞こえなかったのかもしれない。けど、気づいているはずなのに。また大声で呼んでみた。今度は聞こえたはずだったが、舟の人々は手を振り返さない。それどころか、対岸を目指して全速力で舟を漕ぎだした。

エイラも、対岸にいる人のひとりが自分たちに気づいたのがわかった。その人は数人の仲間のもとへと走り、対岸にいるエイラたちを指すと、仲間とともにあわてて逃げていった。ふたりが残っていたが、舟が岸に着くと、いっしょに逃げていった。

「また、馬のせいかしら？」

ジョンダラーには、エイラの目に涙が光ったように見えた。「とにかく、ここで河を渡るのはよくないようだ。おれの知っているシャラムドイ族の洞窟はこちら岸にある」

「そうね」エイラはそう言いながら、ウィニーに進み続けるように合図をした。「でも、あの舟でこっちに渡ってきてくれてもよかったのに。せめてジョンダラーのあいさつに答えてくれたらよかったのに」

「エイラ、考えてごらん。おれたちは絶対に不思議に見える。馬の背に乗っているんだから。霊界から来た、脚が四本、頭がふたつの生き物だと思われたんだろう。未知のものを恐れる人々を、責めちゃいけない」

前方の対岸に広々とした谷が見えた。浸食された山間は大河の水面と同じくらい低い。谷の中央にはかなり大きな急流があり、大きな水しぶきを上げながら母なる大河に合流している。合流点の両側は渦巻き、大河の幅も大きくなっていた。逆流のいたずらに加え、この支流の向こう側では、大河の右岸を縁取る南の山脈が大きく後退していた。

ふたつの流れの合流点近くには、斜面に木づくりの住居がいくつか見られた。明らかに定住のための住居だ。そのまわりには人々が立っていて、対岸を通り過ぎていくふたりを見てぽかんと口を開けている。

「ジョンダラー。馬から降りましょう」

「どうして？」

「そうしたら、あの人たちに、わたしたちが人間だっていうことだけはわかってもらえるでしょ。馬だって、ただの馬で、脚が四本に頭がふたつある生き物じゃない、ってわかってもらえるわ」エイラはウィニーの背から降り、前に立って歩きだした。

ジョンダラーはうなずき、片脚を大きく上げて飛び降りた。そして、レーサーの引綱を握り、エイラの後を歩いた。しかし、エイラが歩きだしたところで、ウルフがエイラに駆け寄って、いつものやり方であいさつをした。エイラに飛びつき、肩に前足をかけてエイラをなめ、ついでにあごを甘噛みした。エイラから飛び降りたウルフは、何か――おそらくは広い大河を渡って漂ってきたにおいのせいで、自分たちを見つめている人間に気がついた。水べりまで行き、頭をのけぞらせて、かん高く吠え始めた。そのうちに、声は身の毛のよだつようなオオカミの遠吠えに変わった。

「なんであんなことするんだ？」

「わからない。ウルフも長いことだれにも会っていなかったでしょ。たぶん、うれしくて、あいさつをしたいのよ。わたしもそう。でも、向こう岸まで簡単には渡れないし、向こうもこっちには来ないでしょうね」

大河が太陽の沈む方向に大きく湾曲した地点を後にしてから、一行はほぼ西を目指しながらも、わずかに南に進んでいた。しかし、谷を越え、南の山脈がふたたび張り出してくると、真西に向かって進みだした。この旅の道のりでおそらくもっとも南にいたし、今は一年でいちばん暑い季節だった。

夏の中でもとくに暑い時期、太陽は陰を作るもののない平原に容赦なく照りつける。山ほど厚い氷河が大地の四分の一をおおっていても、大陸の南の平原の暑さは耐えがたい。絶えず吹きつける強い風までが熱く不快で、いらいらさせられる。エイラとジョンダラーは横に並んで馬を進めたり、焼けつくステップでは馬を休ませるために歩いたりしながら、なんとか旅を続けていた。

ふたりは、夜明けを告げる最初のおぼろげな光が、北の山脈の頂点に映えてきらめく中、目を覚ました。そして、熱い薬草茶と作り置きの食べ物で軽い朝食をすませ、空が明るくなりきる前に出発した。日が高くなるにつれ、強烈な日射しが開けたステップに照りつけ、大地から熱の波がゆらゆら立ち上る。汗はどんどん蒸発してふたりの日焼けした肌に薄い膜を張り、ウルフと二頭の馬の毛はびっしょり濡れていた。ウルフは口から舌を垂らして、暑さにあえいだ。ひとりで走っていって探検したり、狩りをしたりする気力はなく、うなだれてゆっくり歩くウィニーとレーサーに歩調を合わせている。馬上のふたりも元気なくうつむいたまま、進む速度を馬にまかせ、息が詰まるほど暑い日中はほとんど口をきかなかった。

ふたりは耐えられなくなってくると、平らな浜をさがした。できれば、澄んだ水たまりか、流れのおだやかな川のそばに。流れが速いとまだ少しためらったが、ウルフでさえ流れがおだやかなら川の誘惑にそそられた。ふたりが川に向かって方向を変え、馬の背から降り、荷かごをはずし始めると、ウルフは真っ先に走りだして、いちばんに川に飛びこんだ。それが支流であれば、ふたりは水に飛びこんで対岸に渡ってから、荷かごや橇をはずした。

泳いで気分を一新した後、もし食べ物の蓄えが少なくなっていたり、途中で食べ物を見つけられなかったときは、食べられるものをさがした。この暑く、埃っぽいステップにも、食糧は豊富だった。とくに、冷たい水の中に――その居場所ととり方を知ってさえすれば――いくらでもいた。

魚を捕まえたいときは、だいたいいつも捕まえることができた。エイラの方法かジョンダラーの方法を使って、あるいはその合わせ技を使って。条件が整っていればエイラの長い網のようなものを使い、ふたりで水の中に歩いていって網を引いた。ジョンダラーはエイラが小さめに編んだ網に柄をつけ、すくい網を作った。まだ完全に満足のいくものではなかったが、役に立つこともあった。ジョンダラーはひもと釣り針でも魚を釣った――釣り針は小さな骨の両端を細く尖らせたもので、その真ん中に強いひもをくくりつけ、えさとして魚や肉の切れ端やミミズを結びつける。魚がそれを飲みこむと、その拍子に釣り針が魚の喉に引っかかり、両端が突き刺さる。

ジョンダラーはこの釣り針でかなり大きな魚を捕まえることもあったが、一匹を釣り逃した後、魚を引き上げるための鉤竿《かぎざお》を作った。二本に分かれている枝を見つけ、枝分かれしているすぐ下の部分で切り、長いほうの枝は柄として使い、短いほうは先端を細く尖らせて鉤にした。これで魚を引っかけてたぐり寄せる。川のそばには数本の小ぶりな木と高い茂みがあり、ジョンダラーが初めて作った鉤竿はどれもうまく使えたが、何度も使えるほど丈夫な枝はなさそうだった。大きな魚は重くて、暴れると鉤竿は折れてしまう。ジョンダラーはいつもかたい枝をさがしていた。

雄ジカの枝角を見かけたとき、ジョンダラーは通り過ぎた。おそらく三歳のアカシカから落ちたものだろう、と思っただけで、その形にまでは注意がいかなかったのだ。しかし、その枝角のことが頭を離れず、ふと、枝角と鉤竿の形が同じことを思い出し、取りにもどった。シカの角は頑丈でかたく、なかなか折れない。それに形も大きさもちょうどいい。少しけずるだけで、最高の釣竿になる。

エイラは今でもときどき、イーザから教わったように手で魚を捕まえることがあった。ジョンダラーは感心した。手順は簡単だ。ジョンダラーはいつもそう思っていたが、自分にはできなかった。必要なのは練習と、手際のよさと、忍耐――かなりの忍耐だけだった。エイラは浅瀬に張り出している根や、流木や、岩をさがし、それから魚をさがす。魚はそういう場で休むのが好きだからだ。魚はいつも顔を上流に、流れの来る方向に向け、泳ぐのに必要な体の一部とひれを少しだけ動かし、流れにさらわれないように、その場所にじっとしている。

エイラはマスや小さなサケを見つけると、その下流から川に入り、手を水につけたまま、ゆっくり上流に向かって歩く。魚に近づくと、もっとゆっくり歩き、水底の泥を舞い上がらせたり、水に振動を与えたりしないようにする。魚がいる魚があわてて逃げてしまうかもしれないからだ。そして、後ろから用心深く、手を魚の下にもぐりこませ、軽く触れるか、くすぐってみる。魚はたいてい気がつかない。えらまで手を伸ばすと、一気につかんで水からすくい上げ、岸に放り投げる。ジョンダラーはいつも走って、魚が跳ねながら川にもどる前に捕まえた。

エイラは淡水性のムラサキイガイも見つけた。ブルンの一族の洞穴の近くの海にいたのと似た種類だ。また、エイラはアカザ、ハマアカザ、フキタンポポといった塩分を多く含む植物もさがした。塩の蓄えが少なくなってきていたので、補充したかった。ほかにも根菜や、葉野菜や、熟し始めた実もさがした。水際の開けた草地ややぶにはヤマウズラが多く、家族が集まってさらに大きな群れを作っていた。丸々と太ったヤマウズラはおいしく、捕まえるのも楽だった。

一日のうちでいちばん暑い正午過ぎは休息をとり、そのあいだに一日のうちでいちばんしっかりした食事を料理した。川辺には発育不良の木しかなかったので、テントを差し掛けて日除けを作って、開けた土地の焼けつくような暑さからのがれた。午後も遅くなって気温が下がってくると、また出発した。落日の中を進む際は、円錐形に編んだ帽子で目を守った。燃える太陽が地平線の下に沈むと、野営に適した場所をさがし、薄明かりの中で簡単に野営の支度をした。満月のとき、その涼しげな光がステップを照らし出すときには、夜になっても進み続けることもあった。

夕食は軽めで、昼食の残り物のことが多かった。また途中で運よく手に入れれば、新鮮な野菜や、穀物や、肉を少し加えることもあった。朝食は手早く、火を使わずに食べられるものですませる。たいていはウルフにも食べさせた。ウルフは夜ごと狩りに出かけたが、火を通した肉も好むようになり、穀物や野菜まで喜んで食べるようになっていた。テントはほとんど張らずにすんだが、暖かい寝袋は必要だった。夜は急激に冷え、朝になると靄《もや》がかかることが多かったからだ。

ときおりやってくる夏の雷雨やどしゃ降り雨のおかげで、思いがけず涼しくなることがあり、それはいつも大歓迎だったが、その後、さらに耐えがたい暑さになることもあった。それに、エイラは雷が大嫌いだった。大地震の地響きを否応なく思い出させられた。稲妻が空いっぱいに広がり、天がひび割れ、夜空が明るく照らされると、ふたりはいつも恐れおののいたが、ジョンダラーが怖がったのは近くに落ちる雷だった。そういうときは外にいるのがいやで、いつも、寝袋にもぐりこんで上からテントをかぶりたい衝動に駆られた。しかしなんとかがまんし、怖がっているのを決して見せないようにしていた。

日がたつにつれ、暑さ以外でとりわけいやなのは虫だった。チョウやミツバチやスズメバチ、それにハエやときおり見かけるカも迷惑といえば迷惑だったが、最大の問題は、いちばん小さいブヨの大群だった。それも、人間より動物たちのほうがずっと悲惨だった。ブヨはしつこくどこにでもいて、目にも、鼻にも、口にも入ってきて、厚い毛皮の下の汗だくの皮膚まで刺した。

馬は通常、夏のあいだは北に移る。厚い毛と引きしまった体は寒い場所に適している。南の平原にもオオカミはいる――オオカミほど生息範囲の広い捕食動物はいない――が、ウルフは北の血統だった。長い時間を経て、南の地方で暮らすオオカミは寒暖の差の激しい気候にかなり適応していった。暑く乾燥した夏に慣れる一方、氷河近辺と同じくらい寒さが厳しく、大量の雪まで降る冬にも適応した。例えば、気候が暖かくなると大量に毛が抜け、舌を出してあえぐと、効果的に体温を下げることができる。

エイラはブヨに悩まされる馬やウルフにできるだけのことをしてやったが、毎日水に入ったり、いろいろな薬を与えてみても、小さなブヨを完全に取り除くことはできなかった。化膿した部分に薬をつけてやっても、産みつけられた卵がまたたくまに孵化してさらに炎症を起こした。馬もウルフも、あちこちの毛が抜けて地肌がむき出しになり、厚く立派な毛皮はぼさぼさでみすぼらしくなった。

ウィニーの耳の後ろの化膿した部分に、かゆみ止めを塗ってやりながら、エイラは言った。「この暑さにも、このいやなブヨにもうんざり！　いったいいつ涼しくなるのかしら？」

「この旅が終わるまでには、この暑さが懐かしくなるって」

大河沿いに上流へ旅を続けるにつれ、北に見える険しい高地や、高い峰々がしだいにせまり、南の浸食された山々の連なりも高さを増してきた。一行は曲がりくねりながらも基本的には進路を西にとりながら、少しだけ北に向かっていた。その後、南に方向を変え、鋭く曲がって北西に向かい、さらに弧を描くように北向きに進み、しまいには東にしばらく進んでから、ある地点で曲がってまた北西に向かった。

ジョンダラーにははっきりした理由はわからなかったし――見たことがあると断言できる道しるべがあるわけではなかったが――このあたりの景色を知っている気がした。このまま大河に沿って行くと北西に向かうが、大河はまた曲がるはずだ、と確信していた。そこで、大三角洲に到着して以来初めて、自分たちを守ってくれる母なる大河を離れ、支流に沿って北に進み、しだいに近づいてきた鋭く高い山脈のふもとの丘陵地を行くことにした。支流に沿って進んでいくと、ルートはじょじょに北西に向かった。

行く手の山々が合体し始め、氷を頂く北の山並みをつなぐ長い尾根は、浸食された南の高地にまでせまってきた。南の高地は鋭く、高くなり、ますます氷におおわれ、一本の狭い峡谷で北の尾根と隔てられているだけだった。このあたりの尾根はかつて、そびえたつ連山に囲まれた深い内海をせき止めていた。しかし、毎年たまる水を吐き出していた川は、何千年というときを経て、石灰岩や、砂岩や、山々の頁岩《けつがん》を摩滅させていった。内海の海抜はしだいに下がり、岩盤がけずられてできた回廊地帯と同じ高さになり、しまいには、干上がって平らな底がむき出しになり、草の海となった。

母なる大河の流れる峡谷の両側は、結晶構造を持つ花崗岩の絶壁だった。山脈の浸食されやすい、やわらかい石からかつては露出したり、貫入したりした火山岩が、両岸にそびえ立っている。大河はこの長い通路を通って南の平原に、そして最終的にはベラン海に向かっていた。ジョンダラーは知っていた。大河がこの峡谷を通るあいだは、大河沿いを歩くことはできない。回り道をするしかなかった。

14

広大な大河が見えないことをのぞいては、大河からそれて小さな支流沿いに進み始めても、地形に変化はなかった――水際に発育不良の低木の茂みのある、乾燥した開けた草原だった――が、エイラはなんとなく寂しかった。大きく広がる大河は長いあいだつねに旅の仲間だった。その大河が見えなくなり、なぐさめを与えてくれず、道も教えてくれないことに不安を感じたのだ。山すその丘陵地に向かって進み、海抜が増すにつれ、茂みが広がって濃くなり、その丈も高くなって、平原のかなり奥にまで広がっていった。

大河が見えないことはジョンダラーにも影響していた。夏の自然な暖かさの中、豊かな水の流れのそばを旅しているあいだは、日々は平穏に単調に流れていた。大河があふれるほどの生命を生み出すという安心感から、ジョンダラーは満足し、エイラを無事に故郷に連れて帰れるだろうかという不安も麻痺していた。ところが、豊かで気前のいい母からそれると、その不安がもどってきた。変わりゆく景色に、この先どうなるのだろう、と心配になってきたのだ。食糧の備えはどうだろう、じゅうぶんだろうか、と気になってきた。この小川で魚が簡単に手に入るとは限らないし、木の多い山中で狩りができるかどうかはもっと疑問だった。

ジョンダラーは森林の動物の習性についてあまりよく知らなかった。平原の動物は集団生活をする傾向があるので遠くからでも見つけやすいが、森林に生息する種類は単独で行動する傾向が強く、樹木や茂みに身を隠すこともある。シャラムドイ族とともに暮らしていたときは、いつもその地域にくわしいだれかと狩りをしていた。

シャラムドイ族の半族であるシャムドイ族は高い山でシャモアを狩るのを好んだ。また、クマ、イノシシ、フォレストバイソン、その他の捕まえにくい森林性の動物の習性にもくわしかった。ジョンダラーは、ソノーランが山でシャムドイ族とともに狩りをするのが大好きになったことを思い出した。もう一方の半族であるラムドイ族は川にくわしく、魚、とくに巨大なチョウザメを狩った。ジョンダラーのほうは舟に興味を持ち、川のことをいろいろ学ぶようになった。ときにはシャモア狩りに参加して山にのぼることもあったが、高いところはあまり好きではなかった。

ジョンダラーは、アカシカの小さな群れを見つけ、肉の蓄えを増やすのにいい機会だと思った。あと数日すればシャラムドイ族のところに着くし、ひょっとしたらシャラムドイ族にも少し分けてあげられるかもしれない。ジョンダラーの提案にエイラは大賛成だった。エイラは狩りが好きだったが、最近はあまりしていなかった。せいぜいヤマウズラや小さい獲物をしとめるくらいで、たいていは投石器を使っていた。母なる大河沿いでは食糧が豊富だったので、狩りをする必要はほとんどなかったのだ。

ふたりは小川のそばに野営をする場所を見つけると、荷かごと橇《そり》を置き、投槍器《とうそうき》と槍を持ってアカシカの群れのいたほうに向かった。ウルフは興奮していた。エイラとジョンダラーがいつもと違うことをしようとしている。槍と投槍器を見れば、何をしにいくつもりなのかわかる。ウィニーとレーサーも元気がよくなったように見えた。が、ただ、荷かごと橇を運ばなくてよくなったからだったかもしれない。

アカシカの集団は相手のいない雄の群れだった。この大昔のヘラジカは柔らかな袋角を生やしていた。秋までに、つまり、繁殖期に間に合うように、新しい枝角がじゅうぶんに伸び、それをおおって保護していた皮膚や、栄養を送っていた血管が乾いてはがれる――というのも、シカが木や岩に角をこすりつけてそうなるのだが。

エイラとジョンダラーは馬を止めてあたりを観察した。ウルフは期待いっぱいで、クンクン鳴いては少し駆けだしたりしている。エイラは指示を出した。じっとしていなさい、群れを追いかけて、追い散らせてしまわないようにね。ジョンダラーはウルフがおとなしくしているのにほっとしながら、一瞬、エイラの訓練の成果に感心したが、またアカシカの群れの観察にもどった。馬の背にまたがっていると、あたりがよく見渡せた。さらに、自分の足で立っているより有利な点がもうひとつあった。何頭かのアカシカが草を食べるのをやめた。部外者がいるのに気づいたからだが、馬は怖いものではなかった。馬は同じ草食動物なので、馬のほうが恐怖を感じている様子がなければ、ふつうは大目にみるか無視するかのどちらかだ。人間やオオカミがいっしょにいても、アカシカはまだ逃げることを考えてはいなかった。

どれにしようかと群れを見渡したジョンダラーは、立派な角を持つ、堂々とした姿の雄に引かれた。相手もこちらを見つめ、品定めをしているようだ。もしジョンダラーが仲間といっしょに狩りに来ていて、洞窟全員分の食糧を必要としていて、自分の勇気を自慢したかったら、その堂々たる雄をしとめることを考えたかもしれない。しかし、秋が来て、歓びを分かち合う季節になったら、雌の多くはこの雄のいる群れの一員になりたがるだろう、ということもよくわかっていた。それほど自信に満ち、美しい雄をわずかな肉のために殺す気にはなれない。ジョンダラーは別の雄を選んだ。

「エイラ、あの高いやぶの近くに一頭いるやつ、わかるかい？　群れの端のほうだ」エイラがうなずいた。「群れから引き離しやすい場所にいる。あれにしよう」

ふたりは作戦を立てると、二手に分かれた。ウルフはウィニーにまたがったエイラを見つめた。そして、エイラの合図を受け、雄に突進していった。エイラはウィニーを走らせ、すぐにウルフに続いた。ジョンダラーも反対側から、投槍器に槍をつがえ、回りこんでいった。

雄は危険に気づいた。群れのほかの雄たちも気づき、みな、ばらばらになって逃げていく。ふたりが選んだ雄は、迫ってくるウルフとエイラから跳んで逃げ、レーサーにまたがったジョンダラーのほうにまっすぐ向かった。目の前に駆けてきたアカシカに、レーサーがひるんだ。

ジョンダラーは槍を構えていたが、レーサーがふいに動いたせいで、バランスを崩し、投げそこねた。雄は方向を変え、行く手をはばむ馬と人間から逃げようとしたが、そこには大きなオオカミがいた。恐怖におののいた雄は横に跳びのき、うなるオオカミから逃れ、今度はエイラとジョンダラーのあいだに突進していった。

雄がもう一度跳ねると、エイラは体の重心を少し移動させながら、ねらいを定めた。ウィニーはその合図を察して雄を追った。ジョンダラーは体勢を立て直し、逃げる雄に向かって槍を放った。同時にエイラも槍を放った。

堂々とした枝角が一度大きく痙攣し、もう一度痙攣した。二本の槍が空を切って、ほとんど同時に突き刺さった。大きな雄はもう一度跳んで逃げようとしたが、すでに遅く、槍は二本ともみごとに命中していた。アカシカはよろけ、足を踏み出したところで倒れた。

平原は閑散としていた。群れは消えていたが、ふたりは馬の背から降りて雄に近づくまでそれに気がつかなかった。ジョンダラーは骨の柄つきのナイフをさやから出すと、雄の袋角をつかみ、頭を後ろに反らせて、喉を切り裂いた。ふたりは無言で立ったまま、雄の頭のまわりに血だまりができていくのを見つめた。流れた血は乾いた地面にしみこんでいった。

「おまえが母なる大地の女神のもとに帰ったら、女神に感謝をつたえてくれ」ジョンダラーは、死んで大地に横たわるアカシカに向かって言った。

エイラもうなずいた。ジョンダラーのいつもの儀式だった。ジョンダラーは動物をしとめるたびに、それがどんなに小さな動物であっても同じ言葉をとなえたが、それは口先だけではなく心からのものだということをエイラは知っていた。その言葉には深い気持ちと、尊敬の念がこもっていた。ジョンダラーの感謝は心からのものだった。

ゆるやかに傾斜する平原は険しい丘陵地に変わり、カバが茂みの合間に見え始め、さらに、オークの混じるシデとブナの森が現れてきた。まだあまり高くない地点は、一行が通ってきた母なる大河の三角洲近くの森林丘陵地帯に似ていた。高くなるにつれ、モミやトウヒが目につくようになり、巨大な落葉樹のあいだにカラマツやマツも点在するようになった。

一行は空き地に着いた。まわりの森林より少し高く、何もない丸い丘だった。ジョンダラーは場所を確かめようと馬を止めたが、エイラは景色に引かれて止まった。思っていたよりも高いところにいた。西のほう、木々の梢《こずえ》の向こうを見下ろすと、遠くに母なる大河が見えた。支流をすべて集め、切り立った深い岩の峡谷をくねりながら流れている。なぜジョンダラーが大河からそれて回り道をしたのか、今になってわかった。

「前にあそこを通ったときは舟に乗っていたんだ。あそこは関門と呼ばれている」

「関門？　獲物を包囲して狩るときに作る門と同じ？　ほら、最後に閉める『口』のこと。口を閉じて、獲物を閉じこめるでしょ？」

「さあ。きいてみたことはないけど、そこから名前をつけたのかもしれない。ただ、こちらはどちらかというと、門までの道の両側に作る柵みたいなものかな。かなり長く続いている。エイラといっしょに通ってみたいな」ジョンダラーはほほ笑んだ。「そのうち、いつか」

ふたりは山に向かって北に進んだ。丸い丘をしばらく下《くだ》ると、地面は平らになった。目前には、背の高い木が横にずらっと並び、巨大な壁を作っていた。広葉樹と常緑樹の混じる濃く深い森の始まりだ。葉の作る高い天蓋の陰に足を踏み入れたとたん、違う世界が開けた。目が明るい日射しから、ほの暗く静かな太古の森の闇に慣れるまでしばらくかかったが、冷たい湿気はすぐに伝わってきた。多くの植物が育ち、腐敗している、湿った、豊かなにおいがする。

厚いコケが継ぎ目のない緑の毛布となって地面をおおっている。石の上に這い上がり、はるか昔に倒れた太古の木々を流線型にかたどり、点在する切り株や生命ある木々の周囲にもまんべんなく広がっている。前を走っていたウルフが飛び乗ると、コケにおおわれた腐りきった丸太はその重みで崩れてしまった。ゆっくりと土に返ろうとしていた太古の木の中にいた白い地虫が、昼間の明るさに驚いて身をくねらせた。エイラとジョンダラーはすぐに馬から降りた。生命の残骸や、そこから復活する子孫の散らばる森の中を歩くには、そのほうが楽だった。

朽ちてコケにおおわれた丸太からは新しい芽が育っている。若木が競って生えている日の当たる場所がある。雷に打たれた木がほかの木を巻き添えにして倒れたところだ。うなずくように揺れるシラタマノキの薄紅色の花穂《かすい》のまわりを、ハエが羽音をたてて飛びまわっている。花には天蓋の割れ目から森の地面に差しこむ、明るい光が当たっている。あたりは神秘的な静けさにつつまれ、小さな音もよく響いた。ふたりはなぜか小声でささやきあった。

菌類もはびこっていた。ありとあらゆる種類のキノコが、どこを見ても生えていた。ブナヤドリギや紫色のコンロンソウなどの葉を持たない薬草や、おおむね緑の葉を持たないさまざまな鮮やかな小花をつけたランが、あちこちに見られた。どれもがほかの生きている植物の根や、腐敗した植物から生えている。エイラは、小さく、白く、つやがあり、うなずくように揺れる葉のない茎が何本かあるのを見ると、立ち止まって集めだした。

「これがあれば、ウルフや馬の目薬を作れるわ」エイラが言った。ジョンダラーはエイラの顔に優しく、悲しげなほほ笑みが浮かんだのに気づいた。「わたしが泣くと、イーザがこれを目につけてくれたの」

エイラはその茎を集めながら、食べても絶対に安全なキノコも集めた。決して危険は冒さなかった。エイラはキノコには非常に注意した。おいしいものが何種類もある。あまりおいしくないが無害なものが何種類もある。薬として使えるもの、食べると少し気分が悪くなるものもある。ごくわずかだが、霊界を体験させるものや、命取りになるものもあった。そして、中にはほかの種類と混同しやすいものもある。

この森の中に入ると、長い柱を組んで作った橇は密生する木に引っかかってばかりだった。エイラが最初に自分では運べない重い荷物をウィニーに運んでもらうという、単純だが効果的な方法を思いついた頃、自分の洞穴へ続く細くて急な道を登るときには、柱と柱の幅をせばめることにしていた。しかし、今は橇に椀舟を積んでいるので柱を調整するのは無理だし、橇を引きながら障害物をよけるのもたいへんだった。橇は起伏の多い地形でも使いやすく、穴にも、溝にも、ぬかるみにも引っかからなかった。しかし、開けた場所が必要だった。

一行はその日の午後じゅう四苦八苦した。ジョンダラーはしまいには椀舟をまるごとはずし、自分で引っ張った。そのうち、ふたりとも椀舟を置いていこうかと真剣に考え始めた。椀舟は母なる大河にそそぐ大小さまざまの支流を渡るのには、想像以上に役立ったが、ここまで苦労して深い森の中を引きずっていく価値があるかどうかは怪しい。たとえこの先もっと多くの川があるとしても、きっと椀舟なしで渡れる。これ以上遅れるのは問題だ。

まだ森の中にいるうちに日が暮れた。野営のためにテントを張ったが、ふたりとも落ち着かなかった。広い平原の真ん中にいるときより無防備に思えた。開けた場所では、たとえ暗くても何かが見えた。雲や、星や、動くものの影などが。濃い森の中では大型動物でさえ高く太い木の陰に隠れることができる。そして真っ暗だった。森の世界に踏みこんだときは神秘的に思えた途方もない静けさは、夜の深い森の中では不気味だった。しかし、ふたりともそんな気持ちは表に出さないようにしていた。

馬も緊張し、火のそばにいれば安心なことを知っていたので、焚き火のすぐそばにいた。ウルフも野営地から離れなかった。エイラは喜び、食事を分けてやりながら、とにかくウルフはそばに置いておこう、と思った。ジョンダラーも喜んでいた。大きなオオカミが仲間としてそばにいてくれれば安心だ。ウルフには人間にはない嗅覚と直感がある。

じめじめした森の夜は寒かった。肌にはりつくような冷たい湿気は、まるで雨のように重く感じられた。ふたりは早めに寝袋にもぐりこんだ。疲れていたが、遅くまで話しこんだ。まだ不安で眠る気にはなれなかったのだ。

「あの椀舟にこれ以上手こずらされるわけにはいかない」ジョンダラーが言った。「細い川なら、ウィニーもレーサーも歩いて渡れるから、荷物を濡らさずにすむ。深い川だったら、ふだんは下げている荷かごを馬の背中にのせればいい」

「わたし、昔、荷物を丸太にしばりつけていたの。氏族のもとを離れて、自分の部族をさがしているとき、幅の広い川にぶつかったの。そのときは丸太を押しながら、泳いで渡ったわ」

「それはたいへんだったろう。それに危険だ。両手がふさがってしまう」

「たいへんだったけど、渡らなくちゃいけなかったから。ほかに方法を思いつかなかったし」

エイラはしばらく黙ったまま、考えていた。ジョンダラーは隣で、エイラは眠ってしまったのだろうか、と思っていた。すると、エイラが考えていたことを話し始めた。

「ジョンダラー、わたしたち、もうずいぶん長く旅してきたわ。わたしがあの谷を見つける前にした旅よりも長い。もう遠くまで来たわよね？」

「そう、たしかに遠くまで来た」ジョンダラーは少し警戒しながらそう返事をした。体を横向きに起こし、片肘をついてエイラを見た。「けど、おれの故郷まではまだ遠い。もう旅に疲れたのかい？」

「少し。しばらく休みたい。そうしたら、また旅をしたくなると思うから。ジョンダラーといっしょなら、あとどのくらい遠くても平気よ。ただ、わたしは知らなかったの。世界がこんなに広いなんて。どこかで終わるのかしら？」

「おれの故郷の西にある大海原で陸は終わる。その向こうに何があるかはだれも知らない。知り合いのある男が、さらに遠くまで旅をして、東にも大海原があるのを見た、と言っていたけど、みんなは疑っていた。短い旅をしたことのある人間ならたくさんいるけど、遠くまで行った人間はほとんどいないから、はるかな旅をした人間の話は信じがたいんだ。納得のいく証拠を見ない限りはね。けど、遠くまで旅する人間はいつでもいる」ジョンダラーは苦笑した。「まさか、自分がそうなるとは思っていなかったよ。ワイメズは〈南の大海原〉のまわりを旅して、はるか南にもさらに陸があることを発見した」

「ワイメズはラネクの母親も見つけ出して、連れて帰ったでしょ。信用できるわ。あんなに茶色い肌の人間をラネク以外に見たことがある？　ワイメズは茶色い肌の女の人を見つけるために、かなり遠くまで旅したはずよ」

ジョンダラーは火に照らされたエイラの顔を見つめ、大きな愛を感じながらも、ひどく不安でもあった。はるかな旅の話をしているうちに、この先の長い道のりのことを考え始めた。

「北では、陸は氷になって終わるわ。だれも氷河の向こうまでは行けない」

「舟で行くなら話は別だ。けど、聞いた話だと、あるのは氷と雪の大陸だけで、そこにはシロクマの霊が住んでいるらしい。マンモスより大きい魚がいるらしい。西に住む人たちが言うには、まじない師が何人かいて、その大きな魚を招く力を持っているんだそうだ。その魚はいったん陸に上がると、二度ともどれないらしい。けど……」

突然、大きな音がした。エイラもジョンダラーもぎょっとして飛び起き、そして、一言もしゃべらず、身をかたくし、息をひそめた。ウルフが喉の奥で低くうなったが、エイラはウルフに片腕をまわし、離さないようにした。さらに何かをたたくような音がし、そして静かになった。しばらくしてウルフもうなるのをやめた。ジョンダラーは今夜はもう寝つけそうになかった。そのうちに立ち上がって火に薪を一本くべ、ちょうどいい大きさの折れ枝を見つけておいてよかった、と思った。その枝は象牙の柄をつけた小ぶりな石斧で小さくたたき切ってあった。

「わたしたちが渡る氷河は、北にあるんじゃないでしょう？」エイラはジョンダラーがもどってくるとたずねた。まだ旅のことが気になっていた。

「うん、ここよりは北だけど、北の氷河の壁ほど遠くはない。この山脈の西にまた別の山脈があって、おれたちが渡るのは、その山脈の北側の高地だ」

「氷河を渡るのはたいへん？」

「すごく寒くて、猛吹雪になることもある。春と夏には氷河が少し溶けだしてもろくなる。大きなひびが入ることがあって、深い割れ目に落ちたら、だれも助けられない。冬のあいだ、割れ目のほとんどは雪や氷で埋まっているけど、それでも危険は危険だ」

エイラは身震いした。「回り道があるって言っていたでしょ。どうして氷河を渡らなくちゃいけないの？」

「避けて通るにはそれしかないんだ、平……氏族の土地を」

「平頭の土地、って言おうとしたのね」

「いつも聞かされていた呼び名だったから」ジョンダラーは言い訳をした。「みんなそう呼んでいる。エイラもその言葉に慣れたほうがいいと思う。そう呼ぶ人がほとんどだから」

エイラはジョンダラーの言い訳を無視して続けた。「どうして避けなくちゃいけないの？」

「いろいろ問題があるんだ」ジョンダラーは顔をしかめた。「北に住む平頭が、エイラを育ててくれた氏族と同じ氏族かどうかはわからない」ジョンダラーは一度言葉を切り、また続けた。「けど、平頭が先に問題を起こしたわけじゃない。ここに来る途中で聞いたんだけど、若い連中が平頭を……困らせているらしい。その若い連中というのはロサドゥナイ族、氷河の台地のそばで暮らす部族だ」

「どうして、ロサドゥナイ族が氏族と問題を起こしたがるの？」エイラにはわからなかった。

「ロサドゥナイ族の全員がそう思っているわけじゃないんだ。ロサドゥナイ族は問題を起こしたくないと考えている。ただ、若い連中が問題なんだ。たぶん、おもしろがっているんだろう。少なくとも、きっかけはそれだろう」

エイラは思った。だれかがおもしろいと考えていることが、わたしにはぜんぜんおもしろくないことがある。しかし、今頭の中にあるのは、自分たちの旅のことであり、あとどのくらい旅を続けなくてはならないか、だった。ジョンダラーの話しぶりからすると、まだぜんぜん近づいていないみたい。あまり先のことまで考えないのがいちばんいいのかもしれない、とエイラは思い、ほかのことを考えようとした。

夜の闇を見上げながら、高い天蓋の向こうの空が見えたらいいのに、と思った。「ねえ、星が見える気がするの。ジョンダラーにも見える？」

「どこに？」ジョンダラーも空を見た。

「あそこ。まっすぐ上を見て、もう少し後ろ。ね？」

「ほんとだ。ほんとに見える。天の川とは違うけど、星が何個か見える」

「天の川、って何？」

「これも、女神と女神の子どもについての物語なんだ」

「話して」

「ちゃんと覚えていないかもしれないけど、ええっと、最初はこうだったかな……」ジョンダラーは初めのうちはメロディーだけを口ずさんでいたが、途中から歌詞もうたいだした。

女神の血はかたまり、乾いて赤土に
しかし、その苦労の価値ある聡明な息子が生まれた

女神の大きな喜び
光輝く息子

山々は高くそびえ、頂から炎を噴き出し
女神は山のような乳房を息子に吸わせた
息子が強く吸うとしぶきが天高く飛び散り
女神の温かい乳が空に川を作った

「っていう歌」ジョンダラーは締めくくった。「大ゼランドニは、よく覚えていた、ってほめてくれるかな」

「すてきな歌ね。歌の響きが好き。聞いていて心地いいわ」エイラは目を閉じ、その歌を何度か口ずさんだ。

ジョンダラーはそれを聞きながら、エイラは本当に覚えるのが早い、と思った。一度聞いただけで、すぐに間違いなく繰り返すことができる。おれも同じくらい物覚えがよくて、言葉を覚えるのも早ければいいのに。

「でも、本当じゃないんでしょ?」エイラがたずねた。

「本当じゃない、って何が？」

「星が女神の母乳だ、っていうこと」

「まさか本当に母乳だとは思わないけど、この物語が言おうとしていることには真実があると思う。物語全体が、ってことなんだ」

「物語が言おうとしていること、って？」

「物事の始まりについて語っているんだ。人間がどうやって生まれたか。人間は母なる大地の女神によって創られた。女神自身の体から。女神は太陽や月と同じ場所にいる。女神はおれたちにとって偉大な母であると同時に、太陽や月の母でもある。そして、星は太陽や月の世界の一部だ、っていうふうに」

エイラはうなずいた。「それは真実かもしれないわね」エイラにはジョンダラーの話が気に入った。いつか自分も大ゼランドニに会って、この物語を全部聞きたい気がした。「クレブが教えてくれたわ。星は霊界に住んでいる人たちの炉辺だ。霊界に帰って来たすべての人、まだ生まれないすべての人の炉辺だ、って。トーテムの霊の故郷でもあるんですって」

「それも真実かもしれないな」平頭もほとんど人間と同じに違いない、とジョンダラーは思った。動物がそんなふうに考えるはずがない。

「クレブから昔、教えてもらった。わたしのトーテム、偉大なるケーブ・ライオンの故郷がどこにあるか」そう言うと、エイラはあくびをおさえて、寝返りを打った。


エイラは行く手に目をこらしたが、コケにおおわれた巨木が立ち並び、何も見えなかった。登り続けていたが、どこに向かっているのかも、なぜ登っているのかもわからず、ただ、止まって休みたいだけだっ

た。とても疲れていた。しゃがみこむことさえできたら。目の前の丸太に座りたい。そこまで行くことさえできれば。しかし、丸太はつねに一歩先にあるように思えた。次の瞬間、エイラは丸太の上にのっていた。しかし、足の下で崩れ、朽ちた木とのたうつ地虫の山になった。エイラはその中に落ちていった、爪を立てて、這い上がろうともがきながら。

すると、濃い森が消えた。エイラは山の急斜面を這い上がり、開けた森の中の、よく知った道を進んでいた。高い山の頂上には草地があり、シカの小さな家族が草を食べていた。山腹の岩壁を背にしてハシバミの低木の茂みがあった。エイラは怖かった。茂みの後ろなら安全だが、どこからもぐりこめばいいのかわからない。入り口はハシバミの茂みでふさがれている。ハシバミはどんどん大きくなり、コケにおおわれた巨木になった。エイラは目をこらしたが、見えるのはハシバミの木だけで、そのうえ、暗くなってきた。怖かった。しかし、そのとき、ずっと遠くの陰の中でだれかが動くのが見えた。

クレブだった。小さな洞穴の入り口の前に立っている。エイラの行く手をふさぎ、手で、ここにいてはいけない、と言っている。ここはエイラのいる場所ではない。立ち去らなくてはいけない。ほかの場所を、自分の居場所をさがしにいかなくてはならない。クレブはエイラに道を教えようとしているが、暗くて、手の動きがよく見えない。ただ、行け、と言っていることしかわからない。そのとき、クレブが正常なほうの腕を伸ばし、指さした。

前を見ると、ハシバミの木はなくなっていた。エイラはふたたび登り始めた。別の洞穴の入り口に向かって。この洞穴を見るのは初めてだ、そう思ったが、不思議と懐かしかった。洞穴の上には空を背景にして、場違いな丸石の黒い影がある。振り返ると、クレブが立ち去ろうとしていた。エイラは大声で呼び、すがろうとした。

「クレブ！　クレブ！　助けて！　行かないで！」

「エイラ！　目を覚ませ！　夢だから」ジョンダラーはそう言いながら、エイラを優しく揺すった。

エイラは目を開けたが、火は消えて真っ暗だった。エイラはジョンダラーにしがみついた。

「ジョンダラー、クレブだったの。クレブが道をふさいでいたの。わたしを入れてくれなかった――ここにいてはだめだって。何か伝えようとしていたんだけど、暗くて見えなかった。クレブは洞穴のほうを指していた。その洞穴はどこか懐かしかったんだけど、クレブは行ってしまったの」

ジョンダラーは腕の中で震えるエイラをきつく抱きしめ、安心させようとした。突然、エイラが上半身を起こした。「あの洞穴！　クレブが立ちふさがっていた、あれはわたしの洞穴だわ。ダルクを産んだ後に行った洞穴よ。ブルンの一族がダルクをわたしから引き離そうとするのを恐れてそこに行ったの」

「夢はむずかしい。女神に仕える者ならその意味がわかることがあるけど。たぶん、エイラはまだダルクを残してきたことを後悔しているんだろう」

「たぶん、ね」確かにダルクを残してきたことを後悔しているけど、それが夢の意味だとしたら、どうして今それが夢に出てくるの？　あの島の上でベラン海の向こうに半島をさがしながらダルクに最後の別れを告げた、その直後じゃなくて。さっきの夢にはそれ以上のものがあるはずだわ。そのうちにエイラは落ち着きを取りもどし、ふたりはしばらくうとうとした。エイラがふたたび目を開けると、夜が明けていた。しかし、森は依然として薄暗闇に包まれていた。

その日、エイラとジョンダラーは馬には乗らずに、北に向けて出発した。樏の柱はひとつに束ね、その下に椀舟をしばりつけた。ふたりで柱の両端をかつぐと、柱と舟が同時に運べ、障害物をよけるのも馬に引かせているときよりはるかに楽だった。それに馬の休息にもなった。馬は荷かごだけ乗せ、自分の足下の心配だけしていればよかった。しかし、しばらくすると、背の上で操る人間の手がないので、レーサーが道をそれては若木の青い葉を食べにいくようになった。草地はまばらにしかなかったからだ。レーサーは草のにおいをかぐと、わきにそれたり、後もどりしたりした。草は、木が強風で倒れて日当たりのよくなった小さな空き地にしか生えていなかった。

ジョンダラーはレーサーの後を追うのに疲れ、しばらく柱の端をかつぎながら、レーサーの引綱も握っていた。しかし、それはそれでたいへんだった。柱が木の枝に引っかからないようエイラがどちらに進むのか注意して、自分の足下に気をつけて、レーサーが穴に落ちないように、あるいはもっとまずいことにならないように気を配っていなくてはならない。レーサーも手綱や端綱《はづな》なしでついてきてくれたらいいのに、とジョンダラーは思った。ウィニーがエイラについていくように。しまいにはジョンダラーはうっかり、柱でエイラをぐっと押してしまった。そこで、エイラがいいことを思いついた。

「レーサーの引綱をウィニーにつないだら？　だって、ウィニーはわたしについてくるし、自分の足下もちゃんと見ている。レーサーをわき道にそらすこともないし、レーサーのほうはウィニーの後をついていくのに慣れているでしょ。レーサーをウィニーとつなげば、レーサーが横道にそれる心配も、ほかの心配もなくなる。ジョンダラーはその柱の端のことだけ心配していればいいわ」

ジョンダラーはしばらく考えて眉をひそめたが、ふいに、にこっと笑った。「どうして今まで思いつかなかったんだろう？」

じょじょに高いところへと進むうち、地形が目に見えて険しくなってくると、森の様子は一気に変化した。樹木はまばらになり、巨大な落葉性の広葉樹はすぐに見えなくなった。木々の中心はモミとトウヒで、広葉樹も残っていたが、今まで見たものと同種類でもはるかに小型化していた。

一行は尾根のいちばん高いところに着いた。尾根の背はゆるやかに傾斜した広い台地になり、それがほぼ平らな状態でかなり遠くまで広がっている。モミ、トウヒ、マツといった針葉樹に、金色に紅葉したカラマツの混じる深緑の森が、台地のほとんどを埋め尽くしていた。これにいろどりを添えているのは、鮮やかな黄緑色の草が高く茂る草地、そして、澄んだ空の青と遠い雲の白を映す湖だ。台地を仕切る流れの速い川に水を供給するのは、はるか先の山腹を派手に流れ落ちるいくつもの滝だった。台地の向こうにひときわ空高くそびえる峰があった。雪を頂き、ところどころ雲におおわれた峰に、ふたりは目を奪われた。

エイラは、その峰がすぐそばにあって、手を伸ばせば触れられるような気がした。エイラの後方にある太陽の光に照らされて、山の岩肌の色や形がはっきり見える。淡い灰色の岩壁から黄土色の岩が突き出している。白っぽい山肌とは対照的な、濃い灰色の岩柱が不思議と規則正しく並んでいる。この岩柱は燃えさかる地球の中心から地表に現れ、冷めてできたもので、基本的には柱状結晶構造をなしていた。美しく青緑色に光る頂上の氷は本物の氷河だが、標高の高い場所で今でも降り続く雪の衣をかぶっている。ふたりが見つめているうちに、まるで魔法のように、太陽と雨雲の作った光まばゆい虹が、山の上に大きな弧を描いた。

エイラもジョンダラーも目を見張り、美しく静かな景色に見入った。エイラは思った。虹は何かを伝えようとしているのではないかしら。歓迎されているということだといいけど。そして、口から入る空気がひんやりとさわやかで、とてもおいしいことに気づき、大きく息を吸いこんだ。体力を奪う平原の暑さから逃れられたことにほっとした。突然、やっかいなブヨの大群もいなくなったことに気づいた。もう、この台地から一歩も出たくなくなった。ここを自分の故郷にしたいくらいだった。

エイラに笑顔で見つめられ、ジョンダラーは一瞬どきっとした。エイラの純粋な喜びように、エイラがこの場所の美しさを楽しんでいることに、エイラがこの場所にいたいと願っていることに当惑した。しかし、それはすぐにエイラの美しさに対する喜びと、エイラへの欲望に変わった。今すぐにエイラが欲しいと思う気持ちが、その深く青い目にも、愛情と切望にあふれた表情にも表れていた。エイラもジョンダラーの気持ちを感じ取ったが、それは自分自身の気持ちが形を変え、ジョンダラーの中で増幅されて、返ってきたものだとわかっていた。

馬の背にまたがったまま、ふたりは見つめ合った。説明はできないが感じることはできる力に釘づけにされたように動けなかった。それはお互いの独特だが共通した感情の力であり、お互いの相手に対して持つカリスマ的な力であり、お互いに対する愛の力だった。無意識のうちにふたりは手をのばした——二頭の馬はそれを勘違いした。ウィニーは斜面を下りだし、レーサーも後に続いた。馬の行動にエイラもジョンダラーも、はっと我に返った。説明のできない温もりと優しさを感じると同時に、自分たちが何をしているのか気づかずにいたことに少し当惑しながら、ふたりは顔を見合わせて約束のほほ笑みを交わした。そして斜面を下り、北西にある台地へと向かった。

朝、ジョンダラーは、そろそろシャラムドイ族の居住地に着くのではないかと思った。空気は吐く息が白くなるほど冷たく、季節の変わり目を告げていた。しかし、エイラにはそれがうれしかった。樹木におおわれた丘の斜面を進みながら、はっきりとは思い出せないが、以前ここに来たことがあるような気がした。なんとなく、見覚えのある道しるべはないか、さがしていた。何もかもが懐かしく思えた。木々も、植物も、斜面も、地形も。見れば見るほど、懐かしい場所にいるように感じられた。

エイラはハシバミの実がなっているのを見つけた。まだとげだらけの緑の殻に入っているが、ほとんど熟して、エイラの好きな状態だ。思わず立ち止まっていくつか採った。歯で殻を割っていると、ふっと、ひらめいた。このあたりのことを知っている、懐かしいと思ったのは、ここが半島の先端、ブルンの一族の洞穴周辺の山地に似ているからだ。ここはエイラが育った場所と非常に似ていた。

このへんはジョンダラーにとってはもっと懐かしい場所であり、それにはちゃんとした理由があった。明らかに人の作った道があり、ジョンダラーはこの道を通ったことがあった。これを下った先は、切り立った岩壁に刻まれた道につながっている。そこまでそう遠くはない。ジョンダラーは体の中から興奮が高まってくるのを感じた。エイラが大きなバラ科の植物が小山のようにこんもりと茂っているのを見つけた。地面をはう、とげのある長い枝に、熟してみずみずしいクロイチゴがたわわについている。ジョンダラーは少しいらいらした。エイラが摘みたがって、到着が遅れてしまうのがわかっていたからだ。

「ジョンダラー！　止まって。見て。クロイチゴよ！」エイラはウィニーからすべり降り、クロイチゴの茂みへ走った。

「けど、あともう少しで着くんだぞ」

「みんなにも持っていけばいいわ」エイラは口いっぱいにほおばっている。「氏族と離れてから、こんなにおいしいクロイチゴを食べたことがなかったわ。ジョンダラーも食べてみて！　こんなに甘くておいしいの、食べたことある？」手でいくつもつかんではそれをいっぺんに口にほうりこむので、手も口も紫色に染まっている。

そんなエイラを見て、ジョンダラーは笑いだした。「自分がどんな顔しているか知ってるかい？　小さな女の子みたいだ。クロイチゴの汁まみれで、そんなにはしゃいで」ジョンダラーは首を振っておかしそうに笑った。エイラは返事ができなかった。口がクロイチゴでいっぱいだった。

ジョンダラーも少しつまみ、とても甘くておいしいことがわかると、またつまんだ。何度か摘み取ったところで、その手を止めた。「さっき、みんなにも持っていけばいい、って言っていたと思うけど。入れる物が何もない」

エイラはしばらく考え、そしてほほ笑んだ。「ううん、だいじょうぶ」エイラは汗の染みた円錐形の帽子をとり、葉をさがして何枚か中に敷いた。「ジョンダラーのも」

それぞれが帽子の四分の三くらいまでクロイチゴを集めたところで、ウルフが警戒のうなり声をあげた。ふたりが顔を上げると、背の高い若者が目に入った。もう大人といってもいいくらいの若者が、向こうから道を歩いてくる。ふたりとすぐそばにいるオオカミに驚き、口を開いたまま、恐怖で目を見開いている。

「ダルヴォ？　ダルヴォなのか？　おれだ、ジョンダラーだ。ゼランドニー族のジョンダラーだ」そう言いながら、大またで若者に近づいた。

ジョンダラーはエイラの知らない言葉で話していたが、マムトイ語に似た単語や発音が聞き取れた。若者の顔を見ていると、怖がっていたのが不思議そうな表情になり、そして、ぱっと明るくなった。

「ジョンダラー？　ジョンダラー！　ここで何を？　遠くに行っちゃって、もうもどってこないと思ってたよ」ダルヴォが言った。

ジョンダラーとダルヴォは駆け寄り、抱き合った。ジョンダラーはすぐに離れ、ダルヴォの両肩の上に手を置いてじっと見つめた。「驚いたな！　こんなに大きくなったなんて！」エイラもダルヴォを見つめていた。長いあいだだれにも会っていなかったので、自分たち以外の人の姿がめずらしくてたまらなかったのだ。

ジョンダラーはもう一度ダルヴォを抱きしめた。エイラには、ふたりとも心から懐かしがっていることがわかった。しかし、うれしい気持ちに振り回されてしまい、ダルヴォは少し決まりが悪そうだった。ジョンダラーにはダルヴォが、いきなり無口になってしまったわけがわかった。ダルヴォも、やはり、もう大人になりかけなんだ。あいさつで礼儀的に抱き合うのはいいが、抑えきれない懐かしさを大げさに表現するのは、たとえ相手がしばらく炉辺をともにした男であっても、恥ずかしいことだ。ダルヴォがエイラを見た。そして、エイラが抑えているウルフに気づき、また目を大きくした。さらに、荷かごと柱を背負った馬がそばにおとなしく立っているのを見て、もっと目を大きくした。

「そうだ、紹介しよう。おれの……仲間だ」ジョンダラーが言った。「シャラムドイ族のダルヴォ、こちらはマムトイ族のエイラだ」

エイラはジョンダラーの声の調子と、聞き取った単語から、正式に紹介されていることがわかった。ウルフにじっとしているように合図し、ダルヴォのほうに進み出た。両手を、手のひらを上に向けて差し出した。

「ぼくはシャラムドイ族のダルヴァロ」ダルヴォはそう言いながらエイラの両手を取り、今度はマムトイ語で言った。「歓迎します。マムトイ族のエイラ」

「ソリーは教えるのがうまいな！　生まれたときから聞いて育ったみたいにマムトイ語を話しているじゃないか、ダルヴォ。いや、もうダルヴァロって呼ぶべきか？」ジョンダラーが言った。

「うん、もうダルヴァロって呼ばれているんだ。ダルヴォは子どものときの名前だから」ダルヴォは、さっと顔を赤くした。「だけど、ダルヴォって呼んでくれていいよ。そう呼びたいならさ。だって、ジョンダラーは子どものときから知っているから」

「いや、ダルヴァロもいい名前だ。うれしいよ。ソリーと勉強を続けていてくれて」

「ドランドが、そうしたほうがいいって。来年の春マムトイ族と交易をするとき、言葉を知っていたほうがいいからってさ」

「ダルヴァロ、よかったら、ウルフにもあいさつしてみない?」エイラが言った。

ダルヴァロは眉をひそめ、ためらった。今までに一度もオオカミとあいさつすることになると思ったことはなかったし、したいと思ったこともなかった。けれど、ジョンダラーはこのオオカミを怖がっていない、この女の人も。この人は少し変わっているし、しゃべり方も少し変だ。間違っているわけじゃないけれど、ソリーのしゃべり方とは違う。

「ここまで手を出して、においをかがせてあげたら、ウルフはあなたがどんな人なのかわかるわ」エイラが言った。

ダルヴァロは、オオカミの口のそんなに近くまで手を出して平気なものかどうかわからなかったが、断る方法も思いつかなかった。ダルヴァロはおずおずと手を伸ばした。ウルフが手のにおいをかぎ、それから不意に、その手をなめた。ウルフの舌は温かく、湿っていたが、少しも痛くなかった。気持ちがいいくらいだった。ダルヴァロはウルフを見て、エイラを見た。エイラは片腕を、気楽な感じでウルフの首にかけ、もう片方の手で頭をなでている。生きているオオカミの頭をなでるってどんな感じだろう、とダルヴァロは思った。

「毛に触ってみたい?」エイラがきいた。

ダルヴァロは一瞬驚いた顔をして、それから手を伸ばして触ろうとした。しかし、ウルフがにおいをかごうと動いたので、ダルヴァロは後ずさりをした。

「ここよ」エイラはそう言いながら、ダルヴァロの手をとってウルフの頭にしっかりと置いた。「ウルフはかいてもらうのが好きなの。こういうふうに」エイラはそう言いながら教えた。

ウルフは突然ノミに気づいた。そうでなければ、ダルヴァロにためらいがちにかかれたせいでノミのことを思い出してしまったのだろう。尻をついて座りこみ、発作でも起こしたかのように、後ろ足で耳の後ろをかき始めた。ダルヴァロはほほ笑んだ。オオカミがこんなにおかしな恰好をしているのを見たことがなかった。むきになって自分をかくなんて。

「言ったとおりでしょ。かいてもらうのが好きなの。馬もそうなのよ」エイラは、ウィニーにこちらに来るように合図をした。

ダルヴァロはジョンダラーのほうをちらっと見た。ジョンダラーは笑顔で立っている。オオカミや馬をかいてやる女のことをちっとも変に思っていないかのように。

「シャラムドイ族のダルヴァロ、こちらはウィッニー」エイラは軽くいななくような発音で名前を言った。エイラはウィニーがいななくときの声からその名前をつけたのだが、エイラがその名を呼ぶと、本物の馬のいななきのようだった。「それが本当の名前なんだけど、わたしたちは、ウィニーって呼ぶこともあるの。ジョンダラーにはそのほうが言いやすいみたい」

「馬と話ができるの?」ダルヴァロは心から驚いている。

「だれでも馬に話しかけることはできるわ。でも、馬はだれの言うことでもわかるわけじゃないの。最初にお互いに友だちにならないとだめ。レーサーにジョンダラーの言うことがわかるのは、赤ちゃんのときに友だちになったから」

ダルヴァロはくるりとジョンダラーのほうに振り返り、二、三歩あとずさった。「馬の上に座ってる！」ダルヴァロが言った。

「そう。馬の上に座っているんだ。こいつはおれの友だちだからさ、ダルヴォ。いや、ダルヴァロ。おれを乗せたまま走ることもできる。すごく速く走れるぞ」

ダルヴァロのほうが今にも駆けだしそうに見えたので、ジョンダラーは片脚を上げ、レーサーの背からひらりと降りた。「もしよかったら、ここにいる動物たちのことで、ちょっと協力してほしいんだ、ダルヴァロ」ジョンダラーは言った。ダルヴァロは身構えて、今にも逃げだしそうだ。「おれたちは長いこと旅してきた。ドランドやロシャリオやみんなに会うのが本当に楽しみなんだ。けど、ほとんどの人は、こういった動物を初めて見ると少し不安がる。慣れていないからだ。ダルヴァロ、おれたちといっしょに歩いてくれないか？　ダルヴァロが動物の隣で怖がっていないのを見れば、みんなもそんなに心配しないと思うんだ」

ダルヴァロは少しほっとした。それならできそうだ。それに、もう動物の隣に立っている。自分がジョンダラーや動物といっしょに歩いてもどったら、みんなはびっくりするだろうな。とくにドランドとロシャリオは……。

「忘れるところだった」ダルヴァロが言った。「ロシャリオに約束したんだ。クロイチゴを採ってきてあげるって。ロシャリオはもう自分で採れなくなっちゃったから」

「クロイチゴならあるわよ」エイラがそう言うと同時に、ジョンダラーもこう言っていた。「どういうことだ？　採れなくなった、って？」

ダルヴァロはエイラを見て、ジョンダラーを見た。「崖から桟橋に落ちて、腕を折ったんだ。もう治らないと思う。折れたままなんだ」

「どうして？」ふたりがいっしょにたずねた。

「治してくれる人がいないから」

「シャムドは？　それか、ダルヴァロのお母さんは？」ジョンダラーがきいた。

「シャムドは死んだ。この前の冬に」

「それは気の毒だったな」

「ぼくの母さんもいなくなった。マムトイ族の男がソリーに会いに来たんだ。ジョンダラーが去ってからしばらくして。その男はソリーの親戚、いとこだったんだけど、母さんを好きになったみたいで、母さんに、つれあいになってくれって言ったんだ。みんな驚いたけど、母さんはそのマムトイ族の男といっしょに行ってしまった。ぼくもいっしょに来ないか、って言われたけど、ドランドとロシャリオに、自分たちのところにいてくれって言われたんだ。だから、そうした。ぼくはシャラムドイ族で、マムトイ族じゃないから」ダルヴァロはエイラを見て顔を赤くした。「別にマムトイ族になるのがいやってわけじゃないんだ」あわててそう言った。

「もちろん、もちろん、そうさ」ジョンダラーは心配そうに眉をひそめながら言った。「ダルヴァロの気持ちはわかる。おれは今でもゼランドニー族のジョンダラーだからな。ロシャリオが崖から落ちたのはいつだ？」

「夏の月の頃。今みたいな」ダルヴァロが言った。

エイラは、どういう意味、という顔でジョンダラーを見た。

「今と同じ満ち具合の月が前に見えた頃、っていうことだ」ジョンダラーが説明した。「もう手遅れだと思うかい?」

「この目で見るまではわからないわ」

「ダルヴァロ、エイラは薬師《くすし》なんだ。とても優れた薬師だ。治してくれるかもしれない」ジョンダラーが言った。

「シャムドみたいな人なんじゃないかな、と思ってたんだ。動物のこととか見ていて」ダルヴァロは少し黙り、馬とオオカミに目をやり、うなずいた。「きっととても優れた薬師なんだね」ダルヴァロは十三歳にしては少し背が高かった。「いっしょに歩いていってあげるよ。みんなが動物を怖がらないように」

「このクロイチゴ、わたしの代わりに持ってくれる? そうしたら、わたしはウルフとウィニーのそばについていられるから。この子たちも人間を怖がることがあるの」

15

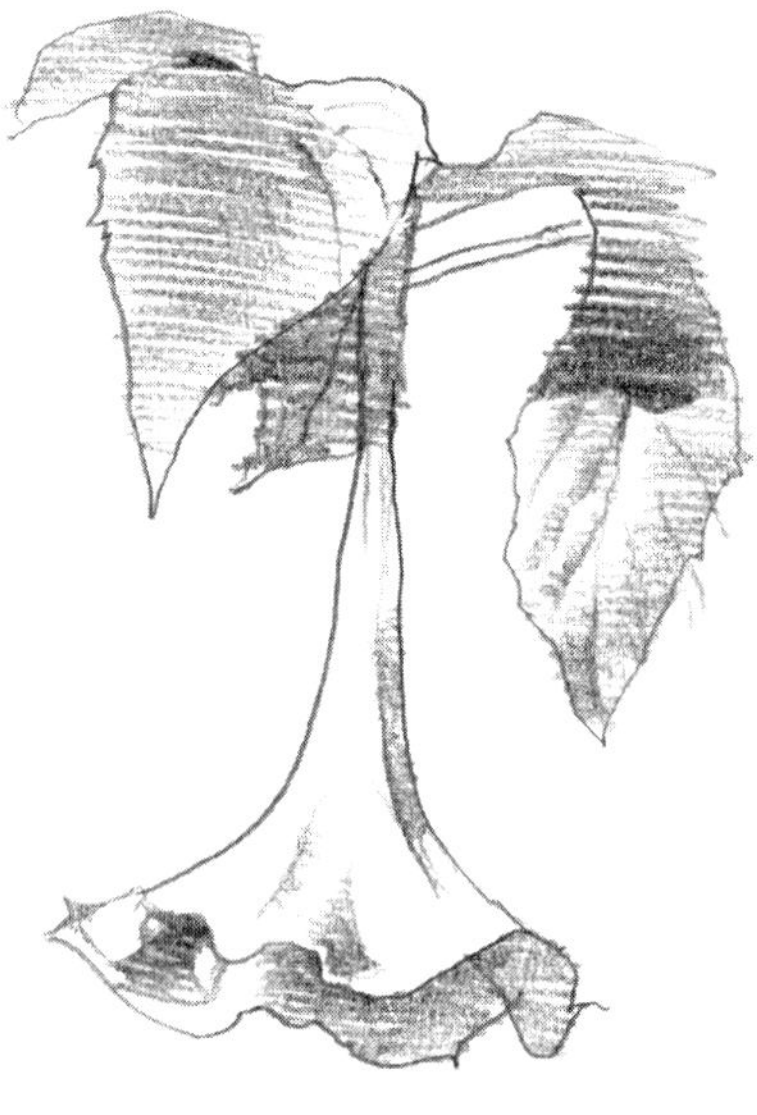

ふたりはダルヴァロについて道を下《くだ》り、開けた森林地帯を進んだ。坂を下り切ると、右に行く道があり、そちらに折れてゆるやかな傾斜を下った。この別の道は、春の雪解けの時期と雨の多い季節に流れ出した水が作った小川だった。川は暑い夏の終わりには干上がってしまって道になるが、岩だらけで歩きにくかった。

馬は平原の動物だが、ウィニーとレーサーの足下は山岳地帯でも確かだった。二頭とも子馬の頃から、谷間のエイラの洞穴に続く細く険しい道を歩いていたからだ。しかし、それでもエイラは足場の悪い場所で馬たちがけがをするのが心配で、ほかの下り坂から続く別の道に入るとほっとした。この道はひんぱんに人が通るため、ほとんどの場所でふたりの人間が並んで通れるくらいの幅があった。ただ、馬が二頭並ぶのは無理だった。

険しい斜面を横切るように下りて右に曲がると、切り立った岩壁が見えた。その岩壁から落下した岩屑が下に堆積してできた斜面に近づいたとき、エイラは懐かしさを覚えた。険しい崖のふもとに角のとがった岩屑が積み重なっているのを、自分が育った山地でも見たことがあった。それから角《つの》の形をした白くて大きな花をつけた、葉がぎざぎざの太い植物も目にとまった。エイラが出会ったマンモスの炉辺の人々は、このいやなにおいのする植物のことを「とげリンゴ」と呼んでいた。実が緑色でとげだらけだったからだ。しかし、エイラは、それを見て子どもの頃の記憶がよみがえった。これはダチュラと呼ばれる薬草で、クレブもイーザもよく使っていたが、目的は違っていた。

ジョンダラーもこの場所が懐かしかった。この岩屑の山から、道や炉に並べるための石を集めたことがあった。あともう少しだ。ジョンダラーは待ち遠しくてたまらなくなった。岩が多く足をとられやすい斜面を過ぎてしまうと、道は平らになった。小石だらけの道は、そびえ立つ岩壁のふもとを曲がりながら続いていた。行く手の樹木のあいだからは空が見えた。ジョンダラーは、崖の縁に近づいているのがわかった。

「エイラ、ここで、馬から柱と荷かごをはずそう。この岩壁のふもとの道はそんなに広くない。後でとりにくればいい」

荷物をすべて下ろすと、エイラはしばらくダルヴァロの後から岩壁に沿って歩き、前方の、空が見える場所に向かった。後ろを歩いていたジョンダラーは、崖の縁に着いてエイラが下を見下ろし——あわてて後ずさりするのを見て笑顔になった。エイラはかすかなめまいを感じて岩壁にしがみついた。しかし、また少しずつ前に出て、景色に目をやると、驚きのあまり口をぽかんと開けた。

はるか下、険しい崖の下には、一行がたどってきた母なる大河があった。しかし、エイラがこの高さから見るのは初めてだった。大河のすべての支流が合わさってひとつの流れになっている場所を見たことはあったが、それは水面とほとんど同じ高さの岸からのながめでしかなかった。一度でいいから、このくらい高いところからながめたい、と思っていたのだ。

何度も分岐し、湾曲してきた大河がひとつになって、岩壁の狭間に押しこめられていた。大地の奥深く根ざす岩壁は、大河の水面から垂直に切り立っている。深い底流は岩に激しくぶつかり、狭いところに押しこめられた大河は無言のまま体をくねらせ、折り重なっては広がる波も油のようになめらかだ。ここからさらに多くの支流が合流して、大河の流量は最大に達するのだが、三角洲からこれだけ遠く離れていてもその規模は圧倒的で、下流に比べて水の量が少ないこともわからないほどだった。これほど高いところから見ていると、とくにそうだった。

流れの中ほどにはときおりとがった岩がのぞき、そこでは水が割れて白い泡が渦巻いていた。エイラが見ていると、一本の丸太がそういった岩にぶつかり、向きを変えて流れていった。しかし、崖のすぐ真下にあるはずの木の建物はほとんど見えない。エイラはやっと顔を上げ、対岸の山脈をながめた。まだ丸みはあるが、下流よりは高く、険しくなっている。こちら岸にある、尖った頂の連なる山脈と同じくらい高い。今は大河で隔てられているが、ふたつの山脈はかつてつながっていた。時と水の流れという鋭い刃が河の流れを刻むまでは。

ダルヴァロはしんぼう強く待っていた。エイラが自分の故郷の入り口のすばらしいながめを初めて目にし、見とれている。ダルヴァロは生まれたときからここで暮らしているので、あたりまえのように思っていたが、よそから来た人の反応なら今までに見て知っていた。ダルヴァロはみんなが圧倒されるのを見て自慢に思い、同じ景色を他人の目を通した新しい目でもっとよくながめるようになった。エイラがやっと自分のほうを向くと、ダルヴァロはにこっと笑い、岩壁に沿った道に案内した。この道はもとはせまい岩棚だったものを苦労して広げたものだった。人がふたり並んで歩けるだけの幅があるので、木や、狩りでしとめた動物や、その他の荷物も容易に運べる。馬も通りやすかった。

崖の縁に近づき、はるか下まで空っぽな空間を見下ろすと、ジョンダラーはいつものように下腹が痛んだ。以前ここで暮らしていたときにもそうだった。我慢できないほどの痛みではない。実際、ジョンダラーはこのすばらしい景色を楽しんでいたし、同時に、丸石や重い石斧だけでこのかたい岩を削って道を作るのは、長い距離ではなくてもたいへんだったろう、と感心していた。それでも、やはり痛みを感じてしまう。しかし痛くても、こちらのほうが、いつも使われているもうひとつの玄関よりましだった。

ウルフをかたわらに、ウィニーをすぐ後ろに従え、エイラはダルヴァロの後ろについて岩壁をまわっていった。向こう側に大きなU字型の盆地が見える。はるか遠い昔、この巨大な西の盆地は海だったのだが、浸食によって山脈の尾根にできた峡谷から水が流れだした。当時の水面はかなり高かったため後には湾が残った。今は大河より高く位置する、こんな形の盆地になっている。

前方の地面は崖の縁のほうまで青々とした草におおわれていた。その手前は低木の茂みだ。この茂みは両側の切り立った岩壁まで広がっていたが、奥の急斜面にはさらに大きな木が育っていた。奥の岩壁を登ることはできるが実際に登る者はほとんどいない。奥の岩壁はめったに使われない、遠回りの不便な裏玄関なのだ。エイラたちが今立っている側の岩壁の奥にある丸みを帯びた片すみに、かなり大きな砂岩が張り出していた。この天然の雨除けの下は快適で安全な住空間となり、何軒もの木造住居が建てられていた。

その反対側の草地にはこの居住地の自慢のものがあった。高い場所にある水源から澄んだ水が岩を伝い、岩棚にあたって飛び散り、小さく張り出した砂岩にこぼれ、長く細い滝となってその下の淵にたまっている。水は向こう側の壁のふもとを伝って崖の縁まで流れ、さらに岩の断崖を伝って大河に落ちていた。

一行が、とくにオオカミと馬が岩壁をまわりこんで広場に入っていくと、何人かが作業の手を止めた。ジョンダラーが入っていく頃には、だれもがあ然としていた。

「ダルヴォ！　何を連れてきた？」だれかが大声で言った。

「おーい！」ジョンダラーはシャラムドイ族の言葉であいさつをした。そして、族長のドランドを見つけると、レーサーの引綱をエイラに渡し、ダルヴァロの肩に腕をまわしてドランドのほうへ歩いていった。

「ドランド！　おれです、ジョンダラーです！」ジョンダラーは近づきながら言った。

「ジョンダラー？　本当にジョンダラーか？」ドランドはジョンダラーだとわかったが、それでもまだためらっていた。「どこから来た？」

「東のほうから。冬のあいだ、マムトイ族といっしょに生活をしていました」

「あの女はだれだ？」ドランドがたずねた。

ジョンダラーにはドランドが動揺しているのがわかった。いつもの礼儀をすっかり忘れている。「こちらはエイラ。マムトイ族のエイラです。この動物たちも旅の仲間です。この動物たちはエイラの言うことも、おれの言うことも聞きます。みなさんに危害を加えることはありません」

「オオカミもか？」ドランドがたずねた。

「そのオオカミの頭にも、毛にも触ったんだ」ダルヴァロが言った。「何も悪いことはしなかったよ」

ドランドはダルヴァロを見た。「触った？」

「うん。あの女の人が、友だちになればだいじょうぶだ、って」

「その通りです。おれはここに危害を加えるような仲間を、動物を連れてきたりしません。ぜひ、エイラと、動物たちに会ってください。わかってもらえると思います」

ジョンダラーはドランドとともに広場の中央にもどった。ほかにも数人がついてきた。馬たちは草を食べていたが、人間たちが近づいてくると食べるのをやめた。エイラはレーサーのそばに移動し、レーサーのとなりに立った。エイラはレーサーの引綱を握り、もう片方の手はウルフの頭に置いている。ウルフはエイラの横で構え、目を光らせているが、脅しているようには見えない。

「あの女はどうやって馬にオオカミを怖がらせないようにしている？」ドランドがきいた。

「馬は二頭とも、あのオオカミは怖くない、ということを知っているんです。子どものときから知っていますから」ジョンダラーが説明した。

「なぜ、この動物たちはわれわれを見ても走って逃げない？」ドランドがまたたずねた。一同はさらに近づいていた。

「いつも人間といっしょにいるからです。この雄馬が生まれたとき、おれもその場にいました。おれは大けがをして、エイラに命を救われたんです」

ドランドはふと足を止め、ジョンダラーをまじまじと見つめた。「あの女はシャムドか？」

「エイラはマンモスの炉辺の一員です」

背の低い、小太りの女が口をはさんだ。「あの女がマムートなら、いれずみはどこにあるの？」

「エイラがマムートになるための訓練が終わる前に、おれたちは発ってしまったんだよ、ソリー」ジョンダラーはその女に笑顔を向けた。この若いマムトイ族の女は少しも変わっていない。以前と同じように率直で、遠慮がない。

ドランドは目を閉じ、首を振った。「それは残念だ」その目に残念そうな気持ちが表れている。「ロシャリオが落ちてけがをした」

「ダルヴォから聞きました。シャムドが死んだということも」

「そうだ、この前の冬にな。あの女が有能な薬師《くすし》だったらと思ったんだ。ほかの洞窟に使いを送ったが、そこのシャムドは旅に出てしまっていた。上流にある別の洞窟にも使いをやったが、遠すぎた。残念だが、もう何をしても手遅れだろう」

「エイラが終えることのできなかった修行は、薬師としての修行ではありません。エイラは薬師です。とても優秀です。エイラにその知識を与えたのは……」そのとき、ジョンダラーはドランドの数少ない欠点のひとつを思い出した。「エイラを育てた女です。長い話になりますが、信じてください。エイラは立派な薬師です」

一同はエイラと動物たちの前まで来た。エイラはジョンダラーが話すのを目をこらして見ていた。ジョンダラーが話している言葉とマムトイ族の言葉には似ている点があったが、エイラはジョンダラーを観察することでその気持ちを読み取り、ジョンダラーが相手の男に何か納得させようとしていることを知った。ジョンダラーがエイラのほうを向いた。

「マムトイ族のエイラ、こちらはドランド。シャラムドイ族の半族で、陸に住むシャムドイ族の族長だ」

ジョンダラーはマムトイ語でそう言うと、こんどはドランドの使う言葉で言った。「シャラムドイ族のドランド、こちらはエイラ、マムトイ族のマンモスの炉辺の娘です」

ドランドは一瞬ためらって、馬に、そしてオオカミに目をやった。この立派なオオカミは賢い。用心深く、おとなしく、この背の高い女の横に立っている。ドランドは興味をそそられた。今までにオオカミの皮なら何度かそばで見たことがあったが、オオカミそのものに近寄ったことはなかった。シャムドイ族がオオカミ狩りをすることはほとんどないので、生きているオオカミは、遠くから見たり、隠れ場へと走るのを見るくらいだ。ウルフが顔を上げてドランドを見た。ドランドは自分のほうが品定めをされている気がした。そして、今度は馬や背の高い女を見た。このオオカミはわれわれを脅しているわけではなさそうだ。このように動物を手なずけている女は力のあるシャムドに違いない。たとえ修行を終えていなくても。ドランドは両手を差し出した。手のひらを上に向け、エイラの前に。

「母なる大地の女神ムドの名において、マムトイ族のエイラ、あなたを歓迎する」

「ムトの、母なる大地の女神の名において、シャラムドイ族のドランド、あなたに感謝します」エイラはそう言いながらドランドの両手を取った。

この女のしゃべり方は妙だ、とドランドは思った。マムトイ語を話しているが、発音が少しおかしい。ソリーと同じには聞こえない。おそらく、異なる地域の出身なのだろう。ドランドはマムトイ語がかなりわかった。今まで交易のために何度も大河の果てまで旅をしたことがあったからだ。また、マムトイ族出身のソリーを連れて帰る手助けをしたこともある。ラムドイ族の族長のためなら、それくらいたいしたことではなかった。族長の炉辺の息子が自分で決めた女をつれあいにするのを手助けするくらいたやすいことだ。ソリーはたくさんの人々にマムトイ語を教えてくれ、その後の交易にも役に立ってくれた。

ドランドがエイラを歓迎したので、ほかの人々もみんな、もどってきたジョンダラーを歓迎し、ジョンダラーが連れてきたエイラにあいさつをした。ソリーが前に進み出てきたので、ジョンダラーはほほ笑みかけた。複雑なつながりだったが、ソノーランのつれあいを通してジョンダラーとソリーは親戚関係にあり、ジョンダラーもソリーに好意を持っていた。

「ソリー！」ジョンダラーは満面の笑みを浮かべて、ソリーの両手を取った。「会えて口では言えないくらいうれしいよ」

「わたしもとてもうれしいわ。ジョンダラーもマムトイ語がじょうずに話せるようになったのね。正直言って、ちゃんとしゃべれるようになるのかしら、と思ったこともあったけど」

ソリーは手を放すと、伸び上がってジョンダラーをあいさつ代わりに抱きしめた。ジョンダラーは体をかがめ、うれしさのあまり思わず、背の低いソリーをかかえ上げて抱きしめた。ソリーはどぎまぎして顔を赤くし、ふと思った。この背が高く、顔立ちがよく、気まぐれなところがある男は変わった。かつてジョンダラーがこれほどの愛情表現をしたことはなかった。ジョンダラーがソリーを下ろすと、ソリーはジョンダラーを、そしてジョンダラーが連れてきた女を見つめた。きっとこの女がジョンダラーの変化に関係しているに違いない。

「マムトイ族のライオン簇《むら》のエイラ、マムトイ族出身のシャラムドイ族のソリーにあいさつを」

「ムト、もしくはムド、あなたの呼ぶ女神の名において、マムトイ族のエイラ、あなたを歓迎します」

「女神のすべての名において、シャラムドイ族のソリー、あなたに感謝します。お会いできてとてもうれしいわ。いろいろ聞いているの。ライオン簇に親類は？　ジョンダラーがあなたのことを話したとき、タルートがあなたは自分の親戚だと言っていたと思うんだけど」エイラはソリーのさぐるような視線を感じた。今はまだわかっていないかもしれないが、ソリーはいずれ、エイラがマムトイ族の生まれではないことに気づくだろう。

「ええ、タルートは親戚よ。遠い親戚。わたしは南の簇の出身なの。ライオン簇はずっと北だもの。でも、知っている。タルートのことならみんな知っているわ。有名だもの。妹のトゥリーもとても尊敬されているのよ」

別の言葉のなまりが混じっている、とソリーは思った。それに、エイラという名前もマムトイ族の名前じゃない。なまりじゃないかもしれない。ときどき妙な響きの単語がある。でも、流暢《りゅうちょう》に話している。タルートはいつも人を進んで受け入れる。あの口うるさい老女やその娘も受け入れた。ただ、娘のほうは自分よりはるかに身分の低い男をつれあいにしたけど。このエイラという女についてもっと知りたい。連れてきた動物のことも。ソリーはジョンダラーを見た。

「ソノーランはマムトイ族のところに?」ソリーがたずねた。

ジョンダラーが口を開く前に、その目に浮かんだ苦しみから、ソリーは答えを知った。「ソノーランは死んだ」

「お気の毒に。マルケノも悲しむでしょう。そうなることは予測できなかったわけじゃないけど。ソノーランの生きる望みは、ジェタミオとともに死んだ。悲しみから立ち直る人もいるけれど、それができない人もいるのよ」ソリーが言った。

エイラはソリーの話し方が気に入った。感情をこめ、開けっ広げで、率直だ。まだじゅうぶんマムトイ族らしさを残している。

その場に居合わせた人々がみな、エイラにあいさつをした。エイラは人々の歓迎は控えめだが、好奇心は持ってくれているのを感じた。ジョンダラーに対する歓迎には控えめなところはなかった。ジョンダラーは家族だ。完全に家族の一員とみなされ、故郷にあたたかく迎えられていた。

ダルヴァロはまだクロイチゴを入れた帽子のかごを抱えたまま、あいさつがすべて終わるのを待っていた。それからドランドにその帽子を差し出した。「このクロイチゴをロシャリオに」ダルヴァロは言った。

ドランドはかごが見たことのないものなのに気づいた。シャラムドイ族のかごと作り方が違う。

「エイラにもらったんだ」ダルヴァロは続けた。「ぼく、ジョンダラーとエイラがクロイチゴを摘んでいるときに、会った。もうこんなに摘んでいた」

ジョンダラーはダルヴァロを見ているうちに、突然ダルヴァロの母親のことを思い出した。セレニオがどこかへ行ってしまうとは思っていなかったので、がっかりしていた。ジョンダラーはある意味、本気でセレニオを愛していた。今思えば、セレニオに会うのを楽しみにしていた。セレニオが去ったとき、お腹の中に赤ん坊はいただろうか？　おれの霊の子が。ひょっとしたらロシャリオから聞けるかもしれない。ロシャリオなら知っているだろう。

「ロシャリオに持っていってやるがいい」ドランドはそう言いながら、エイラにうなずいて感謝を示した。「ロシャリオは喜ぶだろう。ジョンダラー、来るか？　たぶん起きている。ロシャリオもジョンダラーに会いたがるだろう。エイラも連れてくるがいい。エイラにも会いたいだろう。ロシャリオはつらい思いをしている。あいつの性格はわかっているだろう。いつも忙しく動きまわっていた。いつも最初に旅人を歓迎した」

ジョンダラーがエイラに訳して伝えると、エイラは大きくうなずいた。馬は広場で草を食べさせておくことにしたが、ウルフには合図をしてそばに来るように言った。人々はまだオオカミに不安を持っているのがわかっていたからだ。飼いならされた馬は不思議だが危険ではない。オオカミは狩りをする動物で、危害を加える可能性がある。

「ジョンダラー、しばらくのあいだ、ウルフはわたしのそばにいさせるべきだと思うの。ドランドに聞いてみて。ウルフも連れていっていいですか、って。住居の中も慣れているから」エイラはマムトイ語で言った。

ジョンダラーはエイラの言葉を伝えたが、ドランドはもう理解していた。エイラもドランドが軽い反応を見せたのに気づき、ドランドはマムトイ語が理解できるのだ、と思った。これは覚えておかなくてはいけない。

一同は広場にもどり、砂岩の張り出しの下に向かった。途中、集会場に使われている中央の炉辺のそばを通り、斜めに張ったテントのような木づくりの建物に向かった。近づくにつれ、その建物の様子が見えてきた。屋根の梁材は、片方を地面に突きさし、もう片方を別の柱で支えてある。この梁材に、大きなオークの幹を扇状に割り、先端を細くした屋根板を何本も斜めにもたせかけてある。屋根板は後ろのほうは短く、前のほうになるにつれてだんだん長くなる。エイラがそばに近づいてみると、屋根板には前もって小さい穴を開け、ヤナギの小枝でしっかりと固定してあった。

ドランドは柔らかい革で作った黄色い垂れ幕を押し開け、持ち上げて全員を中に入れると、中が明るくなるようにひもでくくった。屋根板のすきまから細い光が見えたが、壁のところどころにはすきま風を防ぐための革が張ってあった。もっとも、山に囲まれた盆地にあるので、風はほとんど吹きこまなかった。入り口の近くには小さな炉があった。炉の上の屋根板には穴を開けてあるが、雨よけの幕はない。上に砂岩が張り出しているので、住居は雨からも雪からも守られているのだ。横壁にそって寝台が置いてある。寝台は広々とした木の棚で、片側は壁にとりつけ、もう片側は脚で支えてあり、詰め物をした革の敷き布団と毛皮の布団がのっている。中は薄暗く、エイラには女が寝台に横たわっているのがやっとわかる程度だった。

ダルヴァロが寝台の横に膝をつき、クロイチゴを差し出した。「約束していたクロイチゴだよ、ロシャリオ。だけど、ぼくが採ったんじゃない。エイラが採ったんだ」

ロシャリオが目を開けた。眠ってはいなかった。体を休めようとしていただけだったが、訪問者が来ていたことは知らなかった。ダルヴァロが言った名前をよく聞きとれなかった。

「だれが採ったって?」ロシャリオは弱々しい声で言った。

ドランドが寝台の上にかがみこみ、片手をロシャリオの額に置いた。「ロシャリオ、ほら、見て! ジョンダラーがもどってきたんだ」

「ジョンダラー?」ロシャリオは、寝台の横、ダルヴァロのとなりに膝をついている男を見た。ロシャリオの顔に刻まれた苦痛の表情に、ジョンダラーはたじろぎそうになった。「本当にジョンダラーなの? ときどき、夢の中で息子やジェタミオに会うのだけれど、後で夢だったと気がつくのよ。本当にジョンダラーなのね? それとも、夢?」

「夢じゃない」ドランドが言った。ジョンダラーにはドランドの目に涙が浮かんだように見えた。「本当にここにいるよ。ジョンダラーはすごい人を連れてきた。マムトイ族の女だ。名前はエイラっていうんだ」ドランドはエイラに手招きをした。

エイラはウルフにじっとしているよう合図をしてから、ロシャリオのそばへ進んだ。激しい痛みに苦しんでいるということは、ひと目でわかった。濁った目のまわりにはくまができ、落ちくぼんで見える。顔は熱で紅潮している。薄手の布団の上からでも、片腕が、肩とひじのあいだで恐ろしい形に曲がっているのがわかった。

「マムトイ族のエイラ、こちらはシャラムドイ族のロシャリオ」ジョンダラーが言った。ダルヴァロが寝台のそばを離れ、エイラと入れ替わった。

「女神の名において、マムトイ族のエイラ、あなたを歓迎します」ロシャリオは体を起こそうとしたが、あきらめ、また横になった。「きちんとあいさつができなくてごめんなさいね」

「女神の名において、感謝します」エイラは言った。「起き上がることはありません」

ジョンダラーが訳して伝えたが、ソリーはすでに全員にある程度のマムトイ語の知識を与え、基本的なマムトイ語は理解できるようにしていた。そのため、ロシャリオはエイラの言ったことの要点を理解し、うなずいた。

「ジョンダラー、ロシャリオはひどく痛がっているわ。残念だけど、かなり重症みたい。腕を調べてみたいんだけど」エイラはゼランドニー語で言った。骨折がかなり深刻だと思っていることをロシャリオに知られたくなかったからだ。しかし、ゼランドニー語で話しても、声に表れる切迫感は隠せなかった。

「ロシャリオ、エイラは薬師です。マンモスの炉辺の娘です。ロシャリオの腕を見たいと言っています」ジョンダラーはそう言うと、ドランドを見上げて反対されていないことを確認した。ドランドは、ロシャリオさえ同意するなら、なんでも試すつもりだった。

「薬師？」ロシャリオが言った。「シャムド？」

「はい、シャムドのようなものです。腕を見せてもらっていいですか？」

「もう手遅れだと思うけれど。見てちょうだい」

エイラは袖をまくり上げた。骨をまっすぐに直そうと試みたあとがあり、傷口も洗ってあって、治りかけている。しかし腕ははれ上がり、皮膚の下で骨が異常に突き出している。エイラはできるだけ優しく腕を触った。腕の下側を見ようと腕を持ち上げたとき一度だけ、ロシャリオが顔をしかめたが、何も言わなかった。エイラも痛いだろうということはわかっていたが、皮膚の下で骨がどうなっているのか確かめなくてはならなかった。ロシャリオの目を見て、吐く息のにおいをかぎ、首と手首で心拍数を数えると、ロシャリオから離れて正座をした。

「治ってきているけど、骨がちゃんとくっついていないわ。ゆくゆくは回復すると思うけど、腕も手も、思うように使えないでしょう。そして、つねに痛みを伴うでしょう」エイラは全員がある程度は理解できる言葉でそう言った。そして、ジョンダラーが訳して伝えるのを待った。

「何かできることはあるのかい?」ジョンダラーがたずねた。

「たぶん。手遅れかもしれないけど、やってみるとしたら、骨がゆがんでくっついたところをもう一度折って、つなぎなおすことね。問題なのは、一度骨折してつながったところは、もともとの骨より強くなっていることが多いの。うまく折れないかもしれない。そうなったら、二ヶ所が骨折したことになって、治らないのに痛みはさらに増すことになる」

ジョンダラーが訳した後、沈黙が流れた。口を開いたのはロシャリオだった。

「もし骨が間違って折れても、今よりはましじゃないの?」それは質問というより断言だった。「つまり、今だってこうして使えないんだから、また折れたとしてもこれより悪くはならない、っていうこと」ジョンダラーはロシャリオの言ったことを訳したが、エイラはすでにシャラムドイ語の発音や抑揚を聞き取り、マムトイ語の知識から言われたことを類推していた。ロシャリオの話し方や表情も多くを語っていた。エイラはロシャリオが言いたいことの要点を理解した。

「でも、もっと痛い思いをすることになるかもしれません。むだに痛みが増すだけになるかもしれません」エイラにはロシャリオが決心したことがわかっていたが、治療に伴う危険はちゃんとわかっておいてほしいと思っていた。

「今のわたしは役立たずなのよ」ジョンダラーが訳すのも待たずにロシャリオは続けた。「骨がちゃんとつながったら、この腕をまた使えるようになるのかしら?」

エイラは、ジョンダラーがロシャリオの言葉をマムトイ語で伝え直すのを待った。ロシャリオの言った意味を正確に知りたかった。「元通り使えるようにはならないかもしれません。でも、少なくとも使えるようにはなります。だれにも確実なことは言えませんが」

ロシャリオはためらわなかった。「またこの腕を使えるようになるかもしれないなら、やってみたいわ。痛みはだいじょうぶよ。そんなのなんでもない。シャラムドイ族は道を下りて大河に行くために、二本の丈夫な腕が必要なの。シャムドイ族の女がラムドイ族の桟橋にさえ行けなくて、なんの役に立つっていうの?」

エイラは訳されたロシャリオの言葉に耳を傾けた。ロシャリオをまっすぐに見つめ、エイラは言った。「ジョンダラー、わたしはできるだけのことをします、ってロシャリオに伝えて。でも、これも伝えて。人間にとっていちばん大事なのは二本の丈夫な腕があるかどうかじゃない。わたしの知り合いに、腕が一本、目がひとつしかない男がいたけれど、その人は立派な人生を送り、同じ部族のすべての人に愛され、とても尊敬されていた、って。ロシャリオも同じよ。それはわたしがよく知っている。ロシャリオは簡単にあきらめる人じゃない。治療の結果がどうであっても、ロシャリオは立派な人生を送り続けるでしょう。新しい道を見つけ、つねに愛され尊敬されるでしょう」

ロシャリオもエイラを見つめ返し、ジョンダラーが訳すのを聞いていた。聞き終わると、わずかにくちびるを引き締め、うなずいた。そして、大きく深呼吸をして目を閉じた。

エイラは立ち上がったが、すでにこれから何をしなくてはいけないか考えていた。「ジョンダラー、わたしの荷かごを取ってきてくれる? 右側のを。それから、ドランドに伝えて。副木《そえぎ》に使える細い板を少し欲しいって。あと、薪と、大きめの料理用の椀も。椀は捨ててもいいものにしてもらって。もう料理には使えなくなると思うから。強力な痛み止めの薬を作るのに使うの」

エイラは次々に考えていった。もう一度骨折させるときに、ロシャリオを眠らせておくものが必要だわ。イーザだったらダチュラを使う。強い薬だけど、痛みにはいちばんよく効くし、ロシャリオを眠らせておくこともできる。乾燥したのならあるけど、新鮮なもののほうが……待って……ついさっき見なかった？　エイラは目を閉じて思い出そうとした。そうよ！　見たわ！

「ジョンダラーが荷かごを取りにいっているあいだに、わたし、ここに来る途中で見かけたとげリンゴを採りにいってくるわ」エイラはたった数歩で入り口まで行った。「ウルフ、いっしょに来て」エイラが広場を半分ほど行ったところで、ジョンダラーはやっとエイラに追いついた。

ドランドは住居の入り口に立ち、ジョンダラーとエイラとウルフを見ていた。口では何も言わなかったが、ドランドはウルフのことをとてもよく観察していた。ウルフはエイラにぴったり寄り添い、エイラの歩調に合わせて歩いている。ロシャリオのそばに近づくとき、エイラがかすかに手で合図をすると、ウルフは腹這いになった。しかし、頭は上げ、耳はぴんと立てて、エイラの動きを逐一見守っていた。エイラが住居を後にするとき、ウルフはエイラの指示を受けて立ち上がり、またいそいそとついていった。

ドランドが見ていると、エイラと、エイラに絶対的に従うオオカミは、岩壁のはしを曲がっていった。ドランドは寝台に横たわるロシャリオに視線をもどした。ロシャリオが崖から滑り落ちたあの恐ろしい瞬間以来、初めて、かすかな希望の光が見えたような気がした。

荷かごと、淵で洗ったダチュラを手にエイラがもどってくると、木でできた四角い料理用の箱が置いてあった。エイラは後でもっとよく見てみようと思った。木の箱はもうひとつあり、こちらには水がいっぱいに汲んであった。炉には炎が燃え、いくつものなめらかな丸石がその中で熱されている。副木にする細板も用意されていた。エイラはドランドにうなずき、自分の望みどおりであることを伝えた。持ってきた荷かごの中をさぐり、いくつもの椀と、使いこんだカワウソの皮の薬袋《やくたい》を取り出した。

小さな椀で水を量って料理用の箱に入れ、そこにダチュラをまるごといくつか、根もついたまま加えると、熱した石の上に水を数滴散らした。もっと熱くなるよう石はそのままに置き、薬袋から包みを出して、いくつか選んだ。使わないものを袋にもどしているところに、ジョンダラーが入ってきた。

「エイラ、馬はだいじょうぶだ。広場の草をおいしそうに食べている。けど、みんなにはまだ馬に近寄らないように言っておいた」ジョンダラーはドランドのほうを向いた。「知らない人がそばに来るとおびえることがあるんです。うっかりだれかにけがをさせるといけないので。後でみんなと友だちになれるようにします」ドランドはうなずいた。いずれにせよ、今自分に言えることはほとんどなかった。「エイラ、ウルフは表にいさせられて不満そうだし、ウルフを少し警戒している人もいるようだ。中に呼んでやったらどうだい？」

「わたしもそうしたいけど、ドランドとロシャリオは外で待っていてもらいたいんじゃないかと思うわ」

「まずロシャリオと話をさせてくれ。そうすれば、あのオオカミを中に入れてもいいと言うと思う」ドランドは訳されるのを待つことなく、シャラムドイ語とマムトイ語を混ぜて話した。エイラが難なくドランドの言ったことを理解したため、ジョンダラーは驚いたが、エイラはそのまま会話を続けた。

「副木にする板の長さを、腕にあてて確かめないと」エイラは細板を手に取った。「それが終わったら、板の表面を削っていただけますか、ドランド。とげがなくなるまで」エイラは炉のそばにあったもろそうな石を拾い上げた。「その後でこの砂岩でこすって、なめらかにしてください。柔らかい皮はありますか？　切り裂いてもいいような」

　ドランドがやや怖い顔つきではあったが、笑顔を見せた。「それならわれわれの得意とするところだ。シャラムドイ族はシャモアの皮から、だれにも真似できないくらい柔らかい革を作る」

　ジョンダラーはエイラとドランドが話すのを見ていた。ふたりが使っている言葉はちぐはぐだったが、ふたりは完全に理解し合っている。ジョンダラーは、信じられない、というように首を振った。エイラはドランドがマムトイ語を理解できることがわかったに違いない。そして、エイラのほうはすでにいくつかのシャラムドイ語を使っている――「板」と「砂岩」というシャラムドイ語をいつ覚えたんだろう？

「ロシャリオとの話がすんだら、取りにいってこよう」ドランドが言った。

　一同は寝台の上のロシャリオのそばに行った。ドランドとジョンダラーが、エイラはオオカミを仲間として連れて旅をしてきたこと――馬のことはまだ黙っていることにした――そして、エイラがそのオオカミを住居の中に呼びたいと思っていることを説明した。

「エイラはあのオオカミをきちんと手なずけている」ドランドが言った。「あのオオカミはエイラの指示に従い、だれにも危害を加えない」

　ジョンダラーはまた驚きの表情を浮かべた。いつの間にか、ドランドとエイラのあいだにはジョンダラーが訳した以上の言葉が交わされていた。

　ロシャリオはすぐに同意した。ロシャリオは好奇心をそそられたが、エイラがオオカミを手なずけることができるという話は、驚くほどのことではないように思えた。そのオオカミの話で恐怖心がかえって和らいだくらいだった。ジョンダラーが連れてきたのは、明らかに力のあるシャムドだ。このシャムドはロシャリオが助けを必要としていることをわかってくれた。前のシャムド、つまりシャラムドイ族の老シャムドと同じだ。老シャムドは何年か前、サイの角に突かれたジョンダラーの弟が助けを必要としていることを理解した。ロシャリオには女神に仕える者たちがどうやってそういうことを理解するのかはわからなかった。ただ、彼らには理解できる、ということだけはわかっていた。ロシャリオにはそれでじゅうぶんだった。

エイラは入り口のところまで行ってウルフを呼び入れ、ロシャリオに紹介した。「名前はウルフです」エイラは言った。

ロシャリオが立派な動物の目をのぞきこんだとき、ウルフは不思議と、ロシャリオが苦しんでいること、弱っていることを感じ取ったようだった。ウルフは片手を寝台の縁にのせた。そして耳を垂れ、相手をおびえさせることなく頭を前に突き出し、ロシャリオの顔をなめた。ロシャリオの痛みを共有しているかのように悲しげに鳴きながら。エイラは突然、ライダグのことを思い出した。病弱なライダグと大きくなっていくウルフのあいだに芽生えた強いつながりを思い出した。あのときの経験から、ウルフは人が困ったり、苦しんだりしているのがわかるようになったのかしら?

その場にいた全員がウルフのやさしい振る舞いに驚いたが、とくにロシャリオはあ然としていた。何か奇跡が起こったように感じた。これはよいことの前触れに違いない。ロシャリオは折れていないほうの腕を伸ばして、ウルフに触った。「ありがとう、ウルフ」ロシャリオが言った。

エイラは副木をロシャリオの腕のそばに並べ、どの長さにしてほしいか示しながらドランドに渡した。ドランドが出ていくと、エイラはウルフを住居のすみに連れていった。ふたたび料理用の石の温度を確かめてみると、もうだいじょうぶだった。エイラが二本の棒を使って炉から石を取り出し始めたところで、ジョンダラーが木を曲げた道具を持ってきてくれた。熱した石を安全に持つために作られた、弾力性のある専用の道具だ。ジョンダラーはエイラに使い方を教えた。エイラはダチュラを入れた水を沸騰させるために料理用の箱に石をいくつも放りこみながら、この独特の形をした容器をさらによく見てみた。

このような入れ物を見るのは初めてだった。四角い箱の枠は一枚の木の板から作られている。細長い板の三ヶ所に、木が離れてしまわない程度の縦の溝をつけておき、そこが角になるように曲げてある。四番目の角は留めくぎでとめてある。枠板には水平な溝もつけておき、曲げていく途中で、四角い底板をそこにはめこむ。箱の外側には模様が彫ってあり、上には取っ手のついたふたがついている。

この部族は木でできためずらしい品物をいろいろ持っている。エイラは、作り方を見せてもらったらおもしろいだろうな、と思った。そのとき、ドランドが黄色い皮を手にもどってきて、エイラに手渡した。

「これで間に合うだろうか?」ドランドがきいた。

「でも、これは立派すぎます」エイラは言った。「確かに、柔かくて、水分をよく吸う皮が欲しいんですけど、上等のものでなくていいんです」

ジョンダラーもドランドもにやっと笑った。「これは上等のものではない」ドランドが言った。「これは交易には持っていけないものだ。傷がありすぎる。ふだん使いのものだ」

エイラも皮をなめす方法なら少し知っていたが、このなめし革はしなやかで、なめらかで、柔かく、すばらしい手触りだった。エイラは感心して、もっと聞きたかったが、そんなことをしている場合ではなかった。ジョンダラーが作ってくれた、象牙の柄のついた薄くて鋭いフリントのナイフを使って、エイラはシャモアの皮を太めに裂いた。

それから包みをひとつ開け、乾燥したカンショョウの根の荒い粉末を小さな椀に加えた。カンショョウの葉はジギタリスと似ているが、花はタンポポに似て黄色い。エイラはそこに箱の熱湯も少し加えた。骨折を治すための湿布を作っていたが、ダチュラも少し加えることにした。ダチュラには感覚を鈍らせる働きがある。しかし、傷の痛みを止め、傷口を早く治す効能があるノコギリソウ（ヤロウ）の粉末も加えた。それから、料理用の箱で沸かしている薬を沸騰させておくため、中の石を熱いものと交換しながら、においをかぎ、薬ができたかどうか確かめた。

ちょうどいい濃さになったところで、椀に一杯分すくって冷まし、ロシャリオのもとに持っていった。ドランドは寝台の横に座っている。エイラはジョンダラーに、これからわたしが言うことを正確に訳して伝えて、誤解がないように、とたのんだ。

「この薬は痛みを和らげる効果と、眠らせる効果があります。でも、とても強くて危険な薬です。耐えられない人もいます。この薬は筋肉を弛緩《しかん》させます。筋肉の下の骨の様子が触ってわかるように。でも、尿や便をもらしてしまうかもしれません。その部分の筋肉も弛緩させてしまうのです。まれに呼吸が止まってしまう人もいます。その場合、死んでしまうかもしれません」

エイラは言葉を切り、ジョンダラーが訳すのを待った。そして、さらに間をとった。きちんと理解してもらわなくてはならない。ドランドは見るからに動揺していた。

「その薬を使わなくてはだめなのか？　それを使わずに骨折させることはできないのか？」ドランドがきいた。

「できません。痛みに耐えられないでしょう。それに筋肉が緊張してかたくなり、骨折させたいところで折れなくなります。この薬ほどよく痛みを和らげられるものはほかにありません。この薬を使わなければ、骨折させて正しく接合させることができません。でも、危険は承知してください。わたしが何もしなければ、ロシャリオが死ぬことはないでしょう」

「けれど、役立たずで、しかも、苦しみながら生きるのよ」ロシャリオが言った。「それじゃあ生きていることにならない」

「それは苦しいと思います。でも、それは役に立たないということとは違います。痛みを和らげる薬はあります。ただ副作用があって、はっきりものを考えられなくなるかもしれません」エイラが説明した。

「じゃあ、役立たずか、うつけ者ってわけね」ロシャリオが言った。「死ぬとしたら、苦しまずに死ねるのかしら?」

「眠りについて、ふたたび目を覚ますことがなくなるのですが、夢の中で何が起きているかはだれにもわかりません。夢の中でも恐ろしい思いをしたり、苦しんだりしているかもしれません。痛みは次の世界までついてくるかもしれません」

「痛みが次の世界まで人についていく、って信じているの?」ロシャリオが言った。

エイラは首を振った。「いいえ、そうは思いません。でも、わかりません」

「その薬を飲んだら私は死ぬと思う?」

「死ぬと思っていたら、すすめません。でも、不思議な夢を見るかもしれません。この薬をほかの用途で使う人もいます。別の世界に、霊界に旅するために」

会話のやりとりはジョンダラーが訳していたが、ふたりともじゅうぶんに理解し合っていて、ジョンダラーの訳は単に確認のためだけだった。エイラもロシャリオも、直接話し合っているような気がしていた。

「そんな危険な賭けはしないほうがいい、ロシャリオ」ドランドが言った。「おまえまで失いたくない」

ロシャリオは愛情のこもった優しい眼差しをドランドに向けた。「女神はわたしたちのどちらかを先に呼ぶでしょう。あなたがわたしを失うか、わたしがあなたを失うか、どちらかよ。それはどうやっても止められない。けれど、もし女神が、わたしをもっと長くあなたとともにいさせてくれるなら、苦しみながら、役立たずのまま過ごしたくないの。それなら今静かに消えるほうがいいわ。それにエイラの言ったことを聞いたでしょ。わたしが死ぬ可能性は低いのよ。治療がうまくいかなくても、よくならなくても、せめて自分は挑戦したと思えるわ。それが生きていく勇気になる」

ドランドは寝台の横に座り、ロシャリオの無事なほうの手を握って、人生のほとんどをともに過ごしてきた女を見つめた。ロシャリオの目には決心が表れていた。ついにドランドはうなずいた。そして、エイラを見上げた。

「あんたは正直に言ってくれた。ここでわたしも正直に言う。もし治療に失敗しても責めたりはしない。しかし、もしロシャリオが死んだら、直ちにここから立ち去ってくれ。あんたを非難せずにいられる自信がない。何をするかわからない。治療を始める前に、それをよく考えてくれ」

ジョンダラーは訳しながら、ドランドが失った者たちを思って苦しんでいるのがわかった。ロシャリオの息子、ドランドの炉辺の息子は、一人前の男になる前に殺された。ドランドはその子を心から愛していた。そして、ロシャリオにとっては娘も同然であり、ドランドも同じくらい愛していた少女、ジェタミオもふたりは失った。産みの母をなくしたジェタミオは、第一子を失ったロシャリオの心の虚しさを埋めてくれた。ジェタミオは、多くを奪った麻痺に打ち勝とうと努力し、ふたたび歩こうとした。その姿がソノーランを含むすべての人々を引きつけた。ジェタミオが出産に苦しみ、命を奪われるなど、あまりにも不公平に思えた。もしロシャリオが死んで、ドランドがエイラを責めても、おれにはその気持ちがわかる。

けど、もしドランドがエイラに手を下そうとしたら、おれがドランドを殺す。もしかしたら、エイラが引き受けようとしている荷は、エイラには重過ぎるのかもしれない。

「エイラ、もう一度よく考えたほうがいい」ジョンダラーはゼランドニー語で言った。

「ロシャリオは苦しんでいるわ。できるなら助けてあげたい。ロシャリオがそれを望むならね。ロシャリオが危険を受け入れるつもりなら、わたしも覚悟を決めてやる。危険はつねにある。でもわたしは薬師よ。イーザがそうであったように、わたしも薬師としての使命を果たすしかない」

エイラは寝台に横たわるロシャリオを見下ろした。「始めましょう。心の準備ができたら」

（中巻に続く）

ジーン・M・アウル　(Jean M. Auel)

1936年、シカゴ生まれ。18歳で結婚、25歳で五人の子の母となる。エレクトロニクスの会社に勤めるかたわら、ポートランド大学などで学び、40歳でMBA（経営学修士号）を取得する。この年に、先史時代の少女エイラを主人公とした物語の執筆を思い立ち、会社を退職して執筆活動に入る。当初から六部構成の予定だった「エイラ—地上の旅人」シリーズは、『ケーブ・ベアの一族』が発売されると同時にアメリカでベストセラーとなり、第五巻まで刊行された現在、世界各国で読み継がれている。現在、第六巻を執筆中。

金原瑞人　（かねはら　みずひと）

1954年、岡山県生まれ。法政大学大学院博士課程修了。法政大学教授。主な訳書に、ロバート・ニュートン・ペック『豚の死なない日』（白水社）、デイヴィッド・アーモンド『火を喰う者たち』（河出書房新社）、アレックス・シアラー『青空のむこう』求龍堂、E・L・カニグズバーグ『スカイラー通り19番地』（岩波書店）などがある。

小林みき　（こばやし　みき）

大阪府生まれ。英米文学翻訳家。東京女子大学卒業。慶應義塾大学大学院修士課程修了。米国ボストンにあるシモンズ・カレッジ大学院修士課程修了。訳書にH・G・ウエルズ『タイム・マシン』（集英社）がある。

平原《へいげん》の旅《たび》　上
THE PLAINS OF PASSAGE
エイラ—地上《ちじょう》の旅人《たびびと》 8

2005年6月30日　第1刷発行

著者　ジーン・M・アウル
訳者　金原瑞人《かねはらみずひと》／小林《こばやし》みき
発行人　玉村輝雄
発行所　株式会社ホーム社
〒101-0051　東京都千代田区神田神保町3-29　共同ビル
電話　[出版部] 03-5211-2966
発売元　株式会社集英社
〒101-8050　東京都千代田区一ツ橋2-5-10
電話　[販売部] 03-3230-6393
[制作部] 03-3230-6080
印刷所　凸版印刷株式会社
日本写真印刷株式会社
製本所　凸版印刷株式会社

 ISBN4-8342-5112-8

Earth's Children

『エイラ―地上の旅人』

ジーン・アウル／作

第１部
『ケーブ・ベアの一族　上・下』

大久保寛／訳　Ａ５判・ハードカバー

☆地震で家族を失い、孤児となったエイラは、ケーブ・ベアを守護霊とする
ネアンデルタールの一族に拾われる。さまざまな試練にたえ、
成長してゆくが、心ならずも洞穴を離れる日がやってくる。

第２部
『野生馬の谷　上・下』

佐々田雅子／訳　Ａ５判・ハードカバー

☆自分と同じ種族と出会うことを夢見て、北に向かってあてどのない旅は続く。
過酷な大自然のなか、生きのびるための技術を身につけ、
野生馬を友としたエイラは、ひとりの男と運命の出会いを果たす。

第３部
『マンモス・ハンター　上・中・下』

白石朗／訳　Ａ５判・ハードカバー

☆男とともに、マンモスを狩る一族と出会ったエイラは、身につけた狩猟の技で
驚嘆されるが、生い立ちをめぐる差別や、一族の男からの思わぬ求愛に悩む。
だが、試練によって、ふたりの絆は深まってゆく。

第４部
『平原の旅』

金原瑞人・小林みき／訳　2005年６月／上巻　７月／中巻　８月／下巻

☆故郷をめざす男との旅のなかで、独特な医術で少女を救ったりする一方、
凶暴な女の一族に男が襲われる。死闘の末、危機を脱したエイラは、
難所である氷河越えを果たしたとき、身ごもっていることに気づく。

第５部
『岩の隠れ家〔仮題〕』

白石朗／訳　2005年10月／上巻　11月／中巻　12月／下巻

☆５年ぶりに帰りついた男は歓迎されるが、動物たちを連れたエイラの姿に
人々は当惑を隠せない。岩で造られた住居に住む人々に
本当に受け入れられるのだろうか。身重のエイラを不安が襲う。

刊行予定時期は変更される場合があります。ご了承ください。

マムトイ族の夏の集会場所
【狼の簇】
ケーブ・ベアの一族
黒海
© Map by Palacios after Auel